« Se un libro fosse un contenitore all'interno del quale l'autore ripone ciò che gli piace, ciò cui è più legato, allora *Un segreto non è per sempre* sarebbe per me la scatola più ricca di ricordi e cimeli. Questa volta la specializzanda in Medicina legale Alice Allevi è alle prese con la misteriosa morte di un famoso scrittore ungherese, Konrad Azais. Suicidio? Morte improvvisa? Al di là dell'indagine, ciò che più amo di questo libro è il rapporto di Alice con Konrad e con la nipote di Konrad, la giovanissima Clara. E tornando al paragone con la scatola, in questa troverete: Parigi – di ieri e di oggi –, il fascino dei vecchi libri ingialliti, amicizie tradite – e forse anche amori –, la musica del violoncello, una bellissima casa di campagna, un congresso a Taormina e un Claudio Conforti più pericoloso che mai. Capite adesso perché è il mio preferito? »

Alessia Gazzola

Della stessa autrice in edizione TEA:

La serie L'allieva
Sindrome da cuore in sospeso
L'allieva
Un segreto non è per sempre
Le ossa della principessa
Una lunga estate crudele
Un po' di follia in primavera
Arabesque
Il ladro gentiluomo
La ragazza del collegio

La serie di Costanza Macallè
Questione di Costanza
Costanza e buoni propositi
La Costanza è un'eccezione

Alessia Gazzola

Un segreto non è per sempre

Romanzo

Con una nota dell'autrice alla presente edizione

TEA

Questo romanzo è un'opera di fantasia. Qualsiasi riferimento a persone, luoghi e circostanze reali è del tutto casuale. Personaggi e luoghi citati sono stati inventati dall'autrice allo scopo di conferire veridicità alla narrazione.
La poesia di Jacques Prévert citata a pag. 153 è:
Alicante, tratta da *Parole*, Ugo Guanda Editore, Parma, 1989, traduzione di Maurizio Cucchi e Giovanni Raboni.

TEA – Tascabili degli Editori Associati S.r.l., Milano
Gruppo editoriale Mauri Spagnol

Prima edizione «I Grandi» TEA maggio 2013
Prima edizione SuperTEA agosto 2014
Prima edizione SuperTEA Plus novembre 2018
Prima ristampa SuperTEA Plus maggio 2019
Quinta ristampa SuperTEA aprile 2021
Undicesima ristampa «I Grandi» TEA novembre 2023
Prima edizione Narrativa Best Seller maggio 2024

UN SEGRETO NON È PER SEMPRE

A Stefano e Olly

In questo mondo anche la vita della farfalla è frenetica
Kobayashi Issa

Il mio Istituto di medicina legale è un amante malfidato che prende senza dare.

Come oggi, ennesima prova di antimeritocrazia. Tutto è cominciato con un breve ma intenso esame, perché solo uno di noi – nemmeno fossimo in un reality – vincerà un posto per un microseminario di Scienze forensi a Parigi. Il piccolo concorso interno ha come candidati tutti noi specializzandi, e se alla SNAI fossero aperte le scommesse io sarei quotata poco o niente. Sarebbe un grave errore perché, com'è vero che mi chiamo Alice Allevi, mi darei all'abusivo esercizio di meretricio pur di vincere.

Oggi non torno a casa senza il biglietto per Parigi già staccato. Il mio atteggiamento così competitivo è motivato dal fatto che il microseminario mi offrirebbe l'opportunità di trascorrere una settimana nella città che, oltre a essere la più bella del mondo, al momento ospita l'unica persona sulla faccia della terra per la quale sarei disposta a farmi esaminare come un germe al microscopio da quella megera della Wally: Arthur Malcomess, figlio del mio capo, reporter in zone di crisi per l'Agence France Presse, nonché, suo malgrado, mio fidanzato.

È per questo che mi trovo nella sala delle torture che è la stanza della Wally, l'assistente del Supremo, che giusto lo scorso anno ha attentato alla mia salute mentale con un aut aut da cui non mi sono ancora ripresa. Ho rischiato una bocciatura epocale, quella tra un anno di specializzazione e l'altro, evento eccezionale e, proprio per questo, fatale.

Accanto a lei c'è il Supremo in persona, stanco e musone ogni giorno un po' di più.

Non siamo in molti, noi specializzandi, e l'esame procede in ordine alfabetico.

In maniera inaspettata – per colleghi, superiori e persino per la signora delle pulizie – il mio è il migliore esame.

È vero, la fortuna mi ha dato una piccola spinta, ma proprio piccola.

La Wally era convinta di chiedere qualcosa di difficile quando con la sua voce incatramata mi ha chiesto di parlarle niente meno che dell'impalamento – nemmeno fossimo ai tempi di Dracula – facendo allibire gli altri colleghi in attesa di sostenere l'esame dopo di me. Di certo non poteva sapere che l'avevo studiato avantieri, proprio perché ho rivisto il film con Keanu Reeves che mi ha fornito lo spunto.

Ha un gusto così inebriante l'essere per una volta migliore degli altri, che rimpiango tutte le occasioni perse per distinguermi. Quasi quasi metto la testa a posto e ripeto l'esperienza!

Come se non fossi già abbastanza esaltata dal successo accade che, dopo tanti dolori e patimenti, il destino mi ha conservata in vita per assistere alla débâcle della punta di diamante dell'Istituto, una creatura costituita in parti uguali da muscoli e silicone: Ambra Negri Della Valle. Il suo esame è stato talmente mediocre che per un attimo ho creduto di essere su *Candid Camera*.

È meschino compiacersi dei piccoli tonfi di chi si crede migliore di noi, ma come si fa a privarsi di tutti i piaceri? Bastano già la dieta e il risparmio forzato.

Di rado ho creduto nelle mie potenzialità, ma se lei ha dato forfait, il posto è mio.

Sto già cercando su Expedia un volo per Parigi quando una telefonata ci avvisa che la decisione è stata presa.

Entro nella stanza del Supremo carica di euforia per l'imminente annuncio: *Sì, la dottoressa Allevi ha ottenuto il posto, per dirla tutta vi ha surclassati*, e non posso credere alle mie orecchie quando sento la voce profonda del Supremo annunciare che sarà Ambra ad andare a Parigi.

Lei accoglie la notizia come se fosse scontata e quindi inevitabile.

« Grazie, professore » miagola ammiccando agli altri colleghi, che forse nemmeno per un istante avevano creduto alla versione dei miei sogni.

« In realtà, Ambra, ci aspettiamo di più da lei » osserva la Wally, in un guizzo di onestà.

Lara Nardelli, mia collega di anno, con cui divido la stanza insieme ad Ambra, mi rivolge uno sguardo rassegnato.

« Sappiamo che può sostenere esami migliori di quello di oggi » prosegue la Wally, « ma siamo convinti che saprà sfruttare al meglio l'opportunità che le stiamo offrendo. »

Torno mogia nella mia stanza sentendo con insistenza la puzza dello sdegno, come se avessi pestato una cacchetta. Resisto sì e no un'ora, al termine della quale sono nuovamente nella stanza del Supremo, pronta a chiedere chiarimenti.

Perché Malcomess senior sarà pure imperscrutabile, ma è comunque un uomo retto e una mossa del genere non è da lui.

Mi osserva con quei suoi occhi grigi che di rado rendono accessibile agli altri la sua visione del mondo.

« Qualcosa da ridire sull'esito dell'esame, dottoressa? » mi chiede con la sua voce segnata dall'accento anglosassone, un po' più pronunciato di quello di Arthur.

« Perché non ha scelto me? » gli domando con schiettezza.

In altri tempi non l'avrei mai fatto. Ho sempre affrontato il mio ruolo in Istituto con un indefinito senso di lassismo, fino a quando non ho capito di essere vicina alla completa rovina.

Ma sono così delusa! Mi vedevo già per le strade di Saint Germain des Prés con Arthur, tutta in rosa come nella pubblicità di Miss Dior Cherie, affogata dai macarons, senza l'assillo di dover prendere una settimana di ferie lasciando tutto in arretrato.

« La mia è una tirannia illuminata, accetto il confronto » risponde il Supremo. « È stata una valutazione prospettica. Io la conosco, dottoressa. È davvero spinta dall'interesse verso la medicina legale, o questo seminario è solo un pretesto per una vacanza a Parigi? E ancora, posso davvero contare su di lei in rappresentanza dell'Istituto, o piuttosto sarebbe capace di saltare le lezioni per un pomeriggio in compagnia di mio figlio? Sono queste le domande che mi sono posto prima di scegliere la dottoressa Negri Della Valle. »

Davanti a una constatazione così veritiera bisogna trovare la forza di rispondere con onestà.

« Ammetto che la coincidenza mi ha motivata... ma comunque non è giusto. Se non conoscesse la natura dei rapporti tra me e Arthur, e avesse giudicato solo la prestazione di oggi, avrebbe davvero scelto Ambra al posto mio? »

« La risposta è semplice: senza il fattore di *bias* costituito da mio figlio, lei non avrebbe mai sostenuto l'esame a questo livello. Non per incapacità, questo è ovvio, ma per mancanza di motivazione. Su, dottoressa. Non sia triste. Ci sono tante offerte low cost e sono ben contento di concederle qualche giorno di ferie. »

Che accetterò eccome! Dovrò pure riprendermi dalla delusione. È terribile sentire il sapore del trionfo e accorgersi che invece le cose non cambiano mai, che sono sempre la solita specializzanda di Medicina legale poco affidabile su cui nessuno scommetterebbe un cent.

Tornata nella mia stanza, vedere Ambra che organizza il viaggio – il *mio* viaggio! – non mi aiuta a riprendermi.

« Claudio? Ce la fai a passare dall'Agenzia per ritirare i voucher dell'albergo? Che disastro, non riescono a inviarmeli via mail. Vivono nel Medioevo. No che non posso fare da me, non ho tempo! » le sento dire al suo fidanzato ufficiale. Claudio Conforti è il nostro giovane ricercatore, un elemento di rara bellezza, pari solo alla sua perfidia.

Esiste un passato, tra me e Claudio, fatto di quella speciale nostalgia che si prova quando qualcosa non è mai successo. Quel tipo di alchimia con un grosso potenziale ma con un'applicabilità concreta prossima allo zero.

« Non mi interessa se devi andare in Procura. Ci andrai dopo » prosegue Ambra. Una volta Claudio era quanto di più distante dall'uomo zerbino in cui Ambra lo ha gradualmente trasformato.

« Ascoltami bene, dottor Conforti. Non me ne frega niente se dopo il caso Valenti hai perso colpi. Se hai problemi di autostima, cerca di risolverli senza mettermi in mezzo e... »

Non riesco a sentire la fine della conversazione perché Ambra si allontana per poter sbraitare in libertà. Rientra poco dopo ed è di umore inavvicinabile.

Circa un'ora più tardi, Claudio fa il suo ingresso nella nostra stanza. Lei riconosce il passo, ma non solleva lo sguardo dal lavoro.

Lui non saluta nessuno; non parla con nessuno. In un silenzio irreale, poggia sulla scrivania di Ambra i documenti che lei gli ha chiesto e si allontana irradiando malcontento. Qualcosa scatta nella mente di Ambra, che si alza come una furia dalla sua poltroncina blu e lo insegue al grido di: « Claudio, torna subito indietro! »

Lui procede imperterrito, e l'unica cosa che riesco a udire in lontananza è un glorioso: « Mi hai rotto... » e poi qualcosa di non meglio precisato ma ben intuibile.

Al suo ritorno, Ambra è un po' rossa in viso, ma non direi paonazza.

« Che avete da guardare? » chiede a me e a Lara, due fiammelle al posto degli occhi.

Le nostre risposte evaporano nel vuoto, mentre mi dico che tutto sommato c'è sempre chi sta peggio.

* * *

Alle nove sono a cena con Cordelia in un abbagliante locale di recente apertura nei pressi di piazza Navona.

Cordelia Malcomess, la sorella di Arthur, è un'attrice dalla carriera e dalla vita sentimentale molto discontinue. Da circa tre mesi sostiene di aver trovato l'anima gemella: il privilegiato è Lars Mikkelsen, un manager norvegese che ha trentanove anni ma ne dimostra qualcuno in più. Non fa che parlare di lui e riesce a trovare il modo di inserirlo in qualunque tipo di conversazione, anche se il più delle volte il pretesto è molto, molto flebile.

Stasera Cordelia indossa una tunica corta arancione di shantung di seta e sembra appena uscita dall'atmosfera coloniale di Bangkok.

« Pettegolezzi? » domanda, poggiando la borsa sulla sedia e afferrando il menu. « Salmone grigliato con salsa tartara... dev'essere squisito. Anche se dovrei limitarmi, ho preso tre etti. Ma me lo ha consigliato Lars, che è stato qui proprio la settimana scorsa. »

Io intanto rifletto. In effetti sì, un pettegolezzo c'è.

« Sai che Riccardo si è fidanzato? » le rivelo.

Cordelia abbassa il menu, sconcertata. Come ha osato il povero Riccardo, amico fraterno di Arthur, trovarsi una brava ragazza e smettere di sbavarle dietro? « Riccardo Gherardi? »

« Proprio lui. »

« È assurdo » dice garrula.

« Perché? Cosa c'è di strano? »

« Come fanno certi uomini a essere così incoerenti? Prima proclama imperituro amore per me. Non sai che scene patetiche quando siamo tornati da Khartoum. Adesso si scopre che è già pronto a rimpiazzarmi. Non trovi che sia indecente? »

« No, trovo che sia semplice istinto di sopravvivenza. Tu non hai mai avuto nessun interesse per Riccardo. Io sono contenta che abbia trovato una ragazza che lo ricambi. »

Cordelia rimira le unghie laccate di un colore orribile, tipo fango, che sostiene sia di gran moda, *sold out* in tutto il Nordamerica. « E chi sarebbe questa squallida? »

« È una modella. Si chiama Emma, mi pare. »

« Emma... Ho capito chi è! » sbotta con tono inviperito. « Tu la conosci? » chiede poi, un'espressione crucciata sul viso dal mento appuntito.

« L'ho conosciuta il mese scorso, quando Arthur è stato qui. È graziosa, in realtà. »

« Alice, per usare la tua solita terminologia da affettacadaveri, forse la frangetta ti ha abraso la cornea. Come fai a dire che è graziosa? »

Sopprimo una risata, perché lei è tutto fuorché dell'umore adatto a scherzare. Anzi, è tremendamente seria e il problema è che questo mi fa venire ancora di più da ridere.

« Forse hai ragione, è scialba » le concedo, o il salmone che le è stato appena servito le andrà di traverso.

« Notizie di mio fratello? »

« Sta bene. Domani partirà per il Myanmar. »

Cordelia accusa il colpo. Mostrarsi ignorante non piace a nessuno. È indecisa se accettare una figuraccia o se fregarsene. Alla fine deve aver pensato che la serata le ha riservato sufficienti spunti di riflessione e quindi anche di consapevolezza, attività che la annichilisce. Così addenta il salmone e mi rivolge la domanda, la stessa che io non ho fatto ad Arthur preferendo una ricerca lampo su Google.

« E dov'è? »

* * *

Fino alla settimana scorsa ignoravo anch'io che fosse il nuovo nome della Birmania e prima di andare a dormire, più tardi, è da Arthur che ricevo informazioni su quel paese.

« Non è un incarico impegnativo. Il risultato di queste elezioni è abbastanza scontato, perché il partito dell'opposizione è stato sciolto da un pezzo, quindi è una vittoria veramente facile. Che inciviltà. »

« È bella la Birmania? »

« Bella, sì, ma allo sbando. »

« Vorrei tanto rivederti. È passato più di un mese dall'ultima volta. »

« Già » ribatte lui, sul vago, senza troppa partecipazione. « *Honey*, mi dispiace ma devo proprio andare. »

« Devi intervistare Aung San Suu Kyi? »

« Ma sentila, la mia capretta ignorante! Ha studiato! »

Mi piacerebbe avere tutto il tempo per sentirlo raccontare di questi paesi così lontani di cui io non so nulla; è il modo per entrare nel suo mondo, ma è anche la mia finestra *sul* mondo. Il tempo però non basta mai quando si è lontani, l'unica cosa che avanza è la nostalgia.

Dopo aver riattaccato, avvio la routine della mia serata, che possiede due varianti, in base alla presenza o all'assenza di Yukino, la mia coinquilina. Nel primo caso è lei a occuparsi di cena e dopocena, generalmente con una proiezione privata di *anime*. Nel secondo la solitudine la fa da padrona, e non è poi troppo spiacevole. Alle undici mi metto a letto in compagnia di un buon libro.

Quando un evento ha un impatto destabilizzante sulla quotidianità, c'è un solo rimedio per recuperare l'ordine delle cose: crearsi nuove abitudini. È quello che ho fatto io quando mi sono accorta che mi sarei dovuta arrendere all'idea di una storia fatta di lunghe telefonate. O, al limite, complice Skype, di videochiamate. Quando Arthur riparte, dopo esserci salutati al volo, come se dovessimo rivederci l'indomani, sento qualcosa spezzarsi, mi sembra di dover ricominciare tutto da capo, ma già dal giorno dopo è come se fosse partito da tanto tempo, come se le cose fossero sempre state così, in questo limbo dalle mille sfumature di grigio.

È una sensazione terribile.

La pazzia, signore, se ne va a spasso per il mondo come il sole, e non c'è luogo in cui non risplenda

William Shakespeare

« Un caso di interdizione? »

Ripeto le parole appena pronunciate dal dottor Anceschi, uno dei miei superiori.

Negli ultimi tempi il buon dottore, grande e grosso come Notorius B.I.G., ha perso qualche chilo ed è persino possibile vedere i suoi occhi quando ride.

« Questa storia fa proprio per te. Oltretutto, non ti sei mai occupata di nulla di simile, o sbaglio? » No, e infatti dovrei prima chiarirmi le idee su cosa comporti esattamente questo compito. « Si tratta di un incarico collegiale » prosegue. « Sarò affiancato da uno psichiatra. Il dottor Laurenti verrà più tardi per parlare del caso. Ti chiamerò per presentartelo. »

Non appena resto da sola nella stanza che generalmente divido con le mie colleghe Ambra e Lara, ripasso il capitolo sull'interdizione.

Si parla di interdizione in tutti quei casi in cui una persona maggiorenne si trovi in situazione di abituale infermità di mente e sia cioè incapace di provvedere ai propri interessi.

« Alice. » La sua voce, nel pronunciare il mio nome, è pretenziosa ai limiti dell'insolenza. « Cosa stai facendo? »

« Sto studiando. »

Claudio si avvicina alla scrivania, sbirciando la pagina del libro ancora aperto. « Me ne rallegro, dato che non studi mai – non ho mai capito come hai fatto a laurearti, infatti. Ma hai scelto il momento sbagliato. Hai dimenticato l'autopsia di oggi? Sappi che in un impeto di bontà ho deciso di fartela eseguire per intero.»

Senza nemmeno alzare lo sguardo, continuo a leggere. «Ambra non c'è?» gli chiedo, perché in genere è lei a interpretare la parte della primadonna e lui finge di essere un docente equanime quando risponde che deve essere rigoroso nel concedere a tutti le stesse opportunità di apprendimento.

Percorriamo i corridoi dell'Istituto e giungiamo all'obitorio, dove lui irrompe trionfale, ossequiato dai tecnici di sala settoria, idolatrato dalle specializzande, sottilmente detestato dagli specializzandi, in ogni caso baciato dalla buona sorte di attirare solo due tipi di sentimenti: ammirazione o profonda invidia.

Oggi è più fighetto del solito, il confine con l'eccesso è quanto mai labile. Vedo lo zampino di Ambra nelle scarpe acquistate in un'esclusiva boutique milanese, nel maglione glicine-metrosexual di fine cachemire e nei jeans che pronunciano i suoi glutei in maniera ineccepibile. Mi porge il camice in ovatta azzurra, la mascherina, un bisturi, e sorridendo in quel suo modo sempre un po' infame annuncia: «Oggi l'autopsia la condurrà Alice. Sei pronta?»

Be', non ho altra scelta.

Ho gli occhi di tutti addosso. Eppure, me la cavo. È il cadavere di un uomo morto impiccato. Claudio considera i casi di suicidio come i più semplici, ed ecco la ragione, dunque, di tanta generosità. Asporto l'encefalo senza che mi scivoli dalle mani; recido l'aorta al punto giusto; scovo i reni con maestria. Tutto va a meraviglia, Claudio è persino compiaciuto, e sotto sotto è convinto che se me la cavo è merito suo, che è un ottimo didatta.

Poi, in un attimo, il suo compiacimento diventa furore.

Una goccia di sangue cade dalle mie mani sulle sue scarpe e a lui scappa un'imprecazione irripetibile.

« Vorrei sapere come diavolo fai a essere tanto maldestra, Allevi! Come! »

« Dovevi mettere i calzari » faccio presente, senza sollevare il capo dal torace ormai vuoto del cadavere. Lui, allibito, mormora qualcosa come *non c'è più rispetto* e prende la giacca.

« Te ne vai? »

« Tanto hai quasi finito. E ora per colpa tua devo andare a smacchiare queste scarpe. Concludi rapida e tornatene in Istituto. Preferibilmente strisciando. E vedi di non combinare altri guai. »

Sembra facile. Gli altri colleghi mi fissano e io senza di lui mi sento persa. Quello che potrei realizzare in venti minuti lo faccio in un'ora, ma termino tutto con decoro.

Al mio rientro in Istituto trovo Anceschi pronto a presentarmi un collega dal volto familiare.

« Dottoressa Allevi, le presento Niccolò Laurenti. Si occuperà con noi di quel caso di interdizione di cui le ho accennato. »

Mi ricordo di lui: è poco più grande di me, quando ero ancora al primo anno di università lui era al sesto. I capelli sono di un riccio scuro e afro molto inconsueto; è alto e dinoccolato, lo sguardo azzurro rivela che se si mettesse d'impegno potrebbe apparire interessante, ma al momento è troppo annoiato per trasmettere altro che non sia impazienza.

« Molto lieto » mormora con un'insospettabile voce profonda, da doppiatore. Mi porge la mano, le dita di una lunghezza sproporzionata, come un personaggio di Tim Burton.

Anceschi ci lascia da soli. Lo invito a prendere un caffè, giusto per far conoscenza; del resto dovremo lavorare insieme. Lui accetta, ma non sembra molto convinto.

Al bar vicino all'Istituto, lui beve un caffè amaro, io un cappuccino. Non è un tipo socievole.

« Ho già contattato la figlia di Konrad Azais, con cui lui vive, per fissare una data. Lei ha chiesto formalmente che la visita venga effettuata a casa sua » mi spiega con tono asettico.

« Be', allora andremo. »

« Ho iniziato a leggere qualcosa, in realtà non mi aveva mai attratto, ma devo dire che... è notevole. Illuminante, direi. »

Sto perdendo il filo del discorso. Sospetto di avere le labbra sporche di schiuma di latte mentre gli dico: « Perdonami, non ti seguo ».

Niccolò sembra stecchito dalla mia affermazione. Poggia la tazzina sul bancone, asciuga con un tovagliolo di ovatta le labbra in realtà pulite, fa un lezioso colpetto di tosse che esprime disagio e mi guarda con condiscendenza.

« Non conosci Konrad Azais? »

« Dovrei? » domando, irritata dai suoi modi da professorino.

Lui corruga la fronte, indeciso su come rispondere. Nel frattempo, e sono sicura che lo fa per temporeggiare, paga il conto. « È uno scrittore molto importante » dice infine, con tono incolore. Peccato, una così bella voce tanto sprecata.

« In Italia? »

« Nel mondo » corregge lui, estraendo dalla sua borsa arancione un libro rilegato, un po' vetusto, con la sovraccoperta che porta tutti i segni del tempo. « Questo l'ho appena finito. Non è il migliore, ma può darti un'idea. » Me lo porge con le sue dita lunghe dalle unghie perfettamente ovali. « Ti chiamo quando ho notizie da parte della figlia. »

« Okay » ribatto distrattamente, presa a esaminare il libro.

Leggo l'incipit.

All'inizio sembrò una tragedia. Subito dopo capii che era stata una liberazione.

La quarta di copertina reca qualche scarna informazione su Konrad Azais. Mi dico che ci penserà Google a chiarirmi le idee, mentre Niccolò, sempre più intollerante, mi fa presente che è davvero troppo tardi e che deve andar via. « Quindi, se non ti spiace darmi il tuo numero... » conclude, tenendo il suo Alcatel in mano e trasudando irritazione.

« Sì, scusami » ribatto, chiudendo di fretta il volume e pensando che mi aspettano tempi molto duri.

Qualche giorno dopo, armata di taccuino, di qualche nozione in più su vita e opere di Konrad Azais, di molta pazienza per sopportare Niccolò e di tanta eccitazione perché sto per conoscere una leggenda vivente, mi accingo a raggiungere Tarquinia, dove Azais vive con la famiglia dell'unica figlia.

Anceschi ha avvisato che avrebbe tardato di un quarto d'ora, il che, in termini anceschiani, è sinonimo di almeno mezz'ora. Per questo ci ha detto di iniziare ad andare.

Niccolò mi ha dato appuntamento sotto casa sua, un palazzo color ruggine nella zona Monti Tiburtini. Da lì, prenderemo l'autostrada a bordo della sua ruggente Punto nuovo modello full optional blu metallizzato in direzione Tarquinia, dove Azais vive con la figlia, il genero, la nipote e una badante di origini slave.

« Hai le idee più chiare su Azais? » domanda Niccolò, saldo al volante.

Certo. Il libro è pesante come pochi. Tra l'altro non ho nemmeno capito con esattezza di cosa parli. Fortuna che esiste Wikipedia, da cui ho appreso quanto segue.

> ***Konrad Andràs Azais*** *(Debrecen, 12 marzo 1928 – vivente) è uno scrittore e poeta ungherese. La sua notorietà è legata a* La cupidigia di Desziderius Horvath*, il suo primo, controverso romanzo, pubblicato in Ungheria nel 1950.*
>
> ***Vita***
>
> *Azais nacque a Debrecen da Csàk, funzionario statale di*

ceto alto-borghese, e da Izabella Beàta Banolis, proveniente da un'antica famiglia di origine lituana. Secondo di cinque figli, trascorse l'infanzia a Debrecen, che lasciò nel 1940 quando la sua famiglia si trasferì a Parigi. Sospettato di dissidenza, Csàk Azais era ricorso all'aiuto del cugino Farkas Kiràly, emigrato in Francia vent'anni prima. A Parigi Csàk Azais entrò a far parte di un movimento per la resistenza al nazifascismo, coinvolgendo i figli maggiori e introducendoli in un ambiente culturale che ha segnato l'intera produzione letteraria di Azais.

All'età di vent'anni Konrad si trasferì in una casa nel quinto arrondissement con Olivier Volange, l'autore di Racconti di solitudini spezzate. *Nel 1947, dopo la morte della sorella Heni (Henrietta), Konrad Azais pubblicò a proprie spese un volume di poesie a lei dedicate, passato inosservato all'epoca e a lungo dimenticato dalla critica. Oggi appare oggetto di rivalutazione. Nel 1950, Azais assume l'incarico di assistente di Lingua e letteratura ungherese presso l'Università di Parigi. È della stessa epoca la pubblicazione del romanzo* La cupidigia di Desziderius Horvath, *accolto con entusiasmo dall'ambiente letterario parigino e diventato in pochi anni un clamoroso successo internazionale. È del 1951 la scelta di lasciare definitivamente Parigi e di trasferirsi a Milano, dove vivrà i successivi vent'anni.*

Nel 1955 pubblica Tormento, *accolto freddamente dalla critica e ferocemente dal pubblico, che non riconosce in* Tormento *l'amato autore in stato di grazia di* La cupidigia di Desziderius Horvath. *Nel 1959 pubblica in lingua italiana* Mai più dopo ieri, *stroncato con decisione dalla critica. Nel 1961 sposa Maia Maniscalchi, più giovane di lui di dieci anni, da cui avrà quattro figli: Leone (1964), Enrico (1966), Oscar (1970) e Selina (1973).*

Alla pubblicazione di Mai più dopo ieri *segue un lungo*

silenzio letterario, probabilmente dovuto all'insuccesso riscosso dagli ultimi libri. Nel 1971 si trasferisce a Udine, presso la cui università insegna Lingua e letteratura ungherese. Nello stesso anno dà alle stampe a proprie spese La lunga attesa, *che, dopo un inizio in sordina, si rivela inaspettatamente un caso editoriale. Azais torna alla ribalta e pubblica nei successivi due anni la* Trilogia di Margò, *da cui nel 1974 è stata tratta una trasposizione cinematografica. In un'intervista, Azais ha dichiarato di aver dedicato il personaggio di Margò a un antico amore adolescenziale, da alcuni identificato nella ballerina Catherine Rouvroy. Nonostante* La cupidigia di Desziderius Horvath *sia considerato all'unanimità l'apice della sua produzione letteraria, la* Trilogia di Margò *è la sua opera più conosciuta. Nel 1974 pubblica una raccolta di poesie dedicate alla nascita della figlia Selina. Nel 1977, Maia Maniscalchi muore per un cancro ai polmoni. Nello stesso anno, Azais lascia Udine e si trasferisce a Roma, dove conosce Luisa Valli, sua compagna fino al 1985. Nel 1979 pubblica il romanzo autobiografico* Io, Konrad *e nel 1982* I giochi di Margò, *un romanzo con alcuni dei protagonisti della trilogia di Margò, accolto tiepidamente dal pubblico. È del 1986* L'immorale, *a metà tra un romanzo e un saggio, definito dallo stesso Azais « la mia opera meno riuscita ».*

Opere

Heni, 1947
La cupidigia di Desziderius Horvath, 1950
Tormento, 1955
Mai più dopo ieri, 1959
La lunga attesa, 1971
Margò, 1972
L'inquietudine di Margò, 1972

Nuovamente, Margò, 1973
A te, Selina, 1974
Io, Konrad, 1979
I giochi di Margò, 1982
L'immorale, 1986

Curiosità
Nel 1978 viene proclamato presidente onorario dell'Associazione italiana di enigmistica classica. È tutt'oggi considerato uno dei più abili risolutori e creatori di rebus a livello mondiale.

« E ti sta piacendo *L'immorale*? » prosegue Niccolò.

« Non particolarmente » ribatto con sincerità.

Sul volto di Niccolò si dipinge un sorriso che significa esattamente *è ovvio, me l'aspettavo.*

« È una lucidissima metafora della strumentalizzazione del sesso nei rapporti tra uomini e donne » si sente in dovere di spiegarmi.

« L'avevo capito, ma non ho apprezzato né la forma né il contenuto. Anzi, mi sa che te lo restituirò presto. Non credo proprio di riuscire a finirlo. »

« Come preferisci. »

Un tetro silenzio cala su di noi. Evidentemente Niccolò non mi reputa alla sua altezza intellettuale, quindi tace.

« Bella la campagna » osservo, una volta vicini alla meta. I campi di grano, in un'incantevole distesa dorata, sembrano estendersi fino al mar Tirreno.

« Già » ribatte lui. « Tra l'altro qui ci sono tombe etrusche imperdibili. Se interessano, ovviamente » aggiunge, *in cauda venenum.* Controlla il suo navigatore. « Bene. Dovremmo essere quasi arrivati » spiega, con sollecitudine.

« Mangiamo un boccone, prima? » propongo, dopo un brontolio del mio stomaco.

« Se non ti dispiace, non vorrei fare tardi. Ho portato un pacco di cracker, se vuoi. »

Raggiungiamo una villa di piccole dimensioni, vecchia almeno di un paio di secoli, con i mattoncini di granito dorato a vista e una torretta adiacente, discretamente elevata. Un paio di gatti obesi si affacciano alla grata del cancello, c'è odore di foglie umide e marcite per le piogge autunnali.

« Suono al citofono » annuncia Niccolò in modo del tutto inutile, dato che non mi sembra ci sia altro da fare.

Senza una risposta, il cancello si apre e noi accediamo al giardino, che è in evidente stato di incuria. I rampicanti crescono in assenza di geometrie, nessuno raccoglie le foglie ormai poltigliose, le ciotole dei gatti sono incrostate di cibo rappreso. Eppure questo giardino, con la sua decadenza e consunzione, ha una magia tutta sua. Ad aggiungere incanto, da una finestra lasciata aperta giunge il suono di un violoncello, appassionato e solo un po' impreciso. Dal giardino si accede a una sorta di patio, rivestito di maioliche gialle e azzurre, e dalla porta in legno e vetro emerge una donna dalla bellezza abbandonata, molto simile a quella di questa casa. È morbida senza essere sgraziata né procace, i capelli biondo scuro e mossi sono raccolti sommariamente in uno chignon. Ha gli occhi verdi, ma di un verde stinto, senza guizzi, e un sorriso amabile, ma stanco. Indossa un cardigan color tortora sopra una maglietta glicine e un paio di pantaloni beige. L'espressione del suo volto denota un piglio intelligente ma sperduto e la voce con cui ci saluta sembra appartenere a una ragazza più giovane di almeno dieci anni.

« Sono Selina Azais » dice venendoci incontro e porgendoci la mano priva di smalto e anelli, di certo curata con abbondante crema alla glicerina.

Il suono del violoncello si interrompe in maniera brusca, anche se le vibrazioni delle corde continuano a diffondersi lievi, come un'eco lontanissima. Nel frattempo Selina ci invita a entrare e all'interno avverto un odore penetrante, di casa di campagna.

È arredata in stile country, con tocchi di classe. Vasi traboccanti di fiori freschi sono sparsi in ogni angolo utile e una torta, o meglio la metà che ne resta, è su un'alzata decorata da piccoli fiori rossi poggiata su un tavolo bianco intarsiato al centro del salotto. I libri sono ovunque, anche ammonticchiati sul pavimento di legno, e la grande libreria alla parete sembra stia per traboccare. Le tende a quadretti bianchi e rossi filtrano il sole caldo che segue l'acquazzone di stanotte, e conferisce alla stanza un'aria immota nel tempo. « Ho messo l'acqua nel bollitore. Gradireste del tè e un pezzo di torta? L'ha preparata mia figlia Clara. »

« Con piacere! » rispondo senza esitare. Selina annuisce con garbo e chiama a gran voce una certa Terézia.

Un donnone dai lineamenti aspri si presenta al cospetto della padrona di casa, borbottando qualcosa in una lingua incomprensibile. Selina risponde nello stesso idioma, mi sembra logico pensare sia l'ungherese.

« Vi prego di accomodarvi. Lui è di sopra, non esce quasi mai dalla sua stanza. Oggi non farà eccezione. Vi sembrerà molto brusco, e in effetti... lo è. Bisogna trattarlo con molto garbo. È come un bambino capriccioso. »

Niccolò si lancia in una disquisizione di psichiatria che ben poco sembra interessare Selina, mentre io osservo ancora la stanza. Il violoncello che fino a poco tempo fa veniva suonato con tanto sentimento, un leggio su cui campeggia uno spartito del preludio della *Suite per violoncello n.1* di

Bach; appesi alle pareti, quadretti a tema floreale; tre gattini sonnecchianti vicino al caminetto spento, pieno di cenere, e accanto a loro una ciotola piena di latte; Terézia che ritorna dalla cucina con i piattini di porcellana, su cui depone con cura una fetta di torta al cioccolato. La teiera incrinata, abbinata ai piattini, da cui versa l'acqua bollente, e una scatola ricca di gusti assortiti di tè, che mi porge per scegliere quello che preferisco.

Che casa incantevole.

Vorrei vivere qui.

Hai mai conosciuto qualcuno che fosse felice? E che fosse ancora sano di mente, intendo...

« Terézia, chiedi a Clara se vuole del tè. »

« No! » risponde in maniera poco urbana una voce da adolescente che evidentemente appartiene a Clara.

« Ha sentito? » commenta la madre con un risolino imbarazzato. Spero che Niccolò non si lanci in un'enciclica sul disagio giovanile.

« La torta è molto buona » mormora Selina, con la sua vocina da gatta, il suo garbo di seta, la vaghezza romantica da film di Jane Campion.

« Signora Azais, questa casa è incantevole » non riesco a trattenermi dal dirle.

Selina ribatte con un largo sorriso. « Ci ho messo anni per sistemarla. Adesso però anch'io ne sono molto soddisfatta » aggiunge, illuminandosi.

Niccolò appare sempre più infastidito dalla mia presenza. Ha rifiutato la torta senza neppure troppa cortesia e freme guardando l'orologio di continuo. È proprio antipatico. Spieghiamo a Selina che non possiamo iniziare senza il dottor Anceschi, condizione alla quale lei sembra abbastanza indifferente.

« Mamma, il nonno si è sporcato di nuovo. » La comunicazione viene data con accidia da un'adolescente dai capelli molto lunghi, simili per colore a quelli della madre, dagli occhi truccati con una marcata matita nera, le unghie laccate di blu, la mano sinistra sporca di inchiostro, come tutti noi mancini, un paio di galosce ai piedi e un abito rosa coperto da uno scialle grigio. A un solo orecchio, un orecchino con un lungo pendente.

«Terézia, sii gentile, va' di sopra. Clara, tesoro, sei sicura di non volere nulla? Sei stata brava, la torta è deliziosa.»

Clara annuisce infastidita e afferra un boccone direttamente con le dita.

«Vi presento mia figlia, Clara Norbedo.»

Clara saluta con un cenno della mano e un buongiorno che suona molto secco, senza prestarci attenzione. Non capisco se è timida o maleducata.

«Sono qui per capire se il nonno è pazzo o no?» domanda poi alla madre, sbriciolando il boccone di torta ai lati delle labbra.

«Più o meno» ribatte Selina, con aplomb.

Clara fa un lungo sospiro. «Il nonno non è pazzo. Proprio per niente. È un genio. Ed è lucidissimo. Sappiatelo.»

«Tesoro, parlare così del nonno è un gesto che ti fa onore, ma i dottori sanno bene cosa fare e non hanno bisogno del tuo giudizio.»

Clara fissa la madre con sgomento, o forse delusione. «E tu, che ti presti a questa farsa» biascica con rabbia mista a dispiacere prima di uscire dalla stanza. Selina le corre dietro. E poiché Terézia è di sopra, intenta verosimilmente a cambiare il pannolone a Konrad Azais, io e Niccolò restiamo da soli, a fissarci negli occhi come due ebeti.

«Alice, andiamo al sodo. Non appena Selina Azais sarà di ritorno, io intendo procedere.»

«Sai che cosa fa nella vita Selina Azais? E con chi è sposata?»

Niccolò mi guarda in trance, indeciso se io sia un *fake* o no. «Ma non ne ho la più pallida idea!» replica, quasi indignato dall'inopportunità della domanda.

Selina Azais fa ritorno da sola. Non troppo scossa, poiché

nulla sembra turbarla davvero, ci rivolge uno dei suoi dolci sorrisi. « Dottor Laurenti, non ha assaggiato nulla! »

« Non importa, davvero » ribatte Niccolò, rispondendo al sorriso con una specie di ghigno, che suppongo sia quanto di meglio riesca a fare.

Il suono del campanello ci avvisa dell'arrivo di Anceschi, che fa il suo splendido ingresso e per la gioia di Niccolò allunga i tempi accettando la torta offerta da Selina. Figurarsi se rifiutava uno spuntino ipercalorico a metà mattina. Il suo sederone occupa metà del divano. Sembra passato di qui giusto per il dolce e che della perizia non gl'importi nulla.

« Vogliamo iniziare, signora Azais? » propone Niccolò, accigliato.

Mi domando perché sia sempre di fretta.

« Oh, sì. Certo » replica Selina, come un po' confusa.

« Bene. Signora Azais, mi parli delle condizioni di salute di suo padre. Tutto quello che sa, da quando lui era giovane a oggi. » Anceschi ascolta e lascia fare. Terézia gli offre un caffè di Liegi e lui non se lo fa ripetere due volte.

Selina appare pensosa. « Be', non c'è molto da dire. Mio padre è sempre stato abbastanza bene. Da ragazzo si è beccato una coltellata, sapete? Per una donna, pare. Per noi, da ragazzi, la storia era diventata una sorta di mito. Quando io ero ancora bambina, è stato operato per un'ulcera perforata. Ha molte ernie del disco, per questo non cammina. È incontinente. Qualche piccolo problema di circolazione. Nient'altro. »

« Perché, allora, è stata richiesta l'interdizione? »

Le guance di Selina assumono un colorito rubizzo. « Io non sono d'accordo. L'iniziativa è stata presa dai miei fratelli. »

Niccolò cerca di vederci chiaro. Io ascolto con attenzione. « In che senso, non è d'accordo? »

« Nel senso che non credo che mio padre sia incapace. Ha un pessimo carattere, ma del resto l'ha sempre avuto. Ha una fissazione per l'enigmistica e ci rende la vita impossibile con giochi continui, ma lo ha sempre fatto. Non è pazzo. »

« Questo lo vedremo » replica lui con una puntigliosità che mi pare inutile.

Selina sembra irritata da quest'ultimo commento. Lo osserva estrarre dalla borsa arancione una cartelletta contenente dei test di valutazione cognitiva, pronto a sottoporli a Konrad Azais, e poi si alza in piedi. Io e Niccolò la seguiamo sulle scale di legno laccato di bianco che conducono al piano di sopra. Con il fiatone, ci raggiunge anche Anceschi. Sulla parete sono appesi dei ritratti in bianco e nero di una donna dai lineamenti delicati, che potrebbe essere la moglie di Azais. In effetti, riconosco una vaga somiglianza con Selina e Clara.

La stanza di Konrad Azais è la più nascosta della casa. Selina ci precede verso la porta, che prova ad aprire abbassando la maniglia.

Ma la porta non si apre.

I lineamenti soavi di Selina si alterano. « Clara! » chiama ad alta voce.

La ragazzina fa capolino dalla sua stanza. « Che c'è? »

Selina la pietrifica con lo sguardo. « Sei stata tu? Fuori la chiave. »

Clara fa spallucce. Il suo volto si colora di rosa acceso e trovo che sia una ragazzina di rara impudenza. « Io non ho nessuna chiave » risponde avvicinandosi. Si abbassa all'altezza della toppa.

« Guarda, è chiuso da dentro. Si è chiuso lui. Hai visto, che non è pazzo? Ha capito tutto. »

« O forse *tu* gli hai detto tutto » commenta Selina, non del tutto scontenta.

« Ti sbagli. Non l'avrei mai fatto. » Ma scommetto che è l'esatto contrario.

Niccolò perde la calma. « Quindi, signora Azais? Cosa facciamo? »

« Vuole forse che chiami i pompieri per forzare la serratura? » risponde Selina con sarcasmo. Clara ridacchia e Anceschi le strizza l'occhio facendole capire che è dalla sua parte.

« E se semplicemente gli chiedesse di aprire la porta? Dato che, come dite voi, non è pazzo, che problemi ha a farsi visitare? » Il tono di Niccolò è irritante e se io fossi Selina Azais lo butterei fuori di casa con un calcio nel didietro.

« *Apa? Apa? Nyílem az ajtó.* »

« Le spiace parlare in italiano? » si azzarda Niccolò, e giuro che trattengo a stento un pestone.

Selina, piena di dignità, obbedisce. « Papà... apri la porta. »

« Non intendo farlo » ribatte Azais in italiano con una voce roca e molto determinata.

« Perché no? Non ti chiudi mai a chiave. Terézia deve cambiarti. Apri la porta, su! »

« Mi ha già cambiato, quella vacca. »

« Se Terézia ti sentisse, le dispiacerebbe molto essere definita così. »

« Non capisce l'italiano, quella vacca. Solo l'ungherese. Io ti avevo chiesto una domestica ungherese, è vero. Ma anche bella. »

« Perché ti sei chiuso dentro, papà? »

« Non voglio essere visitato da quegli *hülyék.* »

« Sono stato insultato in ungherese, forse? » chiede Niccolò con tono altezzoso.

« Oh, no! » esclama Selina.

« Vi ha detto idioti » si inserisce Clara, le braccia conserte, un sorriso che esprime vivo accordo con l'opinione del nonno.

« Signora Azais... » Niccolò pronuncia il nome scandendo le sillabe e con tono enfatico. « Non ce ne andremo senza aver visitato suo padre. »

Davanti a tanta scortesia non posso rimanere in silenzio. Anche perché è un'opinione tutta sua e non certo mia. A me non dispiacerebbe avere un pretesto per tornare qui. Cerco la complicità di Anceschi, che coglie l'assist e dice la sua.

« È da vedere, Niccolò. Non ho l'abitudine di imporre una visita, finché possibile. Immagino che potremmo mostrare maggiore pazienza. »

« Signora Azais » intervengo, decisa. « Senta, ci rendiamo conto delle difficoltà. Forse sarà meglio tornare quando suo padre si troverà in una migliore predisposizione d'animo. »

« Mettetevelo in testa. Nessuna visita. Non ne ho bisogno. »

« Signor Azais, lei sa perché vogliamo visitarla? » gli domando, attraverso la porta.

Il suono della sua risposta è metallico. « Certo. Sono vecchio, non pazzo, al contrario di quanto si vuole far credere. »

« Appunto per questo deve farsi visitare, così potrà dimostrarlo » gli spiega Anceschi, e immagino che Niccolò senta il peso della minoranza, perché tace.

« Non oggi. »

« Signor Azais, sia ragionevole » insisto. Ma debolmente.

« Tornate la prossima settimana. Oggi ho mal di testa. »

« Azais, non faccia i capricci » lo ammonisce Niccolò, recuperando la parola.

« Non fateli voi, i capricci » ruggisce dall'altra parte Konrad Azais. « Sapete con chi avete a che fare? »

« Sì, signor Azais. Lei ha scritto dei romanzi molto pregevoli ma questo non la esime dall'essere visitato da noi. Oggi » insiste Niccolò, battendo il piede sul parquet.

« Andatevene. E chiamate, prima di tornare. Se sarò disponibile vi riceverò. »

« Papà, non è così che funziona. I dottori non devono chiederti il permesso. »

« E perché no? » osserva Clara, in maniera legittima, peraltro. Dai lunghi capelli ricava una treccia con gesti dettati dall'abitudine.

« Hanno un incarico da parte del giudice » spiega Selina, con tono prudente.

« Chi se ne frega del giudice. Il rispetto viene prima di tutto. Se oggi il nonno non se la sente, non vedo perché debba essere costretto a essere visitato. »

« In effetti è quanto dice anche la nostra Costituzione » affermo con un cenno concorde. La mia voce è solenne alle mie stesse orecchie. « Per questo noi torneremo quando il signor Azais si sentirà pronto. »

« Le va bene, signor Azais? Lunedì prossimo, per esempio? » lo interroga Anceschi.

Niccolò ci fissa con astio, Selina e Clara con ammirazione.

Azais tace per qualche secondo. « Lunedì prossimo va bene » concede infine.

« Non ci ripenserà, vero, signor Azais? » gli domando, incerta.

« Ho detto che va bene » replica, stizzito.

Nell'accompagnarci alla porta, Selina Azais mi saluta con partecipazione e consegna ad Anceschi una generosa porzione di torta avvolta in uno strofinaccio di cotone bianco. « Vi ringrazio per la comprensione » ci dice con un sorriso. Liquida Niccolò con un atteggiamento meno caloroso, mentre Clara, soffiando un palloncino con la Big Babol rosa, sorride con gli occhi.

* * *

« Yuki, non possiamo tenerlo. »

Yukino, la mia adorabile coinquilina giapponese che non

ha ancora imparato bene l'italiano come desidererebbe, mi fissa con aria implorante. « Ti pecoro! »

Rivolgo lo sguardo al cagnolino pezzato e malandato che tiene tra le braccia con fare molto materno. È irresistibile.

Al mio ritorno da casa Azais, abbastanza sciroccata (due ore in auto con Niccolò metterebbero alla prova chiunque), ho trovato una bella sorpresa. Yukino ha già fatto scorte di cibo per cani, biscotti per cani, ossi in pelle di bufalo per cani e cappottino rosso impermeabile per cani. « Altrimenti cosa faccio io di tutta questa roba? » insiste.

« Potevi consultarmi prima di lasciarti prendere la mano dallo shopping. »

« Io ho chiamato sul cellulare te. »

« Non potevo rispondere. »

Yuki adotta la strategia in cui è più abile: diventa supplichevole e tira in ballo il momento in cui tornerà in Giappone, che non è più tanto lontano.

« È proprio perché tornerai in Giappone che non possiamo tenerlo. Come farò da sola? »

« Poi quando torno a Kyoto io lo porto con me. Ho altro cane lì. Devi avere pazienza solo per ultimi mesi. Per me importante. » Non sono mai stata capace di negarle alcunché. I party notturni a base di pessimo cibo giapponese preparato da lei, le maratone di *anime*, quella gita a Firenze improvvisata dall'oggi al domani, le lezioni private di italiano... e adesso anche il cane.

« Ho già pensato come chiamarlo » aggiunge, in veste di asso nella manica.

« Ah sì? » chiedo dissimulando l'interesse. In realtà sono curiosa. E poi il cucciolo è davvero adorabile, ha uno sguardo così candido!

« Ichi, in omaggio a *Parfait tic*. Forse tu preferisci Daiya, però. »

« Scegli tu, il cane è tuo... Anche se forse mi piacerebbe di più Hachiko... »

Yukino scuote tenacemente il capo. « Non metto nome così tanto banale. Scegli. Ichi o Daiya. »

« Vada per Ichi. Adesso però fallo tenere in braccio anche a me. »

I love Paris in the Fall

Le foglie secche, i rami innevati che si intrecciano nel cielo di fumo. L'atmosfera rarefatta di Saint Germain. Piccole piazze in cui ci si sente estranei alla vita che scorre. La bellezza sontuosa. La metro, più sordida di qualunque altra abbia mai preso. Ma anche la cioccolata in un caffè al Louvre. Non sentirsi i piedi per il gelo durante una passeggiata sugli Champs-Élysées. Entrare da Guerlain per scaldarsi e rimanere abbagliata dallo splendore e stordita dai profumi. La suggestione davanti ai quadri di Ingres. Le crêpe alla Nutella, attenti a selezionare su sua insistenza il botteghino che tra tutti avesse l'aria meno igienica perché secondo lui un po' di sporcizia migliora il sapore come una spezia segreta. Schivare i ritrattisti a Montmartre, anche se in realtà uno di loro aveva accennato una bozza niente male dei suoi occhi. La mia ignoranza davanti a molte opere del Centre Pompidou, che lui si ostinava a definire arte. Le corse, rincorrendoci come bambini, nell'Île Saint Louis. I cornetti burrosi, il piacere di mangiarli a letto. La cena con formaggi che odorano di calzini, e poi ridere del fatto che i più puzzolenti erano i più gustosi. Le notti brevi. Abbandonarsi all'indisciplina. Scivolare beatamente nel sonno sfiorando i suoi capelli. La musica di Edith Piaf e di Vanessa Paradis. Scegliere qualche stampa con cui abbellire la sua stanza un po' spoglia in rue d'Alesia, nelle bancarelle nei pressi di Notre Dame e non capire perché non gli piacciano quelle damine in abito ottocentesco che a me sembrano così graziose. Un interminabile pomeriggio da Shakespeare & Co., durante il quale ho frenato il suo impulso ad acquistare qualunque libro minimamente affascinante gli passasse per le mani. Le sfavillanti luci della Tour Eiffel, che ho perso perché in quei pochi minuti ero in un negozietto a comprare magneti per amici e parenti, e faceva troppo freddo per aspettare di rivederle per un'altra mezz'ora. Le giostre che sembrano giocattoli e invece ospitano bambini e, occasionalmente, con in mano un bastoncino di zucchero filato, anche me. Constatare che in questa città è a suo agio, quanto non lo era a Roma. Tutto questo, e molto di più, è Parigi con Arthur, in questi giorni gelidi di novembre.

Sono partita di corsa, come una fuga. Del resto, il Supremo aveva detto che sarebbe stato ben contento di darmi qualche giorno di ferie. Tornerò domenica, giusto in tempo per non perdermi, il lunedì, la seconda sessione delle « operazioni peritali in persona di Konrad Azais », in compagnia dell'amabile Niccolò.

Tre giorni rubati alla distanza, come se la nostra storia non stesse perdendo concretezza ogni giorno che passa. Ma quando lo rivedo, ogni dubbio è messo in fuga da quel calore, da quell'affinità tutta nostra, e le manciate di minuti al telefono, ogni sera, le mail, la nostalgia, tutte le sensazioni più demoralizzanti valgono la pena di essere vissute a fronte dell'esatto minuto in cui, nell'anonimato di un grande aeroporto, poggio stancamente la mia testa sulla sua spalla.

La cupidigia di Deszíderius Horvath

Al rientro, con quell'umore penoso che mi accompagna a ogni ritorno, ho trovato Ichi accoccolato sul mio letto.

« Sì, gli piace molto » mi ha spiegato Yukino con naturalezza, come se la cosa fosse da considerarsi normale.

« Yuki, i cani non devono stare sul letto. Non è igienico, è una pessima abitudine. »

« Oh, non capisco perché » ribatte con serietà, poi chiede in giapponese a Ichi di seguirla nella sua stanza.

La bestiola la fissa incantato, con i grandi occhi di miele che sembrano dirle *ti adoro, Yukino*. È la gratitudine fatta essere vivente. Mi ritrovo a correrle dietro nella sua stanza, che sembra un negozio monomarca di Hello Kitty. Sulla sua scrivania campeggia un libro di poesie di Montale e fogli sparsi dei suoi appunti in un italiano lievemente sgrammaticato. Mentre lei gioca con Ichi ne sbircio il contenuto, e non dev'essere un caso, perché trovo un riferimento ad Azais.

« Yuki, tu hai letto qualcosa di Konrad Azais? »

Lei solleva il suo sguardo terso, continuando ad accarezzare il manto pezzato di Ichi.

« Certo! *La cupidigia di Deszíderius Horvath* è uno dei libri più belli che ho letto. »

« Di cosa parla? » le domando incuriosita, sedendomi sul letto accanto a lei. Mio malgrado mi ritrovo ad accarezzare il pancino di Ichi che nel frattempo si è posizionato supino, degno sultano di un harem.

« Parla del non essere contenti di quello che si ha. Di

quando si fanno cose scorrette per ottenere quello che si vuole, e come si dice quando uno dovrebbe dire grazie? »

« Gratitudine, forse? »

« E il contrario? »

« Ingratitudine. »

« Sì. Ecco. Il romanzo parla dell'ingratitudine. »

« Non mi sembra una storia così originale. »

Yukino annuisce. Quando si tratta della letteratura, sua grande passione, Yuki diventa di colpo seria, e sembra sempre un po' buffa. « Questo è vero, ma lui scrive in modo tutto suo, così speciale. Non ha scritto più niente di tanto bello. »

« Sai, Yu, domani visiterò Konrad Azais. »

« È morto? » domanda atterrita.

« No, Yuki. Ma non so cos'è peggio. Vogliono interdirlo. »

« Che vuol dire? » domanda lei, inclinando la testa di lato.

« Significa che vogliono farlo dichiarare malato di mente » semplifico a suo beneficio.

« Cioè pazzo? » chiede per conferma, confusa. Ichi strofina il musetto sulla sua coscia esile.

« Sì. »

« Io penso che lui è pazzo. Solo un pazzo scrive i suoi libri. Ma è pazzo in quel modo particolare dei geni. Non pazzo veramente. »

« Sarà. Domani vedremo. » Il che mi ricorda che devo chiamare Niccolò per mettermi d'accordo per il tragitto, dato che Anceschi ha annunciato che verrà in motocicletta e io preferisco di gran lunga la comodità dell'auto all'essere confinata a mezzo centimetro di sedile, spiaccicata contro il bauletto dalla mole del dottore.

« Racconti di Parigi? » domanda poi lei. « Come sta Arthur *kun*? »

« Arthur sta bene. Parigi è la sua dimensione. Lui è sempre un po' egoista – anche se noto un lieve miglioramento – ma è troppo speciale per potergli resistere.»

«Lui somiglia molto al cantante dei Led Zeppelin quando era giovane. Arthur *kun* grande figo.»

«Purtroppo lui lo sa.»

«Noto che tu sei meno convinta. Prima non avevi critica per Arthur *kun*.»

«Non so. Forse sto crescendo. O forse sto semplicemente affrontando la realtà. Vado a fare una doccia, Yuki. Buonanotte a entrambi» dico con un'ultima carezza a Ichi, che risponde con la punta della sua lingua ruvida.

* * *

«La volta scorsa era tutto perfetto. Il consulente di parte degli Azais non si era presentato, la giornata era buona, e io non ero reduce da un turno di notte.»

Quant'è petulante. Sono sulla Punto di Niccolò, in mezzo alla campagna etrusca, travolti da un nubifragio, io in preda alle coliche – credo che qualcosa mangiato a Parigi mi abbia fatto male – e lui all'insofferenza.

«Che problemi ti crea il consulente degli Azais?»

«Non ti rispondo nemmeno» ribatte lui con i modi urbani che lo contraddistinguono.

«Come preferisci, Niccolò.»

«È ovvio che non si tratta di problemi. È solo un disagio in meno, ecco» spiega, spazientito. Con un invidiabile senso dell'orientamento ricorda la strada che conduce a casa di Selina Azais senza l'ausilio del navigatore. Nell'autunno viterbese, la villetta sembra quasi un cottage inglese di quelli dei romanzi di Katie Fforde. Dopo aver suonato il campanello, è Clara ad aprire la porta. I lunghi capelli sono raccolti in due trecce dall'aria molto romantica, gli occhi sono più *smoky* della volta scorsa, ai piedi porta delle ballerine viola.

« Ciao » esordisce, salutando esclusivamente me e ignorando Niccolò. « Dov'è l'altro dottore? »

« Sta per arrivare » le spiego.

Un gattino ci viene incontro insieme a Selina, che ha l'aria un po' più svampita della volta scorsa. « Oggi mio padre è d'umore più trattabile » ci assicura e ci conduce nel salotto. Sul divano, presi da un'accesa conversazione, sono seduti tre uomini.

Quando ci vedono entrare, si alzano presentandosi.

Uno, spilungone, stempiato, insulso, è Enrico Azais.

Un altro, più massiccio ma prestante, di bell'aspetto e dallo sguardo spregiudicato, è Leone Azais, il primogenito. Manca Oscar, il fratello minore.

Il terzo uomo è il dottor Paladino, il consulente di parte. È un collega sulla sessantina, azzimato e pignolo. Lo si capisce immediatamente, da come puntualizza che: « È stato un bene che la volta scorsa il signor Konrad Azais abbia rifiutato la visita. Non avevamo ricevuto la comunicazione, colpa della segretaria del signor Azais ».

« L'ho già licenziata » spiega Leone Azais, con orgoglio.

« Per così poco? » domando con un sorriso un po' nervoso.

« No, stavo semplicemente aspettando un pretesto » è la sua risposta. « E comunque, mia sorella si è ben guardata dall'avvisarmi » aggiunge, con una punta di veleno.

Nel frattempo, Niccolò si trova in uno stato di soggezione psicologica di fronte al dottor Paladino, che a me è sempre sembrato un cotechino con la laurea. Lo guarda come se fosse una statua sacra. Questa volta, nonostante le condizioni atmosferiche, Anceschi non si fa attendere troppo. Lo vedo arrivare in motocicletta e sembra Poncherello dei Chips.

Al suo arrivo, divento la specializzanda invisibile, più o

meno come al solito – o meglio, come quando non combino qualche guaio. Esclusa dalla compagnia, non mi resta che iniziare a scrivere il verbale delle operazioni peritali. Clara si avvicina alla scrivania e legge incuriosita. Questa seduta sembra tutto fuorché una consulenza tecnica d'ufficio. « Con te posso parlare » dice a bassa voce. « Non permettere ai miei zii di averla vinta. Sono avidi. Stanno facendo tutto questo solo perché vogliono contestare il testamento del nonno. »

« Che testamento? »

« Il nonno ha scritto di suo pugno una lettera indirizzata a mia madre e ai miei zii. Non gliel'aveva ancora data, ma lo zio Leone l'ha trovata e ha scoperto che mio nonno vuole lasciare tutti i suoi beni a una sconosciuta. Nessuno ha letto il testamento, ma i miei zii temono il peggio e per questo hanno deciso di farlo interdire. Non si sa mai che il nonno muoia e le sue volontà vengano rispettate » conclude con tono sarcastico.

« Clara, va' nella tua stanza. Non è una situazione adatta a una bambina » interviene Leone Azais, fulminando la nipote con lo sguardo. Clara, tutt'altro che una bambina, risponde allo sguardo con occhi burrascosi, per poi lasciare il salotto con la sua camminata un po' sbilenca.

Sono perplessa. Non so se crederle: se Azais ha scritto un testamento, per invalidarlo sarà necessario dimostrare l'incapacità naturale al momento della stesura. È inutile farlo interdire dopo: l'interdizione vale a partire dal momento della sentenza da parte del giudice e non è retroattiva.

« Vogliamo andare di sopra? » propone Selina Azais, la voce segnata dall'impazienza, forse desiderosa di concludere al più presto la faccenda. I suoi fratelli colgono al volo lo spunto, e il dottor Paladino si mette in piedi, opulento e impeccabile. Ripercorriamo le scale e raggiungiamo la stanza dello scrittore. Selina bussa e impugna la maniglia, che stavolta non trova resistenza, e la porta si apre.

Konrad Azais è su una sedia a rotelle, di spalle, immobile davanti alla finestra.

« Papà » lo chiama timidamente la figlia.

Lui non muove un muscolo. Il silenzio è stridente.

« Papà, ci sono i dottori. »

« Mi farò visitare. Ma i tuoi fratelli devono rimanere fuori. »

Mi accorgo adesso che l'immagine di Leone ed Enrico è riflessa sul vetro della finestra di fronte a lui.

I fratelli Azais non si scompongono. « Bene. Sempre gentile, *apa* » ribatte Enrico, avvicinandosi alla porta della stanza.

« Selina, c'è anche Oscar? » aggiunge Konrad, prima che i figli siano andati via.

« No, papà. »

« Ah, certo! A Oscar tutto è concesso! » sbotta Enrico Azais. Leone gli sfiora il braccio, come per portarlo via. « Sappi, papà, che a Oscar non frega un bel niente di nessuno di noi! Men che meno di te. Sai perché ti cerca? Per farti sganciare il denaro che gli serve. E tu gli riservi il privilegio di riceverlo, quando la firma su quegli atti per cui rifiuti *noi* l'ha messa anche lui! »

« Enrico, lascia perdere » mormora Leone, con occhi torvi.

« Selina, chiedi ai tuoi fratelli di uscire dalla mia stanza. »

« Non c'è bisogno che tu lo chieda. Ce ne andiamo subito » aggiunge Leone, con compostezza.

Solo quando sente la porta chiudersi, ruotando la sua sedia, Konrad si mostra a noi.

È spigoloso nei lineamenti, che dovevano essere stati avvenenti un tempo, ma che adesso sono inaspriti da un'espressione corrucciata e supponente. I capelli sono lunghi per la sua età, lisci e candidi. Indossa una giacca da camera scozzese e tiene in mano una pipa che emana odore di liquirizia. È molto rugoso, i suoi occhi sono di un grigio chiaro, il colore degli occhi di un lupo. Forse è questo a renderlo un po' inquietante.

Il dottor Paladino lo guarda con condiscendenza e si presenta, poi si lancia in un breve preludio dai contorni adulatori su come conosca e ammiri le sue opere. Nel frattempo Niccolò estrae dalla borsa dei fogli bianchi e inizia a prendere qualche appunto, poggiandosi su una scrivania e ricavandosi con difficoltà un piccolo spazio tra i libri di poesie di Vítězslav Nezval. Il fragore di un tuono precede un black out che, senza apparente spiegazione, suscita in Azais una risata stonata e irriverente.

«*Apa...*» mormora stancamente Selina, scostando le tende in modo da far penetrare più luce possibile. Il massimo che riesce a ottenere è una malinconica penombra. D'un tratto, il cellulare di Anceschi squilla e lui risponde, dopo essersi scusato. Nel frattempo, Niccolò porge il foglio a Paladino perché lo firmi e la visita ha inizio con la raccolta dell'anamnesi, che Azais ottempera con insospettabile precisione. Sul suo volto scende un'ombra di tristezza quando ricorda la morte della sorella Heni. Non occorre mai che Selina intervenga per correggerlo o per ricordargli un'informazione che gli sfugge, e io mi chiedo, sinceramente, di cosa stiamo parlando.

Azais è lucido, di certo più di me.

Anceschi rientra nella stanza e mi chiama in disparte. Con tono di voce basso e come se non stesse dicendo nulla di grave, mi avvisa che sta per lasciarmi qui, da sola, con poteri plenari.

«Sono costretto ad andare via di corsa, Allevi. Mia suocera sta per lasciarci. Prendi nota di tutto. Ti raccomando, fa' attenzione a ogni dettaglio.»

Si scusa poi con Laurenti e con Paladino, firma il verbale, saluta Selina Azais con il rimpianto di non partecipare al party antimeridiano che lei gli aveva ventilato e fugge sulla sua Suzuki, sotto la pioggia che per sua fortuna si è diradata.

L'esame obiettivo generale di Konrad rivela ipotrofia degli arti inferiori, dovuta alla permanenza in carrozzella. Per il resto, il suo fisico è una bomba. Azais si presta alla visita con garbo, collaborando con modi quasi gioviali fino a quando non gli vengono somministrati i test cognitivi. Appare offeso e spazientito quando gli si chiede di ripetere in successione *cane, casa, pane*, o di riprodurre figure geometriche semplici come quadrati o cerchi.

« Per chi mi avete preso » mormora con stizza, quando con la mano sinistra restituisce la penna a Niccolò. Paladino sembra deluso dalla riuscita dell'esame ed è comprensibile.

Più tardi, quando restiamo da soli nel salotto di Selina, Paladino sostiene che il caso è « classico », e che si tratta di quelle fasi di demenza in cui l'esecuzione di ordini semplici è ancora conservata, mentre risulta già perduta la capacità di decidere autonomamente.

« Non sono affatto d'accordo » m'inserisco, perplessa di fronte a un Niccolò possibilista. Come si può sostenere una tale insensatezza? Va bene che in medicina tutto è possibile, ma con questa scusa non si è certo legittimati a spararle grosse! Azais è orientato nel tempo e nello spazio. È brusco ma capace di profonda autoanalisi e anche di una certa ironia. È stato persino gentile, quando, rivolgendosi ai presenti, ha chiesto se avessero letto *La cupidigia di D.H.*

Niccolò, che è un primo della classe per costituzione, ha risposto « Naturalmente! » mentre io ho dovuto farmi coraggio e rispondergli che no, non l'avevo ancora letto. « Selina! Prendine una copia per questa bella dottoressa. Rischia una grave lacuna culturale » ha detto allora Azais con un sorriso.

Ha poi preso una penna a china sulla scrivania e ha scritto una breve dedica.

Quando faccio presente l'episodio, Paladino mi guarda con superiorità. « Ovviamente, collega, è stato frutto di una grave ciclotimia: non si è accorta degli sbalzi di umore manifestati durante la visita? Dell'approccio aggressivo nei confronti dei figli? »

« Be', sfido chiunque a trattare bene un figlio quando vuol farti dichiarare insano di mente » commento d'istinto.

« Non ha notato che il suo astio si rivolgeva solo a due dei figli, quando sono in tre gli interessati? »

« Saranno anche fatti suoi! » commento.

Niccolò inarca le sopracciglia, sfogliando con attenzione le pagine del DSM-IV, la bibbia della psichiatria mondiale. Non sembra avere nulla di particolare da ribattere, e sta chino sul verbale e sul libro, estraniandosi dalla conversazione che si sta facendo accesa.

« Non le sembra una visione un po' troppo emotiva della questione, e poco scientifica? » mi domanda Paladino. « Guardi. Legga la lettera che Azais ha scritto ai figli. È da qui che ha origine la richiesta dei miei assistiti » prosegue, porgendomi una fotocopia. « Il testamento cui fa riferimento è depositato presso lo studio di un notaio. »

« Come ne hanno avuto notizia i figli di Azais? » domando incuriosita.

« Leone Azais l'ha trovata in un cassetto nella stanza del padre, quando Konrad viveva con lui e la sua famiglia a Roma. Azais era intenzionato a scriverne una copia per ciascuno dei figli e prepararli così alla delusione di un testamento sfavorevole per tutti loro. Ne sono nati attriti insanabili e per questo si è trasferito qui, dalla figlia. »

Incuriosita, mi dedico alla lettura.

Per Leone, Enrico, Oscar e Selina

Roma, 6 maggio 2009

A voi, figli miei, non arriverà alcuna eredità.
Mi è impossibile andar via senza sistemare le cose.
È una questione di coscienza, sappiatelo.
La mia volontà perciò è questa, la mia coscienza
insiste e, credetemi, privarvi della vostra
eredità è l'unica strada percorribile.
Voi non capirete, lo so, e del resto non avete
ottenuto spiegazioni: ma, questa volta,
le spiegazioni vanno a LEI. Nel testamento è tutto
affermato senza enigmi. E non dovete sapere il suo
nome, non ora. Imparate l'arte della pazienza.
Giuro che non vi darò pace se non sarà così.
Eternamente grato, figli miei

Konrad Andràs Azais

«È una lettera... criptica» affermo.

«Vede, collega? Questa lettera vale più di qualunque esame clinico e obiettivo, ma purtroppo non è allegata agli atti. Dimostra la demenza di Azais e la sua personalità narcisista. Solo un soggetto disturbato potrebbe amministrare in questo modo i suoi averi, e per di più senza alcuna valida spiegazione. Ai figli non può bastare quest'enigma.»

«Be', Azais è un creativo. Appassionato di giochi di parole. La lettera è stramba, sì, ma è lucida. Il concetto fondamentale è espresso con chiarezza. Devolve i suoi beni a una donna, non vuol rivelare il suo nome e non vuol rivelare la ragione della sua scelta a nessuno se non a *lei*. E dopotutto è legittimo, i soldi sono i suoi, non dei figli... Non deve loro nessuna reale spiegazione. Se non vuole fornirla, nessuno può costringerlo a farlo.»

Paladino mi osserva con supponenza, infastidito come lo sarebbe da una mosca in estate. «La perizia psichiatrica compete al dottor Laurenti e se non sbaglio lei è qui solo per accompagnare il dottor Anceschi. È una specializzanda, no?» afferma, come a sottolineare che il mio ruolo è di sostanziale inutilità nella faccenda.

«E il testamento?»

«È dal notaio. Nessuno lo ha letto.»

«Proprio perché questa lettera ai figli non è allegata agli atti, posso ricopiarla? Vorrei mostrarla al dottor Anceschi.»

Con lo sguardo vitreo di una mucca al mungitoio, Paladino accetta. Trascrivo le parole di Konrad riga per riga e non appena ho finito, dopo i saluti formali, lasciamo la casa proprio mentre nell'aria inizia a diffondersi odore di caffè.

Sulla strada verso Roma, Niccolò appare confuso. Non riesco a capire quale sia la sua opinione sulla vicenda: quando gli dico che per me Azais non è da interdire lui sembra d'accordo; ma non ne sono del tutto certa, è vago e poco circostanziato.

Tornata a casa, comoda sul divano e riscaldata da Ichi – ottima alternativa alla borsa dell'acqua calda –, inizio a leggere il libro che mi ha regalato Konrad Azais.

Parte in sordina ma è sbalorditivo, l'uso creativo della lingua è estremizzato, feroce, non dà scampo e mi ritrovo ad albeggiare, incollata alle pagine come non mi accadeva da tanto tempo.

E, senza che all'inizio me ne accorgessi, piano piano fui avvolto dall'aspra schiuma della malinconia

Konrad Azais, *La cupidigia di Deszíderius Horvath*

Il libro di Konrad Azais, che ho terminato il pomeriggio del giorno successivo alla visita, rende piena ragione della sua notorietà. La sua narrazione trasporta in un mondo abitato da personaggi insoliti ma umani, ha un significato preciso e lo sento addosso come se lui lo avesse immaginato e scritto per me. Si può davvero essere felici senza il tormento di un rimpianto? Senza chiedersi se, a un certo punto della propria vita, la strada imboccata di fronte a un bivio sia stata quella giusta? Azais esplora questo tormento con un'abilità psicologica netta e pungente e adesso capisco anche l'entusiasmo di Yukino e quello di Niccolò, che avevo scambiato per leziosità.

Guardo le pagine della mia copia autografata come se fossero le pietre preziose di un inestimabile tesoro. Quando la esibisco a Yukino, lei la osserva con gli occhi oblunghi colmi della stessa sana invidia di quella volta che ho trovato a Porta Portese una borsa Vuitton Neverfull PM a quaranta euro.

« Ti avevo detto io che è un libro molto bello » precisa, assumendosi il merito della scoperta. Siamo nella cucina della nostra casa sgangherata, dalla finestra è possibile sentire il rumore martellante della pioggia, mentre la coppia al piano di sopra si lancia addosso ceramiche più o meno come al solito. Mentre Ichi riposa sul divano, dal notebook acceso di Yuki proviene la musica di Olivia Lufkin – una cantante giapponese che adora – e lei sta preparando uno smoothie fuori stagione.

« Yuki, tu pensi che i rimpianti possano rovinare la felicità? »

« È il libro, vero? » domanda. Sospira, versando il frullato nella mia tazza verde a pois. « Sì. Lo penso. C'è tutta quella parte, mi ricordo, sulle scelte. Dice cose molto vere. Devo rileggerlo adesso, forse mi aiuterebbe. »

La guardo con attenzione. Sono abituata, a torto, a vederla sempre allegra, come se la sua anima non potesse essere toccata dall'umana tristezza. Non è il personaggio di un manga, esiste davvero e non è risparmiata dai problemi. Dovrei ricordarlo più spesso.

Oggi sembra opaca, lei che è sempre spumeggiante. « Perché, Yuki? C'è qualcosa che non va? »

Si siede di fronte a me, gli occhi fissi sul suo bicchiere di vetro decorato con grosse fragole rosa. È adorabile nel suo maglione rosso di lana leggera e con la collanina di perle che le ha regalato sua madre quest'estate, quando è venuta a trovarla da Kyoto.

« Io sto pensando di tornare a casa » dice a bassa voce, tanto che non sono sicura di aver sentito bene.

« Così in anticipo? » domando, ma senza reale allarme perché confido che sia solo il frutto di un momento di sconforto. Alla data del suo ritorno a Kyoto mancano ancora otto mesi.

« Sì » ribatte lei, il bicchiere stretto tra le mani come un cucciolo.

« C'è una ragione particolare? » le domando. L'idea di questa casa vuota è quasi insopportabile.

« Penso che questa distanza fa male a me e Sosuke. Ieri noi abbiamo litigato in modo molto brutto e non abbiamo ancora fatto pace. »

« Capita che tu e Sosuke litighiate. Tutte le coppie normali lo fanno. Basta che non si diventi come quelli di sopra» osservo con cautela. La mia tazza verde è immacolata, non ho più voglia di niente.

Yuki sorride, ma torna presto seria. «Non si può stare lontani così tanto senza conseguenze.» Le sue parole penetrano così in profondità dentro di me che sento un brivido. Per un momento Arthur si affaccia alla memoria, come un breve spot. «E io ho finito il mio compito qui. Il mio italiano è migliorato. Non sbaglio più i congiuntivi!» conclude con un sorriso triste.

«Ma dici sempre *ti pecoro*...»

«Quello lo dico perché so che a te piace» risponde, posando sul piattino un biscotto che aveva pensato di mangiare. Ma forse le è passato l'appetito. In realtà è passato anche a me.

* * *

Marco e Alessandra mi aspettano a bordo della Twingo nera di quest'ultima e, non appena salgo, mi accorgo dell'euforia contagiosa che emanano entrambi.

Marco, mio fratello, dopo anni di silenzio sentimentale durante i quali a torto lo credevo gay fino al midollo – non che ci fosse qualcosa di male –, si è fidanzato con la mia collega di studi Alessandra, una ragazza dolce e gentile che sembra uscita da un film pieno di buoni sentimenti. Insieme sono tanto carini da sembrare finti, in verità sono anche un po' stucchevoli, ma, buon per loro, sono inossidabili.

«Pizza?» propone Marco, che sfoggia un taglio di capelli nuovo, da persona seria, ben lontana da quella alternativa di un tempo. Dal canto suo, Alessandra è un fiume in piena, è sempre più logorroica. Mi piace uscire con loro due, lo facciamo spesso, anche se mi capita di provare un senso di estraneità, come se loro fossero completi e io no.

Davanti a un menu vario che potenzia la mia indecisione, Marco e Alessandra sembrano fremere per l'impazienza.

« Be'? Che avete? » dico guardandoli, mentre confabulano tenendosi per mano.

« Stiamo pensando a come dirtelo » ribatte Alessandra, gli occhi a cuoricino più che mai.

« Cosa? » chiedo, ma senza troppa curiosità. Sono più presa dal grande dilemma: pizza *brivido d'inverno* o una convenzionale *margherita*?

« Alice, io e Marco ci sposiamo » annuncia Alessandra, raggiante proprio come ci si aspetta che sia.

Li guardo interdetta. Felice, in qualche modo. Un po' invidiosa, anche.

« E non è tutto. Diventerai zia. Tra sette mesi, se tutto va bene » aggiunge Marco, con una carezza sulla guancia della futura sposa.

Questo significa costruire, progettare, e io li ammiro di cuore. Perché è quanto meno impressionante pensare che insieme genereranno una nuova vita, che forse avrà gli occhi dell'uno e la grazia dell'altra; la genialità, l'estrosità di Marco e la fiduciosa bontà d'animo di Alessandra; le bellissime mani dell'uno, i capelli lucidi e folti dell'altra. O almeno, questo è quanto auguro al mio nipotino. Spero in realtà che sia una nipotina.

« E infine, sarei molto contenta se tu fossi la mia testimone » aggiunge Alessandra che, contagiata dalle mie lacrime, inizia a produrne di sue, e parla con voce interrotta, per poi concludere: « Non farci caso. Sono gli ormoni ».

No, non ora non qui in questa pingue immane frana

« Andiamo al punto, Alice, che opinione ti sei fatta? » mi domanda Anceschi, accoccolato sulla sua poltroncina, l'espressione paciosa di sempre ingrigita dall'irritazione per le mie lunghe recriminazioni contro Niccolò Laurenti.

« La mia opinione è che Konrad Azais sia perfettamente capace di intendere e volere. »

« Ha superato i test di Laurenti? » domanda, indeciso se mangiare o no una galletta di riso che osserva con concupiscenza.

« Secondo me sì. »

« Non basta. Bisognerà leggere la sua parte di relazione. In ogni caso, l'ultima parola è la nostra. In realtà non capisco perché il giudice abbia conferito un incarico collegiale. Potevamo occuparcene da soli e al limite disporre una visita psichiatrica. Il ruolo attivo di Laurenti è una scocciatura. »

« Sono d'accordo » commento decisa.

« Questa lettera, però... » borbotta tenendo tra le mani cicciose il foglio che ho trascritto. « Lascia un po' perplessi. »

« Perché bisogna inquadrare il soggetto. Azais è un artista molto bizzarro, un patito di enigmistica. La lettera è coerente con la sua personalità. »

« Sarà. Butti giù qualcosa, intanto. Poi io studierò la documentazione medica e mi vedrò con Laurenti per trarre le conclusioni. »

Annuisco e raccolgo il materiale, che porto con me nella mia stanza.

Seduta alla sua scrivania trovo Lara, mentre Ambra è latitante da qualche giorno.

« Dov'è la principessa? » le domando con tono acido. Lara, che sta sottolineando con un evidenziatore fucsia un libro di criminologia, mi risponde senza sollevare gli occhi.

« Starà piangendo da qualche parte. »

« E perché? »

« Non lo sai? » chiede, gli occhi scuri crucciati.

« Cosa dovrei sapere? »

« Circolano voci di una rottura insanabile tra lei e Claudio. »

« E perché? » domando, con mascherato interesse.

« Non lo so con certezza. Comunque pare che tutto sia partito da lui. Forse ha un'altra. »

« Lara, la tua giacca... ha ancora il cartellino. »

Lei palpeggia istintivamente le spalle e trova il cartoncino, con tanto di prezzo.

« Ma è impossibile! Ho questa giacca da anni. L'ho lavata, anche. Me ne sarei accorta! Ma... Oh no! Cavoli! »

« Che c'è? »

« Ho scambiato la mia giacca con quella di un cadavere che era pronto per il funerale! Lo dicevo io che mi stava grande e che aveva un odore strano! »

« Come hai fatto a non accorgertene? » le chiedo, allibita.

« Erano simili, credo... Vado in obitorio. Spero che la mia giacca non sia già stata sepolta. »

Apre la porta e si imbatte in Claudio.

« Dove stai andando? » le chiede lui.

« È una lunga storia » risponde lei frettolosa, lasciandoci da soli.

« Non sai cosa ha combinato! Ha scambiato la sua giacca con quella di una poveretta che doveva essere sepolta » racconto subito a Claudio.

« Sì, sì » risponde sbrigativo. « Ho qualcosa in sospeso con te? » chiede poi asciutto.

« In che senso? » domando balbettando appena.

Claudio rotea gli occhi. « Secondo te, Allevi? » domanda pieno di sarcasmo, ma divertito di gusto dalla sua stessa ambiguità. « Abbiamo del lavoro in sospeso? » specifica.

« Sì. Il caso V » rispondo recuperando il controllo; frugo tra le cartellette sulla mia scrivania. Dal caos ne estraggo una viola con gli appunti di Claudio, dalla grafia chiara, quasi teutonica.

« Quand'è la scadenza? » domanda, le braccia conserte.

Controllo in alto e vedo che i termini sono scaduti da un pezzo.

Gli rivolgo un'occhiata supplichevole. « Guarda che il lavoro è già finito. »

« Finito per te equivale a dire che è da rifare per me. E adesso te lo dimostrerò. Metti insieme il necessario e raggiungimi nella mia stanza. »

Lì, con la luce che illumina i suoi capelli impomatati, sembra tornato ai vecchi tempi, quando correggeva i miei errori con rimbrotti umilianti e fantasiosi.

« Era un caso difficile, però. Te lo concedo. Dovremmo fare una piccola riunione e sottoporlo ai tuoi colleghi » aggiunge, abbagliato dalla sua stessa idea. Claudio prende molto sul serio il suo incarico universitario e ogni occasione è buona per mettere in mostra le sue velleità didattiche. « Organizza il tutto. »

« Non siamo al completo, oggi. Manca Ambra, ma questo certamente lo saprai. »

Lui glissa sul riferimento. « Non importa » commenta asciutto.

« Perché è finita tra voi? » gli domando in preda a un impulso incontrollato.

Claudio risponde con un'occhiata indispettita. È quasi impallidito.

« Divergenze di opinione inconciliabili. »

« Sembra la causa di un divorzio. »

« Ci siamo trovati in disaccordo su un argomento molto importante. Non saprai altro, brutta impicciona, quindi insistere sarà inutile. Ci vediamo in aula tra mezz'ora. » Ha il tono di chi ha concesso un'elargizione, ma io sto morendo di curiosità.

* * *

Chi più, chi meno pigramente, ci raduniamo tutti in aula. Claudio è già in postazione e fissa il suo orologio con disprezzo.

« Chi mi spiega il vostro ritardo? Eravate troppo impegnati a giocare a Risiko? Allevi, tu eri responsabile dell'organizzazione. » Non gli rispondo nemmeno. Nella scalata al successo ha mutuato dalla Wally alcuni tratti d'intolleranza. « Comunque sia » riprende dopo un po', « introduci il caso. »

Non è facile, perché lui s'inserisce spesso e mortifica i colleghi che intervengono.

Perché è ovvio che se gli specializzandi sono passivi dice loro che sono carne di bestiame, mentre se sono attivi offrono pretesti per essere umiliati.

« Conforti. Fai lo splendido con gli specializzandi. Non cambi mai, sei sempre il solito perdente. »

A pronunciare queste parole è una sconosciuta voce femminile squillante dallo sfumato accento meridionale. Tutti volgiamo lo sguardo verso la porta dell'aula: sul ciglio, immobile, una ragazza alta e appariscente osserva divertita la scena. Da lei, il mio sguardo si sposta su Claudio, e leggo nei suoi occhi il più assoluto sconcerto.

La ragazza ha i capelli lunghi e fini, di un colore castano

chiaro, quasi biondo. Il suo volto è un po' spigoloso. Forse qualche chiletto in più le donerebbe, ma ha un corpo ben fatto. Gli occhi, sovraccarichi di ombretto e rimmel, sono grigi, o forse azzurri, o verdi, ed esprimono grande acutezza di pensiero. Tiene le braccia conserte, appoggiata allo stipite della porta, e ha l'aria satolla di chi si gode una scena che prevedeva. Le dita sono inanellate di gioielli, ai polsi numerosi braccialetti. Indossa un abito grigio a fantasia floreale che io non metterei nemmeno dietro minaccia fisica. Ha un aspetto ridondante ma piacevole.

Le guance un po' scavate di Claudio si tingono di un lieve rossore virginale. Ma è solo un attimo di silenzio tentacolare. Poi lui torna quello di sempre, cinico e spregevole.

« Guarda un po' chi si rivede » commenta caustico. « Tu qui, Beatroce? »

Lei si lascia andare a una risata contagiosa. Così rumorosa da ispirare anche a me un sorriso.

« Ancora quel soprannome indegno. » Avanza in aula, ignorandoci. Grande primadonna. « Sei migliorato » gli dice quando lui si alza e la saluta con un bacio sulla guancia.

E da come la guarda è chiaro che lui, se potesse, la farebbe sparire con il solo potere del pensiero.

« Aspettatemi qui » ci ordina, e poi si allontana con la nuova arrivata.

« Ma chi è? » mi chiede Lara, inspiegabilmente convinta che io possa saperne qualcosa più di lei.

« Non ne ho idea. »

« Secondo me è una sua ex » commenta, i denti piccoli che mordicchiano una pellicina ai lati dell'unghia.

« Possibile. Claudio si è fatto tutto il mondo. Tranne me e te » considero a bassa voce, annoiata dalla pausa.

Lara sospira. « E che peccato » conclude.

* * *

È ora di andar via. Per finire alcuni lavori che avevo in sospeso sono rimasta in Istituto anche di pomeriggio, e adesso è quasi ora di cena. Chiudo la porta della mia stanza, non vedo l'ora di tornare a casa, dove mi aspettano Yukino, una bella porzione di maiale in agrodolce e una maratona di tv. In prossimità dell'uscita, vengo raggiunta da Claudio. Non avevo idea che si fosse trattenuto anche lui.

« Conforti, sei sempre il solito perdente » gli dico, facendo il verso a Beatroce.

Lui appare colpito. Poi un sorriso si dipinge sul suo bel volto. « Ah-ah. »

« Chi era quella? » domando con semplicità.

« Un fantasma » ribatte lui, aprendo la porta e lasciandomi passare con inconsueta cavalleria.

« Dico sul serio. »

« Vuoi un passaggio fino a casa? » domanda lui per tutta risposta.

« Sì, a patto che mi racconti qualche dettaglio. ».

Claudio scuote il capo, con una smorfia che esprime rassegnazione di fronte alla mia ben nota illogicità. « Guarda che l'interesse ad avere un passaggio è tutto tuo, non mio. »

Tecnicamente ha ragione e quindi accetto, prima che lui ci ripensi.

Un enigma è qualcosa di difficile comprensione, un mistero

Wikipedia

Sto studiando con attenzione la lettera di Konrad Azais ai figli. L'analisi ha il bizzarro effetto di farmela apparire più lucida a ogni rilettura. Mi chiedo se non abbia inserito di proposito un trucchetto tra le righe: lui mi sembra proprio il tipo d'uomo che farebbe uno scherzo del genere.

Yukino bussa alla porta della mia camera, interrompendo un processo che in realtà era diventato piuttosto improduttivo. Indossa un basco rosso con dei pon-pon bianchi e tiene Ichi al guinzaglio. La bestiola ha la gioia dipinta sul muso, e osserva il nostro scambio di battute con impazienza.

« Io ceno fuori stasera con colleghe di università. Torno tardi ma lasciato pronti per te *yakisoba.* »

Tra tutti i suoi esperimenti culinari, gli *yakisoba* sono il più temibile.

Annuisco senza troppa attenzione e il mio sguardo cade di nuovo sulla lettera.

D'un tratto, come in quel film su John Nash, *A beautiful mind*, alcune lettere assumono colori fosforescenti e compongono nella mia mente un vero e proprio codice.

« Cacchio, Yuki! »

« Che c'è? » domanda, preoccupatissima.

« Questo è un acrostico! »

La mia povera coinquilina è terrorizzata dalla parola nuova.

« Non so cos'è! »

« Un acrostico è... » Mi accorgo che è difficile spiegarglielo. « È una frase, o una parola, o un nome, che si ottiene dalle iniziali delle righe di un componimento. »

Yuki storce il nasino.

« Ma è una cosa grave? È malattia? »

Non ha capito nulla. « Non preoccuparti, Yu. Va' pure. Io sto bene, sai che a volte mi eccito per sciocchezze! »

« Sì, tu sei così, è vero. Allora... io vado. Faccio passeggiata con Ichi per pipì, poi lo riporto a casa. Tu puoi stare con lui? Esci? »

« No, resto in casa, altroché! » esclamo, galvanizzata dalla possibile scoperta che ho appena fatto.

Quasi non vedo l'ora che se ne vada per rimettermi all'opera. Mi rifiuto di credere che soltanto io ho scoperto questo trucchetto.

A voi, figli miei, non arriverà alcuna eredità.
Mi è impossibile andar via senza sistemare le cose.
È una questione di coscienza, sappiatelo.
La mia volontà perciò è questa, la mia coscienza
insiste e, credetemi, privarvi della vostra
eredità è l'unica strada percorribile.
Voi non capirete, lo so, e del resto non avete
ottenuto spiegazioni: ma, questa volta,
le spiegazioni vanno a LEI. Nel testamento è tutto
affermato senza enigmi. E non dovete sapere il suo
nome, non ora. Imparate l'arte della pazienza.
Giuro che non vi darò pace se non sarà così.
Eternamente grato, figli miei

È un nome di donna. Amélie Volange.

Volange... Sulle prime non mi ricordo dove ho già sentito questo cognome, ma un sorso di Coca Zero rimette in moto la memoria.

Era il coinquilino di Azais, quando abitava a Parigi.

Googlo subito Amélie Volange, messo tra virgolette, come mi ha insegnato la mia amica Silvia tanto tempo fa. I risultati rimandano a una sfilza di pagine web. Tra tutte, la più interessante mi sembra quella di Wikipedia su Catherine Rouvroy, madre di Amélie Volange e soprattutto, lo ricordo distintamente, amore giovanile di Konrad Azais.

Catherine Marie-Geneviève Rouvroy *(Parigi, 17 ottobre 1930 – vivente) è stata una famosa danzatrice francese.*

Nasce a Parigi da una famiglia di estrazione borghese. Il padre era funzionario del governo, la madre, Yvonne Saint-Marie, era stata ballerina, ma aveva rinunciato alla carriera a causa di un incidente durante il quale aveva riportato una grave frattura del femore. Fu la prima insegnante di danza della figlia, che addestrò con grande rigore. In un'intervista, la Rouvroy raccontò che la madre la pungeva con gli spilli a ogni errore posturale commesso. Nel 1946 entra nella Scuola di danza dell'Opéra di Parigi, e nel 1949, a diciannove anni, viene chiamata a far parte del corpo di danza del Balletto dell'Opéra come coryphée, *poi come* sujet *e infine, nel 1955, come* première danseuse.

È considerata una delle più grandi danzatrici del suo tempo, famosa per la capacità di unire alla superba padronanza tecnica una raffinata delicatezza e partecipazione emotiva nell'espressione di movimenti sempre eleganti.

Vita privata

Dopo una lunga relazione con lo scrittore Konrad Azais, nel 1960 sposò Olivier Volange, da cui ebbe due figli: Sebastian (1967), morto nel 1982 in un incidente stradale, e Amélie (1971), che ha perseguito la carriera diplomatica e lavora presso l'ambasciata spagnola a Parigi. Nel 1978 divorziò da Volange.

Digito Olivier Volange e la faccenda diventa ancora più interessante: morto suicida nel 1980, era un mediocre scrittore parigino, autore di qualche racconto e di alcuni romanzi ignorati dal pubblico, fuori catalogo in Italia da almeno trent'anni. Fallita la carriera narrativa, si era poi dedicato all'insegnamento.

Oh, cavolo, che scoperta!

Che la morte mi trovi vivo

È domenica, e per questo weekend non sono tornata a Sacrofano, dove vivono i miei, perché Claudio è di turno per la Procura e in caso di sopralluoghi devo essere reperibile. Io e Yukino abbiamo mangiato delle lasagne surgelate comprate al supermercato e ora sto sonnecchiando sul letto, imballata in una copertina di pile rosa, quando sento il cellulare squillare. Lo afferro lentamente, senza aprire gli occhi, tastando gli oggetti sul comodino.

« Arthur » biascico, convinta che si tratti di lui.

« Molto meglio » ribatte uno spazientito Claudio dall'altro lato. « Ce la fai a essere pronta tra una ventina di minuti al massimo? »

« Un sopralluogo? »

« Ti avevo avvisata, quindi non trovare scuse. Dobbiamo fare un po' di strada quindi non tardare. Passo a prenderti. Sbrigati » conclude.

Nel tempo record di diciotto minuti riesco a: cambiare la felpa sdrucita da casa con un più decoroso golfino blu, trasportare un assonnato Ichi dal mio letto a quello di Yukino – non ho ancora capito perché questo cane, che dovrebbe essere suo, viva di fatto nella mia camera –, infilare i collant e gli stivali, bere un bicchiere d'acqua, mangiare un cioccolatino, lavare i denti, stendere un velo di lucidalabbra, mandare una mail ad Arthur e farmi trovare sul marciapiede prima che Claudio arrivi e dia in escandescenze. Il suo umore è sempre spazientito, anche quando non ce n'è motivo, e attendere anche solo per cinque secondi lo irrita da morire.

Con un colpo di clacson molto tamarro che annuncia il suo arrivo mi recupera sotto un cornicione, mentre cerco inutilmente di aprire un ombrello rotto.

Il cielo è cupo, le strade sono deserte, l'umidità rende le mani appiccicose, lo squallore della periferia sembra ancora più sordido, il silenzio non rinfranca ma al contrario immobilizza e io mi dico che oggi è una pessima giornata per morire. Accendo la radio senza chiedergli il permesso e almeno c'è *China Girl* di David Bowie.

« Qualche notizia sul caso? » gli domando al termine della canzone, che ha lasciato una strana atmosfera, orientale e anni Ottanta al contempo.

« Una morte improvvisa. Un vecchio scrittore. »

Drizzo le antenne. Non può essere. Mi rifiuto di credere a questa coincidenza. Non di nuovo, dopo Giulia Valenti.

« Qui a Roma? » chiedo d'istinto.

« No, a Tarquinia. »

« Konrad Azais? »

« Esatto » ribatte lui, aumentando il volume della radio, il che credo significhi che non ha troppa voglia di parlare.

È lui. Non possono esserci dubbi.

Porto male. Sono una jettatrice. Le persone che conosco per caso, superficialmente, e che per una ragione o un'altra mi attraggono, finiscono col morire.

Abbasso il volume. « E cos'altro sai? »

« Ben poco. È stato trovato morto, senza apparenti lesioni. »

« Io l'ho conosciuto » mi sento in dovere di spiegargli.

Claudio inarca un sopracciglio bruno. « Ma pensa » ribatte con un certo sarcasmo. « Di nuovo » aggiunge alludendo a Giulia Valenti. « Non è che porti male, Allevi? »

« Inizio a temerlo » mormoro con amarezza.

« Guarda che scherzavo. E come lo conosci? »

« È per un caso di interdizione che sto seguendo per conto di Anceschi. »

« In effetti, tra i pochi dettagli che conosco, c'è anche questo. Ed è proprio per il recente caso di interdizione che il PM ha deciso di vederci chiaro. Vuole che io escluda l'eventualità di un omicidio. »

Penso a Selina e a Clara. Penso all'affetto, così evidente, che lega Clara al nonno.

« Era un grande scrittore. »

« Ah, sì? » domanda lui con vago interesse, senza scollare gli occhi dalla strada.

« L'ultima volta che sono stata da lui mi ha regalato una copia autografata del suo libro più bello. Potrei prestartelo » propongo in uno slancio di bontà. Io odio prestare qualcosa, specialmente i libri.

« Non lo leggerei, risparmiati la cortesia. Conosci già la casa? » domanda poi, il suo interesse ringalluzzito.

« In realtà è casa della figlia, Selina Azais. Konrad viveva con lei e la sua famiglia. »

« Era davvero incapace? » chiede ancora, oltrepassando di buona misura il limite di velocità. Tant'è che la strada che con Niccolò ricordavo come interminabile, adesso mi sembra brevissima.

« Nient'affatto. » E adesso che Konrad Azais è morto, il valore del giudizio di Anceschi mi appare di importanza imprescindibile.

« È una comodità che tu conosca già la casa: ti lascio la macchina fotografica per i rilievi. Spegni il cellulare. E per l'amor di Dio, Alice: non invischiarti con i parenti, non farti prendere dal caso come se fosse una questione personale. Non bissiamo il caso Valenti » afferma con freddezza.

« Ho giurato a me stessa che non lo farò più » gli spiego piena di sincera convinzione.

« È un sollievo, Allevi » replica con quel suo tono rarefatto, che a volte sembra voler emulare quello asettico del Supremo, di cui però – è un dolore ammetterlo – Claudio non possiede né il piglio né la nobiltà.

* * *

Claudio parcheggia davanti al cancello a me familiare. Questa volta il giardino non brulica di gatti obesi, forse messi in fuga da tutti questi estranei. Le lampade sono spente, l'unica luce è quella fioca e uggiosa proveniente dalle finestre, che ingrigisce i volti di tutti i presenti.

La famiglia di Konrad Azais è radunata al completo: oltre ai due fratelli che ho già incontrato in precedenza, c'è una donna che non conosco, scortata da due ragazzini molto somiglianti a lei – presumo sia la moglie di Leone Azais. Si aggira per il piccolo salotto ruotando in cerchio, senza parlare con nessuno. Enrico Azais confabula con un uomo di bell'aspetto, sulla quarantina, che non ho mai visto prima. Ha i capelli lunghi, un fascino spettinato, gli occhi oblunghi e un sorriso luminoso.

Selina ha gli occhi gonfi di pianto, e ci accoglie con un fazzolettino di ovatta appallottolato tra le mani. « Oh, dottoressa » mormora dopo una cortese stretta di mano. Profuma di vaniglia e camomilla.

Leone sembra perplesso dalla mia presenza. Scommetto che si sta chiedendo se non sia incompatibile con il mio ruolo nella causa sull'interdizione.

Per la vaga somiglianza con il maggiore dei fratelli, identifico Oscar Azais in un uomo raffinato che sembra essere stato trasportato dalla macchina del tempo dalla Costa Azzurra degli anni Sessanta. Seduto su una poltrona rivestita di cotone grezzo color avana guarda al mondo con distacco e ascolta, infiacchito dalla noia, le chiacchiere di una donna piccola e matura come la signora Minù dei cartoni animati ma più rotonda, che scopro essere la zia Elisabetta, sorella della moglie di Konrad Azais.

E poi, eccolo.

Lui, la volpe della polizia italiana.

L'uomo che ha fatto della capacità di osservazione il perno dell'intera sua carriera: l'ispettore Roberto Calligaris, che rispetto a qualche mese fa ha persino preso qualche chiletto e appare meno smunto, ma complessivamente resta, nell'aspetto, l'uomo più anonimo che si possa immaginare.

« Alice » esordisce con la sua voce un po' gutturale. « Sempre insieme, tu e Conforti » osserva, salutando Claudio con un cenno.

Per un equivoco mai chiarito, Calligaris ci crede fidanzati.

« È solo una casualità, ispettore. »

Lui ignora la precisazione, annotando su un taccuino Moleskine qualcosa che vorrei poter leggere.

« Ci troviamo di nuovo a lavorare insieme. Non sai che piacere » aggiunge poi, prendendo un pacco di Brooklyn dalla tasca del pantalone scolorito. « Del resto, era ora che dessimo seguito a quella proposta di collaborazione che ti ho fatto quest'estate » aggiunge sottovoce, per evitare che Claudio lo senta. Calligaris coniuga dei modi all'occorrenza leziosi con un temperamento spartano per vocazione. Il connubio che ne deriva è insolito e non del tutto spiacevole. Claudio mi porge una macchina fotografica che ha per obiettivo un cannone.

« Alice, l'ho già regolata. Per nessuna ragione al mondo devi toccare questa rotella » mi ingiunge, come se si rivolgesse a una minorata. E questo solo perché una volta ho rotto una piccola levetta della sua preziosa Nikon e ha dovuto inviarla al centro assistenza, da dove non è mai più tornata. Peraltro io un po' so usarla una macchina così. Arthur, che ne ha una simile, mi ha spiegato qualcosa. « Comincia con l'ingresso. »

Trovo quest'autonomia una conquista epocale.

E così fotografo gli ambienti come so di doverlo fare, senza trascurare nulla, anche se niente di ciò che ho notato nel corso delle due precedenti visite mi sembra diverso e men che meno sospetto.

All'appello mi sembra che manchi solo Clara. « Signora Azais? » chiedo a una Selina curva dalla tristezza.

« Sì, cara? » risponde, tirando su col naso.

« Dov'è sua figlia? »

Il volto di Selina si arricchisce di una nuova sfumatura di dispiacere. « È stata Clara a trovare papà. Oggi è il suo compleanno, lo stavamo festeggiando. Mio padre non aveva voluto unirsi, ma nulla di strano. Era diventato sempre più solitario... In verità, come avrà già capito, mio padre non voleva vedere i miei fratelli. Clara era andata nella sua stanza per portargli un pezzo di torta e... povera piccola Clara. Proprio lei, che era così legata al nonno... Adesso è nella sua camera con l'ispettore. »

« Selina, se questa è una morte naturale, perché tanto disturbo da parte dell'autorità giudiziaria? » le chiedo, e mi rendo conto che forse avrei fatto meglio a rivolgere la domanda a Calligaris.

« Morte naturale? » balbetta Selina, turbata. « Mio padre... ha lasciato una lettera. Annunciava il suicidio. È sulla scrivania. La vedrà. E poi, per via dell'interdizione... » Lascia la frase incompleta, convinta che da sola abbia compreso.

Konrad Azais si è suicidato?

La notizia è stonata, se penso all'uomo che ha difeso il diritto alla vita con tanta veemenza nei suoi libri. Forse riteneva finita la propria. Magari era stufo di stare su una sedia a rotelle ad aspettare che Terézia gli cambiasse il pannolone; è possibile che fosse avvilito perché non riusciva a scrivere più niente che lo soddisfacesse; forse si sentiva così solo da non sopportare più la compagnia degli altri. La solitudine è uno stato dell'anima, dopotutto, non dipende dalla presenza di qualcun altro.

« L'ispettore sta provando a interrogarla » riprende Selina. « Il problema è che da quando ha trovato il nonno... non riesce a parlare. » Tiene tra le mani un bicchiere di vetro, cesellato in maniera deliziosa.

« Ah, Edo. Hai notizie della piccola? L'ispettore ha finito? Dottoressa, le presento mio marito, Edoardo Norbedo ». È l'uomo dall'aria simpatica che ho notato in salotto.

Lui mi rivolge un sorriso apprensivo e mi stringe la mano con distrazione. « Selina, tesoro. Clara è molto turbata. Forse è il caso di portarla da un dottore... »

« Be'... non saprei. È normale che sia così provata. È sotto shock, la capisco. Non credo sia il caso di peggiorare la situazione portandola da un medico. Bisogna lasciarle il tempo di riprendersi » spiega Selina. Il marito prende atto della risposta, anche se non sembra troppo convinto. I due si dissolvono nella tristezza generale e non mi resta che ricongiungermi a Claudio.

« Hai terminato, finalmente? »

Annuisco, e rifletto sul fatto che ho appena contravvenuto ai suoi ordini, per non parlare della promessa che ho fatto a me stessa. Ovvero di non invischiarmi più con i parenti.

Raggiungiamo insieme la stanza di Konrad. Accanto a noi, Calligaris e il suo taccuino. Fotografo la porta, che è aperta, e colgo con uno scatto la torta sfracellata sul pavimento fuori dalla stanza, insieme al piatto su cui doveva essere poggiata, la crema e la confettura schizzate sul legno, come vomito.

Konrad è nella medesima posizione in cui lo trovai la prima volta in cui lo vidi: di spalle, davanti alla finestra. Ma oggi ha il collo piegato sulla spalla, il capo riverso di lato, le braccia pendenti ai lati del corpo, inerti. Il plaid scozzese con cui copriva le gambe è spiegazzato. Sotto le frange della coperta sporgono i piedi calzati in fini pantofole di pelle nera. Anche da morto, continua a sembrare un vecchio lupo malandato.

Lo fotografo da ogni angolazione, comprendendo la finestra, il letto in ordine come quello di una stanza d'albergo, la scrivania piena di libri, come la scorsa volta. Stavolta, aperto tra gli altri tutti chiusi, il *Paradiso* di Dante Alighieri. E accanto, un foglio ingiallito, una breve lettera vergata con un inchiostro che sembra sbiadito, o forse solo con una penna che stava per consumarsi.

Mi chiedo cosa sia davvero il talento. Cosa distingue un'opera mediocre da una ben riuscita, se non il gusto personale? E di nessuna delle mie opere può dirsi che sia ben riuscita. Tutto questo mi prostra – non desideravo che pubblicare, da giovane –, eppure niente mi ha reso infelice quanto il sapere i miei libri nelle mani dei lettori. Sono pazzo, un vecchio pazzo, un ingrato che oggi, lucido, pieno di volontà, abbandona questa vita. Non credo che ne seguirà una nuova. Io non credo in nulla se non in una forma di giustizia superiore per la quale sconto la pena di un vecchio crimine. L'ho pagata per tutta la vita, perché i miei libri non sono piaciuti davvero a nessuno. Neanche a me.

Crematemi. Disperdete le mie ceneri.

«Alice, fotografa le ipostasi.»

«C'è poca luce, adesso.»

In effetti sta avanzando l'imbrunire. Calligaris, presente con noi nella stanza di Azais, accende la luce pigiando l'interruttore. «Presto fatto» commenta, prendendo qualche nota sul suo taccuino, prima di copiare per intero il contenuto del messaggio d'addio di Azais.

Claudio procede quindi con l'esame esterno del cadavere. Prende nota degli elementi salienti per la precisa definizione dell'epoca della morte e cerca i segni di qualunque tipo di agente esterno, traumatico o no. Scatta altre fotografie con la macchina che gli ho prontamente restituito e sul volto ha dipinta un'espressione di sottile preoccupazione.

In mezz'ora ha già finito e si mantiene sul vago con chiunque gli chieda informazioni precise, Calligaris incluso.

* * *

Poco dopo, in auto, spegne l'autoradio, come sempre quando è nervoso.

«Non c'è niente di niente. Nessun dato circostanziale, ambientale... Niente sangue. Nessuna lesione. Nulla di sospetto in giro, farmaci o tossici di alcun tipo. Come può essersi suicidato?» si interroga, mentre prende l'autostrada.

«Nemmeno io riesco a darmi una spiegazione.»

«È quella lettera che scompiglia le carte. Altrimenti avrebbe avuto tutta l'aria di una morte naturale. Invece, dobbiamo metterci alla ricerca di qualcosa che supporti il suicidio.»

«A quando l'autopsia?» chiedo.

Claudio tiene le mani salde sul volante. Il suo viso è oscurato da un'espressione di discreta preoccupazione. «Al più presto. Questo caso ha tutta l'aria di essere una rogna.»

Ed è bellissimo perdermi in quest'incantesimo

Al ritorno da Tarquinia, l'ascensore è guasto e sono costretta a raggiungere il terzo piano a piedi. Inserisco la chiave nella toppa e trovo Yukino seduta sul divano in maniera composta, il che non è da lei. In genere lo usa come un'amaca o una dormeuse e stranamente non guarda Real Time, ma sta leggendo niente meno che *Due* di Irène Némirovsky.

« Hai preparato qualcosa da mangiare? » le chiedo, poggiando la mia borsa accanto a Ichi che, incorreggibile, è acciambellato vicino al minuscolo sederino della mia amica. « Ho una gran fame. »

Yuki arrossisce. « Io già mangiato. »

« Yuki! » esclamo, piena di disappunto. « Non mi hai aspettata! » Evento inconsueto, lei in genere è molto attenta alle buone maniere.

« Pensavo che tu non tornavi per cena » ribatte lei, allargando le braccia, innocente fino al midollo.

« Vorrà dire che ordinerò una pizza » concludo, prendendo in mano il cellulare.

« No, tu prima rilassati, vai in camera, chiamo io pizzeria e prendo pizza solita che a te piace per farmi perdonare » si affretta a dire lei mettendosi in piedi, un largo sorriso e gli occhi ridotti a due fessure. È strana da morire, ma sono troppo stanca per indagare così le rispondo con una carezza sulla spalla esile e minuta e, preceduta da un redivivo Ichi in festa, mi avvio verso la mia camera da letto.

E poi lo vedo.

È lì, di fronte a me, inatteso come dei saldi improvvisi da Prada.

Seduto con assoluta naturalezza sul mio letto, la schiena poggiata alla parete. Con una mano sfoglia il libro di Konrad Azais, e con l'altra tiene tra le dita una sigaretta artigianale quasi finita.

Arthur.

La mia stanza è intrisa di quell'insieme di ammorbidente per bucato, shampoo per capelli, tabacco fresco e un pizzico di odore tutto suo, della sua pelle non più abbronzata come un tempo, quando viaggiava per scrivere di vacanze da consigliare e alternava luoghi come Ipanema alle spiagge delle Cicladi. Solleva dal libro il capo e, nel momento in cui i nostri sguardi si incrociano, accenna un sorriso malandrino.

« Chi la fa l'aspetti » esordisce, chiara allusione a una mia improvvisata molto speciale di qualche tempo fa.

Cerchiamo l'abbraccio più forte di cui siamo capaci e mi dico che solo una stupida può nutrire dei dubbi su questa storia. Arthur qui, in maniera inattesa e insperata, è una sorta di sogno. Sono così felice che mi viene da piangere, quasi dimentica di aver vissuto un'intera giornata nera di morte.

* * *

« In Costa d'Avorio? » ripeto, stretta nella mia camicia da notte sexy, bianca con le coccinelle, avvinghiata a un braccio di Arthur, che con pacatezza sta cercando di spiegarmi la ragione di questa sorpresa. Poggia il viso sul mio collo, assonnato. La morbidezza dei suoi capelli è da invidia, non riesco a ottenere lo stesso risultato nemmeno con litri di balsamo Kerastase.

« Ne parliamo domani... » mormora biascicando le parole, l'accento inglese un po' più marcato del solito. « *Let's sleep*. »

« Abbiamo così poco tempo e tu vuoi dormire? » gli domando, delusa.

Lui annuisce con il candore di un bambino.

* * *

Il giorno dopo, assente dall'Istituto grazie a ferie rimediate all'ultimo momento, cerco di farmi spiegare meglio da Arthur i suoi programmi a breve termine davanti a un cappuccino caldo.

« Dopodomani partirò per Yamoussoukro. »

« Che razza di città è? »

« Nel suo genere, un piccolo inferno. »

« Come fai a essere tranquillo? Non potevi rifiutare di andarci? »

Arthur intinge con stanchezza la brioche nel suo latte al cioccolato, mentre scuote il capo con un breve sguardo di paziente condiscendenza. « Sarò di ritorno prima di quanto pensi. Dimenticavo... Ieri mio padre e Ludovica ci hanno invitati a cena per stasera, con Cordelia. Sempre se te la senti » prosegue poi cambiando argomento, il sopracciglio destro inarcato, un tono insieme subdolo e divertito.

Io? A cena a casa del Supremo?

« Non ti facevo così convenzionale. A cena a casa di papino. Non è da te » rispondo provocatoria.

« Accade che anch'io, a dispetto delle apparenze, abbia un padre. E anche una madre, se per questo. »

« È vero. Pensi che me la presenterai mai? » Arthur sembra obnubilato. I suoi neuroni stanno connettendo me e Kate, di cui Cordelia mi ha dato informazioni scoppiettanti. Temo che la connessione lo stia allarmando.

« Il giorno del matrimonio. Non prima. »

« Matrimonio? »

« E perché no? Un domani. Forse. Quando definiremo il nostro ruolo in questo mondo » replica con vaghezza.

« E perché non prima? » domando incuriosita, glissando sul riferimento al matrimonio.

« Perché mia madre ha sempre da ridire sulle mie fidanzate. Non che ne abbia conosciute molte... Ora che ci penso soltanto due. Ma, come si dice qui, non c'è due senza tre. »

« Aveva da ridire su Martine? » Se è così, Kate comincia a essermi simpatica.

« Sì. La trovava invadente. Quanto poi a Nokwazi... »

« Nokwazi? »

« La mia prima fidanzata. Deliziosa. Ancora la sogno, ogni tanto. Povera Nokwazi. Così dolce. Ma lei la trovava volgare. »

« E lo era? »

« No, erano solo sue fissazioni. E se anche lo fosse stata, che importava? Avevo solo diciassette anni. Aveva i capelli lunghissimi, tutti intrecciati, e la pelle più scura che abbia mai visto. Chissà che ne è stato di lei. »

« Arthur, basta così. »

« Che banale, *Elis*. Gelosia retroattiva. Non è da te » conclude con un sorriso raro e splendido. Ha appena messo su un cd dei Led Zeppelin, e le note di *The rain song* hanno riempito di disillusione la mia piccola cucina.

« Allora, andiamo o no da papino? » incalza poi, stirando le braccia e soffocando uno sbadiglio.

La cena delle meraviglie

Alle ore diciannove circa, non abbiamo ancora ricevuto conferma dell'invito.

« Prova a chiamarlo » incoraggio Arthur, mentre siamo seduti sul divano a guardare un film.

« Se non ha richiamato allora vuol dire che l'invito è annullato. »

« E se poi chiama all'ultimo minuto? Non voglio presentarmi a mani vuote. Potremmo comprare... non so... una bottiglia di vino. Se poi non andremo, lo useremo noi. »

« No, sono pigro, non voglio uscire. Sono sempre in giro, in luoghi estranei. Non mi sembra vero essere in una casa familiare, con te, fare cose banali come guardare la tv... Nella remota eventualità di un effettivo invito, domani invieremo dei fiori a Ludovica. Ma vedrai, non chiameranno. »

A essere del tutto sincera io lo spero. Non ho nessuna voglia di prendere parte a questa cenetta di famiglia. Peraltro stasera Yukino è fuori casa e mi tocca accudire Ichi, visto che il poverino soffre di ansia da separazione e se lo lasciamo da solo poi ci fa trovare la casa a soqquadro.

Sono le ore venti e cinquanta spaccate, io e Arthur siamo a tavola e spilucchiamo le ultime briciole di un'omelette che ha preparato lui, quando il suo cellulare squilla.

Guardiamo entrambi il display.

La scritta che appare è drammatica: *Dad*.

Chiede ragione del perché non siamo ancora arrivati.

Ad Arthur viene da ridere, ma io sono in preda al panico.

Non ha finito di parlare con il padre e io mi sono già lavata i denti, spruzzata un po' di lacca sulla frangia e ho messo il guinzaglio a Ichi. Faccio cenno ad Arthur di sbrigarsi.

Suoniamo il campanello di casa Malcomess a mani vuote, in ritardo, già sazi e con il cane al guinzaglio.

Vorrei che la terra mi inghiottisse in questo preciso istante.

Varco la soglia di casa Malcomess come una pagana d'epoca precristiana che mette piede nel Partenone. Il Supremo è in *attitude* informale, con un cardigan di cachemire grigio e dei pantaloni di fustagno, più giovane di mezzo secolo di come appare in Istituto. Ludovica, la sua compagna, minore di Arthur di un paio d'anni, è il solito giunco affamato con la puzzetta sotto il naso, snob in quella maniera un po' deteriore di chi è convinto di trovarsi un gradino più su della media. In filodiffusione, in tutta la casa si odono le *Danze tedesche* di Schubert e la vista su Roma è davvero mozzafiato. L'appartamento è di fronte alla sede del *Messaggero*, vicino alla vecchia casa di Arthur, e la luce dell'insegna luminosa del quotidiano irrompe attraverso le ampie vetrate del salone, in mezzo al quale, assoluto protagonista, trionfa un meraviglioso pianoforte a coda lucido e nero. Sul leggio, la *Sonata a Kreutzer* di Beethoven – Ludovica è una concertista e non perde occasione di mostrarlo e ricordarlo.

« Siamo in attesa di Cordelia » precisa Ludovica, non senza un lieve risentimento, come se sottintendesse che la piccola Malcomess è la solita guastafeste.

« Stasera ci presenterà il suo fidanzato » interviene il Supremo con sensibilità paterna.

Sono seduta sul divano di pelle bianca, stretta nella mia giacca, incapace di proferire verbo mentre Arthur è molto preso da una discussione con il Supremo a proposito della situazione politica italiana, con una sigaretta accesa tra le dita nonostante in casa Malcomess, per ordine di Ludovica, sia vietato fumare. Lo stesso Supremo, ho scoperto, è costretto a fumare il sigaro in balcone. In realtà non dovrebbe proprio, dato il rischio cardiovascolare alle stelle che già ha, ma tant'è. Padre e figlio sembrano vivere pensando che dopotutto bisogna pur morire di qualcosa.

« Arthur, dovresti smettere. Fumi troppo » commenta Ludovica, entrando in salotto con un vassoio tra le mani.

Senza degnarla di uno sguardo, Arthur aspira la sigaretta in profondità per poi rispondere: « Un giorno, forse ».

L'atmosfera è gelida ma a renderla frizzante ci pensa Ichi, che si sporge per annusare i canapè per poi molestare Brunilde, la gatta di razza Angora turco di Ludovica.

« Buono, cagnolino » lo esorta lei, con una dolcezza maldestra e innaturale.

Uno scampanellio indiscreto alla porta imprime una svolta alla conversazione che iniziava a languire.

« Dev'essere Cordelia » tintinna Ludovica, diretta alla porta per aprirle.

La piccola Malcomess fa il suo ingresso da sola, senza il vichingo. È imbronciata e struccata. In effetti, non un gran bel vedere.

« Buonasera a tutti. Ciao Arthur » esordisce con tono distante, concedendo soltanto al fratello il privilegio di un bacio.

« E il tuo fidanzato? » indaga subito Ludovica, con aria innocente.

« Non è potuto venire. » Il tono di Cordelia è secco e non incoraggia commenti.

« Oh, che peccato! » esclama Ludovica, e forse è sincera, le dispiace non poter soddisfare la propria curiosità.

« Sarà per la prossima volta » ribatte il Supremo, che quando si tratta di Cordelia si trasforma da uomo di granito in papà tenerone.

« Gli ho spiegato che ci tenevo moltissimo » mi sussurra

poi Cordelia. « Eppure non ha voluto sentire ragioni. Ci sono rimasta di merda. »

Quest'esordio, come nella migliore delle tradizioni, non è che il preludio alla cena in cui non la smette più di parlare di Lars e della loro storia, ricordi passati e prospettive future. Nessuno – tranne me – fa i complimenti alla cuoca per l'ottimo roastbeef.

« Oh, non l'ho fatto io: la nostra domestica è una grande cuoca. Arthur, tu non ne prendi? »

« Io sono vegetariano » ribatte lui, versandosi del Merlot nel bicchiere di cristallo Baccarat.

Nuovo silenzio, che dura fino a quando il Supremo non domanda a Cordelia quali siano i suoi recenti sviluppi professionali. Ed è qui che l'imbarazzo della serata raggiunge l'apogeo.

« E quella parte in *Casa di bambola*? » chiede Ludovica, alludendo a uno sfumato progetto di qualche mese fa. È talmente intenta a far sfigurare la figlia davanti agli occhi del padre da non accorgersi che Ichi sta provando a montare Brunilde, in estasi perché finalmente può provarci con una creatura vivente e non più con le gambe dei tavoli.

« Non se n'è fatto nulla, ma non tutti i mali vengono per nuocere. » Cordelia inforca alcune cipolline in agrodolce. « Ho deciso di cambiare strada. Ho trovato un lavoro che mi piace molto. »

Arthur solleva lo sguardo dal piatto, finalmente colto da vivo interesse. « Un nuovo lavoro? » ripete, perplesso.

Anche il Supremo è colpito.

« Sì. Da una settimana » prosegue Cordelia. « Sono in prova, ma spero che vada avanti. Lavoro da Vuitton in via Condotti, come addetta alle vendite. »

« Vale a dire commessa » commenta il Supremo, scuotendo il capo.

« Be', ma lavorare da Vuitton non è come fare la commessa in un posto qualunque » si difende Cordelia, i lunghi capelli biondi con le punte che finiscono nel suo piatto di Herend rimasto pieno. « Bisogna possedere determinati requisiti. »

« Per esempio? » domanda Ludovica e non capisco se la sua curiosità è genuina o in malafede.

« Conoscere le lingue. Avere stile e un bel personale » ribatte Cordelia. « Non è stato facile ottenere questo posto – in verità mi ha raccomandato un'amica della mamma – ma sento che fa per me. Come attrice non stavo concludendo nulla. Ho ventisei anni, non posso continuare a farmi mantenere da te, papà. »

« Be', se sei contenta... » ribatte lui con un incoraggiante possibilismo.

« Sì, lo sono. E parecchio » precisa lei, asciugando le labbra sottili con il tovagliolo di lino bianco dopo aver sorseggiato un po' di vino. Cordelia è quel tipo di persona eternamente indecisa, sempre sopra le righe, di cui non riesci mai a indovinare che fine farà. Non la so immaginare al lavoro; moglie; men che meno madre. Mi dà l'idea di uno stereotipo immutabile. Colgo in Arthur uno sguardo preoccupato. Non riesce a toglierle gli occhi di dosso e nella sua mente multiforme sembrano alternarsi mille pensieri.

« È molto scortese da parte vostra dubitarne. Non è un ripiego, è una scelta consapevole » aggiunge lei, una lieve incrinatura nella sua voce dalla dizione perfetta.

« Nessuno lo mette in dubbio » precisa il Supremo, con aria stanca.

« Sì, invece. Lo mettete in dubbio tutti voi. Anche tu, Ludovica, con quell'aria nauseata! »

Sul viso di Ludovica si dipinge un'espressione di autentico terrore.

« Alice! Fa' qualcosa, il *tuo* cane sta facendo pipì sul *mio* tappeto! » esclama, alzandosi dalla sedia, andando verso Ichi e dandogli uno schiaffetto sul sederino. La raggiungo colma di costernazione. Almeno, però, la sua smorfia di orrore non era rivolta a Cordelia, che nel frattempo parlotta con Arthur, a bassa voce, con quella complicità tutta loro che esclude il resto del mondo.

Due ore dopo, provo un grande sollievo quando, annodandosi la sciarpa al collo, con uno sguardo eloquente Arthur mi fa capire che la fine della tortura è vicina.

« È stato un piacere, cara Alice » dice Ludovica accompagnandoci alla porta. Rivolge anche una leziosa carezza a Ichi, fingendo di non aver dato importanza ai piccoli guai che ha combinato. Il Supremo sorride, porgendomi la mano.

« A domani, Allevi » dice soltanto, chiara prova del fatto che non riesce a non vedere in me quella specializzanda del secondo anno combinaguai e pasticciona che tante volte gli ha fatto rimpiangere il buon voto che le mise al concorso per entrare alla scuola di specializzazione.

Ho conosciuto l'inesorabile tristezza delle matite ordinate nelle loro scatole

Theodore Roethke

Oggi sarei rimasta più volentieri a casa, sotto le coperte a godere di Arthur e della pioggia, ma sono già in cucina a fare colazione. Arthur dorme ancora, Yuki è già uscita e Ichi è qui, voglioso di comunicare con me o forse, più verosimilmente, in attesa di un Pan di Stelle. Ha occhi acquosi, pieni di fiducia e aspettativa. Anche lui sembra volermi suggerire di restare a casa, ma oggi non posso proprio.

Oggi c'è l'autopsia di Konrad Azais.

Lascio un biglietto sul comodino, affinché Arthur lo legga appena sveglio, e corro a prendere la metro per raggiungere l'Istituto, dove arrivo con un ingente ritardo dovuto al fatto che stamattina proprio non ce la facevo a lasciare il tepore del letto.

Claudio ha l'aria di chi ha fatto la nottata e sta parlando con Anceschi del sopralluogo a casa Azais.

« Presenzierò anch'io » lo sento dire, pieno di bonomia, la barba incolta, al collo una collanina d'ispirazione etnica.

« Quando si inizia? »

Claudio ribatte con una sommessa vena di sconforto. « Sono in attesa dell'anatomopatologa di cui ho chiesto la collaborazione. Da quello che ho visto, questo caso richiede la collaborazione di un patologo e di un tossicologo. Non è da escludere che Azais abbia ingerito qualcosa, volontariamente o no. »

Mentre continua a disquisire del caso con Anceschi, Claudio mi rivolge un sorriso gentile. Una rarità, sul suo volto che oggi esprime un inconsueto senso di smarrimento. Ha appena finito di sorseggiare un caffè amaro, quando incrocia con lo sguardo la sua vecchia conoscenza.

« Bonjour! » esclama allegramente l'inconfondibile voce femminile dai toni alti. Cos'abbia poi da essere sempre allegra è tutto da capire. È Beatrice. O, come la chiama Claudio, Beatroce.

« Ah, eccoti » ribatte lui, gettando malamente il bicchierino di plastica nella pattumiera. « Aspettavamo te, per cominciare. Giorgio, ti presento Beatrice Alimondi, che ha da poco vinto il concorso come ricercatrice in Anatomia patologica. »

Anceschi porge cordialmente la sua manona, e seguendo il suo esempio porgo anch'io la mia.

« Beatrice, lei è Alice Allevi, una nostra valente specializzanda. »

Uh-uh! Valente, poi! È in corso un attacco di bontà senza precedenti.

« Scusate il ritardo » afferma lei, avvolta in un giacchino di pelliccia che inizia a sfilarsi. « Posso cambiarmi qui? »

« Certo. Alice, accompagnala nella mia stanza » mi ordina Claudio, porgendomi le chiavi.

Beatroce mi segue verso la stanza di Claudio, dove estrae dalla borsa un camice ben piegato e lo indossa lasciandolo aperto sul bel *décolleté*. Dannata la mia curiosità! Muoio dalla voglia di sapere i dettagli del loro passato. Perché una cosa è certa: da come si guardano, dalla sottile tensione che essuda dai loro pori, esiste un sospeso che sciaguratamente io ignoro.

Il suo cellulare, un Nokia agonizzante, squilla di continuo tenendola occupata in conversazioni di tutti i tipi. Quando ha finito, procede ignorandomi, e lascia che chiuda la porta di Claudio alle nostre spalle. I lunghi capelli, sciolti sul camice bianco, hanno tutto l'aspetto di uno shampoo dell'ultimo minuto. Inforca un paio di occhiali dalla montatura blu che anziché appesantirle il viso lo rendono ancora più sexy. Mi sorride distrattamente, e nel corridoio, imbattendosi in una Ambra dimagrita e insolitamente spenta, le rivolge un'occhiata di superiorità che ha il potere di rimpicciolirla. Delle due l'una: o Ambra ha perso il suo smalto, oppure Beatrice la sta surclassando in un duello subliminale tra femmine alfa. Un po' come la questione della dominanza e sottomissione tra cani: l'altro giorno ho portato a passeggio il nostro Ichi, che nonostante la stazza è stato ridotto al silenzio dallo sguardo di una minuscola pechinese.

Certamente, sanno l'una dell'altra. Gli occhi di Ambra si fanno lucidi e giuro che è una scena di una tristezza imprevedibile. Vederla angustiata, lei che mi è sempre sembrata immune agli insulti esterni e forte di una sicurezza tutta sua, ha un effetto apocalittico.

« Ambra. » La poverina rivolge a Claudio, che l'ha appena chiamata, uno sguardo pieno di struggimento. « Hai portato il mio registratore? » le domanda con tono incolore.

Lei annuisce. Inserisce una moneta da due euro nella macchinetta e prende un cappuccino. « Posso offrirle qualcosa? » domanda poi con fredda cortesia a Beatrice.

« Sì, un caffè, grazie » replica l'altra senza nemmeno guardarla, trattandola come fosse la sua cameriera.

« Quanto zucchero? »

« Amaro come la vita! » ribatte Beatroce prima di lanciarsi in un monologo in cui mischia considerazioni di ordine tecnico e di natura personale con invidiabile nonchalance, trasformando la biblioteca nel suo palcoscenico privato. Claudio la osserva indeciso. Mi sembra di leggere nei suoi occhi la domanda: *Mi intriga o non la sopporto?*

Al termine del suo lungo discorso, cui nessuno ha preso parte per timore di innescarne un altro di pari durata, Claudio rompe gli indugi e, dopo una rapida occhiata all'iPhone, strofinandosi le mani, raccoglie la ciurma e si avvia verso l'obitorio.

* * *

Il cadavere di Konrad Azais, steso sul tavolo anatomico della sala settoria, indossa ancora la vestaglia, il pigiama e le pantofole. Le sue dita sono sporche di inchiostro, come quelle della nipote Clara. Mi domando se è l'inchiostro della penna con cui ha scritto il suo ultimo messaggio.

«Alice. Preparati, su.» È Claudio, che sempre più calato nel ruolo del docente che deve salvarmi dall'ignoranza, ha pensato bene di consegnarmi lo scettro.

Il nostro scettro è lucente e affilato. È un bisturi.

Lo impugno con la mano sinistra, china sul cadavere di Azais. E nonostante la pena che provo a incidere la pelle di un uomo che poco tempo fa ho visto vivo e gentile, attraversato da mille inquietudini con pungente intelligenza, non un errore rovina il mio lavoro.

Persino Claudio appare soddisfatto, anche se oggi è stranamente distratto, lui che è un animale da obitorio. Fa quasi fatica a rispondermi quando gli chiedo cosa fare del cuore, se sezionarlo o no.

Interviene Beatrice, che parla sotto la mascherina. Noi la mascherina non la portiamo. È un insegnamento del Supremo: ottunde il senso dell'olfatto e l'odore può essere molto utile, ai fini della diagnostica autoptica. «Claudio, se sei d'accordo, io preleverei il cuore e il cervello per intero» dice. Lui annuisce remissivo, ed è strano perché Claudio non è mai d'accordo con nessuno all'infuori di se stesso. Io non avrei accettato: preferisco esaminarlo a fresco. Le cedo il cuore di Konrad con riluttanza, e lei lo riceve dalle mie mani come un oggetto di scarsa importanza, prima di infilarlo in una boccia puzzolente di formalina.

Nulla, in questo cadavere, suggerisce una causa di morte specifica. Ogni reperto vagamente patologico non è indicativo di una malattia né di un evento particolare: la congestione di tutti i visceri che repertiamo è presente, per la mia esperienza, almeno nell'ottanta per cento dei cadaveri. La milza è rugosa e ischemica, segno di una scarica adrenalinica comprensibile, da un punto di vista fisiopatologico, nel suicida. È presente edema polmonare, e anche questo reperto, in sé, ci dice poco: solo che c'è stato uno scompenso cardiaco. Su che base, non siamo in grado di capirlo adesso, in assenza di dati tossicologici e istopatologici.

Nel frattempo, Claudio dispone il prelievo per le indagini tossicologiche e si siede alla scrivania per compilare la denuncia di causa di morte. Combattuto, indica infine con la sua grafia chiara « da accertare ».

« La verità, in questa storia, l'avete in mano tu e il tossicologo » dice poi a Beatrice, consegnandole una cartelletta con la documentazione medica attinente le condizioni di salute di Konrad Azais.

Beatrice la accoglie tra le dita sottili dalla manicure impeccabile. « Lo sai che sono molto rapida, nel mio lavoro » ribatte con fare da attrice consumata, come se le risposte le leggesse sul copione di una sitcom.

« Speriamo che stavolta lo sia anche il tossicologo. Vorrei togliermi di mezzo questo caso in tempi brevi » conclude Claudio.

Beatrice gli si avvicina per sussurrargli qualcosa all'orecchio, e lui si lascia sfuggire un piccolo sorriso. La scena sconvolge Ambra, che lascia l'obitorio senza salutare.

E della sua fuga non si accorge nessuno, tranne me.

È male minore l'agitarsi nel dubbio che il riposare nell'errore

Alessandro Manzoni

A casa trovo Arthur al lavoro davanti al portatile. La luce bianca dello schermo gli illumina il viso, gli occhi sembrano più grandi e cerulei, le occhiaie più profonde; ha una sigaretta tra le labbra e i capelli fermati da una pinza rosa di Yukino. Ichi sonnecchia ai suoi piedi e mi accoglie con uno sbadiglio.

« *Honey*, ho fame » esordisce biascicando un po' le parole per colpa della sigaretta.

« Preparo qualcosa? » propongo, ma spero che abbia idee alternative.

« No, meglio di no » ribatte con prudenza, mentre spegne il Mac. Lo ammetto, la cucina non è il mio forte e lui lo sa bene. È per questo che Alessandra, ottima cuoca, mi ha promesso un corso intensivo a partire dalla prossima settimana e io non vedo l'ora di iniziare. Imparerò a cucinare la Bourguignon come in *Julie & Julia* e tutti si complimenteranno dicendomi: *Alice, chi se lo aspettava da te!*

« Torniamo alle origini » prosegue lui, alzandosi con accortezza dalla sedia per non urtare Ichi. « Indiano, che ti piace tanto? »

* * *

Ed eccoci qui, in uno dei luoghi dove tutto è iniziato, il mio ristorante indiano preferito in piazza Trilussa.

« È proprio necessario che tu vada in Costa d'Avorio? Non puoi scegliere un posto più tranquillo? »

« No » ribatte lui asciutto, le guance rubizze per l'elevata temperatura di questa sala in cui gli odori pungenti delle spezie si mischiano in quell'unico effluvio in cui nessuno di loro ha la meglio e che a me piace tanto.

« Non hai mai paura? » gli domando, ma mi dico che la risposta, la più ovvia, è no. Qui l'unica ad aver paura sono io, perché le differenze tra noi sono sempre più prepotenti.

« Sarei ipocrita se ti dicessi che non sento niente. Ci sono volte in cui provo un vero e proprio terrore. Attimi... » Si blocca, come se preferisse tenere per sé i pensieri più crudi. « Il mio problema – perché mi rendo conto che è proprio un problema – è che senza questo terrore non mi sembra di essere vivo. E comunque, non è mai sufficiente a tenermi lontano da un luogo, per quanto incandescente sia e per quanto alti siano i rischi che corro. Mi piace correrli. Per adesso va così, almeno. Domani non so. Potrebbe passarmi. Ma non credo. »

Il suo discorso è così stridente qui, con il sottofondo di questi ritmi stile Bollywood.

Quando rifletto su chi è Arthur, sui suoi obiettivi e sul suo modo di essere, mi sento tempestata da un'infinità di incertezze, ognuna più crudele dell'altra. Dalla più banale – *quale futuro esiste per noi, e in quale frazione temporale è esattamente ubicato questo futuro?* – alla più insolente – *è davvero la persona giusta per me?* – alla più abnegante – *sono davvero la persona giusta per lui?*

* * *

Il giorno dopo la partenza di Arthur per la Costa d'Avorio, la mia vita sembra essere tornata la stessa di sempre. L'obitorio, l'Istituto, l'attesa di conoscere qualche aggiornamento sugli esami svolti durante l'autopsia di Konrad Azais e l'abituale lentezza del tossicologo di cui Claudio si avvale da quando ha iniziato la sua carriera. Nel frattempo il dottor Anceschi ha ricevuto la visita del molestissimo Niccolò, con le sue carte, i suoi test, la sua illusa spocchia di essere un fine ed esperto conoscitore dell'animo umano.

L'avviso mi giunge mentre sto battendo la fiacca intenta a controllare il mio oroscopo su Internet e, dopo aver considerato che in effetti non è un buon periodo per il Sagittario, raggiungo la stanza di Anceschi. Dopo aver bussato, quasi esitante, il Budda dell'Istituto mi fa cenno con il capo di entrare, per poi riportare lo sguardo sulla relazione che, seduto di lato, Niccolò gli sta esponendo.

« Oh, buongiorno Alice » si interrompe l'acclamato psichiatra, senza alzarsi e senza aspettare la mia risposta. Continua invece a leggere, con quella sua bella voce che è sempre un grosso spreco, un testo pomposo pieno di figure retoriche da far invidia alle Catilinarie. E nella nebbia di un paragrafo costruito con innumerevoli negazioni tutte finalizzate all'affermazione, riesco a cogliere che il dottor Niccolò Laurenti, medico chirurgo specialista in psichiatria, ha concluso l'esame del caso Azais riconoscendo quest'ultimo incapace di intendere e di volere e aprendo così le porte all'interdizione. E non solo: ha anche previsto espressamente che la sua condizione di incapacità risaliva ad almeno due anni prima.

Sono profondamente indignata.

Interrompo l'istrionica interpretazione della sua relazione provocando il suo sconcerto. « Perdonami, Niccolò. Non credo di aver capito bene. Come puoi dichiarare Azais incapace? »

Niccolò, ritratto della petulanza, mi rivolge uno sguardo quasi offeso. « La documentazione presentata dal professor

Paladino, nonché l'esito dei test che ho svolto, non possono che portarmi a questa conclusione. » Ah, ecco il perché! Se la fa sotto davanti a quell'otre vivente di Paladino! Pagato profumatamente dagli eredi Azais per far invalidare un testamento che è invece lo specchio di tutta la lucidità di Konrad. « Tra l'altro, il suo suicidio... »

« È tutto da dimostrare, il suicidio » lo interrompo.

« Una lettera che spiegava il suo gesto l'ha lasciata, mi pare » sottolinea lui, avvizzito dalla pedanteria. « L'ideazione suicidiaria è patologica per eccellenza. Se avevo dei dubbi, il suo suicidio me li ha tolti tutti a uno a uno. »

« Be', ma non è prudente utilizzare il suicidio di Azais in questa fase » interviene Anceschi, recuperando dal suo cassettino una caramella Mou. « Non è ancora stato appurato come causa di morte e io non me la sento di dare per certo qualcosa che non lo è » conclude con la bocca tutta impastata dalla caramella.

« Difatti ho fondato le mie conclusioni su dati scientifici che reputo inoppugnabili » ribatte quindi Niccolò, colto sul vivo.

« Alice? La tua opinione sull'argomento? » chiede Anceschi, con uno sguardo colmo di fiducia che mi riscalda il cuore.

Dopo un bel sospiro e una botta di coraggio, mi lancio. « Non sono affatto d'accordo. Per me Azais non è da interdire, era evidentemente lucido e capace di esprimere la propria volontà. »

« Collega, metti in dubbio i dati che ho prodotto? Su che base? » chiede Niccolò, più spaventato che inferocito.

« Metto in dubbio la tua interpretazione, sì. »

Il silenzio che segue è raggelante. Anceschi tossicchia, Niccolò raccoglie nervosamente il suo materiale e passa all'attacco.

« Dottor Anceschi, mi sembrava di aver capito che il ruolo della dottoressa Allevi fosse di semplice apprendista. Ritengo di dovermi confrontare solo con lei, e non con la sua allieva. »

« Quand'è così, Laurenti, mi lasci in copia tutta la documentazione. La esaminerò con calma nei prossimi giorni, ma credo che la mia opinione non divergerà da quella della mia collaboratrice. »

Che uomo meraviglioso. Sono estasiata.

Niccolò, inviperito, non conclude la lettura della sua opera d'arte. Saluta con parole gentili ma il tono è aggressivo, e chiede ad Anceschi un appuntamento per concludere la consulenza.

Solo quando Niccolò è già fuori dall'Istituto, Anceschi mi rivolge uno sguardo un po' severo.

« Alice... io ti difendo, ma... non è che la tua fantasia si è rimessa in movimento, come con il caso Valenti? »

* * *

A casa, ricevo una chiamata da parte di Cordelia.

« Hai da fare, stasera? » mi domanda, con la voce di chi sta trattenendo le lacrime. « Vieni a casa mia? » chiede poi, dopo aver avuto la mia disponibilità a fare qualsiasi cosa lei desideri.

La trovo struccata, avvolta in un kimono viola, gli occhi un po' tumefatti, fazzolettini di carta sparsi in tutta la casa, le piante moribonde, il frigo desolatamente vuoto: solo una vaschetta di Philadelphia ormai verde e una lattuga secca e floscia.

« Che succede? » le chiedo.

Cordelia sprofonda sul divanetto della sua piccola cucina, e inizia a singhiozzare. Lì per lì non mi allarmo, la baby Malcomess ha la lacrima facile.

« Sono una fallita. La mia vita non ha senso » esordisce, e tanta disperazione mi spiazza. Mi siedo di fianco a lei, tenendole la manina esile. « Lars mi ha lasciata. Sempre lo stesso copione, Alice. Sempre. Dev'esserci qualcosa di sbagliato in me, sono stufa di pensare che sia colpa degli altri. Ha una moglie e due gemelli, a Oslo. E mi ha anche portata a casa sua, che viscido. In realtà era la casa di un suo amico. Mi viene da vomitare. In più nessuno mi vuole come attrice, anche se lavorassi gratis. Questa storia di Vuitton è solo un ripiego, è questa la verità. Non posso provare niente di peggio nei confronti di me stessa: mi faccio pena. »

Approfondendo il racconto, vengo a sapere che le informazioni sul conto del fedifrago provengono da un'amica dell'amica che ha presentato Lars a Cordelia. Il dirigente della società norvegese in trasferta era già noto tra la folta platea di un certo giro di single romane per le sue relazioni extraconiugali condotte con particolare malagrazia. E come se questa notizia non fosse stata sufficiente ad abbatterla, la mia dolce cognatina si è presentata a un provino per un video musicale ed è stata scartata senza vergogna a favore di una ragazza a suo dire *scandalosa*; per inciso, il fatto che la diretta concorrente fosse proprio la nuova fiamma di Riccardo le ha dato il colpo di grazia.

« Be', anche Angelina Jolie è stata scartata in un provino in Italia e al suo posto hanno preso Alessia Merz » cito, ricordando il gossip che ho letto tempo fa da qualche parte.

« Sì, ma almeno poi Angelina l'hanno presa per il video di *Alta marea* di Venditti! »

Consolarla è impossibile. Nella cornice eterea dei suoi lunghi capelli biondi da fata, Cordelia piange senza riuscire a fermarsi.

« Arthur mi ha detto che presto Yukino tornerà in Giappone » dice più tardi, davanti alla piadina ai carciofi che ha ordinato, appena un po' rianimata.

« Non me ne parlare. »

« Pensi che cercherai un'altra coinquilina? » domanda, un po' di besciamella agli angoli delle labbra sottili. Ho l'impressione che fosse a digiuno da almeno settantadue ore.

« Non ho ancora pensato a cosa fare. La casa è molto piccola ed è in pessime condizioni. Non so se qualcun altro sarà disposto ad accettare di convivere con l'umidità, la muffa e i rumori osceni che vengono dal piano di sopra. Ci abita una coppia che sembra uscita da un horror americano. La partenza di Yukino potrebbe essere la scusa per andarmene. »

Gli occhi appannati di Cordelia s'illuminano appena. « Perché non vieni a vivere qui con me? Ho una stanza libera. E poi questo appartamento è di mia madre, non ti chiederei l'affitto. Solo di dividere le bollette. »

Qualcosa d'indistinto mi frena dall'accettare senza indugi. La ringrazio e le prometto che valuterò l'idea. Passo da lei la notte, nel suo letto king size. « Come ci mettiamo? » mi domanda, mentre mi porge una camicina da notte rosa, e sembra aver recuperato la sua frizzante verve. « Io ho bisogno del contatto umano per dormire, ma tranquilla, non ti palpeggerò. »

Una sorpresa nel carrello della spesa

È mattina e mi sveglio con quella strana confusione di quando si dorme in maniera imprevista in letti altrui. Cordelia indossa una mascherina per coprire gli occhi ed è avviluppata nel piumone. Non sembra volersi alzare. Faccio colazione con una tazza di Nescafè, poi una doccia al volo con acqua tiepida – si è dimenticata di accendere il boiler – e mi immergo nel freddo di novembre.

La mattina in Istituto trascorre noiosa, tra compiti degradanti e poca scienza. Prima che io torni a casa Yuki mi chiama ben tre volte per ricordarmi di fare la spesa e così raggiungo il supermercato. Giro tra i corridoi con il carrellino di plastica rossa e resisto alla tentazione di seguire il mio solito schema e iniziare dai sughi pronti, perché la prima lezione di cucina di Alessandra è stata proprio su intingoli e ingredienti di qualità e non devo cedere alla pigrizia. Proprio mentre sto riponendo sullo scaffale una di quelle boccette dal colore che più chimico non si può, intravedo un volto familiare che si muove tra le confezioni di pasta, una donna molto indecisa tra due pacchi di fusilli di marche diverse. Accanto a lei, un ragazzino armeggia con l'iPhone.

Non c'è dubbio, è la moglie di Leone Azais, il figlio maggiore di Konrad. L'ho vista il giorno del sopralluogo. I suoi capelli ricci e scuri sono sciolti sulle spalle, è truccata poco e niente e sembra più giovane di quanto non mi sia apparsa quando l'ho vista la prima volta.

L'occasione è troppo ghiotta per abbandonarla al mero

ruolo di una coincidenza e farla polverizzare nel nulla. È per via di questa forza imperativa che mi prende di quando in quando e mi getta tra le braccia degli eventi che poi mi ritrovo nei guai, eppure non resisto e urto, naturalmente per caso, il mio carrellino con il loro. Lei se ne accorge appena e ignora le mie scuse. Torna alle confezioni di pasta e io sto per proseguire per la mia strada, senza forzare la sorte, quando lei mi chiama.

« Scusi, ci conosciamo, vero? »

Con un pacco di spaghetti in mano, la donna – che se ricordo bene si chiama Marcella – ha uno sguardo interrogativo.

Non mi aspettavo di essere riconosciuta.

« È la dottoressa del sopralluogo. Non posso sbagliarmi. »

« Non sbaglia, infatti » confermo e lei si compiace tutta, soddisfatta di possedere un occhio di lince.

« È un piacere rivederla in un contesto del tutto diverso. Sembra una ragazzina! Come fa a svolgere una professione così tremenda, con questo visino d'angelo? » chiede, come se dovesse trattenersi dallo sfiorarmi una guancia.

« Ci si abitua a tutto, mi creda. Lei come sta? » le domando, con lieve sorpresa per un atteggiamento così amichevole.

« Gianmarco, vai a prendere le salse per l'insalata » dice alle orecchie insensibili del figlio, che si allontana sbuffando. Poi riprende: « Stiamo bene, grazie. Certo, la perdita di mio suocero è ancora recente, ma era molto vecchio e bisogna entrare nell'ordine di idee che, per quanto ci dispiaccia, prima o poi dovremo separarci dai nostri cari ». Sembra un discorsetto precostituito, ripetuto chissà quante volte.

« Be', sì... »

« Naturalmente, quello che più ci ha sconvolti è stato il modo in cui è successo. Che gesto orribile! Non crede? »

« Be', certo... »

«Togliersi la vita il giorno del compleanno di Clara, lui che diceva di amarla tanto! Era una bella ingiustizia nei riguardi di tutti gli altri nipoti, in realtà, lo notavamo tutti.»

«Immagino...»

«Uccidersi durante una domenica di festa... Perché è andata così, vero? L'avete già verificato?»

Ora capisco perché ha fatto allontanare il figlio e perché appariva così contenta di rivedermi.

«È ancora troppo presto per un giudizio definitivo.»

«D'accordo, ma quella lettera... era chiara, non credete?»

«Non sta a me credere...»

«Tutti, però, ci chiediamo come abbia fatto. Pare che non ci fossero segni particolari...»

«In effetti è un caso un po' difficile.»

È una fortuna che non mi faccia mai finire di parlare, almeno mi leva dall'imbarazzo di darle delle risposte.

«Mio marito Leone è davvero perplesso. Non riesce a capire cosa sia successo, e tutto quello che sfugge alla sua capacità di comprensione lo sconvolge. Ma non c'è niente da fare, il suicidio è di famiglia.»

«A cosa si riferisce?»

«A mio cognato, Enrico. Lo ha tentato più di una volta. In quella famiglia c'è una vena di follia, non si salva nessuno. Tranne mio marito, che naturalmente non si rassegna. Per quanto si sia consapevoli delle cose, non si riesce a comprendere fino in fondo gente... così diversa!»

«In che senso suo marito non si rassegna? Forse ritiene che non si tratti di un suicidio?»

Marcella sgrana gli occhi, sconcertata.

«Oh! No, cosa va a pensare! Non crederete che mio suocero sia stato ucciso...»

Non ho detto nulla di simile. «No, nient'affatto. Mi riferivo all'opinione di suo marito.» Il fatto che Marcella abbia utilizzato il plurale mi fa riflettere. Non si rivolge a me, ma a un presunto *voi*. Come se io appartenessi all'altro lato della barricata che divide gli Azais da... da cosa?

Marcella assume un'aria composta e seriosa. « L'opinione di mio marito è quella che ci si aspetta. Non si rassegna alla morte, ma non mette in discussione i fatti. Dopotutto, quando viveva da noi, mio suocero diceva sempre che se fosse diventato troppo vecchio e invalido si sarebbe suicidato come Sándor Márai, il suo compatriota. »

« Suo suocero diceva così? »

« Lo ha detto, sì. Ma Márai si è sparato. Mio suocero... chi lo sa! »

« Allora non è un gesto così inatteso, in fondo » commento un po' caustica.

« Ecco... mio marito non ricordava questo particolare. Lui trascorre poco tempo in casa. E nonostante i dissapori tra loro, lui continuava ad amare moltissimo il padre. »

« Immagino quindi che soffrisse molto per i loro rapporti? »

Marcella arriccia le labbra, pensosa. « Era molto piccato dalla scelta di mio suocero di trasferirsi da Selina. Un po' geloso, anche. Sa, aveva paura che non fosse curato adeguatamente. »

« Suo suocero rifiutava di incontrarlo, è vero? »

« Sì, e rifiutava anche me. Era un bell'ingrato, mio suocero. Lo trattavo come un padre, anzi, con ancora più rispetto. Rifiutati e diseredati. Bella beffa! Vede, Leone è molto orgoglioso. Non accettava di essere stato messo da parte. Era il figlio prediletto, l'unico che abbia mai dato soddisfazioni a mio suocero; l'unico che abbia un lavoro e una posizione, per intenderci » aggiunge, fiera. « I miei cognati sono molto estrosi, ma poco concreti. E se mio marito non amministrasse i beni di famiglia, sarebbero ridotti alla fame! »

« È possibile che suo suocero fosse deluso dalla causa di interdizione promossa dai suoi figli » propongo.

« Ah, questo è sicuro. Mio suocero era ingovernabile. Ma dopotutto, cosa pretendeva che facessimo? Non era una decisione accettabile. E prima di tutto, la sua era una scelta incomprensibile! »

« Capisco. »

« Bravo il mio ragazzo » dice al figlio, di ritorno con tutte le salse che le sue braccia da adolescente riescono a trasportare. « È stato un piacere rivederla, dottoressa » conclude Marcella Azais, la mano tesa verso di me e accompagnata da un sorriso simpatico e dall'aria sollevata di chi si è liberato di un po' di chiacchiere in eccesso.

Queste casualità odorano sempre di causalità. Trascino il carrello fino alla cassa, pago e sono talmente sovrappensiero che non mi accorgo nemmeno di aver ricevuto il resto sbagliato.

L'Italia senza la Sicilia non lascia immagine nello spirito: soltanto qui è la chiave di tutto

Johann Wolfgang von Goethe

Sono immersa nel secondo volume della *Trilogia di Margò* di Azais, sprofondata sul divano del minuscolo salotto di casa. Interrompo la lettura solo per sgranocchiare di quando in quando una Cipster; si fa notte senza che quasi me ne accorga.

È diverso dagli altri libri di Konrad che ho letto. Nel primo volume, Margò è una ragazza ungherese di vent'anni che sogna di diventare una ballerina di danza classica. La perdita della sua innocenza è descritta molto finemente ed è un libro ipnotizzante al punto che l'indomani in Istituto sono ansiosa di finire il lavoro per tornare a casa a leggere.

Ed è proprio con quest'animo che mi presento al cospetto del Supremo, convocata alla meschina ora delle 14.38, quando sarebbe il caso di essere già ai tornelli della metro. Busso alla porta della sua stanza stretta nel mio montgomery grigio, sobbalzando per un tuono frastornante che ha riempito con la sua eco il corridoio principale dell'Istituto. Il Supremo non risponde e io entro direttamente, dopo un timido: « Permesso ».

Claudio è con le mani in tasca, l'espressione annoiata di fronte alla scrivania del Boss, che non riesce a smettere di starnutire.

« Si sieda » riesce a dirmi tra un accesso e un altro, coi modi spicci inaspriti dal malessere.

Rivolgo a Claudio uno sguardo perplesso – un po' in ansia perché non c'è da star tranquilli quando si è convocati dal Supremo in persona, e a quest'ora poi – ma lui è indifferente più o meno come al solito.

Il Supremo mi porge una brochure: è il programma di un congresso che si terrà questo fine settimana in Sicilia.

« Conforti, spiegale... » si interrompe prima di prorompere in un vigoroso starnuto.

Claudio posa su di me il suo sguardo pieno di ombre e dei colori di un fitto bosco.

« Il professor Malcomess e io avremmo dovuto partecipare al congresso nazionale di patologia forense questo weekend, ma purtroppo le sue condizioni di salute non glielo permettono. Io lo sostituirò nella presentazione di un lavoro che abbiamo scritto insieme, ma è un peccato che l'iscrizione e tutto il resto vadano persi. Il professore ha pensato di cedere il suo posto a uno degli specializzandi. »

« A me? » dico rintronata dalla notizia.

« Dottoressa, non è certo per i suoi rapporti con Arthur e Cordelia » ci tiene a precisare, pallidissimo e con le labbra violacee.

« Ti ho scelta io, infatti » precisa Claudio, mentre indossa la giacca grigio scuro sulla camicia azzurra. « La partenza è domattina alle 8.55 » prosegue. « Passerò a prenderti intorno alle sette. »

Partire dall'oggi al domani... Io, che mi scompenso quando devo raggiungere la zona Anagnina! Una cosa simile l'ho fatta soltanto per andare in Africa a riprendermi Arthur.

« D'accordo » sento dire alle mie labbra, simulando anche gratitudine ed entusiasmo nel ringraziare entrambi. Il Supremo, di evidente malumore, mi liquida con una specie di smorfia. Claudio mi accompagna alla porta, dopo aver salutato il Boss con modi che tradiscono tutta la confidenza che vorrebbe avere con lui, ma che non ha.

« Come mai ti porti dietro me, Claudio? Devo preoccuparmi? »

« Cammina » ribatte, con una pacca sul didietro. Lo fisso piena di sconcerto.

« Siamo arrivati anche a questo? »

« Come se ti dispiacesse. A domani, Allevi. E non mettere in valigia mezzo armadio. Domenica saremo di ritorno. »

* * *

L'inaspettato sole della Sicilia ci avvolge in un abbraccio di benvenuto. Ho lasciato la grandine a Roma e qui trovo una sorta di splendente primavera, tanto che con il giubbotto imbottito sento persino caldo. Claudio, fingendo di essere un galantuomo, porta in mano il mio borsone e noleggia un'auto rifiutando il mio contributo economico. A bordo di una Mercedes Classe A color bronzo, col sottofondo insistente e martellante di Virgin radio, percorriamo l'autostrada da Catania a Taormina in assoluto silenzio.

« Posso fumare? »

« Certo, l'auto non è mia. »

Accendo una Merit e osservo il mare. Alla vista dei riflessi della luce sulle piccole increspature delle onde, mi balugina per la mente che dovrei organizzare una bella vacanza in Sicilia, al mare, con Arthur. Sarebbe divertentissimo. Io potrei mettere quel bikini di Victoria's Secret che Silvia mi ha portato da Miami, mangeremmo pesce spada e cassata e andremmo al Teatro antico a vedere le tragedie greche.

La strada verso l'hotel è a strapiombo sull'azzurro intenso dello Ionio e io ho quasi voglia di tuffarmi. Chiedo a Claudio di rallentare quando vedo dall'alto l'Isola Bella, un isolotto roccioso che emerge dal mare turchino, collegato alla spiaggia da una piccola lingua sabbiosa lambita dalle onde.

« Dev'essere incredibile d'estate » commento, abbassando il finestrino per godermi la bellezza dei colori. Un'esplosione di luce e di azzurro.

Claudio non risponde e continua a guidare a una velocità ridicola, fino a che una Micra dietro di noi inizia a strepitare con il clacson. Raggiungiamo l'albergo, che a una prima occhiata sembra meritare tutte le sue cinque stelle e anche di più.

« Però! Vi trattate bene tu e il Boss! »

È un antico monastero che conserva l'austerità di un imponente luogo di culto, ma che proprio in virtù della superlativa sobrietà trasuda una meravigliosa allure di lusso, quello vero, quello non pacchiano e appena percettibile.

La mia stanza è affacciata su questo mare che tanto mi ha abbagliata ed è una *deluxe*, evviva il Supremo! Invio ad Arthur un messaggio ironico sui gusti del padre e affondo nel materasso.

Non vorrei più alzarmi, ma ho soltanto una decina di minuti per godermi la morbidezza: Claudio bussa alla porta non limitandosi a usare le nocche, ma aggiungendo anche un: « Allevi, muoviti! »

Mi precipito ad aprirgli, scalza, e mentre lui parla al telefono recupero nel borsone le scarpe con tacco very professional che ho scelto per l'occasione. Raggiungiamo a piedi la sede del congresso e mi sento in qualche modo la sua lacchè o qualcosa di simile. Per lui è come una rimpatriata tra vecchi amici ma io, incollata a lui come una cozza allo scoglio, non so fare di meglio che sorridere e mormorare di tanto in tanto un disfonico *molto lieta*.

« Allevi, devi essere più spavalda. » Il suo fiato caldo, che sa di mentine, accarezza il mio orecchio. Non riesco a capire se è spiacevole o tutto il contrario. Mi appioppa la sua borsa congressuale contenente un bloc notes, qualche penna, la brochure con gli abstract, e alcuni gadget.

« Una bara? » trasecolo tenendo il portachiavi con l'eloquente sagoma romboidale sul palmo della mano. Claudio aggrotta la fronte e gli scappa un sorriso. « Non è illogico. I congressi dei medici vengono sponsorizzati dalle case farmaceutiche. Chi vuoi che sponsorizzi un congresso di medicina legale, se non un'impresa di pompe funebri? »

« La tua bara è rosa e la mia è verde. Facciamo cambio? »

« Te la regalo » ribatte e, come se non bastasse già la borsa, mi appioppa anche il suo soprabito. « Prendi i posti. Al massimo in seconda fila, centrali. E vicini, ovviamente » ordina prima di lanciarsi in un saluto pieno di encomio rivolto a un vecchio trombone che deve aver superato l'età pensionabile almeno da tre secoli. Caracollando sui miei tacchi un po' troppo sottili trovo due posti che possono incontrare il suo gradimento e mi accascio sulla poltroncina rossa, con tutta la roba in grembo. Quando i moderatori si radunano attorno ai tavoli, Claudio pensa bene di raggiungermi, un dolce sorriso sul volto raso. I ricci bruni impomatati gli danno qualche anno in più di quelli che ha. Poi, per tutta la durata del congresso, che io trascorro per lo più sonnecchiando a occhi aperti, lui è attentissimo, prende nota, interviene. Arrivati al momento della pausa pranzo, mentre i colleghi si avventano sul buffet come afflitti da una fame atavica, Claudio intende approfondire con me le tematiche che più hanno attratto la sua attenzione. Come dirgli che io preferirei assaggiare le mozzarelline di bufala?

Il pomeriggio trascorre esattamente allo stesso modo, con l'unico diversivo del suo intervento su quel caso di avvelenamento che gli capitò quando era ancora agli inizi della carriera e che propina a ogni occasione utile. Però, lo fa con tanta classe così perfezionata negli anni da rendere interessante anche la solita solfa.

« Vuoi tornare in albergo? » domanda lui, al termine della sessione, in cammino sui ciottoli del corso principale di Taormina, nel tragitto dal Palazzo dei Congressi verso l'hotel. L'aria è frizzante e pizzica piacevolmente la mia pelle.

« Preferirei una passeggiata e un gelato. »

« Un gelato? Tra poco ceneremo » obietta.

« Lo so, ma mi va. »

Entriamo in una gelateria che espone un assortimento di gusti tale da farmi entrare in confusione e lui insiste per offrirmi un gelato al gusto gianduia che poi chiede di assaggiare, finendo con il mangiarne metà. Il corso è affollato, ci si fa largo a fatica. Il cielo è quasi buio, attraversato ancora da larghi fasci di luce. Due bambine che corrono ci urtano, colme dell'incontenibile energia dei bambini, le mani piene di palloncini colorati, le loro risa come campanelline. È come se questo luogo avesse odori e colori tutti suoi, di mare e di agrumi, di cielo, di roccia, di fiori.

« Non credevo che questa piccola città fosse così... bella » affermo, del tutto soggiogata, incapace di trovare un aggettivo meno scontato e non so ancora che, per motivi al momento inimmaginabili, non la dimenticherò mai.

So if you're lonely, you know I'm here waiting for you

Per cena scegliamo il ristorante dell'hotel, una sala ricostruita come il salottino di una casa vittoriana. Ordiniamo del pesce e un vino costosissimo, in un'atmosfera classica come l'aria di Listz suonata al piano, e io mi sento come una bella tazza di porcellana ungherese, sfavillante ma sbeccata.

È la prima volta che mi trovo a cena con Claudio. In linea teorica non c'è niente di sbagliato o di male, in questo, eppure non mi sento a posto. Penso ad Arthur, mi dico che forse non sarei contenta di saperlo a cena, in questo momento, con una donna che ha baciato, o verso cui prova qualcosa di ambiguo, che non è chiaro nemmeno a lui. Ma Arthur è a Yamoussoukro, immagino che sia ovunque fuorché a cena con una bella donna. Arthur è una persona seria, non come me.

« I tuoi capelli sono cresciuti molto » nota Claudio, accarezzando con lo sguardo la mia chioma scura.

« Dovrei tagliarli » rispondo, controllando una ciocca e trovandola piena di doppie punte.

« No, no » ribatte lui, dopo aver terminato il vino nel suo bicchiere alto e panciuto. « Anzi dovresti lasciarli crescere ancora, soprattutto questa folta frangia che ti copre la fronte. L'ho vista, una volta, è una fronte ampia e bella. È un peccato coprirla, è un segno di intelligenza. »

Non so bene cosa rispondere, non sono preparata a un complimento diretto da parte di Claudio, il primo in quattro anni che lo conosco, se si eccettua quella volta in cui fece una battuta volgarissima ma anche lusinghiera sul mio sedere. In genere è troppo preso a dire che sono negata come medico in generale, e come medico legale in particolare. Lui è di umore frizzante, forse il buon vino ha il suo merito, giacché anch'io mi sento più a mio agio e un filo più allegra. Il piano non mi è mai sembrato uno strumento così dolce, non ho mai mangiato del pesce così squisito e Claudio non mi è mai sembrato tanto avvenente. E non ho mai bevuto tanto vino.

Mi alzo dalla sedia barcollante, il cameriere osserva questi due romani caciaroni con sottile disprezzo, un po' come in quel film di Verdone... Anzi, adesso che ci penso mi sovviene che l'albergo pare proprio lo stesso. Claudio è molto divertito dalla mia completa perdita di freni inibitori. Mi sorregge dalla vita e ridiamo in maniera così rumorosa che una coppia di inglesi ci incenerisce con lo sguardo. Mi spinge verso l'ascensore e gli pesto i piedi più volte, ma lui non si lamenta.

« Perché hai bevuto tanto se poi non reggi l'alcol? » si lagna lui, gli occhi lucidi per le risate quando cado a terra e mi smaglio i collant. Prova a raccogliermi dal pavimento, ma io rotolo su me stessa, incapace di smettere di ridere, ridotta allo stato animale. Finalmente in piedi, allaccio le braccia al suo collo. Non ricordo nemmeno dove ho lasciato la chiave magnetica, ma lui non se ne cura. « Non è importante, vieni con me. »

* * *

Di un momento che stravolgerà la mia vita ho pochi ricordi e nemmeno troppo chiari.

Poco prima di aprire la porta della camera lui mi ha baciata e io non mi sono tirata indietro, perché era come se in maniera inattesa avessi ricevuto un regalo splendido quanto pericoloso. Può un gesto semplice come una carezza avere una doppia anima?

Me lo sono chiesto per un attimo, perché mentre sfiorava il mio viso e mi guardava negli occhi era pieno di eccitazione ma anche di turbamento.

Alice... Se tu immaginassi...

Ignoro cosa volesse dirmi, perché in quel momento non sono stata in grado di chiederglielo; tutto quello che volevo era scoprire come sarebbe stato varcare con lui il nostro confine segreto.

Il corpo sa tutto e spesso comanda, anche sulla ragione e sui sensi di colpa.

Ho pensato che avrebbe divorato le mie labbra, tanto era travolgente.

Ho l'impressione che in un preciso istante Arthur si sia affacciato alla mia mente, e sono quasi sicura di aver pronunciato il suo nome.

Arthur.

E che Claudio abbia risposto *lascialo*.

Io sto bene io sto male io non so dove stare

Sono nella sua stanza d'albergo, sotto le coperte. La luce filtra appena dalle pesanti tende color ocra. Ho dormito con le lenti a contatto e mi bruciano gli occhi; ho freddo ai piedi, che sono nudi. Distinguo la sagoma di Claudio che, seduto su una poltrona davanti al letto, vestito e pettinato, sorseggia un caffè.

Oggi la gravità di quello che ho fatto stanotte mi crolla addosso e per un breve istante il ricordo sfocato delle sue mani ovunque mi dà i brividi.

Claudio si avvicina, mettendosi a sedere sul ciglio del letto. Mi accarezza i capelli, ma io scosto istintivamente la testa. Il suo ego maschile insorge e mi rivolge uno sguardo offeso.

« Che ti prende? »

« Sono a disagio » ribatto incapace di spiegarmi meglio. Vorrei solo alzarmi e sciacquarmi il viso con abbondante acqua fredda, ma lui è inchiodato qui, vicino a me, e non sembra intenzionato a spostarsi di un centimetro. Ha già fatto la doccia ed è lindo e perfettino come al solito e mi costa uno sforzo sovrumano sopprimere i ricordi di questa notte, come flash abbaglianti.

« Eravamo euforici... e avevamo bevuto un po' troppo. » Sembra prendere una bella boccata di coraggio prima di aggiungere: « Ma siamo proprio sicuri che... » Si interrompe di colpo e torna a guardarmi. Sospira appena, poi prosegue. « Tu sei proprio sicura che sia successo per questo motivo? Io credo – è qualcosa in più di un sospetto, è forse una certezza – che sarebbe scattato qualcosa anche senza l'alcol di mezzo. E penso che dovremmo parlarne. Prima o poi.»

Guarda il suo Longines, si accorge che c'è un'altra priorità. «Più poi che prima. Ti ho preso una brioche. Fa' presto, ti aspetto sotto, alla concierge.»

* * *

La brioche non l'ho nemmeno finita e ho lo stomaco in fiamme. Ho preso qualcosa per il mal di testa, ho cercato di camuffare gli occhi gonfi – senza riuscirci – e adesso sto percorrendo corso Umberto II, a Taormina, con un paio di occhiali scuri calati sul viso, in un silenzio mummificante. Claudio è accanto a me, a sua volta incapace di apportare un contributo alla conversazione. La giornata è calda, un raggiante sabato mattina: il sole splende con forza e tenacia, e vorrei tanto che riuscisse a portare chiarezza dentro di me.

«Vuoi un gelato?» propone con timidezza, mentre passiamo davanti al bar di ieri.

«No» ribatto secca e assente.

Lui non replica. Quando accediamo all'ampia sala del congresso, sento un'ondata di sollievo e mi sembra di non essere la sola. Comincio a credere che sia pentito quanto e più di me.

Sollievo che perdura fino a quando ci rimettiamo in auto, al termine del congresso, dopo aver recuperato i bagagli in hotel.

Il volume della radio è molto alto e ci impedisce di naufragare nel silenzio. Io agogno la pace del salotto di casa, del divano sul quale io e Yukino, stasera, ceneremo con una generosa porzione di quattro salti in padella davanti a un episodio di *Nana*.

«Alice, questo silenzio è snervante.» Claudio spegne la

radio e mi sottrae a me stessa. « Vogliamo affrontare il problema? »

« Non credo che potremo evitarlo » rispondo, con un tono che suona incolore anche a me.

« Tu cosa vuoi? »

Oh, cielo. Se soltanto lo sapessi! Vorrei una macchina del tempo e tornare indietro a prima di ieri sera.

« Qualunque cosa ti dicessi, adesso, non sarebbe attendibile. E tu? »

« Io ripeterei. Tanto per capire com'è farlo da sobri, se vale la pena dare un seguito alla cosa. »

« Come puoi essere tanto cinico? »

« Preoccupati se dovessi mostrarmi dolce e rassicurante, non sarei sincero. »

Be', l'idea di « ripetere » non mi sfiora neppure. E comunque è inconcepibile anche solo immaginare un Claudio « dolce e rassicurante ».

Al massimo lo si può sognare umano.

Cosa penso di me cosa voglio da te
cosa sono come sono e perché

Ieri, rientrata a Roma, la comunicazione con Arthur è stata difficile: pochi minuti e la linea che andava e veniva. Accennargli qualcosa di quanto successo era inimmaginabile: non sono cose che si possono dire così, per telefono. Penso che dovrei andare a Parigi al più presto e parlargli di persona, ma non so nemmeno quando tornerà dalla Costa d'Avorio e quindi vado avanti.

È con questo stato d'animo che mi presento in Istituto. Lascio cadere la borsa sulla scrivania e affogo i dispiaceri in un cornetto alla Nutella. Proprio mentre sto asciugando le labbra impiastricciate, sento squillare il telefono.

« Allevi? » È Claudio.

« Sì? » ribatto esitante.

« C'è la dottoressa Alimondi. Ha portato i risultati dell'esame istologico su Azais. Ti interessa? »

Indosso di corsa il camice e chiudo a chiave la porta, uno sguardo di rimpianto alla metà del cornetto caldo che ho riavvolto nella carta per alimenti. Raggiungo la stanza di Claudio e trovo la fiammante anatomopatologa al suo cospetto, ben accomodata sulla poltrona.

« Buongiorno » saluto con aria vaga.

Beatroce risponde in maniera distratta. Ai lobi porta degli orecchini di giada che fanno pendant con una collana che brilla sul suo camice bianco.

« Vieni » aggiunge poi, liberando dalla sua borsa la sedia

accanto a lei. «Come stavo già spiegando a Claudio, sono molto perplessa.»

Claudio si sporge dalla sedia per osservare meglio i dati. «L'analisi delle ghiandole surrenali di Azais ha evidenziato degranulazione delle cellule cromaffini, segno di una stimolazione intensa da parte delle catecolamine» spiega Beatrice. Sono i segni anatomopatologici di uno stress molto intenso.

«Non è insolito trovare un reperto simile in un suicida» interviene Claudio. «Lo stress non è mai di breve durata, c'è tutto il tempo della preparazione.»

«Claudio, lasciami finire» ribatte lei con una certa insofferenza. «La congestione pluriviscerale, l'aspetto della milza e questo reperto surrenalico mi hanno dato una certezza: lo stato di ansia fortissima di Azais, prima di morire. La corticale del surrene tuttavia non è attivata, il che delimita cronologicamente la morte a un periodo abbastanza breve. Tu ritieni possa essere lo stress presuicidiario. Ma sappiamo, davvero, come dovrebbe essersi suicidato quest'uomo? Io ho trovato soltanto edema polmonare acuto. Ma le cause di edema polmonare acuto sono infinite.»

«È questa la tua perplessità?» domanda Claudio.

«Sì, perché non posso escludere un meccanismo di morte diverso. A parte il fatto che tanto stress non lo si può escludere neanche in caso di omicidio – ti ricordi, Conforti, quando abbiamo letto quell'articolo sui surreni dei mafiosi? Questa, in realtà, sembra una morte naturale. Potrebbe essere stata una morte da inibizione, per esempio. O da emozione.»

Claudio aggrotta la fronte. «È possibile» commenta.

Sono molto stupita. Innanzitutto perché stanno parlando di qualcosa che non conosco bene e che dovrei ripassare.

«Allevi, quali sono i meccanismi della morte da inibizione?» chiede Claudio, carogna in ogni sua fibra. Beatrice gli rivolge un'occhiataccia.

«Lascia stare questa poverina!» esclama. «Non li conosci nemmeno tu, i meccanismi. Siete medici legali, da quando in qua ne capite di fisiopatologia. Tesoro» dice poi rivolta a me, «te li spiego io i meccanismi.» Temo che questa giovane ricercatrice possieda qualche piccolo problema di contegno; o forse è semplicemente calabrese. «La morte da inibizione consegue a un'improvvisa e sproporzionata esaltazione del sistema parasimpatico. Il cuore rallenta fino all'arresto. È legata a traumi anche di lieve entità – anche solo pressioni – a carico di distretti molto sensibili e pieni di recettori: carotidi, globi oculari, testicoli. Ma non soltanto a traumi» aggiunge alzando la voce per contrastare Claudio che cerca di inserirsi, ma è una lotta tra titani. «Può essere dovuta anche a stimoli endogeni: embolismo polmonare, per esempio – anche se in questo caso lo escludo –, passaggio di bolo solido nell'esofago, immissione di acqua fredda nei condotti uditivi...»

Sono più confusa di prima. «A questo punto mi sembra più verosimile una morte da emozione» afferma Claudio, sfogliando un test di patologia che ha appena preso dalla sua libreria.

«Questi meccanismi, a volte, possono essere combinati. Per esempio durante le risse» spiega l'anatomopatologa.

«Beatrice, ma se semplicemente si fosse trattato di un'aritmia fatale, idiopatica?»

«Da un punto di vista anatomopatologico è senz'altro compatibile, ma... Quella lettera, Claudio?»

«Una coincidenza pazzesca» mi ritrovo a mormorare. Beatrice mi osserva con l'aria di chi ascolta, ma al contempo si sta già preparando a ribattere.

«Beatrice, sappi che ti trovi in presenza dell'unico medico legale al mondo con una concezione paranormale della patologia forense» spiega Claudio, le braccia conserte. Mi fissa come se mi ritenesse incorreggibile. A Beatrice scappa una risata sommessa ma non sembra sfottere, anzi, più la osservo più mi sembra in grado di suscitare simpatia.

«Sono seria» aggiungo, cercando di darmi un tono. «Voglio dire che mentre sta per attuare un suicidio, a Konrad Azais viene un'aritmia.»

Beatrice annuisce. «Sono d'accordo con te» ribatte, con voce un po' roca, ma sembra che voglia dire tutto il contrario. «Però mi sembra poco plausibile che abbia avuto una morte da emozione per lo stress del suicidio.»

«In ogni caso, prima di trarre conclusioni affrettate, aspettiamo il risultato dell'esame tossicologico. Azais assumeva psicofarmaci, non è escluso che ne abbia fatto abuso» conclude Claudio, risolutivo.

«Per quel che riguarda me, ho concluso. Non ci sono altre alterazioni patologiche compatibili con un decesso improvviso. Non è stato un infarto, né cardiaco né cerebrale. Lascio a te le redini, Conforti, anche se so che mi richiamerai. Non è un caso che puoi sbrigare da solo!» conclude Beatrice con tono ironico, ma Claudio la guarda interrogandosi sul metodo più rapido per sopprimerla.

All you ever wanted to be, living in perfect symmetry

Oggi qualcuno dovrebbe provvedere a bloccare la mia carta di credito, prima che io commetta qualche danno di troppo e riceva l'ennesima chiamata dalla mia banca. Travolta in un'asta all'ultimo sangue su eBay, ho comprato per una cifra improponibile una rarissima edizione del romanzo di Olivier Volange, quello dal titolo che è tutto un programma: *Racconti di solitudini spezzate*. Non so dire cosa cerco in questo libro, se qualche risposta o se si tratta di semplice curiosità. È possibile che stia tenendo impegnata la mente per non pensare ai miei guai.

Sto nascondendo ad Arthur quello che è successo con Claudio, il quale a sua volta m'ignora come se quella notte a Taormina l'avessi soltanto sognata. E quanto sarebbe stato meglio!

Oltre a questo, nascondo ad Arthur che più penso a noi, meno capisco quale strada sia mai possibile, e riconduco la pazzia di quel viaggio a Khartoum che ha portato al nostro riavvicinamento alla tempesta dei sensi di un amore adolescenziale.

E ancora, nascondo a me stessa che esiste una parte di me, non so ancora quanto forte, che prova qualcosa per Claudio, qualcosa che porto dentro da tantissimo tempo. Ogni giorno che è passato da quando l'ho conosciuto a oggi, Claudio mi ha svelato una piccola parte di sé, come delle gocce distillate, manifestandosi in tutta la sua complessità.

E di questo *tanto* che mi ha mostrato, a volte ho avuto

paura di essere innamorata. Molto tempo fa, prima di Arthur, pensavo che fosse qualcosa di confinato tra le parentesi della mia vita agre da studentessa in venerazione di un ragazzo bello, volitivo e brillante. Adesso, dopo tutto quello che è successo, queste mie idee confuse mi riempiono di agitazione e paura.

M'immergo nella lettura dell'ultimo volume della *Trilogia di Margò*, sperando di andare avanti di almeno una trentina di pagine, o non lo terminerò mai.

* * *

L'indomani non ho alcuna voglia di alzarmi dal letto, sento freddo e temo che per l'ennesima volta si sia rotta la caldaia, perché i termosifoni sono gelidi. Ichi è talmente felice di vedermi che mi saltella sul pigiama.

L'offerta di Cordelia è sempre valida, l'ha ribadito fino a ieri sera quando mi ha chiamata per comunicarmi che aveva saputo da un'amica di una nuova crisi tra Lars e la moglie, e che per questo aveva immediatamente prenotato una ceretta. La mia confusione sentimentale tuttavia m'impedisce di accettare al volo, e il fatto che Yukino non abbia più menzionato l'idea di tornare a Kyoto mi dà un po' di ossigeno. Intingo i biscotti nel latte e di quando in quando provo a insegnare al cagnolino più maleducato del reame a restare seduto come ho visto su *Dog Whisperer*. Alla televisione, i jingle tintinnanti mi ricordano che la settimana prossima sarà Natale e che mi aspetta una settimana di ferie a Sacrofano. La mia speranza è di riuscire a incrociare Arthur almeno per un giorno e di parlargli, anche se la cosa mi spaventa a morte. Per quelli come Arthur, però, non esiste il Natale, il che rende la mia vita ancora più complicata.

Sulla metro la confusione è più sfibrante del solito, e

quando metto piede in Istituto mi sembra di aver raggiunto un'oasi paradisiaca, il che è tutto dire. Sembra ancora deserto, nessun volto familiare tranne quello delle signore delle pulizie. Le guardo senza vederle, persa nel nulla, mentre sorseggio un caffè, distolta poco dopo dal rumore dei passi di Claudio, che insieme a Beatrice attraversa il corridoio fresco di cera. Parlano amichevolmente e lei lo tiene sotto braccio, l'Istituto invaso dalla sua voce squillante.

« Bonjour! » mi saluta lei, come al solito in francese – e quando capirò il perché sarà una conquista.

Lui è sulle sue e vorrei capire quando ci decideremo ad affrontare quella famosa discussione in sospeso. Temo che lui non ne abbia più alcuna voglia. Li vedo proseguire verso la stanza di Claudio, ignorandomi com'era prevedibile, mentre piena di risentimento finisco il caffè e getto nella pattumiera il bicchierino sporco.

* * *

È più o meno metà mattina quando sul mio cellulare appare un numero che non conosco.

« Alice carissima » esordisce dall'altro lato il buon ispettore Calligaris, cinguettante come uno dei canarini di mia madre. « Come stai? »

Dopo uno scambio di convenevoli abbastanza rapido, com'è nello stile del pregiatissimo funzionario di polizia, giunge più o meno al sodo in maniera vaga, cosa ancor più in linea col suo stile. « Riguarda il caso Azais. Ti spiacerebbe raggiungermi oggi in ufficio? Dopo la pausa pranzo sarebbe perfetto. »

Non me lo faccio ripetere due volte e senza comunicarlo a Claudio – che è a tutti gli effetti l'unico in dovere di esprimere pareri sul caso Azais, ma del resto non se lo merita –

subito dopo aver sbocconcellato qualcosa prendo la metro e in breve mi trovo al cospetto della Volpe.

« Accomodati, dottoressa. Ammettilo, che non vedevi l'ora di sfruttare quella proposta di collaborazione che ti ho fatto quest'estate... » esordisce, sperando che io concluda la sua frase con un accesso di entusiasmo.

« Be', sì... non lo nego » concedo, guardandomi le mani e notando solo adesso che lo smalto è un po' scrostato e che hanno un'aria un po' sciatta. Per essere uscita in questo stato Silvia – la mia più cara amica, ossessionata dall'apparire – potrebbe uccidermi nel sonno.

Calligaris si spaparanza sulla poltroncina, le mani asciutte sul ventre piatto. Un largo sorriso si dipinge sul suo volto che avrebbe bisogno di un'urgente pulizia del viso. « Via, non fare la persona misurata. Lo sappiamo tutti che non lo sei! » commenta sghignazzando, prima di rispondere a una chiamata e di liquidare senza smancerie l'interlocutore.

Dimenticavo la vanità professionale dell'ispettore Calligaris, che è convinto, come minimo, di essere il punto di riferimento dell'Interpol.

« Ha ragione, ispettore. Sa bene quanto sia onorata di poter collaborare con lei » replico, conquistandolo definitivamente. Tutto compiaciuto, Calligaris infila gli occhialini neri ed estrae da un cassetto una cartellina color avana. Ci sono degli appunti presi in una grafia incomprensibile e una fotocopia della lettera che mi ha svelato il suo enigma. Sono ansiosa di parlarne con l'ispettore, è arrivato il momento, finalmente. Prima della morte di Konrad, rendere nota la mia impresa sarebbe stato solo un atto di vanità. Adesso, credo possa diventare importante.

« Il testamento è stato aperto? » domando prima, con prudenza. Nel testamento, il nome di Amélie – sempre che io abbia visto giusto – dovrebbe essere esplicito.

« No. Non ancora. »

« E lei... ha studiato quella lettera? » chiedo, indicando la fotocopia.

« Be', studiato... » Calligaris ha l'aria di un liceale colto impreparato. Per quanto mi riguarda, ci manca poco che per l'orgoglio mi si gonfi la pappagorgia come a un tacchino.

« Ispettore, quella lettera nasconde un acrostico » rivelo con tono solenne.

Calligaris aggrotta la fronte, le labbra socchiuse pronte a esprimere come minimo perplessità.

Gli spiego la mia teoria, sottolineo le iniziali che compongono il nome di Amélie Volange e aggiungo anche cosa ho scoperto con una semplice ricerca su Google.

« È la figlia di Olivier Volange, uno scrittore francese morto suicida molti anni fa. »

Calligaris solleva lo sguardo dalla cartellina. « Lo sapevo, sei già in azione » commenta, estasiato. « È ovvio che prima o poi ci saremmo arrivati anche noi. Comunque ti faccio i miei complimenti. Gradisci qualcosa dal bar? » aggiunge infine, saltando con naturalezza di palo in frasca.

« Un espresso, grazie » rispondo imperturbabile, per non dargli soddisfazione. Poi, però, la curiosità è più forte di me. « Per quale ragione Azais avrebbe lasciato i suoi beni alla figlia di Volange? »

« Non lo immagino affatto. Non ancora, almeno. »

« Cosa posso fare per lei, allora? »

« Hai conosciuto Clara, la nipotina di Azais » esordisce porgendomi una foto della ragazzina, un piccolo elfo dai capelli fino alla vita e gli occhi truccati con troppa matita nera.

« Le è successo qualcosa? » domando sulle spine.

« In un certo senso, sì. Dal giorno della morte di Azais, Clara si rifiuta di parlare. O meglio, non è che sia diventata muta, ma è impossibile ricavare qualcosa da lei sui fatti di quel giorno. Clara Norbedo ha trovato il nonno morto, ma lo shock non può giustificare questa reazione. Sospetto che ci sia dell'altro. Che ne pensi? »

« Da medico, intende dire? »

« Alice, di pareri non medici posso averne in quantità. È ovvio che chiedo il tuo parere da medico. »

Mumble mumble. Ho ricordi ormai offuscati di neuropsichiatria infantile, ma non intendo farlo intuire a Calligaris.

« Tra Azais e la nipote esisteva un rapporto pieno di premure e Clara mi è sembrata una ragazzina sensibile e introversa, molto attaccata al nonno. Sì, credo che sia possibile che abbia risentito di un trauma psichico » osservo.

« Al punto da non voler ricordare l'accaduto? »

« Forse, per rimuoverlo. »

« Questa non è l'Alice che conosco » replica deluso, tornando ai fogli sul caso Azais, che riordina metodicamente.

Imbarazzata, mi dico che Calligaris ha ragione. È la mia fantasia galoppante che vuole, l'ho capito. Altro che parere da medico. Vuole che dia manforte alle sue ipotesi con fondamenti tecnici.

« D'accordo, ispettore. Senz'altro è più probabile che una reazione di questo tipo trovi fondamento in un trauma di maggiore entità. Quale, non saprei dirlo. »

Calligaris mi sbircia da sopra un foglio che tiene vicino al viso. « È proprio qui che entri in gioco tu. Ho bisogno che tu parli con Clara Norbedo e che riesca a farle dire cos'ha visto quel pomeriggio. »

« Io? » ribatto con sgomento. « Ispettore, non ho le competenze per un incarico del genere. »

« E chi le ha? » è la sua risposta, accompagnata dalle sue spallucce che si alzano in segno di ovvietà. « Tu hai un carattere solare ed espansivo. Mieti simpatie con facilità, sei l'interlocutrice adatta a un tipo come Clara Norbedo, che ha tutta l'aria di un'adolescente difficile.» Perché, esistono adolescenti facili?

«Non vorrà parlarmi. Identifica in me la dottoressa che lavorava per far dichiarare pazzo suo nonno. Per inciso, pazzo non lo era affatto.»

«Tentar non nuoce. Ne ho già parlato con Selina Azais, che si è detta disponibile ad aprirti le porte di casa. Anche lei spera che tu possa riuscire dove io e gli altri miei collaboratori abbiamo fallito.»

«E dove anche la madre ha fallito? Mi sembra molto difficile.»

«Ma non impossibile e in ogni caso non abbiamo nulla da perdere.»

Calligaris appunta un numero di cellulare su un pezzo di carta che strappa da una vecchia pratica.

«Questo è il recapito di Selina Azais. Chiamala e prendi accordi con lei.»

Sulla metro, con il numero di Selina Azais conservato nel portafoglio, cerco di preparare una scaletta mentale sul da farsi.

Parlare a Claudio di questa novità. Il caso è suo e, visti i rapporti tra noi, penso di doverglielo.

Chiedere lumi ad Anceschi riguardo la nostra posizione per l'interdizione.

Chiamare Selina e fissare una data per l'incontro.

Capire come arrivare a casa Norbedo, dato che non possiedo un'auto. Obiettivo dell'anno prossimo? Comprarne una.

Raggiungere Arthur via Skype e chiedergli che programmi ha per Natale. So che affrontare certi punti scottanti e scabrosi durante le feste non è il massimo, ma mentirgli ancora fa aumentare il disprezzo che già provo per me stessa.

Appena uscita dalla metro Cavour, un po' per istinto e voglia di sentirlo e un po' per impazienza, chiamo Claudio.

« Allevi? » risponde, con sincera meraviglia.

« Perché ti stupisci? »

« Perché mi eviti come la peste. »

« Anche tu. »

« Evitarci mi sembra indice di una scelta precisa » ribatte.

È strano affrontare questa conversazione mentre attraverso la strada per raggiungere casa, con quest'umidità che mi dà il mal di testa.

« E non c'è altro? » domando, in un impeto di irrazionalità. Non capisco neppure io cosa voglia sentirmi dire. Claudio resta in silenzio, prima di rispondere: « Quello che avrei da dirti non t'interessa ».

Mi sento attraversata da un brivido che è insieme gioia e turbamento. « Questo non puoi saperlo. »

« Mi hai chiamato perché vuoi parlarne? »

« Ti ho chiamato per parlare del caso Azais, ma non sono sicura che non fosse una scusa. »

La gravità di quello che ho appena detto m'investe come uno tsunami. Dovrei riattaccare immediatamente e smetterla di scendere a piccoli passi in questa voragine. Vorrei essere austera e solida. Vorrei cominciare oggi a essere chi desidero essere. Eppure, resto al telefono e quando un'ondata di vento mi rende difficile continuare la conversazione mi ritrovo a imprecare.

Ho appena inserito la chiave nella toppa del portone, tenendo il cellulare con la spalla, quando sento quella voce, con tono languido.

« Claudio, vieni qui. Oh! Sei al telefono? *Merde.* »

Io la riconosco, quella voce.

Anche se la linea è disturbata, anche se sono trafelata, anche se mi sento la testa in un vortice.

È la voce di Beatrice.

« Alice, io... » Claudio sembra in difficoltà e io mi sento stupida. O probabilmente lo sono.

« Non importa, Claudio. Volevo parlarti di Azais, ma... ti spiegherò domani » gli dico con naturalezza, senza lasciar trapelare niente di tutto ciò che sto provando.

* * *

L'indomani, perseguitata dal peggiore degli incubi, sento la presenza di Beatrice in Istituto. Parla in francese con il nostro tecnico di sala settoria, noto cafone che, galvanizzato dalle attenzioni dell'avvenente dottoressa, le risponde « Ja, ja! » convinto di dire sì in francese. Solidale al mio sgomento è Ambra, smunta e piena di evidente rancore nei riguardi della cagnetta che le ha sottratto l'osso.

« Tu la sopporti? » mi domanda, cercando empatia. È forse la terza volta, nella sua vita, che mi rivolge la parola di sua iniziativa, il che dà la misura della sua disperazione.

« No » replico ben contenta di aver trovato qualcuno con cui ammetterlo.

« Bonjour, ragazze! » esclama Beatroce, tutta un peperoncino, lasciando una scia di profumo forte al punto da poter innescare un'emicrania. « Cosa sono queste facce tristi? » chiede poi, degnandoci momentaneamente della sua attenzione attraverso i grandi occhiali da diva. È dura, quando conosci già un'Ape Regina, accettare che ne esiste una peggiore.

Ambra solleva un sopracciglio e per un attimo temo sia sul punto di saltarle al collo. Il suo volto è il ritratto dell'impossibilità di esternare quello che urla martellante dentro la sua mente. E per conto mio, non posso dire di guardare con maggior simpatia l'anatomopatologa.

Beatroce non aspetta nemmeno la nostra risposta. « Avete visto in giro quel pezzo di ragazzo di Conforti? »

« Non... non è ancora arrivato » replico al posto di un'Ambra ammutolita dallo sconcerto.

« Mmm. Lo aspetterò nella sua stanza. Giada, se non ti dispiace, potresti aprirla? »

Quel che resta di Ambra, trasudando dignità – o comunque, il poco di cui è dotata –, fa presente il suo nome.

« Oh, perdonami! Ambra, Giada... ricordavo una pietra e ho fatto confusione. »

« La chiave può averla in segreteria » risponde la nostra irriducibile Ape Regina, lasciando la rovente rivale esterrefatta.

Perché tutto è perduto, fuorché l'onore.

* * *

Mi chiudo in bagno per chiamare Selina Azais al riparo da orecchie indiscrete.

« Sì? » chiede la sua voce da ragazzina, proprio un attimo prima che chiuda.

« Signora Azais, sono Alice Allevi, si ricorda di me? »

« Oh, certo! L'ispettore Calligaris mi ha detto tutto. »

« Vorrei prendere accordi con lei per parlare con Clara. »

« Be', parlare... Può provarci » risponde con scetticismo, ma senza scortesia. « Venga pure quando lo desidera, tranne che di mattina, perché ovviamente Clara è a scuola. Di pomeriggio è fuori per le lezioni di musica, il mercoledì e il venerdì dalle cinque alle sette. »

« Allora per domani non dovrebbero esserci problemi? »

« Nient'affatto. La aspettiamo, dottoressa. »

Adesso non resterebbe che dirlo a Claudio, se solo non fosse nelle grinfie dell'anatomopatologa del secolo. Orbito nei pressi della sua stanza, ma Beatroce è sempre con lui – è impossibile non sentire la sua voce. Solo in tarda mattinata molla la presa e lascia libero il campo, attraversando i corridoi con quella sua aura da *première dame*. Busso alla porta della stanza di Claudio, con una lieve esitazione, un batticuore da teenager e i nervi fumanti per la tensione.

« Entra, Alice » m'invita, abbassando lo schermo del suo Mac.

« Volevo dirti che Calligaris mi ha incaricata di parlare di Azais con Clara Norbedo » gli dico tutto d'un fiato, intenzionata a non trattenermi nella sua stanza più del dovuto.

Claudio corruga la fronte. « Perdonami, chi è Clara Norbedo? »

« È la nipotina di Konrad Azais. »

«Ma che ho fatto di male per meritarmi questo?» commenta, il viso tra le mani. «Di nuovo!»

«Di nuovo, cosa?»

«Come con Giulia Valenti, né più né meno.»

«Ma stavolta almeno mi muovo nel lecito.»

«Con te non si può mai dire. In ogni caso, grazie per avermelo detto. Altro?» aggiunge con tono lascivo.

«Ti piacerebbe.»

«Oh, senza dubbio.»

«Gesù, Claudio, non hai ritegno. Guarda che l'ho capito che te la spassi anche con Beatrice.»

«Anche? La congiunzione *anche* implicherebbe la presenza di qualcun altro e, ahimè, non è esatto.»

«Allora è così?»

«E perché non dovrei? Sono libero, fino a prova contraria. E Beatrice, se proprio lo vuoi sapere, è una mia ex. Non c'è niente di più facile che ricascarci.»

«Ho capito.»

Si alza dalla poltroncina girevole e si avvicina con un'aria molto languida.

«Ah, no. No, no, Claudio. Non mi freghi di nuovo.»

Chiude la porta alle mie spalle, dà una mandata alla serratura e mi sfiora la pelle del collo con un bacio.

Poi però di colpo si stacca e si blocca, a pochi millimetri da me.

«Ti sembro un necrofilo io?»

«Non l'ho mai sospettato» rispondo, spiazzata.

«Be', se fai così mi sembra di baciare un cadavere. Allevi, io ti rivoglio com'eri in Sicilia. Ho ricordi vaghi ma belli. Non rovinarmeli» conclude riaprendo la serratura, il che mi fa intuire che sono stata congedata per una prestazione insoddisfacente.

«Fatti vedere quando sarai resuscitata e non prima.»

What the hell am I doing here?

Raggiungo casa Norbedo dopo un viaggio periglioso in metro, treno e corriera. La giornata oggi è serena, e la villetta mi appare come una dolce oasi estiva. Suono il campanello e nell'entrare in casa accolta dalla sempre deliziosa Selina avverto una leggera amarezza. Sarà suggestione, ma io la mancanza di Konrad la riesco a respirare.

Il silenzio. Nessun odore di brodo di verdure per gente attempata e malata. Non più la corpulenta Terézia in giro per casa. Nessuno suona più il violoncello. E il volto di Selina è immalinconito.

Con lei, la zia Elisabetta, come una dama di compagnia dell'Ottocento.

« Si sieda, dottoressa. Se vuole, chiedo a Clara di raggiungerci e potete parlare qui in salotto. »

In previsione dell'incontro ho rispolverato i miei ricordi di neuropsichiatria, a causa dei quali, tuttavia, mi sento confusa. Una scuola di pensiero sostiene che un incontro del genere andrebbe effettuato in territorio neutro, quindi il salotto potrebbe andar bene. L'altra scuola ritiene invece che sia meglio conversare con il paziente in un ambiente a lui più familiare, quindi, nel caso in questione, nella cameretta di Clara. Seguo il mio intuito e, soprattutto, la mia incorreggibile curiosità, e spiego a Selina che preferisco incontrare la piccola nella sua stanza.

« Oh, d'accordo. Gradisce del tè, prima? »

« No, la ringrazio. Clara è al corrente della mia visita? »

«Sì. Non potrei mai mentirle, io e Clara abbiamo un rapporto basato sulla sincerità.»

«E sa cosa intendo chiederle?»

«Lo immagina.»

«A lei Clara non ha detto proprio nulla?»

Selina nega con ogni parte del suo corpo. «Niente di niente. Dice che non ricorda nulla di quel giorno.»

«E lei le crede?» domando, osservando la sua ritrovata compostezza, le mani poggiate sulle ginocchia vestite dai jeans scoloriti.

«Io non dubito mai di Clara. Ma la morte di papà... l'ha sconvolta, ho paura che ne abbia risentito e non riesco ancora a capire come stia reagendo all'evento.»

«Come si comporta, esattamente?»

Selina sospira. «All'apparenza è tranquilla. Va a scuola, il suo profitto non ne ha risentito. Non esce, come le accennavo, ma del resto anche prima conduceva una vita molto riservata. Clara è molto schiva, trascorreva molto tempo con il nonno: lui era il suo migliore amico. Non so fino a che punto fosse normale, ma Clara non mi ha mai dato preoccupazioni e così non ho mai considerato un problema il fatto che avesse pochi amici. Continua a esercitarsi al violoncello, ma suona in maniera più svogliata. Ha le occhiaie, ho paura che non dorma bene. Capita a volte, di notte, che la senta piangere, così entro nella sua stanza e mi chiede di dormire con lei. E naturalmente, io l'accontento.»

«E lei, Selina, come sta?»

«Be', come vuole che stia...» ribatte con la sua vocina esile e quell'aria un po' svagata che la contraddistingue. Anche la zia Elisabetta sembra rivolgermi uno sguardo pieno di rimprovero. «Papà mi manca molto. E l'idea che se ne sia andato in questo modo, così tragico... E poi, proprio il giorno del compleanno di Clara! Doveva essere impazzito. Dopotutto, forse, i miei fratelli non avevano tutti i torti. Avrei dovuto dar retta a Leone.»

Elisabetta annuisce piena di comprensione.

Sollevo lo sguardo, incuriosita. «Ha dubbi sulla lucidità di suo padre?»

Elisabetta prende la parola, sento la sua voce da uccellino per la prima volta. «Selina... tu ignori tante cose. Hai una visione... semplificata di tuo padre, come forse è giusto che sia. Io l'ho conosciuto bene. Maia era mia sorella e per molto tempo ho vissuto con loro, nella villa di Udine. Le rendeva la vita impossibile» racconta piena di astio. «Ha ferito talmente tante volte mia sorella che non saprei nemmeno dire qual è stata la peggiore. Povera Maia, lei lo adorava ed era gelosissima di lui. Konrad non è mai stato un uomo lucido: era un pazzo scatenato, i suoi attacchi d'ira erano leggendari. C'erano giorni in cui sceglieva di parlare solo per enigmi e giochi di parole e nessuno ci capiva niente. Solo Oscar aveva lo stesso talento per i giochi. Gli teneva testa, si lanciavano sfide che duravano giorni interi. Oscar era persino più dotato. Come se non bastasse, Konrad era un infedele, egoista e insensibile.»

Selina, crucciata, pone fine alle tristi memorie della zia.

«Basta zia... non aggiungere altro. D'accordo, papà era bizzarro. Lunatico, spesso infantile, e poi sì... quella smania per l'enigmistica era una grande scocciatura. Ma io non avevo mai dubitato della sua sanità mentale. Mai. Il fatto che si sia suicidato proprio il giorno del compleanno di Clara, però, mi ha turbata nel profondo. E mi ha esortata a riflettere. Mio padre, in possesso delle sue facoltà, non l'avrebbe mai fatto, non fosse altro per non dare un dolore a Clara, che amava più di chiunque altro al mondo. Non riesco a capire perché avrebbe dovuto farlo proprio quella maledetta domenica» si lascia scappare con un moto di stizza. «In realtà, non capisco proprio perché avrebbe voluto farlo. Aveva dei problemi di salute, d'accordo, ma nulla di così grave. Si godeva le sue giornate. Leggeva, scriveva ancora, componeva cruciverba terribilmente complessi che venivano pubblicati su riviste di enigmistica con un *nom de plume*, dalla qual cosa traeva grande godimento. E soprattutto aveva Clara. E me, e mio marito. Stava bene, con noi.»

«Ha parlato di questi suoi dubbi con l'ispettore Calligaris?»

«Sì, naturalmente.»

Elisabetta scrolla le spalle, un'espressione compunta sul viso da damina d'altri tempi.

«Non sei obiettiva, tesoro mio. Forse, però, è giusto così. Ma lasciatelo dire, tuo padre era un uomo inaffidabile e cattivo.»

A questo punto, non mi resta che raggiungere Clara nella sua stanza. E fare affidamento alla più utile tra le mie doti. La stessa grazie alla quale più volte sono risorta dalle mie stesse ceneri: la capacità d'improvvisazione.

Senza contare una buona dose di fortuna.

* * *

Salgo le scale di legno che cigolano e, giunta sul piano, nei pressi della stanza di Clara incrocio il padre. Mi accorgo solo adesso che con un basco e un sigaro sarebbe identico a Che Guevara.

«Toh! Buonasera» dice con voce bassa.

«Ehm, buonasera.»

«Sono Edoardo Norbedo. Benvenuta in casa mia» esordisce allargando le braccia con simpatia. «È qui per parlare con il piccolo genio, vero? Selina mi ha detto tutto.»

«Sì, mi manda l'ispettore Calligaris.»

« Gran brav'uomo, il Calligaris. Pieno di tatto. Apprezzo molto che abbia mandato lei per Clara. È una ragazzina complicata e la morte del nonno l'ha resa, se possibile, ancora più difficile. Mi chiedo se frequentarlo non abbia influito negativamente sul suo carattere » mormora come tra sé.

« Suo suocero aveva un carattere molto particolare, a quanto ho capito. »

« Era un uomo sopra le righe, dotato di un intelletto straordinario, e Clara è come lui. »

« Lei cosa ne pensa della questione dell'interdizione? » mi ritrovo a chiedergli. Forse perché in me sta germogliando l'ipotesi che Konrad non si sia suicidato, e che interdizione e morte, in qualche modo, siano collegate.

« Infondata. Totalmente. Mio suocero era una vecchia carogna, sì, ma non era pazzo. » Edoardo risponde con naturalezza, inquadrandomi come un'investigatrice o qualcosa di affine.

« Andavate d'accordo? Era contento di vivere con voi? »

« Contento? » ribatte, sopprimendo a stento un sorriso. « Certo, certo. »

« Crede sul serio che suo suocero si sia suicidato? »

Norbedo riflette un istante, prima di rispondere. « Ne ho parlato a lungo, anche con Selina. Il vecchio non l'avrebbe mai fatto, il giorno del compleanno di Clara. »

« E allora che idea si è fatto? »

« Secondo me qualcosa di fulminante. Un infarto. Ma siete voi ad avere tutte le risposte. »

« E quella lettera? »

« Il vecchio era strambo. Non pazzo, ma anomalo, poco ma sicuro. Secondo me teneva quella lettera lì chissà da quanto tempo, pronta all'uso. Deve averla scritta in un momento di sconforto e lì è rimasta. O forse è uno dei suoi tranelli: mio suocero viveva di trucchetti e giochetti con cui ci tormentava.» In effetti la carta era ingiallita, il foglio non era certo nuovo. «Tragica fatalità che sia morto il giorno del compleanno di Clara e che proprio lei lo abbia trovato. Ma adesso vada, dottoressa, la bimba la aspetta» conclude tendendo le braccia come a indicare la porta della stanza della figlia, che è laccata di bianco; le iniziali intarsiate color pastello indicano il nome della proprietaria.

Busso con discrezione.

«Sono qui» sento rispondere e poggio la mano sulla maniglia.

* * *

L'apertura della porta è accompagnata dal rumore tintinnante di uno scacciapensieri e la stanza, a prima vista, sembra quella di una piccola principessa. La *boiserie* fino a metà parete è a sottili righe beige e panna, e al di sopra la carta da parati è decorata con piccoli fiori. Il letto ha un baldacchino di legno bianco e un piumone dall'aspetto molto soffice di colore rosa. Clara è seduta per terra, sul parquet color noce, e sfiora le corde del violoncello appoggiato alla parete. I capelli lunghi sono annodati in una treccia che ricade sulla sua spalla destra.

«Ciao, Clara» esordisco, con un timido cenno della mano. «La tua camera è magnifica.»

«Grazie» risponde in modo secco, prendendo una Fruit Joy dalla tasca. «Vuoi?»

«Sì» ribatto accettando la caramellina dalla sua mano, le unghie laccate di viola. «Quanti anni hai, Clara?»

«Quindici» risponde, continuando a rimanere seduta sul pavimento.

«Posso sedermi anch'io?»

« Certo. Ma ti avviso, io non ricordo niente. Non è una realtà che posso modificare secondo l'interlocutore. »

Spiazzata, mi siedo di fronte a lei, i miei stivali scuri sembrano riempire il pavimento.

« Forse i ricordi si sono infilati in qualche parte nascosta e possiamo provare a farli uscire. »

« Non parlarmi come se avessi cinque anni! » ribatte, con disprezzo.

Passo falso. « Hai ragione. Scusami. »

« Ho detto che ti avrei incontrata perché ricordo che tu sei stata gentile con il nonno. E ti stimo, più o meno, quindi non rovinare tutto. »

La sua pelle piena di lentiggini è illuminata dal sole che filtra dalla finestra. Gli occhi verdi, attraversati dalla stessa luce, assumono infinite sfumature. Senza il trucco, il suo viso delicato è quello di una bambina.

« Vuoi parlarmi del nonno? » le domando, incerta sulla strada da intraprendere. Perché mi sono ficcata in questo guaio?

Clara scuote il capo con tenacia.

« Ascoltami. Perché credi di aver dimenticato quel pomeriggio? »

« Che vuoi dire? » domanda, colta da vivo interesse.

« Secondo te, perché hai dimenticato? Cosa è successo nella tua mente? Sei molto intelligente, ti sarai posta il problema. Ne sono sicura. »

« E invece no » replica paonazza ma con fermezza.

« D'accordo. Allora parliamo di quel giorno. Di tutto quello che ricordi. »

Clara si abbandona a un sospiro di noia e sconforto e a me sembra di violarla.

Avvolta in un morbido maglione di lana color cipria, stira sulle mani le maniche già un po' slabbrate. E comincia il racconto con le sue labbra sottili, un piccolissimo spazio tra gli incisivi.

«Quel giorno il nonno non ha voluto partecipare al pranzo. L'ho implorato, ma non ha voluto saperne. Ha detto: *Né ora né mai a tavola con i tuoi zii*. Gli ho chiesto di ignorarli, di farlo per me. Lui ha risposto: *Pranza con loro, fa' contenta tua madre, e poi, avremo il pomeriggio tutto per noi.*»

«Hai notato la lettera, sulla sua scrivania?» le chiedo speranzosa di ottenere una risposta importante.

«No... C'era sempre tanto disordine sulla scrivania del nonno, era piena di libri e appunti, se anche ci fosse stata io non l'avrei notata.»

«Non curiosavi mai tra le carte del nonno?

Clara annuisce. «Lo facevo spesso. Lui ultimamente aveva terminato un nuovo romanzo e progettava di pubblicarlo. Mi piaceva leggere i suoi scritti per prima, e per questo frugavo tra i suoi quaderni. Li scriveva in italiano, e quindi era facile, per me.»

«E la lettera non c'era, quindi.»

«Fino a qualche giorno prima del mio compleanno... no. Ma forse quella lettera lui l'ha scritta per un racconto.» Mi sembra improbabile, è troppo personale, ma mi astengo da ogni commento.

«A che ora sono arrivati i tuoi zii?»

«Per pranzo, non prima. Non lo fanno mai. Anche a loro non fa piacere venire qui.»

«Sono andati a salutare il nonno?»

«Hanno bussato alla porta, hanno chiesto di entrare, ma lui ha fatto entrare solo lo zio Oscar.»

«Credi che ce l'avesse con i tuoi zii per via della causa o c'era qualcosa di più?»

Clara accarezza sul dorso un gattino grigio. Lui rallenta,

stende la coda e chiude gli occhi. « Vieni qui, Matisse. » Lo tira a sé e lo adagia sul suo grembo; lo liscia con delicatezza.

« Be', con lo zio Enrico ci sono sempre stati problemi. Il nonno era molto preoccupato perché non ha un lavoro, e poi lo zio Enrico è strano. Ha tentato il suicidio almeno due volte. È sempre depresso, non conclude nulla. Però tra gli zii è il più sensibile. Lui e mia madre sono molto legati perché si assomigliano. Lo zio Oscar gioca a carte e perde un sacco di soldi. Ha perso anche gli appartamenti che il nonno gli aveva regalato. Non soltanto perde al gioco, per di più ha un tenore di vita troppo alto per quello che può permettersi. Però lui fino all'ultimo non approvava l'interdizione, era dalla parte del nonno e di mia madre. Non so perché alla fine abbia cambiato schieramento, però il nonno non era particolarmente deluso: ha detto che Oscar è una persona superficiale, Leone deve averlo convinto promettendogli soldi di cui lui aveva bisogno e alla fine ha ceduto. Il nonno non ce l'aveva con lo zio Oscar, in qualche modo lo capiva. E poi, avevano delle passioni in comune e così di nascosto, ogni tanto, continuava a riceverlo – l'unico tra i miei zii – e passavano ore intere a risolvere rebus e a inventarne di nuovi. E quando mio zio stava per andarsene, ogni volta il nonno gli regalava qualcosa: un gioiello di mia nonna, o soldi, o quadri, insomma tutta roba che poi lui poteva rivendere. Lo zio Leone invece è un tipo solido; il nonno viveva con lui e con la zia Marcella e stava bene con loro anche se non sopportava la zia; ma come si fa a sopportarla? Aveva ragione! I miei cugini poi sono due deficienti viziati e odiosi. E soprattutto il nonno nutriva un grande rispetto per mio zio. Lo zio Leone è forte » commenta con un sorriso pieno di stima, « ma purtroppo quando si mettono di mezzo i soldi anche le persone migliori diventano crudeli. »

« Che vuoi dire? »

Clara sembra basita all'idea di spiegarmi un concetto a parer suo tanto banale. «Voglio dire che il nonno era molto orgoglioso di lui. Gli dispiaceva che non fosse creativo, ma era contento perché aveva studiato e aveva raggiunto una buona posizione: è il direttore generale della filiale di un'azienda americana. Per conto suo, lo zio adorava il nonno. Lo trattava come una divinità e il nonno raccontava che tra tutti lo zio Leone era l'unico a non aver dato preoccupazioni a lui e alla nonna. E, poi, all'improvviso lo zio ha deciso di farlo dichiarare pazzo: solo per una questione di soldi, ovviamente. Perché ha capito che il testamento era a favore di un'altra persona. E a questo scopo si è trascinato dietro lo zio Enrico, che è sempre stato un uomo senza spina dorsale. Lo zio Oscar ne ha parlato a lungo con mia madre, ma ha troppi problemi di liquidità per tirarsi indietro e così, a malincuore, si è aggregato agli altri. Da quel momento il nonno ha scelto di venire a vivere con noi.»

«Torniamo a quel giorno, allora.» Clara annuisce, il gattino si allontana e le sue mani ricadono inattive nel vuoto creato dalle sue cosce flesse e abdotte. «Com'è andato il pranzo? Hai notato qualcosa di strano?»

«I nostri pranzi sono anarchici, nella nostra famiglia non siamo beneducati. Ci si alza, ci si siede davanti alla tv, poi si torna a tavola a mangiare le lasagne, poi si risponde al telefono, si litiga per stupidaggini, ci si fa battute acide, mia zia Marcella si offende per un nonnulla e mio zio Enrico tiene il muso e non parla con nessuno. Ci guarda tutti con odio, è gentile solo con mia madre. È mezzo pazzo, ha un sacco di fissazioni, che nessuno lo stima, che tutti lo considerano incapace. Mio zio Leone gli dice che ha la sindrome di Calimero. Mio padre fa il giullare di corte e gli zii, che si credono aristocratici, lo osservano con pena e lo snobbano, soprattutto mio zio Oscar. Mio zio Leone indossa la maschera del capo famiglia affettuoso, ma in realtà è un ipocrita. Mia madre si preoccupa della riuscita del pranzo e si rammarica se le braciole non sono ben cotte. Mio zio Oscar riceve telefonate continue ed è presente solo con il corpo. La mente è altrove. In genere è il primo ad andarsene, sempre con la scusa di aver qualcosa di urgente da fare. La zia Elisabetta sta incollata a mia madre, è una piovra, Dio quant'è fastidiosa. I miei cugini giocano con il Nintendo e salgono dal nonno per dieci minuti, obbligati da mia zia Marcella.»

«È andata così anche quel giorno?»

«Sì. Più o meno» replica Clara, asciutta.

«Poi?»

«Poi ho tagliato la torta. L'aveva preparata mia madre, è una ricetta svedese. Mi hanno cantato la canzone di buon compleanno, hanno fatto un applauso e mia madre mi ha detto di portare una fetta di torta al nonno. E poi non ricordo più nulla» conclude con ostinazione, secca e irremovibile.

«Qual è l'ultima cosa che ricordi?»

Clara abbassa gli occhi, perdendo lo sguardo in qualcosa di indefinito alla sua destra. «La porta chiusa.»

«E dopo? Qual è la prima cosa che ricordi?»

«Non lo so, non è importante» ribatte, infastidita.

«Qualcun altro si è alzato da tavola, in quel momento? O poco prima?»

«No. Sono andata dal nonno da sola.»

«Torniamo indietro, allora. Quando sei andata dal nonno, mancava qualcuno da tavola?» insisto, instancabile.

Clara alza gli occhi su di me.

«Sì, mancava qualcuno. Ne sono sicura.»

«E chi, Clara?»

«Mio zio. Mio zio Enrico.»

Lasciami qui, lasciami stare, lasciami così,
non dire una parola che non sia d'amore

La casa è vuota. O forse mi sembra così perché Yukino è tornata a Kyoto per le feste. In compenso mi ha lasciato Ichi, che oggi conoscerà il tepore di casa Allevi a Sacrofano, il più bel luogo al mondo in cui trascorrere le vacanze di Natale.

Aspetto fino all'ultimo che Arthur si colleghi a Skype per potergli parlare, ma poi devo andare a stipare cane e borsone sulla Twingo di Alessandra.

Mio fratello esce dal lato guida per aiutarmi mentre la dolce mammina, dai lineamenti più arrotondati, mi porge la mano dal finestrino.

« Alice, hai un aspetto terribile » commenta mio fratello, le cui tendenze metrosexual non sono state attenuate dall'imminente paternità.

« Grazie » replico, tentando di placare l'affettuosità molesta di Ichi, che cerca di slinguazzarmi il viso con insistenza.

« Questo cane è adorabile! Dovremmo prenderne uno anche noi. Ho sempre pensato che per un bambino sarebbe la compagnia ideale » commenta Alessandra, che non riesce a smettere di guardare con tenerezza il mio piccolo subdolo cane.

« Sì, Ale » risponde Marco, imboccando via Maria Adelaide.

« Tutto bene, Alice? » domanda poi Alessandra.

È evidente che mi conoscono meglio di quanto io stessa non creda.

« Sto pensando di lasciare Arthur. » Lo annuncio così, senza cerimonie, senza spiegazioni.

Lo sgomento di Alessandra si traduce in un sommesso gemito. « Sei impazzita? »

« No, anzi temo di esserlo stata prima, quando ho creduto che potesse funzionare. »

« Perché sei così melodrammatica, Alice? » sospira mio fratello.

« Be', Alice è sempre stata un po' melodrammatica. Lasciala finire, voglio capire che le è preso. »

« Arthur non tornerà mai a Roma. Ha casa a Parigi, ma nemmeno questo è vero: è sempre in giro in luoghi orribili. La donna adatta a lui è una che lascia il lavoro e lo segue. O che fa il suo stesso lavoro, anche se su questo punto sono dubbiosa, perché lui ha ideali estremi e finirebbe con il litigare un giorno sì e uno no. In ogni caso quella donna non sono io. Non posso essere io, sono stata pazza a non capirlo prima. Io non sono che una piccola piovra di provincia, non ho nulla in comune con lui, non ho intenzione di lasciare l'Italia e men che meno il mio lavoro. Quindi? Continuiamo così? Ci vediamo quando capita? »

Alessandra tace. « Non l'avevo mai vista sotto quest'aspetto. »

« Nemmeno io, ma più passa il tempo e più ne prendo coscienza. E non è bello » rispondo, sormontata da Ichi che si è acciambellato sulle mie gambe. Un cane di diciotto chili. Non è il massimo della comodità.

« Alice, è possibile che il tuo cane sia un po' maleducato? » osserva serafico mio fratello.

« Non è che ti sei innamorata di qualcun altro? » domanda Alessandra, sospettosa.

« No » rispondo. E so che è la verità: quello che provo nei

riguardi di Claudio è abbastanza distante dall'amore ma è sufficiente a farmi sentire una lurida doppiogiochista.

« E pensi di dirglielo proprio a Natale? » domanda Alessandra, allibita.

« Sì. »

« Il Natale è sacro. È una legge non scritta, non si può scaricare nessuno a Natale. »

Io però ho già deciso. Ho deciso di andare a prenderlo in aeroporto con l'auto di mio fratello e di parlargli. Una volta per tutte.

Mi sento male da morire.

* * *

Mia madre e mio padre ormai hanno una nuova figlia, Alessandra, e non si curano della vecchia. Sono tutti un fremito per la nuora e per il pargolo in arrivo, e questo se non altro mi risparmia il consueto terzo grado su ogni aspetto della mia vita, anche il più privato.

Così posso riflettere, anche se riflettere significa tormentarmi. Nella mia vecchia stanza, davanti al poster di Kim Rossi Stuart ai tempi di *Fantaghirò*, cerco riparo dal gelo sotto il piumone. A Ichi manca il pudore di contenere le flatulenze, prova che ha apprezzato le polpettine ai peperoni di mia madre; anche se non sono sicura che siano del tutto salutari per l'apparato digerente di un cane.

« Alice! » sento chiamare mia madre dal piano di sotto, ma faccio finta di non sentirla.

Vegeto, incapace di fare altro, in questo Natale che è il più brutto della mia vita.

* * *

E arriva anche la mattina di Natale. Ho giocato a tombola fino a tardi con cugini di terzo grado dell'età media di dodici anni, con la tv accesa sul *Canto di Natale* di Topolino e non ho dormito per l'ansia di dover incontrare Arthur.

« Perché devi uscire? Da quando in qua il giorno di Natale si passa in giro? » domanda mia madre, le mani sui fianchi.

« È importante » mi limito a dirle. « Torno presto. »

« Devi vederti con quel tipo strano, quello biondo? Perché non lo inviti a cena? »

« Mamma... »

« Non sai nemmeno guidare bene, non è meglio che ti accompagni qualcuno? »

E per affrontare una delle discussioni più difficili della mia vita dovrei portarmi dietro mio fratello?

Alla velocità di settanta chilometri orari raggiungo Fiumicino in un tempo che è meglio non raccontare in giro: avrei fatto prima a raggiungere la Costa d'Avorio a piedi.

Lo aspetto agli Arrivi, e quando lo vedo sopraggiungere, i suoi luminosi occhi blu che sorridono prima ancora che lo facciano le sue labbra, provo una sensazione di oppressione al torace e mi sembra di non riuscire a respirare.

Alice, cosa stai facendo?

Mi abbraccia con un calore che non riesco a ricambiare e lui se ne accorge.

« Che succede? » chiede con dolcezza.

« Andiamo a casa mia? » gli propongo.

« *Sure* » ribatte.

Carica i bagagli sul retro dell'auto e chiede di guidare lui. Mi domanda di Ichi, di Yukino e di Cordelia. Mi parla un po' della Costa d'Avorio e mi dice che è contento di poter finalmente tornare a Parigi. Poi però il silenzio nell'abitacolo diventa straziante.

« *Elis*, tu hai qualcosa. »

« Ne parliamo a casa. »

« E mentre aspettiamo di raggiungere casa tua continuiamo a rimanere in silenzio? » mi chiede, perplesso.

« Hai ragione. »

« E quindi? » incalza.

« Ho l'impressione che viviamo questa storia aspettando che succeda qualcosa, ma di fatto non ci sono i presupposti affinché succeda alcunché » dico tutto d'un fiato.

Arthur, allibito, mi rivolge uno sguardo inquieto per poi tornare a guardare la strada.

« Ricominciamo? Le solite lamentele? »

« Purtroppo sì » ribatto, piccata. Banalizzare le mie inquietudini gli riesce sempre molto bene.

« Ti pesa la distanza? »

« A te non pesa? »

Accosta l'auto in una sosta d'emergenza e spegne il motore. Sembra stanco.

« Ci sono giorni in cui al risveglio non ricordo nemmeno più dove mi trovo e non capisco se è notte, mattina, pomeriggio. Dormo quando capita, vivo quando capita. E se pensi che questo mi piaccia ti sbagli, ma l'ho scelto e... va bene così. E se tu vorrai seguirmi in questa vita io potrò solo esserne felice, ma non voglio cambiarla. »

Non mi piace accorgermi di essere prevista nei suoi piani solo a patto di un sacrificio da parte mia. « Tu sapevi a cosa andavamo incontro » prosegue. « Abbiamo ricominciato proprio perché ne eri consapevole. Cos'è questo passo indietro, *Elis*? *Where is my fool Elis?* » Mi prende il viso tra le mani, lo osserva con attenzione, al punto che non riesco a sostenere il suo sguardo.

« Io... sono stata con un altro. »

Nei suoi occhi prende forma un'espressione piena di disgusto, così intenso che non dimenticherò mai.

« Ah, ecco. Ora capisco. »

« No, non capisci niente. Non riesco a vedere chiaro io, in quello che mi sta succedendo, e pretendi di riuscirci tu? »

Arthur toglie le mani dal mio viso come se si fosse ustionato. Accende una Marlboro, e scuote il capo, come impegnato in una conversazione tra sé e sé.

« Sono sorpreso. Ti credevo più banale, pensavo che avessi la solita immatura convinzione che per stare insieme sia necessario vivere nella stessa città, senza renderti conto che si può fare un passo alla volta consolidando nel frattempo tutto quello che c'è di buono. » Fa una pausa, fumando avidamente. « Be', a pensarci bene, anche il tradimento è abbastanza banale. Ma io ti credevo pulita. » Pronuncia le ultime parole con sdegno; non oso difendermi.

« Ti sto raccontando tutta la verità, non fai nessuno sforzo per capire... pensi a te stesso e non ti curi di nient'altro. »

« *That's all?* » mi chiede, i lineamenti tesi.

« Arthur io... ti ho tradito, ma non ho smesso di amarti. La vera ragione che ci separa è la lontananza. Apri gli occhi. In quale tempo e in quale luogo esiste davvero un futuro per noi? »

È veramente imbestialito quando ruggisce un secco: « Nessun tempo e nessun luogo ». E non l'ho mai visto così.

« Ti chiedo aiuto. Non so cosa fare » mormoro, senza incrociare i suoi occhi.

« Vuoi un aiuto? Eccolo, l'aiuto! »

Mi passa la mano dietro il collo e prende la mia coda costringendomi con dolce fermezza a inarcare il capo. Porta le mie labbra accanto alle sue. Per un attimo ho la sensazione, la speranza che voglia baciarmi.

Ma le nostre bocche restano separate da pochi millimetri di silenzio.

Poi, a voce bassa e piena di astio, lui parla.

« Vuoi il mio aiuto? Dimostrami che te lo meriti, Alice. »

Mi lascia andare.

« Vuoi che torni a vivere a Roma? » prosegue poi, a voce più alta. « Per far cosa? Io sono scappato dall'Italia. E se tu hai per la mente qualcun altro... cosa vuoi che faccia? Una lotta all'ultimo sangue per il tuo cuore? Non so nemmeno se ne vale davvero la pena, *Elis*. Ci sto male ed è un pessimo Natale, *but it's the end*. Così sarai libera di prendere la strada che preferisci e di andare a letto con chi vuoi. »

« Parli così perché il tuo orgoglio è ferito » rispondo, e per quanto possa sembrare strano, io – senza dubbio la persona più frignona e lagnosa che io stessa conosca – non piango.

Mima un applauso sarcastico. « Che intuito. »

Posso affermare con un discreto margine di sicurezza di non essere mai stata presa così per zoccola in tutta la mia breve vita sentimentale.

« Fammi scendere da questa macchina » conclude con il suo stile minimale. Pesca in una tasca il suo cellulare ed esce dall'abitacolo. Apro lo sportello dell'auto, sfioro la sua mano allontanando il cellulare dal suo orecchio.

« Voglio chiamare un taxi. Ne ho facoltà? »

« Fa freddo. Aspettiamo il taxi insieme. O se vuoi, ti accompagno da tuo padre, o da Cordelia, o in un hotel... Dove vuoi » dico.

« L'unico freddo che provo è quello che sento dentro ed è colpa tua. Va' pure. Anzi, mettiamola così: sono *io* che ti chiedo di andartene. »

La sua schiena mentre si allontana, con uno zaino in spalla e una sigaretta fumante.

Ecco qual è l'immagine di Arthur che conserverò nella memoria per molto tempo.

Merry Christmas, Arthur. I'm so sorry.

La scrittura è l'ignoto. Prima di scrivere non si sa niente di ciò che si sta per scrivere

Marguerite Duras

L'umore è penoso, ma, come se non lo fosse già abbastanza, decido di sottopormi a un trattamento intensivo per farlo peggiorare.

Mi sono recata con Silvia alla presentazione di *Patemi*, un libro di Enrico Azais. Quando ho ricevuto la newsletter da una delle librerie che frequento, non ho resistito alla tentazione e ho trascinato con me l'avvocatessa allergica alla cultura per antonomasia, che adesso è qui, seduta accanto a me, incapace di contenere gli sbadigli. Di quando in quando mi rivolge un'occhiata piena di un godibile mix tra la rabbia per avermi dato retta e il desiderio di essere altrove. In effetti, la merito: io stessa mi sento agonizzare.

I reading sono la parte peggiore: è Enrico Azais stesso a leggere brani del suo libro, con una voce anonima priva di qualunque capacità espressiva. Il testo in sé, poi, spingerebbe al suicidio il più esaltato degli ottimisti.

La sala è quasi vuota. Al termine dello strazio, si avvicinano a lui solo due persone interessate all'acquisto di copie. Cosa ancor più straziante, capto che sono estimatori del padre e, al momento di farsi firmare il libro, non fanno che chiedergli di Konrad.

Enrico Azais è visibilmente scocciato dalla piega presa dall'evento. Risponde in maniera sgarbata al secondo dei due, al punto da sottrargli la copia che ha tra le mani.

« L'ho capito che del mio libro non gliene importa niente. Sa cosa le dico? Non voglio che lo abbia. Non lo compri, non lo legga! Continui a leggere e a rileggere i libri di merda di mio padre e la smetta di scocciarmi! »

Ha alzato la voce e i pochi presenti lo fissano con sgomento. Altri clienti di passaggio, che avevano evitato l'incontro e gironzolavano tra gli scaffali in cerca di un buon acquisto, sono improvvisamente attirati dal tono aggressivo della sua voce, fino a poco tempo prima del tutto monocorde.

Il proprietario della libreria sbuca da un settore seminascosto e cerca di ricondurlo alla calma.

« Via, Azais. Si contenga. »

« Mi contengo un corno! Lo ammetta anche lei, che mi ha invitato solo per il cognome che porto. Su, lo dica! »

La situazione è diventata grottesca e imbarazzante. I clienti di passaggio sfogliano il suo libro, alcuni lo ripongono dove lo hanno trovato, altri si appostano per aspettare il momento giusto e farselo autografare. Si staranno dicendo che se dà così in escandescenze non può che essere un autore noto e importante.

« È sempre così, per attrarre e vendere bisogna far casino, se sei pacato la gente di te se ne frega » dice Azais, una rapida occhiata tra l'amareggiato e il compiaciuto alle tre persone che adesso hanno in mano il suo libro. « Eccomi, al vostro servizio. Venite, venite pure! »

« Che scena tragica » commenta Silvia. « Perché hai insistito per portarmi qui? Mi sento uno schifo. »

Non le presto ascolto. Sfoglio una copia di *Patemi*, la copertina dalla grafica scadente, poche pagine piene di storie poco interessanti che pochi leggeranno e ancora meno ricorderanno.

« Andiamo, dai. Mi devi come minimo un Martini per farmi riprendere. »

Quelle pagine striminzite scorrono tra le mie dita, ho quasi chiuso il libro quando vedo l'autore alzarsi dalla sedia, il vuoto attorno a lui. Prende il suo cappotto e rivolge un'ultima occhiata alla pila di copie invendute che lui stesso ha finanziato.

« Aspetti, le mettiamo in una scatola così potrà riportarsele via » lo blocca il proprietario della libreria, chiamando un commesso e rivolgendogli un'occhiata eloquente.

« E io che speravo che con la morte di mio padre qualcosa sarebbe cambiato » mormora Azais con stanchezza, mentre poggia la schiena a un pilastro, guardando i suoi libri finire a uno a uno dentro una scatola di cartone mezza scolorita dall'umidità.

Dolce presente del presente

Jacques Prévert

Dopo le vacanze di Natale, il rientro in Istituto porta con sé una sensazione di rimpianto. Vedere l'alberello finto con le decorazioni da due soldi preparato dalle segretarie mette una gran tristezza, quella malinconia intrinseca delle cose che Yukino chiama *aware*. In più le giornate sono gelide – è l'inverno più freddo di cui ho memoria, di certo peggio di quello dell'anno scorso – e i termosifoni sono guasti.

In compenso, l'atmosfera in Istituto è febbricitante, con tutti vogliosi di lavorare e produrre, pronti a farne una questione d'onore. Che nessuno possa dire di essere più efficiente di Ambra, rientrata dalle vacanze più sovraeccitata che mai, ansiosa di fare il mazzo a tutti quasi fosse il miglior modo di rifarsi delle pene d'amore subite. Dal canto suo la Wally, che notoriamente è annoiata da qualunque tipo di festività, è traboccante di iniziative e progetti e tutti i colleghi, cui il Natale con il suo intrinseco buonismo ha acuito l'impronta caratteriale tendente al servilismo, fanno a gara a chi la soddisfa con maggior prontezza. Sono una caterva di leccaculo.

Il Supremo, di ritorno da qualche località esotica non meglio specificata, è tutto abbronzato e di buonumore, la qual cosa, in genere, ha la durata del primo giorno: dal secondo in poi torna ad assumere quell'aria insofferente che lo contraddistingue.

Il dottor Anceschi, tragico assenteista indifferente a qualunque esigenza di reparto, com'era naturale aspettarsi è ancora in ferie a Roccaraso, che scia festoso incurante del fatto che potrebbe benissimo essere scambiato per uno yeti.

In questo turbinio, Claudio assume un ruolo da irrefrenabile leader: ci convoca nella sua stanza e comincia a elencare una sfilza di progetti, uno più palloso dell'altro, e quello scelto da Lara, che mi propone una collaborazione, è tra tutti il pacco peggiore.

Schiacciando tra i denti una Polo – le sue caramelle preferite che recupera in un tabacchino vicino all'università – mi fa presente il valore eccelso del lavoro che Claudio ci ha dato ed è in preda alla stessa allarmante euforia che stamattina ha impestato l'Istituto. Mi precede verso l'uscita della stanza di Claudio, ma quest'ultimo, dopo un secco colpo di tosse, mi chiama con tono distaccato.

« Allevi. Trattieniti, devo farti vedere una cosa. »

Avverto una leggera tachicardia, sono sicura di essere arrossita. Lara osserva la scena con sospetto, prima di chiudere la porta alle sue spalle.

« Vieni. Vieni qui » mi invita Claudio, con il suo sorriso diabolico, l'occhio un po' strabico perfettamente allineato, profumato più che mai di Declaration – qualcuno dovrebbe spiegargli che sarebbe meglio non abusarne.

« Hai passato bene il Natale, Alice? »

Il peggiore della mia vita, grazie. E un po' è anche per colpa tua.

« Perfetto. »

« Hai pensato un po' a me? »

« Nemmeno per un minuto. »

« Peccato » ribatte lui, anche se non sembra convinto. Dalla sua borsa da lavoro estrae un pacchettino incartato con una bella coccarda. « Buon Natale, Allevi » afferma con tono incolore, mentre accetto il regalo in questo momento in cui il tempo sembra non fluire più. E nella sua fredda stanza, questo accade sempre più spesso.

« G-grazie. » Lo scarto con cura e lentezza, al punto che lui ha da ridire.

« Non vorrai riciclarlo appioppandolo a qualcun altro? Ormai è tuo e devi tenertelo. Straccia la carta e falla finita. »

È un libro di poesie di Jacques Prévert. Sono spiazzata e lo guardo con espressione inebetita, mentre lo sfoglio con distrazione. « Non c'è nessuna dedica, naturalmente. Non sono il tipo. Ma ne ho segnata una, con la matita, che mi ricorda una mattina speciale. »

Lo sconcerto è tale che non riesco a rispondergli e sono ben contenta di sentire che qualcuno bussa alla porta rompendo così l'imbarazzo.

« Claudio? Disturbo? »

Lo riconosco, è il dottor Presti, il tossicologo forense di riferimento in Istituto.

Durante lo scambio di convenevoli tra i due resto in uno stato di trance, curiosa di trovare la poesia che gli ricorda me. Sono lì lì per salutare entrambi quando Claudio mi trattiene con un'esca cui non posso non abboccare.

« È la perizia tossicologica su Konrad Azais. »

Riemergo dal torpore e prendo posto in pole position, ascoltando il loro confronto con attenzione.

« Negativa? » trasecola Claudio, una mano alla fronte segnata da due profonde rughe. Nella sua esclamazione, il concentrato della disfatta. Non ha idea – e per la verità nemmeno io – di cosa abbia causato la morte di Konrad Azais. Riponeva le sue speranze nell'indagine tossicologica, dalla quale tuttavia emerge soltanto che: « Sì, prendeva molti farmaci, tra cui anche l'antidepressivo Citalopram, assumeva un aceinibitore e farmaci per la gastrite, ma tutto in concentrazioni fisiologiche e nulla fa pensare che il suicidio o la morte dipendano dall'assunzione di una molecola in particolare. Un reperto tossicologico classico in una persona dell'età di Azais».

« Nessuna droga, niente alcol? »

« *Nada.* »

« E questo Citalopram... in che concentrazione è presente? » domanda Claudio, boccheggiante.

« Bassa. Lo assumeva sottodosato, peraltro » commenta il tossicologo.

« Ma allora come cazzo è morto? » si lascia scappare Claudio, come prevedevo. Non capisco se è più atterrito dall'idea di non saper ancora come risolvere il caso o dal dover dare ragione a Beatrice.

Presti fa spallucce e sembra di fretta, ansioso di tornare alle sue faccende.

« In bocca al lupo, Claudio! Ne hai bisogno » conclude, a conferma delle mie più fosche previsioni.

« È ufficiale » riprende Claudio, una volta rimasti soli. « Sei tu che porti jella. Ogni volta che ci sei tu di mezzo i casi assumono contorni inquietanti. »

« Che vuoi farci, ognuno ha la propria sciagura. Tu hai me » dico con voce più tremante di quanto vorrei. « Dovrai parlarne con Beatrice. Mi sembra la tua unica possibilità di soluzione. »

Claudio si accascia sulla poltroncina. « Non me ne parlare. »

* * *

Uscita dalla sua stanza, percorro il corridoio a grandi passi, raggiungo il bagno, chiudo a chiave la porta e cerco la poesia contrassegnata. La trovo ed è un momento strano, perché sono felice, il sangue che sento pulsare nelle tempie mi fa sentire viva, eppure i rimorsi sono accanto a me e osservano la scena con occhi truci.

Un'arancia sul tavolo
Il tuo vestito sul tappeto
E nel mio letto tu
Dolce presente del presente
Freschezza della notte
Calore della mia vita.

Il mondo degli umani è un pasticcio
La Sirenetta

Con una telefonata sintetica, Calligaris fa presente la necessità di incontrarci. E poiché, in genere, rispondo al suo richiamo come un cagnolino dell'Unità Cinofila della Guardia di Finanza, sono già al suo cospetto, pronta a dare seguito alla mia fantasia.

« Che coincidenza, Alice. Ti ho mandata a chiamare e giusto dieci minuti fa ho raccolto una denuncia di Oscar Azais contro ignoti per pedinamento. »

« Interessante! » esclamo.

« Già. Peccato che non abbia fornito nessun elemento particolarmente indicativo. Sostiene di essere seguito da qualcuno... e poi non sa nemmeno dire se è un uomo o una donna. Dice che si tratta solo di una sensazione. E pretende che me ne occupi! »

« E si basa solo su una sensazione? »

« No... ha anche detto di ricevere chiamate anonime a casa e sul cellulare. Forse controllerò... Ma veniamo a noi, Alice. Voglio i dettagli del tuo incontro con la piccola Norbedo » afferma sorseggiando un cappuccino che si è fatto portare da un'allieva poliziotta riccia e bruna.

« Ahimè, ispettore. Pochi dettagli. Si ostina a dire che non ricorda. »

« E tu che ne pensi? »

« Non so quanto sia vero. A tratti ho percepito dei dubbi, delle inflessioni incerte. »

« Credi che lavorandoci potresti cavarne qualcosa? »

« La piccola è cocciuta. È caparbia, ha un'intelligenza feroce, è acuta, ha una straordinaria proprietà di linguaggio. Ha un carattere difficile. »

Calligaris sospira, martellando una penna blu sul tavolo di formica. « Ci sono notizie della perizia del tuo fidanzato? »

« Ispettore, forse è il momento di dirle che in realtà io e il dottor Conforti siamo solo colleghi. »

« Ma se vi fate gli occhi dolci tutto il tempo! » esclama ridacchiando. « Tornando a ciò che davvero m'interessa, ha espresso una diagnosi di morte? »

Non intendo spiegargli che Claudio naviga in alto mare. « Aspetta altri risultati per tirare le somme. »

Calligaris annuisce. « Vuoi fare un altro tentativo? Vuoi provare a parlare di nuovo con la nipote di Azais? »

La sua insistenza m'insospettisce. « Ispettore, come mai ritiene tanto cruciale la piccola Clara? C'è una ragione in particolare? »

Il segaligno ispettore mi rivolge uno sguardo sornione.

« Alice, sei sempre più curiosa. È un bene. Senza curiosità non si arriva da nessuna parte. Chiedersi il perché delle cose è l'unico modo per trovare soluzioni. » Prende i chewing gum e me ne offre uno. Declino cordialmente e ripeto la domanda.

« Ebbene, sì, c'è una ragione. Ho un'idea che mi frulla nella testa, ma senza la diagnosi di morte è inutile anche solo parlarne. Potrebbe essere una sciocchezza colossale. »

« Me ne parli » lo incoraggio con calore.

Calligaris sembra riluttante. Alla fine, concede un assaggio della teoria geniale che abita nelle stanze della sua acuta mente di detective. « Ho il sospetto che qualcuno abbia a che fare con questa morte. Non so ancora in che termini, ma penso che la ragazzina abbia visto qualcosa che non doveva vedere. »

« Omicidio? Pensa si tratti di un omicidio in seno alla famiglia? »

« Non lo escludo, ma per andare avanti ho bisogno della perizia di Conforti. Per questo ti chiedo d'insistere con la piccola Norbedo. Tu hai il carattere necessario, sei assillante ma in maniera solare, e sei molto espansiva, metti a proprio agio la gente. Non sembri nemmeno un medico, quindi è perfetto. »

Questa sua analisi, che negli intenti è un'affermazione dei miei punti di forza, possiede tuttavia dei tratti che non so bene se si possano considerare lusinghieri. Ma l'ispettore è fatto così. « Chiamo Selina Azais oggi stesso e le annuncio una tua nuova visita, d'accordo? »

* * *

L'indomani, l'ingresso di Beatrice in Istituto stimola in me un germe di compassione verso quel povero medico legale disfatto che trascorrerà con lei l'intera mattina cercando di definire una causa di morte plausibile per il vecchio lupo. L'appuntamento coincide con il ritorno del placido Anceschi, il quale – con il segno degli occhiali da neve e la vistosa differenza di colorito tra l'area perioculare e il resto del viso – mi convoca per una lezione straordinaria sulla morte da elettrocuzione, e mi costringe mio malgrado a perdermi il duetto del secolo, in confronto al quale quelli di Zelig sono dilettanti.

È in tarda mattinata che accade l'imprevisto. Qualcosa che mi fa ringraziare l'Entità Divina Superiore – che sia Dio, Allah o Budda – di aver scelto di fare Medicina legale, un lavoro che mette la paprika nella mia vita insipida.

Nella stanza di Anceschi, senza nemmeno bussare, irrompe all'improvviso una donna inferocita.

È molto minuta. Incede con decisa eleganza, ha lineamenti nordici e i suoi capelli sono di media lunghezza, molto scuri. Ha un piccolo neo vicino allo zigomo sinistro, rimmel abbondante, un grosso anello con un'ametista al centro e tanta voglia di litigare.

« *Vous êtes le docteur Anceschi?* »

Il dottor Anceschi parla mediocremente l'italiano, un inglese scolastico che per resa è inferiore al traduttore di Google, e un ottimo, coloritissimo romanesco. Il francese non rientra proprio tra le sue conoscenze. Grazie all'intuito capisce la domanda e si appresta a rispondere con la consueta amabilità. La donna ribatte con qualcosa di superiore alla capacità di comprensione di entrambi. Il dottor Anceschi si lancia in un *du iu spic inglisc*, ma la donna non intende saperne.

Tra tutte le parole che erutta come la lava di un vulcano, riesco a cogliere un dettaglio importante.

« *Je suis Amélie Volange* » ha detto.

Se non mi sbaglio, e non credo, ho davanti il pomo della discordia del testamento di Azais. Sono in fibrillazione, al punto che il mio pigro ingegno è stimolato a partorire una proposta che si rivelerà vincente. « Prof, c'è di là una dottoressa di anatomia patologica che parla francese. Potrebbe fare da interprete. »

« Ottima idea » mormora lui, che nel torrente in piena degli improperi deve aver colto qualcosa che l'ha turbato.

Veloce come un criceto sulla ruota, raggiungo la stanza di Claudio e spiego la situazione.

La proposta ha il potere maieutico di incoraggiare la natura pomposa di Beatrice, estasiata all'idea di *rispolverare* il suo francese che – mi spiega – ha imparato a Québec, dove ha studiato per un anno. Raggiunge Anceschi e la Volange, si presenta in un francese altisonante, e la esorta a spiegarsi in maniera tale che le possa fare da interprete.

Amélie Volange chiede di sedersi. Sospira e comincia l'invettiva, tradotta da Beatrice con una professionalità che fa invidia a Olga Fernando.

È lei che ha scritto la consulenza su Konrad Azais? Dovrebbe vergognarsi. Si è fatto comprare dai soldi di Leone Azais.

Mi sfugge un particolare.

«Dottor Anceschi, lei ha già consegnato la perizia su Azais?» domando stupita. E soprattutto, comincio a intuire qualcosa che non mi piace neanche un po'.

Babbo Natale annuisce senza proferire verbo. «E ha avallato le conclusioni di Laurenti?»

«Non potevo fare altrimenti» ribatte, e sembra un uomo in procinto di annegare. «I test che lui ha prodotto, le sue conclusioni... erano condivisibili fino a prova di falso.»

«Gliel'ho detto io, che era tutto falso! Non si fida di me?» domando, ferita.

«Allevi, non metterla sul personale, hai sempre questo brutto vizio! Adesso lascia parlare la signora Volange, non vedi che la situazione è critica?»

Ho sempre pensato che Anceschi fosse un epicureo. Adesso mi sembra solo molto vile.

Quella perizia è falsa, perché quell'orribile vecchiaccio era tutto fuorché matto! E lei mi ha tolto quanto era giusto! prosegue la Volange.

Allora la Volange era a conoscenza del testamento. Mi domando come! Che io sappia, lo stato delle cose manteneva il suo nome nella totale segretezza. Il testamento, ufficialmente, è ancora sigillato.

Sono sempre più curiosa, al punto che la delusione verso Anceschi passa in secondo piano.

Mi dia un po' d'acqua, per piacere. Sono venuta qui soltan-

to per dirle quanto la disprezzo. Non mi aspetto che lei faccia un passo indietro. Ma sappia che ha commesso un'ingiustizia di cui un giorno dovrà rendere conto.

L'astio di Amélie è fragoroso come un tuono, non capisco se sia un fatto di principio o di attaccamento al denaro o entrambe le cose.

« Beatrice, potresti farle qualche domanda da parte mia? »

Claudio, che ha seguito la scena, sospira. « Ci risiamo » dice ad Anceschi, che scuote il capo scuro in volto.

« *Bien sûr* » risponde lei, entusiasta di potersi rendere utile.

« Potresti chiederle la natura del legame tra lei e Azais? »

Beatrice è l'unica a non essere turbata dal mio modo di fare. Anzi, lo incoraggia. « Hai ragione, dobbiamo cogliere l'occasione per saperne di più! »

Traduce la mia domanda e Amélie risponde piena di rancore.

Ha distrutto la vita dei miei genitori e, per risarcirli del male che ha fatto, quel ladro di Azais aveva deciso di lasciare a me il suo denaro. E lei, piccolo mediocre medico che non capisce niente e non sa nulla, mi ha tolto quello che era mio.

« Come ha saputo di essere stata designata come l'unica erede di Azais? » le domando, la punta della lingua bruciacchiata dalla curiosità.

Amélie si blocca per qualche istante e tace, fissandomi negli occhi con irriverenza.

Ho degli amici cui stanno a cuore i miei interessi.

Intuisco che Beatrice, travolta dal mio stesso entusiasmo, agisce ormai di testa propria e le chiede nel dettaglio a cosa alluda quando parla dei torti subiti da Azais.

Torti gravi, che non possono essere provati, e che non saranno mai puniti.

Amélie Volange si rimette in piedi.

Che schifo.

Prende la borsa di pelle nera, di dimensioni sproporzionate alla sua statura e lascia tutti in tralice, sbattendo con violenza la porta.

« Sono cose che possono capitare » commenta Anceschi, paonazzo.

« Chiaro » mormora Claudio, con empatia, turbato dall'accaduto, ma attraversato da quel sottile giubilo che si prova quando agli altri le cose vanno male. Lui e Beatrice abbandonano la stanza con un certo imbarazzo e ci lasciano nuovamente da soli. Io fisso Anceschi con perplessità.

« Allevi, non guardarmi così. »

« Vede, non riesco a crederci. È stata commessa un'ingiustizia incredibile. Azais era lucido. Quelle erano le sue ultime volontà. E poi ha sentito, no? Aveva qualcosa in sospeso con i Volange, voleva rimediare e gli verrà impedito. Doppia ingiustizia. E tutto questo perché Niccolò Laurenti con i suoi test da quattro soldi si è fatto intimorire dal professor Paladino. Lei non ha visto – perché non c'era – con quanta deferenza lo ha trattato. Se avesse potuto, avrebbe scodinzolato. E le dirò di più: è possibile davvero che l'abbiano corrotto, ha ragione la Volange. »

« Tu hai troppa fantasia! Laurenti è pedante, forse un po' antipatico, ma non ho dubbi sulla sua onestà. »

« E fa male! »

« Stai esagerando, adesso. »

Il tono di Anceschi è inaspettatamente glaciale e il suo sguardo possiede un'inedita nota d'irritazione. « Alice, devi imparare a controllarti. E a moderare il tuo trasporto. Te lo dico da superiore, da collega, con tutte le migliori intenzioni. Agitarti così ti fa solo del male: non sarà il tuo entusiasmo a cambiare questo mondo. Né a favorire la tua carriera. »

Tornata a casa trovo una doppia sorpresa: una è Yukino, che credevo sarebbe rientrata domani.

«No, tu confusa» risponde lei, per poi riprendere a conversare in giapponese con Ichi.

«Cosa gli stai dicendo?» le domando, curiosa.

«Che mi è mancato. Non so come farò a Kyoto senza piccolo Ichi.»

Drizzo le antenne con allarme. «Hai sempre detto che l'avresti portato con te in Giappone.»

«Lo so. Ma penso che è farti del bene se lo lascio con te.»

«E perché?»

«Tu hai bisogno di lui» ribatte mentre si avvia verso la sua stanza, trascinando un valigione fucsia alto quasi quanto lei.

L'altra sorpresa è un pacchettino giallo, al cui interno è custodita da un doppio strato di carta da quotidiano una copia vecchia e maleodorante del libro di Olivier Volange. La coincidenza temporale è sbalorditiva e stringo il libro al petto con gioia.

Leggo il frontespizio.

Racconti di solitudini spezzate.

Di Olivier Volange.

A Catherine.

Il vecchio proprietario ha reso unico il volume con una firma che sembra uno scarabocchio e che è incomprensibile. Sfogliandolo, noto che alcuni passaggi sono stati sottolineati con una penna nera da una mano malferma. Per questo amo i vecchi libri, quelli strausati, perché portano con loro le storie e le emozioni di chi li ha letti prima di me. Forse il vecchio proprietario ha sottolineato quei pezzi perché avevano un significato per lui. Aderivano alla sua vita. È questo il potere supremo dei libri, il più grande tra i tanti, quello di riuscire a fondere le sensazioni di uno scrittore in un balsamo applicabile sull'anima di chi sta vivendo qualcosa di simile o magari qualcosa di totalmente diverso perché, alla fine, ognuno dà ai libri il significato che vuole.

Mi immergo nella lettura e vengo interrotta solo da Ichi, che con una zampata apre la porta e si infila sotto il letto, il culetto che sporge da sotto il piumone. È il suo modo di cercare la privacy, è convinto che basti nascondere la testa perché nessuno lo veda.

Il libro è breve, circa centoventi pagine, ma è stampato fittamente e i contenuti non sono lievi, tutt'altro. In certi punti è pesante come una parmigiana a mezzanotte. Eppure è scritto con eleganza e con la saggezza senza tempo dei grandi narratori. È intriso di angoscia senza speranza, ci sono pagine ricche di poesia al punto che giunta a metà credo con fermezza che sia un libro dimenticato ingiustamente. Lo mollo verso sera, per mangiare con Yuki una generosa quantità di pasta.

« Oh, quanto mancate queste seratine a Kyoto. Ora maratona *Una mamma per amica*. Tu non puoi tirarti indietro. »

Non ci penso nemmeno, infatti. Non le racconto nulla della rottura con Arthur, non ancora. Mi fa così male che preferisco non parlarne. Lui tace e per coerenza io non cerco di rintracciarlo, ma sento molto la sua mancanza e certe volte ho come il dubbio di aver commesso un errore gravissimo.

Mi lascio avvolgere dal calore della nostra piccola casa e

della nostra intimità, sul divano blu sformato ormai dall'impronta dei nostri sederi, con Ichi sulle gambe di entrambe che si gode le nostre coccole, le luci basse, i termosifoni accesi, un piatto di popcorn e fuori la pioggia a dirotto.

* * *

Vado a letto quasi all'una, ma prima mi dedico ai racconti di Volange. *Inverno* è particolarmente soporifero, non succede nulla. È la storia di un uomo che passeggia nel parco delle Tuileries durante un pomeriggio di dicembre e ricorda gli inverni più felici della sua vita, accorgendosi, infine, che erano felici con niente o con poco, per la presenza di una donna sempre in transito, oppure per l'assenza di un malanno, per l'uscita dell'ultimo film di Truffaut, o per un viaggio in Normandia con la famiglia del fratello. È la storia di una solitudine, è naturale, del resto è il tema della raccolta, ma è tratteggiata con la flebile eleganza di Volange, in grado di rendere speciale un tema di per sé banale.

Il cielo fumoso, i sentieri ghiacciati. Mi sentivo pieno di tutte le sensazioni che non avevo mai vissuto e di cui sentivo la mancanza. Lo squallore dei miei inverni sprecati.

Con la vista annebbiata dal sonno, infilo i piedi nelle pantofole a forma di ippopotamo e cerco su una mensola della libreria *La cupidigia di Deszidérius Horvath*. Mi pare di aver letto qualcosa di simile intorno alla metà del libro, quando Deszidérius sogna che sia nuovamente estate, quella in cui conobbe Helena, il suo amore giovanile.

Eppure di quelle sensazioni ero certo, la mia pelle aveva i brividi, e il risveglio portò con sé una delusione cocente. Mi ricordai dello squallore delle mie estati, tutte quelle estati sprecate perché in quei giorni non desideravo rivederti, Helena. Estati di cui sento la mancanza, con enormità.

Poggio i libri sul comodino e spengo l'abat-jour. Non tardo a prendere sonno, ma in quei brevi istanti d'interregno tra la veglia e l'assenza mi ritrovo a pensare che il primo grande successo di Azais e questo libro di Volange si somigliano, e non poco.

* * *

L'indomani controllo la data di pubblicazione dei due libri. *La cupidigia di Desziderius Horvath* è stato pubblicato nel 1950; *Racconti di solitudini spezzate* nel 1956. Non appena arrivata in Istituto cerco su Internet un altro libro di Volange pubblicato in Italia, un romanzo dal titolo *Lupi*. Nessuna traccia in tutto il web.

Quando mi capita di non trovare qualcosa al primo colpo, divento smaniosa e trovare l'oggetto del desiderio diventa fondamentale. M'informo attraverso Lara, irriducibile collezionista di romanzi rosa fuori catalogo, su quale sia il modo migliore per trovare *Lupi* di Volange.

« Da Cugi, senza dubbio » ribatte succhiando rumorosamente una caramella gommosa.

« Cos'è? »

« È un piccolo negozio di libri usati. Un vero paradiso terrestre, devi andarci. Lì ho scovato delle perle, per esempio un romanzo della Heyer introvabile. Dovresti leggerla, la Heyer, è incantevole. »

Prendo nota dei migliori libri dell'autrice preferita di Lara e mi ripropongo di espugnare Cugi e di privarlo di un paio di tesori. Nel pomeriggio mi trovo nel quartiere Monti, vicino casa, alla ricerca dell'indirizzo del bugigattolo indicatomi da Lara.

Non smetterò mai di ringraziarla: questo luogo è la gioia di ogni lettore.

È un negozio che conserva l'insegna tardo-ottocentesca della libreria di un trisavolo dell'attuale proprietario. Il pavimento è rivestito di una sorta di linoleum scuro che poggia su un vecchissimo parquet cigolante, e ogni passo evoca i rumori di quelle abitazioni d'epoca di personaggi illustri, di quelle visite guidate dei tempi della scuola. C'è odore di carta vecchia e i volumetti sono tutti conservati in mobili ancora più vecchi e cadenti. Dietro un bancone coperto per intero dai volumi più disparati – vecchi album di fumetti dei Puffi e romanzi di Moravia – tre persone che identifico come parenti. Un uomo che indossa occhiali da miope e un panciotto, una donna dalla vistosa pettinatura cotonata e la di lei figlia, che sfoggia la medesima pettinatura. Vorrei che mi assumessero seduta stante, quasi quasi mi propongo.

Esco a malincuore ma porto nella borsa due meraviglie.

L'inarrestabile Sophy di Georgette Heyer e *Lupi* di Olivier Volange.

È piena notte quando sento squillare il mio cellulare e sul display lampeggia un numero che non conosco.

«Dottoressa Allevi?»

Il Supremo?

Capita che il Boss ci porti ai sopralluoghi, ma essendo prossimo alla pensione ha ridotto l'attività e così è diventato un evento piuttosto raro, benché plausibile. A essere impensabile è che ci chiami personalmente, quindi una sua telefonata in piena notte non può che annunciare tragedie.

«È successo qualcosa ad Arthur?» domando col cuore in gola. Non sopravviverei ai rimorsi.

«No» ribatte con tono severo e greve. «Ascolti. È indispensabile che mi raggiunga subito in ospedale, nel reparto di rianimazione. La aspetto.» E chiude senza darmi la possibilità di replicare. Mi metto in piedi con la velocità della luce. Cerco di limitare al massimo le perdite di tempo, prendo gli abiti che per sciatteria non avevo ancora riposto e chiamo un taxi che in venti minuti mi porta a destinazione. Sono attimi interminabili, mi arrovello per capire cosa possa essere successo e mi trattengo a stento dal richiamare il Supremo per chiedergli spiegazioni.

Percorro trafelata il corridoio che porta alla rianimazione e mi sento divorata dal buio, fino a che non riconosco la terza moglie del Supremo, in lacrime.

Cordelia!

Non ho pensato a lei neanche per un istante.

Cerco soccorso nello sguardo del Supremo, che però ha l'aria impenetrabile, peggio del solito.

« Grazie di essere venuta. »

« Cos'è successo? » domando con un filo di voce.

« Stanotte Cordelia ha tentato di suicidarsi » risponde senza tradire alcuna emozione. Sgrano gli occhi, incredula. « Si è tagliata le vene » aggiunge, e una lieve incertezza colora la sua voce che, forse perché lui non è di madrelingua italiana, spesso non ha inflessioni di nessun tipo.

Presa da tutti i miei problemi – o presunti tali – non mi sono accorta del malessere di Cordelia. Eppure le avvisaglie c'erano. La malinconia, l'umore abulico, il bisogno di compagnia. Ripenso alla sua richiesta di trasferirmi da lei, e al disagio che ho provato. Se penso poi a quando le ho detto di smetterla di rompere perché parlava sempre di Lars, mi sento un verme.

« Come sta adesso? » domando, ma ho paura di sentire la risposta.

La contessa tira su con il naso. « Non è ancora fuori pericolo; ha perso molto sangue. Regina ha donato il suo » mi spiega indicando una donna bionda che i miei neuroni narcolettici identificano come una dei figli Malcomess di primo letto.

Sono in ansia, sto malissimo. Ho paura, anzi terrore, panico. È tutta la vicenda in sé a sconvolgermi: non soltanto il fatto che sia in pericolo, ma anche il perché. Immagino le ore che hanno preceduto quel terribile gesto, a casa, disperata per l'ennesimo abbandono, che comincia a elaborare l'idea. Non gliene frega più niente di nessuno, vuole soltanto spegnersi. Afferra una lametta, incide, una volta, due volte, affonda. Il suo sangue scende via, le sporca le braccia, i vestiti, il pavimento. E lei piange, da sola, infelice, rassegnata. Piange fino a che i sensi non l'abbandonano. Mentre io dormo, mentre il padre cena fuori con la compagna, mentre la madre guarda la tv, mentre Lars Mikkelsen prende il volo per Oslo, mentre Arthur scrive pezzi in qualche parte del mondo, lei cerca di lasciare tutti noi senza la sua irrinunciabile vita.

Il Supremo si rivolge verso di me. « L'ho avvertita perché spero che almeno lei riesca a rintracciare Arthur. » Se non fosse per la tragicità della situazione, mi scapperebbe da ridere. Io trovare Arthur? Dovrei dargli io la notizia? « Non risponde al telefono e in redazione mi hanno detto che è in Costa d'Avorio. Conto su di lei » dice infine, con lo stesso tono di quando mi affibbia un grattacapo. Non posso spiegargli che suo figlio in questo momento non vorrebbe mai avere da *me* una notizia del genere, perché mi disprezza e ha le sue buone ragioni. E in più mi sembra poco probabile che vorrà rispondermi al telefono, se già non risponde agli altri. Ma questo implicherebbe delle spiegazioni che non ho voglia di dare e che nessuno avrebbe voglia di ricevere. Non ho scuse per esimermi. Prendo dalla borsa il cellulare e inizio a chiamare.

E Arthur non risponde, come c'era da aspettarsi. Mi siedo in sala d'aspetto, isolata. Non voglio essere di troppo, la situazione è già abbastanza imbarazzante. Nel frattempo, capto qualche dettaglio: Cordelia è stata trovata e salvata da Lavinia, una cugina del ramo Saglimbeni residente a Milano ma che, in questi giorni, era ospite nel suo appartamento. Lavinia è rientrata in casa e l'ha trovata nel bagno in una pozza di sangue; ha chiamato l'ambulanza, ha avvisato i familiari.

« È riuscita a rintracciare Arthur? » mi chiede il Supremo.

« Non ancora » mormoro, mortificata come se fosse colpa mia. « Professore... potrei vederla? »

Lui riflette qualche istante. « Prego » dice poi, accompagnandomi in reparto. Infilo i copriscarpe e tutti i presidi necessari, poi un'infermiera mi accompagna da lei.

Cordelia sembra morta.

È intubata, pallidissima. I suoi bei capelli biondi sono sporchi di sangue, qui e là. I polsi sono fasciati.

«È fuori pericolo?» domando a un collega di turno.

«In linea di massima, sì. Ma non sappiamo ancora che danni cerebrali possa aver causato lo shock anossico.»

Dio, no. «Che danni?» chiedo, confusa.

«Non pensiamoci adesso» dice il collega. «È giovane, è stata soccorsa in tempo. Io sono ottimista» conclude con un sorriso pieno di cauta mitezza che deve aver mostrato chissà quante volte a parenti ansiosi di ottenere risposte che lui non era in grado di dare.

Io resto nuovamente da sola con Cordelia. Le stringo la mano libera da tubicini. Le unghie sono sporche di sangue. È... terribile.

Cordelia, ti do qualche ora, non di più. Poi esigo che ti svegli.

Resto lì a lungo, senza rendermi conto che i minuti trascorrono e nel frattempo la notte è passata.

Osservo il monitor con i suoi valori vitali e penso che devo smetterla di provare tanto dolore. In questo momento Cordelia non è qui. È partita per un breve viaggio, è via ma tornerà.

Mi sento talmente angustiata che non tollero più la permanenza in questa sala irreale, in questo spazio verde di confine tra la vita e la morte. Esco e riprovo a chiamare Arthur. Nessuna risposta.

Non intendo muovermi da qui. Oggi niente lavoro. Appoggio il capo al muro, chiudo gli occhi: sono spossata. Il cellulare vibra.

«Alice?» È Arthur. Sentirlo mi riporta alla cruda realtà. «Mi hai chiamato?» domanda. È dolorosamente freddo.

« Sì... » Come glielo dico, adesso? « Avevo bisogno di parlarti... per dirti... » Sono del tutto sconnessa.

« Che succede? » Il tono è impaziente.

« Potresti venire qui a Roma? »

Silenzio. Come minimo è esterrefatto. « *Elis* » mormora con un tono più morbido, che mi avvolge e mi rimanda a giorni felici quanto mai lontani. « Che ti prende? »

« È necessario che torni al più presto. »

« Ti è successo qualcosa? »

« No » balbetto.

« *Are you pregnant?* »

« *Pregnant*? Incinta? Oh, no, no! »

Lui sospira, in bilico tra la fretta e la buona educazione. « *Elis, please*, spiegami il motivo di questa telefonata. »

« Cordelia ha avuto un incidente. » Chiamiamolo così, forse la prende meglio.

Dal telefono riesco a percepire che è come se gli avessi dato uno schiaffo all'improvviso.

« È meglio che torni al più presto. » Ho paura di pronunciare quella parola. Suicidio. Fa molta più rabbia.

« È morta? Spiegami subito e chiaramente cosa è successo, lo preferisco. »

« No, non è morta, ma non sta bene, Arthur. Torna a casa. »

« Di' a mio padre che prendo il primo volo per Roma. »

* * *

È trascorso poco più di un giorno, ma mi sembra che tutto sia accaduto al massimo un'ora fa. Cordelia è ancora in un luogo lontano dal quale nessuno sa se e quando tornerà e il mondo sembra immensamente vuoto senza di lei in giro a combinare guai.

È da poco passata l'ora di pranzo: ho preso un tramezzino al bar solo per sostenermi. In realtà non ho alcun appetito.

Il collega della rianimazione è estremamente cordiale. Mi porge i risultati degli ultimi esami del sangue di Cordelia: adesso sa che sono anch'io un medico e mi tratta alla pari.

« Ho visto che ha portato della musica per la signorina Malcomess. Cos'è? » mi domanda.

« È la *Bohème*. Lei ama l'opera. »

Torno a fissare il vuoto, poi i tubi trasparenti che tengono in vita Cordelia.

È questione di un attimo.

Sentire il rumore di una porta che si schiude.

Voltarsi istintivamente.

Alzare gli occhi e vederlo.

Sentire il cuore frantumarsi come una formina di vetro che cade a terra.

Soffrire fino a sentire l'anima risucchiata da una voragine.

Arthur sembra confuso. Non sa cosa fare prima: salutare, chiedere notizie, avvicinarsi a Cordelia. Per una frazione di secondo resta come stordito. Mi alzo per cedergli la sedia, ma lui sembra già dimentico della mia presenza. Siede direttamente sul letto di Cordelia – fortuna che non c'è l'infermiera pronta a riprenderlo.

Guarda Cordelia senza sfiorarla. Senza parlare. È un silenzio surreale, spezzato soltanto dai segnali acustici delle macchine. Sento che dovrei lasciarli da soli. Poi lo vedo piegarsi e baciarle lievemente la guancia. Le sussurra qualcosa all'orecchio, scansando con le punte delle dita i capelli che lo coprono. Qualcosa che ovviamente non sento. Mi viene da piangere.

Resta chino su di lei, immobile. Quando si rimette seduto, ho l'impressione di vedere un luccichio in quel blu più cupo che mai.

* * *

Siedo su una poltroncina in sala d'attesa, sentendomi invisibile.

Quando Arthur esce dalla stanza ha un'espressione imperscrutabile.

Il Supremo e la contessa di Saglimbeni gli vanno incontro. Anna lo abbraccia, aggrappandosi a lui.

Mi sento come se stessi spiando la vita di questa famiglia durante la tragedia. Non è una bella sensazione e mi faccio da parte. Poco dopo, lui mi raggiunge.

C'è una tensione palpabile tra noi.

« Grazie per avermi avvisato; per avermi dato *tu* la notizia » dice a bassa voce.

« Me lo ha chiesto tuo padre » rispondo. Lui annuisce e si mette a fissare il vuoto, come me.

« Ho bisogno di fumare. Mi accompagni in terrazza? » Annuisco, tanto più che la dipendenza dalla nicotina sta torturando anche me.

Fuori, esposti al gelo di gennaio, si arrotola una sigaretta, prende un cerino e restiamo nuovamente in silenzio.

Osservo le sue mani, l'anello che porta al pollice, le sue labbra che tengono la sigaretta. Ha le ciglia umide. « Quel medico mi ha detto di essere ottimista. E anche mio padre. Tu che ne pensi? »

« Non lo so. Sono così coinvolta che mi sembra di non essere un medico. »

« Sai perché lo ha fatto? » chiede d'un tratto.

« Credevo lo sapessi tu... »

Arthur si schiarisce la voce. « Negli ultimi tempi non sono stato molto presente nella sua vita. Vuoi dirmi cosa mi sono perso? »

« Ha scoperto che Lars Mikkelsen è sposato e che ha anche una bella coppia di gemelli. Lui l'ha lasciata e credevo che lei l'avrebbe superata, come al solito, ma evidentemente era stanca di sopportare delusioni su delusioni. Per non parlare del fatto che era depressa per aver abbandonato la carriera di attrice. »

« Sposato? » Ha la faccia dello sdegno. « Mi rifiuto di credere che l'abbia fatto per quell'idiota. »

« Se non altro, è una coincidenza » osservo, realista.

Lui tace. Finisce la sigaretta e si scosta indietro i capelli con le mani. Gli porgo un elastico per fermarli. Li porta sempre lunghi abbastanza da poter fare una piccola coda sfilacciata.

« Sei stanco? » gli chiedo.

« No » risponde lui, sulle sue.

Mi stringo nel cappotto, pestando con la punta della scarpa il mozzicone di sigaretta che ho lasciato cadere per terra. D'un tratto, oltre il vetro, vedo arrivare Lars Mikkelsen. L'ho visto una sola volta di sfuggita, ma non credo di sbagliarmi.

« Che ci fa lui qui? » domando, più a me stessa che ad Arthur.

« Chi? » chiede Arthur, intorpidito. Poi solleva lo sguardo e attraverso il vetro fissa il norvegese per qualche istante. Getta per terra la sigaretta ancora a metà e senza curarsi di me lascia il balcone e si avventa su di lui spingendolo con violenza.

« *What the hell are you doing here?* » gli domanda.

Il Supremo si avvicina al figlio e lo trattiene a stento.

Scopro che Lars ha saputo di Cordelia da Lavinia e suo

malgrado avverte dei sensi di colpa. Si scusa, chiede notizie e va via poco dopo, *in odio agli dei e agli uomini.*

Non ho mai visto tanta furia in Arthur. Quel che ho letto nei suoi occhi mi ha lasciato intravedere la capacità di odiare. Non lo immaginavo.

A volte credi di conoscere una persona, salvo poi scoprire che sei lontano dall'averne colto anche solo la patina di superficie.

Good time for a change

Sono in bagno, intenta a leggere con fatica i racconti di Olivier Volange, quando ricevo un messaggio da parte di Arthur.

Si è svegliata. Vieni subito.

Il tempo di un po' di rimmel sulle ciglia e sono già sulla metro, traboccante di entusiasmo. Ho le mani sudate e le palpitazioni: sento un grande sollievo ma al contempo ho paura di sentirmi inadeguata di fronte alla sua disperazione. Incedo a piccoli passi verso il reparto e riconosco la gioia negli occhi grigi del Supremo.

Quando dalla sala esce Arthur, con ancora indosso il camice verde, la cuffietta e i calzari, mi precipito a eseguire a mia volta la stessa laboriosa vestizione. Poco prima di entrare, lui mi rivolge un sorriso che è pieno di sollievo e io mi accorgo di provare una dolorosa e ostinata fitta di rimpianto.

Cordelia ha gli occhi aperti, sgranati. È stata estubata e sembra orientata, tant'è che con una manina copre la fronte, girando il capo per non farsi vedere.

« Che ti prende? » le domando. « Vengo a trovarti e non mi guardi in faccia? »

« Mi vergogno. Ho fatto una stronzata... »

« Be', almeno lo sai. È già qualcosa. »

« Non voglio vedere nessuno. »

« Devo andarmene? »

Lei scuote la testa, con gli occhi chiusi. Non è assente, ma nemmeno del tutto presente.

« No, dicevo lo psichiatra. Puoi fare qualcosa? Non ne ho bisogno. »

« Ma magari... ti fa bene parlarne. »

« No » ribatte seccamente. « Volevo soltanto smettere di stare tanto male. Spegnere un interruttore. Svegliarmi altrove o non svegliarmi più. Qualsiasi cosa, pur di non provare più quella disperazione. »

« Cordelia... »

« Voglio solo tornare... a casa mia e riappropriarmi della mia vita. Quelli del negozio... non devono saperlo. »

Annuisco, le accarezzo la fronte. Lei tiene gli occhi chiusi, non capisco se dorme o no, ma il suo respiro si fa pesante e regolare, e Cordelia torna nel mondo dei sogni, dove non è necessario pensare e dove si può non soffrire. Esco dalla stanza, incrocio gli sguardi dei suoi familiari e azzardo un saluto con la mano. Arthur mi segue e lo ritrovo al mio fianco prima di aprire la porta e lasciare il reparto.

« *Elis* » mormora. Sembra nostalgico, ma chi può dirlo. Sono certa soltanto della nostalgia che provo io.

« Come ti è sembrata? »

« Consapevole » ribatto e mi sento a disagio. Mi sembra tanto una beffa perché non è mai successo, nemmeno nei momenti più imbarazzanti della nostra storia. « Quando ripartirai? »

« Devo tornare in Costa d'Avorio al più presto. Se Cordelia si sarà ripresa, già tra qualche giorno. »

« Capisco. »

« Posso contare su di te? »

« A proposito di... »

« Di Cordelia. »

Gli prometto che non la abbandonerò più e sono felice di questo barlume di confidenza che ci riavvicina.

Più tardi, a casa, torno alla lettura di *Lupi* di Volange spiluccando il tempura freddo e mollo di Yuki, ma la mente torna troppo spesso agli occhi di Arthur, grandi e tristi in quel corridoio stinto.

* * *

Senza il Supremo e la Wally, che per pura coincidenza è fuori città per un convegno, l'Istituto è in preda all'anarchia. Claudio gioca a fare il dittatore e Anceschi ne approfitta per fare turpitudini col suo badge. Gli specializzandi vagano come anime del Purgatorio, me compresa, che nella giornata di oggi vengo richiamata alla vita dall'arrivo di Beatroce.

« Buongiorno, tesoro » esordisce senza togliere gli occhiali da sole che le occupano metà faccia. « Cammina, dobbiamo mettere la parola fine al caso Azais, o a Conforti si ottureranno le coronarie. » Mi sfugge un sorriso e la seguo senza farmelo ripetere due volte. Entra senza bussare nella stanza di Claudio, salutandolo alla sua maniera sempre un po' teatrale.

Lui corruga la fronte e rotea gli occhi. « Due in un colpo, no. Non ce la posso fare. »

Beatrice lo fissa con ironica freddezza. « Prepara il file, oggi concludiamo. »

Lui sospira. « Come sta la piccola Malcomess? » domanda poi, a bassa voce.

« Meglio » replico sbrigativa. Lui sorride solidale, ma poi torna subito a concentrarsi su Beatrice, che declama ad alta voce le conclusioni diagnostiche che ha scritto.

Claudio non è meravigliato. « Aritmia, alla fine. Non propendevi per la morte da emozione *et similia*? »

Beatrice inarca il sopracciglio. « È la soluzione migliore, fidati. »

« Proprio quando iniziavo ad accarezzare l'idea della morte da emozione! » esclama lui, fingendo rammarico.

« Conforti, tu non hai mai capito un *catenazzo* di cardiologia. Lascia fare a me. »

« Fibrillazione ventricolare idiopatica » ripete infine Claudio. Stanco, annoiato, indifferente. « E sia » conclude, digitando sui tasti del Mac.

Io taccio. Per più ragioni: tanto per cominciare non so che contributo apportare alla discussione. In secondo luogo sono provata da tutto quello che è successo a Cordelia. Terzo, c'è stato un rapido istante in cui lui mi ha rivolto un'occhiata che ha evocato qualcosa che è accaduto quella notte in Sicilia e ho perso la concentrazione, perché mi sono incantata a ricordarlo. Infine, mi sono ricordata dell'impegno preso con Calligaris e dell'urgenza di incontrare di nuovo Clara. Anche se dubito di poter cavare alcunché. Tanto più che davanti a una perizia che dichiara una morte naturale, Calligaris dovrà porre un freno alla sua fantasia investigativa. E la stessa cosa, ahimè, dovrò fare anch'io.

Del come e del perché il dottor Conforti divenne un parvenu

Uscendo dalla stanza, Beatrice propone di andare a mangiare un boccone per pranzo.

«Perché no?» ribatte Claudio. «Allevi, sei della partita?»

«No, grazie... torno a casa.»

«Oh no! No! Non farti pregare, mi farebbe davvero piacere» insiste Beatrice, sospettosamente amabile.

«D'accordo» capitolo infine, e usciamo dall'Istituto per raggiungere la sua Opel Corsa dorata. Prendo posto sul sedile posteriore, mentre dall'autoradio si diffonde *Love that girl* di Raphael Saadiq. Beatrice ha una guida molto sicura, e in breve raggiungiamo il Momart Café. Giusto il tempo di ordinare e Claudio riceve una telefonata che lo costringe a lasciarci da sole. Se prima mi sentivo a disagio, adesso mi sento inghiottita dall'imbarazzo.

«Devo decidermi a cambiare cellulare» commenta con un sorriso dopo che la tastiera le è rimasta in mano. «Peccato che Conforti abbia dato forfait» dice poi con un sospiro, accettando la sua insalata dalle mani del cameriere. «Vi ringrazio» gli dice. Dà del *voi*?

«Da quanto conosci Claudio?» le domando.

Lei sembra felice di potersi abbandonare ai ricordi. «Dal primo anno di università. Io ero appena arrivata da Reggio Calabria, avevo diciassette anni – sì, ero una specie di bambina prodigio – e stavo ancora cercando casa: vivevo da una lontana parente dei miei. Ho conosciuto Claudio alla mensa, tra l'ora di chimica e quella di fisica. Lui era molto diverso da come lo vedi adesso. Era uno sfigato con la S maiuscola. Vestiva male, aveva i capelli lunghi al punto che sembrava Satomi di *Kiss me Licia*, ma aveva degli occhi che non si potevano dimenticare. E anche delle gran chiappe. Stava sempre da solo ed era il primo della classe, avrebbe fatto qualunque cosa pur di farsi notare.»

«Dici sul serio?»

«Dirò di più. Non se lo filava nessuno e agli esami lo penalizzavano per il suo aspetto trasandato.»

«Ne voglio ancora!»

Beatrice sorride con aria perfida, mastica un boccone di rucola e prosegue il racconto.

«Claudio è di umili origini. La madre è bidella, il padre fa il portantino. Sono persone gentili, ma senza alcun tipo di ambizione. Claudio è la tipica persona che subisce tutto il fascino dei soldi e non appena ne ha avuti un po' si è trasformato nell'irraggiungibile dottor Conforti. Quando l'ho conosciuto, però, questa fase era ancora molto lontana.»

«E poi?» Vorrei sapere tutto, senza filtri né censure, al punto che mi ritrovo ad apparire indiscreta, e tuttavia non m'importa.

«Durante quel pranzo a mensa, è successo qualcosa di strano. Abbiamo stretto amicizia in un lampo e lui mi è sembrato diversissimo, così socievole! Tutto l'opposto dell'idea che mi ero fatta a lezione. Mi spiegò che nel suo palazzo, sopra il suo appartamento, c'era un monolocale sfitto e mi propose di visitarlo. Io accettai e dopo una settimana ero la sua vicina di casa.»

S'interrompe per bere la sua Dreher. Il telefonino squilla, ma lei lo ignora. «Claudio era un genio. Bravissimo soprattutto nelle materie propedeutiche – la chimica, la fisica, la biologia – in cui io andavo di merda. Cominciammo a studiare insieme ogni pomeriggio, alla fine delle lezioni. La madre di Claudio era una donna molto materna: mi invitava a cena tutte le sere, dopo un po' ero come una figlia adottiva. Mi sentivo a casa, con loro. Se ripenso al Claudio poco più che adolescente, che suonava la batteria e mangiava i supplì fatti in casa da sua madre, mi si stringe il cuore per la tenerezza. »

A me il cuore si stringe per l'invidia di quel qualcosa di lui che non avrei mai potuto capire né conoscere. « Non so cosa mi sia preso, un pomeriggio. Eravamo nel monolocale, lui mi stava ripetendo gli acidi ribonucleici e ogni tanto sorseggiava un succo di frutta. Quei capelli lunghi e ricci erano freschi di shampoo e poi lo sai, ha sempre avuto una bocca bellissima. In altre parole è successo. Da quel pomeriggio in poi... quasi ogni giorno per circa tre anni, fino a quando non sono partita per Québec. Senza stare insieme, io non volevo. »

« E perché? »

« Era solo un fatto fisico. Non lo immaginavo come il mio ragazzo. »

« Forse te ne vergognavi? » oso chiederle.

« Forse » ammette con candore. « Quando sono tornata da Québec ho trovato più o meno il Claudio che conosci tu, ma senza i soldi. Si era tagliato i capelli ed era meno trasandato. Otteneva risultati pazzeschi, era conteso dai direttori di molti reparti. L'appartamento che io avevo lasciato era stato affittato a uno studente di legge e non era più disponibile. »

« Se posso chiedertelo, quando sei partita in che rapporti eravate? »

« Pessimi. Lui l'ha presa malissimo, anche perché desiderava un'esperienza simile ma non poteva permetterselo, non c'è borsa di studio che basti. So che quando era dottorando si è trasferito per un anno alla Johns Hopkins. Quando mi è giunta voce ho provato molta tenerezza. Ma quando abbiamo litigato non era mosso dall'invidia o, comunque, non soltanto. Era geloso. Non ci siamo più sentiti. »

« E poi, al tuo ritorno dal Canada? »

« Costruiva la rimonta sociale. Si è laureato con il massimo dei voti, ma già da prima era il pupillo del vostro capo. Da specializzando sputtanava lo stipendio in abiti, viaggi, cene. Ha recuperato in quattro anni quello che ha perso nei precedenti venticinque, o perlomeno ci ha provato. Ha cominciato a rimorchiare, lo vedevo di continuo con sciacquette diverse. Il ragazzo che era felice con la batteria non esisteva più. Non c'è niente da fare, i soldi ti trasformano » commenta infine, spezzando in due un grissino. « Col tempo il rancore che mi portava si è placato. Ogni tanto ci vedevamo e ricordavamo i bei tempi. Poi ho fatto il dottorato di ricerca a Milano e sono stata via per tre anni. Sono rientrata da poco, dopo aver vinto il concorso. E ho trovato il più rampante tra gli uomini in carriera, ma dopo tutto c'era da aspettarselo. Era scritto nelle stelle, era il suo destino. Penso che i suoi genitori siano molto orgogliosi di lui. »

* * *

Nonostante me lo sia ripromesso durante il pomeriggio, non ho tempo di contattare Selina Azais. La mia poltroneria trova un alibi micidiale.

« Allevi, cosa mi dai in cambio di una notizia bomba? » È Claudio dall'altro lato del telefono. Grazie al racconto di Beatrice adesso non riesco a impedirmi di immaginarlo con i capelli lunghi e le bacchette della batteria tra le dita.

« Un calcio nel didietro ti alletta? »

« Sempre deliziosa. Tanto lo verresti a sapere comunque, quindi tanto vale vuotare il sacco. Hai impegni per domani mattina? »

« No. »

« Allora preparati per l'autopsia di Amélie Volange. »

Sono talmente rintronata dalla portata della notizia che per un attimo ho il sospetto di non aver capito bene.

« *Quella* Amélie Volange? »

« Proprio lei. »

« Dove, come, quando? » chiedo con impazienza.

« Procediamo con ordine. Amélie Volange è stata investita da un pirata della strada tre giorni fa, nel rione Sallustiano. Era ospite di un'amica. Se stai per chiedermi cosa ci faceva Amélie Volange ancora a Roma – e so che stai per farlo – la risposta è non lo so. Le sue condizioni sono apparse subito gravi e infatti è morta stamattina dopo due giorni in rianimazione. »

« E del pirata della strada che notizie abbiamo? »

« È fuggito e pare che non l'abbiano ancora trovato. »

Il mio cervello si avventura in un percorso di ipotesi che fanno invidia a un libro giallo. Non è una coincidenza, io ci metto la mano sul fuoco e, se lo conosco, Calligaris è del mio stesso avviso.

Lo chiamo subito dopo aver riattaccato con Claudio, il quale davanti alle mie teorie è sbottato in un elegante: « Non cominciare a rompere i coglioni ».

« Be', che la faccenda puzzi è fuor di dubbio » risponde invece Calligaris. « Piuttosto, Alice, hai incontrato Clara Norbedo? »

« Non ancora, ispettore. Sono stata presa da altro. »

« Sbrigati, allora. Questa novità rimescola le carte. »

Le rimescola, anche se non so bene in che misura, dato che è ormai ufficiale che per Claudio la morte di Konrad è stata naturale e non riesco a immaginare che tipo di reato possa esserci dietro.

Viceversa, io do per certo che chi ha investito la Volange lo abbia fatto per qualche ragione connessa alla morte di Konrad e mi rifiuto di credere a ipotesi alternative.

And we don't know just where our bones will rest

Amélie Volange è nuda e ha la testa fasciata, il suo piccolo corpo è tumefatto come tutti i morti in rianimazione. Ha delle ferite alla coscia, dove è stata urtata dall'auto, e una brutta frattura cranica, con un grosso ematoma che non le ha dato scampo. Le palpebre sono violacee, come avviene in tutti i traumatizzati cranici per via del sangue che defluisce per gravità. È un cadavere tipico, quello di Amélie Volange, come purtroppo ne ho visti tanti. È un caso semplice, in termini di patologia forense.

« Claudio, fuori c'è il magistrato, vuol dare un'occhiata al cadavere » lo avvisa uno dei miei colleghi.

« Fallo entrare » ribatte. « Che veda anche lui che razza di lavoro ci tocca fare. Così la prossima volta ci pensa bene, prima di liquidarmi cento euro per un'autopsia. »

« Come sei venale » commenta Lara, per la quale è inconcepibile dare un prezzo al valore della nostra professione. Per lei è come voler stimare il Koh-i-noor.

« Amor mio, è questo mondo a rendermi venale » si giustifica lui.

Uscita dalla sala settoria vedo una donna firmare dei documenti. Non passa inosservata: è esile e tonica benché matura. Porta i capelli bianchi intrecciati in uno chignon basso e ai piedi dei mocassini beige del tutto fuori stagione. Al collo, una collana nera con un ciondolo di giada verde. Nell'insieme è molto bizzarra e dal fatto che si esprime in francese capisco immediatamente che non può essere altri se non Catherine Rouvroy. In altri termini, una sorta di leggenda vivente della danza classica.

I suoi lineamenti sono tesi, ma è composta. « *Bonjour* » saluta con voce dimessa, va incontro a Claudio e gli domanda – in inglese – di poter rivedere la figlia.

Lui le risponde che è meglio aspettare. Riesce a trasformarsi da infame ad affabile in un attimo, ma quando Catherine attacca bottone la sua scarsa pazienza si satura.

« *Just a moment please* » le dice con l'indice alzato, cercandomi con lo sguardo.

« Allevi, un regalo per te che ami socializzare con i parenti dei morti » sussurra indicandomi la Rouvroy, che si asciuga una lacrima con la nocca di un dito. Indossa la giacca, controlla il suo iPhone, si specchia rapidamente sul vetro di una finestra. È azzimato, se non fosse per il fatto che puzza un po' di morto.

« Dove vai? »

« A un appuntamento » ribatte lui, con noncuranza.

« Con una donna? »

« E con chi, con un uomo? » replica con un sarcasmo che alle mie orecchie suona spiacevole. « Bye bye, Allevi » conclude, una carezza sui miei capelli.

* * *

In un inglese mediocre provo a dirle che mi dispiace. In un inglese perfetto appena macchiato da un vezzoso accento francese, lei ringrazia con garbo. Mi spiega che è difficile organizzare il trasporto di Amélie a Parigi. Le rispondo che riesco a immaginarlo, ma lei ribatte con un piglio notevole.

Seppellire entrambi i tuoi figli... no, tu non puoi immaginarlo e buon per te.

Ha ragione. Contratta e tesa le porgo un kleenex, che lei accetta con nobiltà.

Ho letto un libro del padre di Amélie. L'ho trovato sublime.

Sul viso di Catherine si dipinge una smorfia che sembra sarcasmo, anche se non capisco appieno la ragione.

Una volta Silvia mi colpì con un'osservazione pungente. «Alice, tu sai sempre cosa dire, come dire e quando dire.» Temo che in questa circostanza avrebbe espresso questo stesso commento, che mi torna in mente subito dopo aver aperto bocca con tanta irrazionalità.

Quale? domanda poi Catherine.

«*Racconti di solitudini spezzate*» le rispondo in italiano, sperando che afferri.

«*Oh, oui.*»

E sto leggendo Lupi.

Non conosci allora il suo libro più bello, risponde con un sorriso stanco, le rughe attorno agli occhi si fanno più pronunciate.

Qual è? le chiedo, sempre in inglese.

Si intitola Sorella, amante.

Mumble mumble. Devo attivarmi per reperirlo.

Annuisco e la ringrazio per la cortesia. Lei ricambia con distrazione, sembra poco convinta.

Salvo in bozza sul cellulare il titolo del romanzo, ripromettendomi di cercarlo.

Saluto Lara e raggiungo il reparto di rianimazione, dove vengo a sapere che stamattina Cordelia è stata trasferita in clinica medica. Prendo la navetta per il padiglione che ospita il dipartimento e davanti alla stanza di Cordelia, che mi viene indicata dalla caposala, trovo Arthur e il Supremo.

Potrei sbagliarmi, ma mi sembra che l'espressione seria di Arthur si sia illuminata e mi domando cosa traspaia dal mio volto, perché un piccolo subbuglio lo avverto anch'io. Per quanto mi senta distante da lui e per quanto possa aver catalogato la nostra storia come passato prossimo, Arthur è sempre Arthur e non riesco a dimenticarlo. E forse non desidero sul serio farlo.

« *Hi, Elis* » mormora lui, con un bacio. Non è innocente, però. È un bacio sulle labbra che si accontenta di essere dato sulla guancia.

Gli domando di Cordelia. Lui è felice di rispondermi che sta meglio e non fa altro che dire di voler tornare a casa e al lavoro. « Va' da lei, ha bisogno di compagnia. »

Mi affaccio alla stanza e trovo la contessina – l'ho sempre chiamata così, in incognito, alludendo alle sue radici nobiliari per parte materna – comodamente sdraiata, che succhia un frullato con la cannuccia.

« Era ora che venissi! » esclama. « Ho troppo male ai polsi per truccarmi e pettinarmi. Ho bisogno di aiuto. »

Lascio la borsa su una sedia accanto al letto. « Dove trovo una spazzola? »

« Sto aspettando che mia madre porti le mie cose. Non resisto più però. Anche perché c'è un medico che mi piace e non voglio sembrargli un cesso. Già mi vede come una pazza suicida, e non è il massimo. Tu non ne hai una? »

Sì che ce l'ho. Con la frangia che porto mi sembra il minimo. Se è per questo ho sempre con me anche una confezione mini di lacca. E ho anche qualche trucco.

« Sono contenta di vederti allegra » commento, iniziando a pettinarle i capelli sottili.

« Allegra è un parolone. È bello essere pettinati. Hai un tocco gentile. Mi fa pensare a quella scena nel film *La mia Africa*, in cui Robert Redford fa lo shampoo a Meryl Streep. È una delle mie scene preferite. »

« E quali sono le altre? » le chiedo.

Lei riflette un po'. Poi, dopo un lieve lamento per il mio

tentativo di districarle un nodo, si esprime. « Quando John Malkovich scrive una lettera sul sedere di Uma Thurman in *Le relazioni pericolose*. E quando Melanie Griffith sputtana Sigourney Weaver in *Una donna in carriera*. Le tue? Basta così con i capelli. Sono sporchi in maniera schifosa, potresti comprarmi un cerchietto per portarli indietro? »

« Sarai servita. Le mie scene preferite? Lasciami pensare » rispondo, e nel frattempo prendo la cipria. Ha la pelle disidratata, le si sollevano delle piccole squame e il risultato è pessimo.

« Non esagerare con il fard, come fai su di te » mi ammonisce, mentre ho in mano il pennellino.

« Volevi sapere quali sono le mie scene preferite? Quando i piedi di Bill Murray e quelli di Scarlett Johansson si sfiorano in *Lost in Translation* e quando Mei risparmia la vita a Jin in *La foresta dei pugnali volanti*. »

« Romanticona. Passa al rimmel e poi dammi uno specchietto. »

L'accontento, il suo volto si intristisce. « Faccio pena, ma tant'è! Sai niente delle dimissioni? »

Scuoto il capo.

« Quando uscirò verrai a stare un po' da me? Mia cugina tornerà presto a Milano e non mi va di restare da sola. »

« Certo » rispondo senza esitazione.

« Ti ringrazio. Tanto più che so come sono andate le cose tra te e Arthur. Di nuovo. »

« Be', ma io ti vedo come un'amica. Non come una cognata. »

« Ripensaci » dice seccamente. L'intensità della sua voce mi trapassa. È lei a parlare, ma potrebbe anche essere una parte di me che ho chiuso nello sgabuzzino dei pensieri, assieme a tutti i buoni propositi come smettere di fumare o iniziare a studiare seriamente la medicina legale civilistica.

* * *

Sto cercando *Sister, Lover*, cioè il libro di Volange in inglese, nel mercato dell'usato online, poiché è fuori catalogo ormai da molti anni. Lo trovo a 0,99 $ e lo compro senza pensarci due volte. Sto inserendo i dati della mia logora carta di credito quando sento suonare il campanello. Ichi mi precede e accorre verso il portoncino d'ingresso. Apro senza domandare chi sia perché mi aspetto di trovare dietro la porta Yuki, che dimentica sempre le chiavi.

« *Elis.* »

Lo fisso incredula. « Lasciami entrare » mormora e non è una richiesta, è qualcosa di più.

Obbedisco e lui rivolge una carezza distratta a Ichi, che sembra non stancarsi mai di fare le feste. Ed è con il cagnolino tra i piedi che mi osserva, senza parlare, sbattendo quelle ciglia lunghe e femminili.

Ogni parte di me, dal cuore ai bulbi piliferi, si sente struggere per via di quel malinconico rimpianto che accompagna sempre il suo ricordo.

« Devo parlarti. »

« Vuoi sederti di là? »

« No... lasciami parlare. Devo farlo tutto d'un fiato o mi perderò. Devo dirti che... ho sempre pensato di essere indipendente. Di non avere bisogno di niente. Ho sempre creduto di voler viaggiare... e che mi bastasse. Senza una compagna. *Elis.* Questo non era vero, perché invece io ho bisogno di te. »

Posa le mani dalle dita lunghe e affusolate sul mio collo e mi accarezza le guance. « Sei una bambina per molti aspetti. Sei irritante, sei difficile e capricciosa. Ma io ti amo... »

China il capo. I suoi capelli chiari mi sfiorano la pelle e mi danno i brividi. Affonda le sue labbra nelle mie e non riesco a tirarmi indietro, perché è una sensazione tutta nuova.

« Parlerò con mio padre. Potresti finire la specializzazione in Francia » mormora al mio orecchio, carezzandomi i capelli. La sola idea mi avvicina a un attacco di panico e l'eccitazione diventa inquietudine. I baci diventano tristi, l'istinto di spogliarlo del suo Belstaff e di portarlo per mano in camera mia si trasforma in voglia di mandarlo via.

Mi allontano e spero che lui capisca dall'espressione del mio viso che è un'idea totalmente sbagliata.

« Arthur. Io penso ancora quello che ti ho detto a Natale. » Le parole escono dritte dall'area di Broca del mio cervello, dove viene elaborato il linguaggio. « Tu non tornerai mai in Italia. Io non lascerò mai questa città. Amarci mi provoca più dolore che gioia. »

Lui assume un'aria sarcastica e amara. Prende possesso delle mie labbra, stavolta senza nessuna dolcezza.

« Dolore, eh? Amare Conforti, invece, ti riempie di gioia. »

Immagino di essere impallidita.

« Arthur, io... »

« Credevi che non lo sapessi? La mia solita, ingenua *Elis*. »

Sorride, ma senza simpatia. Quasi con pena, direi.

La porta si chiude alle sue spalle, io sono stata lì lì per trattenerlo e la cosa mi sconcerta.

Sono convinto, Lucas, che ogni essere umano è nato per scrivere un libro, e per nient'altro
Agota Kristof

Ho raggiunto Tarquinia in treno e ho scroccato un passaggio al vicino di posto per raggiungere la casa di Selina Azais. Pioviggina dal cielo grigio e io mi domando come sia statisticamente possibile che le mie visite in questa casa siano sempre accompagnate dal cattivo tempo. Dietro il cancello, uno dei gatti dagli occhi gialli e il manto fulvo mi fa le fusa e io gli rivolgo una carezza con le dita tra le sbarre. Mi apre Clara in persona, il capo coperto dal cappuccio di una felpa a righe marroni e rosa, i capelli lisci che le ricadono sul torace come due bretelle.

« Ciao » saluta senza entusiasmo. « Ti avviso che non mi è tornata la memoria nel giro di due settimane. »

« Bene. Il punto è proprio questo: non credo che debba tornarti nel giro di due settimane. Io credo che tu non l'abbia mai persa. »

Clara allibisce e inarca un sopracciglio chiaro.

« Entra. Mia madre ha preparato una torta all'arancia davvero mondiale. Ne vuoi una fetta? »

« Con piacere. »

Selina Azais sta leggendo una rivista di arredamento shabby chic seduta sul divano davanti al caminetto. « Buonasera Alice, bentornata » esordisce.

« Mamma, preparale una fetta di torta. »

« Signorina, puoi anche farlo tu » la corregge. Clara sbuffa sonoramente e si dirige verso la cucina. Resto da sola con

Selina, che mette da parte la rivista e mi rivolge uno dei suoi sorrisi affabili.

« Pensa di riuscire a ottenere qualcosa da quella piccola peste? »

« Lo spero. »

« Sarò sincera con lei: io ne dubito. »

« Perché? » le domando, incuriosita. Selina dà un'occhiata furtiva alla porta della cucina. Teme forse di essere colta in flagrante dalla ragazzina proprio mentre parla di lei.

« È un muro impenetrabile. Non posso più nemmeno nominare papà che lei cambia espressione o addirittura lascia la stanza. Vuole rimuovere tutto quello che riguarda il nonno e non comprendo fino in fondo questa cosa, perché papà era la persona più importante della sua vita. Perché dovrebbe dimenticarlo? »

« Forse il dolore è talmente forte che preferisce rimuovere tutti i ricordi. »

La ragazzina entra in salotto, tra le mani la torta ancora tiepida, e non esagerava: è sensazionale.

« Io però devo finire di scrivere una cosa. Potresti aspettare un quarto d'ora? » domanda poi, ruvida come sempre.

« Clara, non è modo di comportarsi. La dottoressa è qui per te e non ha tempo da perdere. »

« Non fa differenza un quarto d'ora » ribatte lei, con candore.

« Ha ragione » dico a Selina. « Va bene, non c'è problema. » Tanto più che ho da rivolgere alcune domande a Selina e non mi dispiace avere qualche minuto da trascorrere da sola con lei. « Sa, Selina... Ho letto e riletto quella lettera di vostro padre. »

« Quale, cara? »

« Quella che è stata trovata da suo fratello Leone e che ha dato origine alla causa di interdizione. »

« Oh, quella! È un gioco di mio padre. Uno dei suoi tanti trucchetti per farci impazzire. »

« È così che la vede? Dopotutto, suo padre annunciava la chiara intenzione di diseredarvi tutti. »

« Mio padre adorava i colpi di scena. » Selina non sembra troppo scossa. « Gli piaceva credere di essere l'eroe di un romanzo. »

« Qualcuno di voi si è accorto che in quella lettera è presente un acrostico? »

Dopo una lieve perplessità, nega con tenacia. « No. Nessuno di noi si è accorto di nulla. Non che io sappia » afferma, con genuino stupore.

« L'acrostico rivela un nome. »

« Un nome? Di chi? »

« Amélie Volange » rispondo.

Selina sgrana gli occhi color salvia.

« Volange, ha detto? »

Annuisco, all'erta perché subodoro l'avvicinarsi di un racconto di possibile interesse.

« Potrebbe essere la figlia di Olivier Volange. »

« È così, infatti » confermo.

Selina si ritira in se stessa, un bozzolo pensoso. « Tanto tempo fa c'è stata una brutta vicenda... Il padre di quella donna era un amico di papà ai tempi in cui viveva a Parigi, quando era ancora un ragazzo. Erano molto vicini, si volevano bene, ma poi hanno chiuso nel peggiore dei modi per faccende di cuore. »

« Catherine Rouvroy? »

« Proprio lei. È stata il grande amore di papà, prima di mamma... Mia madre è stata gelosa di lei per tutta la vita. »

« E perché vostro padre avrebbe dovuto lasciare tutto alla figlia di Catherine? »

A Selina sfugge un sorriso amaro. « Questo proprio non

saprei dirlo» replica scuotendo il capo. Poi un lampo illumina il suo sguardo. «Ora che ci penso, però, quando abbiamo saputo della decisione di papà di lasciare tutto a una donna misteriosa, Leone ha detto, per scherzare, che delle due l'una: o una figlia illegittima o un'amante segreta.»

Trovo l'idea suggestiva. «Lei lo crede possibile?»

«Chi può dirlo, adesso! Forse. Certo non lo escludo.»

«Altre ipotesi?» oso chiederle. Selina scuote il capo. «La conoscevate?»

«Io no di certo, ma non posso rispondere per i miei fratelli.»

«E lei, Selina, non ha mai chiesto a suo padre spiegazioni, dopo quella lettera?»

«Sì, certo. Lui mi ha detto di avere un debito nei riguardi di quella donna e che alla sua morte avremmo saputo di che tipo. Ero molto curiosa, ma non è mai stato possibile saperne di più. Mi rispondeva: *Sei troppo curiosa e i curiosi non fanno mai una bella fine.*»

«Lo terrò a mente!» esclamo, perché nella sua semplicità è un monito adatto anche a me. «E ancora non avete saputo nulla? Il testamento?»

Selina arriccia le labbra rosee. «Non abbiamo ancora avviato le pratiche della successione. Immagino che se ne stia occupando Leone.»

«Eppure Amélie Volange era a conoscenza dei fatti. Sapeva di essere l'erede di suo padre.»

«E come? Se neanche noi ne eravamo a conoscenza!» ribatte Selina, sbigottita.

«Speravo che lei potesse aiutarmi a capire.»

«Mi dispiace, ma non ne so nulla. Perché non lo chiedete direttamente a lei?»

«Perché Amélie Volange è morta. Uccisa pochi giorni fa, qui a Roma» aggiungo per provare a scuoterla.

Le rughe sulla fronte di Selina si trasformano in solchi.

«Ci sono troppe cose che ignoro... Mio padre era maestro di segretezza. Non era facile comunicare con lui. L'unica a riuscirci era Clara, ma non hanno mai toccato l'argomento, lo so per certo.»

«Anche Olivier Volange era uno scrittore.»

«Ci provava» commenta.

«Li sto leggendo, i suoi romanzi. Per curiosità. Sono molto belli e ci sono parecchie somiglianze con i libri di suo padre, in particolare con *La cupidigia di Desziderius Horvath.*»

«Questa osservazione non mi è nuova» commenta Selina, dopo aver tossito per un vellichio della gola.

«Olivier Volange copiava i libri del nonno. Era molto invidioso» interviene Clara, entrando nel salotto senza fare rumore, ai piedi delle ballerine di pile che scivolano sul parquet. «Io ho letto i suoi libri e sono tutti una brutta copia di *La cupidigia di Desziderius Horvath.* Infatti, non hanno avuto nessun successo.»

La perfidia dei bambini, né più né meno. «Be', Clara, sono libri adatti a un pubblico più maturo. Esiste il momento giusto per ogni libro e, soprattutto, un pubblico per ogni libro. Non dovresti dare giudizi così assoluti» ribatte Selina, che raccoglie dalle mie mani il piattino pieno di briciole che le porgo. «Ogni libro ha diritto a una chance. E non esistono libri belli o brutti, perché non esiste un parametro vero per giudicare un libro. Esiste solo la soggettività.»

Clara ingoia il rospo, ma dopo un po' aggiunge: «Dici così solo perché anche lo zio Enrico scrive. E tu diresti qualunque cosa pur di difenderlo. Comunque sia, per la mia soggettività i libri di Volange erano brutte copie di quelli del nonno. Lui mi ha raccontato tutta la storia».

«Che storia?» interviene Selina, quasi preoccupata.

Clara si siede accanto a me, e inizia a raccogliere una ciocca di capelli in una piccola treccina.

« Il nonno e Olivier erano il migliore amico l'uno dell'altro. Si erano conosciuti all'università e trascorrevano molto tempo insieme. Studiavano letteratura francese ed erano poeti dilettanti, ma Olivier era schiacciato dai complessi, perché il nonno era superiore. »

« Il nonno ha usato questi termini? » domanda Selina, perplessa.

« Sì, praticamente sì. Olivier provò a pubblicare una raccolta di poesie, ma senza successo. Invece, il nonno era riuscito a pubblicare quel poemetto dedicato alla zia Heni, che era morta da ragazzina. Qualcosa si incrinò, anche perché si erano innamorati della stessa ragazza. Lei era una ballerina dell'Opéra. Inizialmente preferì il nonno, poi però sposò Olivier. Secondo il nonno lo sposò per pena, perché Volange era un fallito. »

« Il nonno ti ha parlato anche di questo? » trasecola Selina.

« Io e il nonno parlavamo di tutto. Lui aveva perdonato Volange, sapeva che era stato sfortunato. Per questo, nel testamento che voi avete fatto invalidare » precisa rivolgendomi un'occhiata carica di astio « aveva chiesto alla sua casa editrice di ripubblicare i romanzi di Olivier. »

« Come fai a saperlo? Non avrai letto il testamento? » le domanda la madre, turbata.

« Me lo aveva detto il nonno. Il testamento non l'ho letto » conclude, come se avesse omesso un *purtroppo*.

« Tuo nonno aveva ragione » aggiungo. « I romanzi di Volange sono ingiustamente dimenticati. »

Clara non è d'accordo e non fa nulla per nasconderlo. « Sarà. Andiamo di sopra e facciamo presto » conclude scattante mentre prende un cioccolatino da una ciotola di Sheffield.

Il rumore dei piedini di Clara sui gradini di legno mi guida fino alla sua stanza.

«Non l'ho detto prima perché non volevo farmi sentire da mia madre, ma io so perfettamente perché il nonno è stato interdetto.»

«Ah sì? Sono curiosa di sentire la tua motivazione. Perché ti confesso che in realtà la ignoro anch'io.»

«Ho sentito i miei genitori parlarne, e loro ne sono sicuri. Mio zio Leone ha corrotto quell'altro medico alto e riccio che era con te. Mio zio ha l'abitudine di risolvere i suoi problemi con il denaro. Ma dopotutto, tra quelli che ne hanno, chi non lo fa? E ho sentito pure che secondo i miei genitori lo zio è riuscito a convincerlo anche a sostenere che era incapace già da anni. In questo modo il testamento è nullo.»

«È un'accusa grave» commento, con prudenza. «Che prove ci sono?»

«Nessuna. Ma noi lo sappiamo. Mio padre lo ha capito, ha sentito uno stralcio di una conversazione molto equivoca. E tu non ti sei opposta.»

Cerco di spiegarle, nel modo più semplice possibile, che io non ho né autonomia né autorità. È l'ingrata vita degli specializzandi, che cambierà solo quando terminerò il corso. Clara è una ragazza recettiva, dimostra di aver capito.

«Anche il nonno lo sospettava. Lui diceva che conoscendo Leone avrebbe fatto di tutto per ottenere il suo scopo. Mio zio è uno che prevarica. In più il nonno aveva una pessima opinione di quel medico. È ingiusto che la sua volontà non sia stata rispettata.»

Provo a spronarla di nuovo sugli avvenimenti di quel pomeriggio. Insisto, la forzo. Clara arrossisce, si rimpicciolisce. «Basta, è una tortura. Non ricordo, non ricordo!»

Mi sento mortificata. Giuro a me stessa e anche a lei che è l'ultima volta che la costringo a un incontro che non desidera. « Ti chiedo soltanto di chiamarmi nel caso in cui tu decida di dirmi cosa è successo al nonno. Perché tu ricordi perfettamente, io lo so, ma non posso dimostrarlo. Posso solo sperare che un giorno vorrai raccontarmelo. »

E a questo punto, Clara annuisce con timidezza.

È un momento cruciale: non sta negando. Non ripete la solita scusa a cui non credo più.

« È così, vero? » insisto.

Lei volge lo sguardo su un abat-jour bianco, sembra incantata. Un carillon parte all'improvviso, come capita a volte quando il meccanismo s'inceppa e riparte dopo mesi. « Clara, non ti chiedo altro. Dimmi soltanto se è così. Ho bisogno di sapere che non sono pazza. Non lo dirò a nessuno. »

« Non posso aiutarti, mi dispiace » si limita a rispondere, alzandosi dalla sua poltroncina a piccoli fiori rosa, mentre sfiora il tulle della zanzariera del suo letto. « Andiamo giù? » mi chiede, come un favore personale. Annuisco, abbattuta. Poco prima di chiudere la porta, Clara mi sussurra: « Io non penso che tu sia pazza ».

Sento scorrere dentro di me una linfa strana, che mi allarma. È il segnale speciale che il mio corpo mi invia per proteggermi. Il segnale che sto varcando il confine.

Non ho mai capito cosa nei miei libri non andasse. Ho letto talmente tante critiche che alla fine mi sono convinto anch'io che non valessero nulla

Olivier Volange, in un'intervista del 1974

Chiudo *Sorella, amante* ancora in preda all'estasi e lo ripongo su una mensola.

È un libro di un'intensità stratosferica, che mi ha travolta corpo e mente. Googlo Olivier Volange e divoro tutto ciò che lo riguarda, con il cervello in fermento.

La versione di Clara non mi convince. La somiglianza tra i libri di Azais e quelli di Volange può essere giustificata dicendo che Olivier copiava Konrad, sì, ma... E se invece fosse tutto il contrario? Questo spiegherebbe il lascito ad Amélie: una sorta di risarcimento a fronte di un'usurpazione. Perché se così fosse, Konrad avrebbe emulato lo stile di Olivier, ma ottenendo maggiore successo.

A sfavore della mia ipotesi c'è però la cronologia delle opere: il primo romanzo di Volange è successivo a *La cupidigia di Desziderius Horvath*. Tuttavia...

Rifletto.

Konrad e Olivier condividevano la stessa passione e chissà quante volte avranno letto le bozze dei lavori l'uno dell'altro, prima di prendere definitivamente strade diverse. Durante quella fase di formazione avranno di certo attinto a un bagaglio comune. E forse nessuno ha plagiato l'altro, forse entrambi rielaboravano in maniera personale spunti comuni, pervenendo tuttavia a risultati simili. Solo la critica letteraria potrebbe darmi una risposta, ma su Internet trovo soltanto alcuni stralci di un'intervista a Olivier Volange. Da quel che ho letto, Olivier era stato disprezzato dai critici letterari e ne aveva sofferto per tutta la vita. Ho la sensazione che i recensori abbiano notato le similitudini e siano pervenuti all'ipotesi più ovvia: Volange emulava Azais. E dei due, Konrad era superiore perché aveva scritto *La cupidigia di Desziderius Horvath*. Ma per quella che è la mia modesta opinione, nemmeno *La trilogia di Margò* regge il confronto con *Sorella, amante*. Mi sembra di ravvisare maggior costanza nei libri di Olivier Volange; al contrario, quelli di Azais oscillano tra alti e bassi, tutti tranne la *Cupidigia*.

Se parlassi di questi miei percorsi mentali a qualcuno, questi opporrebbe – a ragione – la totale inutilità dei miei pensieri. Se la morte di Azais è stata naturale, e quella di Amélie accidentale... Se tutto è così scontato, a che serve capire perché la figlia di Olivier Volange era l'erede universale di Konrad Azais?

L'indomani, in Istituto, continuo a rimuginare. La Wally, che tutto sa e tutto vede – figurarsi gli scivoloni degli specializzandi – dice *en passant* che fa sempre in tempo a bocciarmi quest'anno. Più tardi, approfitto dell'assenza delle mie compagne di stanza e compongo il numero di telefono della dottoressa Beatrice Alimondi, che sembra molto contenta di sentirmi.

« Hai in programma di venire in Istituto? » le chiedo.

« No, ma se c'è qualcosa d'interessante tipo uno spogliarello di Conforti mi precipito. »

« Be', non *così* interessante... Ma ho un'idea. È una storia un po' lunga e posso parlarne solo con te. »

« Arrivo! »

Poco dopo, Beatrice fa il suo ingresso in Istituto e come al solito si comincia a udirla quando è ancora in segreteria.

« Sarà venuta per Claudio » commenta Ambra, avvelenata.

« No, è qui per me » la correggo. Ambra e Lara sono sospettose, se non peggio.

« Per te? » trasecola Ambra. « State preparando un lavoro di ricerca? » domanda con diffidenza.

Ambra ha l'ambizione di fare carriera universitaria. Pertanto, chi fa ricerca oltre a lei la indispone per principio, perché costituisce concorrenza.

« Più o meno » ribatto, godendo della sua curiosità.

Lara è altrettanto curiosa, sotto sotto anche lei è un po' rapace. Un mio contatto con la giovane ricercatrice di Anatomia patologica è quanto meno inquietante.

« Bonjour a tutte voi! » Beatrice irrompe nella nostra stanza e le mie due colleghe rispondono al saluto con minore entusiasmo.

« Allora, dove possiamo parlare con tranquillità? » domanda appoggiata allo stipite della porta.

« In biblioteca non dovrebbe esserci nessuno. »

Percorriamo i corridoi e noto che Beatrice cerca qualcosa o qualcuno con lo sguardo.

Claudio, naturalmente. Non ci vuole chissà che intuito per capirlo.

Subito dopo, infatti, giunge la conferma. Lui si affaccia alla porta, richiamato dal tono squillante di lei.

« Mi sembrava di aver sentito la tua dolce vocina » commenta, portando alle labbra un caffè.

« Che hai contro la mia voce? » gli chiede, con supponenza.

« Ha una nota petulante » ribatte lui.

« Ah, Conforti! *Era megghiu crisciri porci, almeno manciaumu.* »

Lui scoppia a ridere, ma io non ho ben colto il significato della sua esternazione, che Claudio si premura a tradurre.

« Questa è una tipica finezza di Beatrice. Significa che era meglio allevare maiali, almeno poteva mangiarseli. Laddove, mi sembra ovvio, il maiale sarei io. È una sottigliezza della lingua calabrese. »

Beatrice sorride. La loro complicità emerge dai fondali marini, senza che io possa impedirlo in alcun modo. Del passato non ci si libera, è dietro di noi e dentro di noi.

« Che combinate, insieme? » domanda poi lui, non meno stupito di Ambra.

Io e Beatrice ci guardiamo e scoppiamo a ridere. Lui scuote il capo, come rassegnato, e si allontana, lasciandoci libere di parlottare.

Ed è in questo momento così assurdo, mentre il cielo è attraversato da un arcobaleno come non ne vedevo da anni, un momento in cui più o meno come al solito rischio di sembrare un'invasata priva di freni inibitori, che racconto a Beatrice le mie idee.

Perché io ne sono davvero convinta: Konrad Azais ha plagiato Olivier Volange.

Una sola è la persona che può darmene conferma: Catherine Rouvroy.

Io progetto di scriverle con l'aiuto di Beatrice.

« Bene. E che collegamento c'è tra tutto questo e la morte per aritmia di Konrad Azais? » chiede dopo che le ho spiegato tutto. Il suo tono mi sembra sarcastico, ma in maniera sottile e non sgradevole.

« Con ogni probabilità Amélie Volange era la principale erede di Azais. E adesso, guarda caso, un pirata della strada l'ha centrata in pieno ed è scappato. »

« Mi risulta, però, che Azais sarà dichiarato incapace e quindi il suo testamento sarà nullo. In ogni caso, quand'anche Azais non fosse stato interdetto, gli eredi avrebbero potuto impugnare il testamento, poiché hanno diritto alla quota di legittima. In conclusione, non è che poi Amélie Volange fosse tanto pericolosa per gli eredi. »

« Non è del tutto vero » affermo. « L'interdizione annulla la capacità di testare dal momento della sentenza, ma non un eventuale testamento antecedente. È vero che con ogni probabilità gli eredi Azais riusciranno a ottenere una conferma dell'incapacità naturale antecedente, ma non ne potevano avere certezza. In ogni caso, gli interessi in gioco erano notevoli: la quota di legittima doveva essere il minimo rispetto alle ricchezze accumulate da Azais. E poi c'è dell'altro. La morte da emozione. E se qualcuno avesse terrorizzato Azais? E poi avesse simulato il suo suicidio, facendo trovare quella lettera? E magari la stessa persona ha investito la Volange.»

Beatrice sembra perplessa. «Be', Alice, sono d'accordo con te, ma se devo essere sincera, è un'ipotesi un po' fantascientifica.»

«Sono abituata a sentirmelo dire, non preoccuparti.»

«In ogni caso, continua a sfuggirmi che tipo di risposta ti aspetti dalla madre di Amélie.»

«Una conferma, tutto qui.»

Beatrice sospira. «Quand'è così, mettiamoci all'opera.»

La sera stessa spedisco la lettera all'indirizzo della scuola di danza gestita da Catherine a Parigi e prima di addormentarmi, senza trovar quiete tra le lenzuola, sento di aver fatto la cosa giusta. Se Catherine mi risponderà e confermerà la mia teoria sul plagio di Konrad, ne parlerò con Calligaris.

Traduci in parole i paesaggi che hai visto e li ricomponi.
E così accerti la tua esistenza e il tuo posto nel mondo

Murakami Haruki

Anche se dovrei adoperarmi in una ricerca per la Wally, ho una finestra di Internet Explorer aperta su Google e grazie alla mia cocciutaggine ho scovato in un sito scolastico l'accenno a un articolo sui parallelismi esistenti tra l'opera di Olivier Volange e quella di Konrad Azais. Purtroppo è solo citato, ma è ciò che fa per me. L'unico modo di reperirlo per intero è presso la biblioteca della facoltà di Lettere e ho in programma di recarmici già questo pomeriggio, dopo essere passata a trovare Cordelia, dimessa ieri in condizioni di relativa stabilità. È ancora con lei la cugina Lavinia, che si tratterrà fino a quando Yuki sarà andata via.

Mentre, soddisfatta dalla scoperta, torno ad affliggermi sulla mia ricerca, sento le voci di Claudio e Ambra che litigano non lontano dalla nostra stanza.

« La principessa naviga in pessime acque » commenta Lara.

Chissà qual è stata la ragione della divergenza inconciliabile cui alludeva Claudio quando ne abbiamo parlato.

« Qualche giorno fa ho sentito una discussione penosa in cui lei lo pregava di tornare insieme e lo incolpava di averla tradita con l'anatomopatologa, quella calabrese » aggiunge Lara.

« La principessina se le meritava tutte, le corna » ribatto, anche se ho la sensazione che non sia questa la vera ragione della rottura. Ambra non avrebbe mai mollato la presa su Claudio per una ragione così scontata. È la classica donna che sopporta i tradimenti pur di mantenere un rapporto che soddisfi la sua patina di splendore. L'intuito mi dice che la divergenza li ha fatti scontrare su qualcosa di molto più profondo e critico, qualcosa che ha turbato l'Ape Regina dell'Istituto e l'ha graffiata fino a farla sanguinare.

Con il suo solito tempismo – sospetto possieda un radar che gli indica chi sta parlando di lui – Claudio interrompe le nostre chiacchiere.

« Muoviti Nardelli, accompagnami in Procura, c'è un'udienza. »

« Sì... solo il tempo di finire questa relazione... »

« Non mi hai sentito? Ho detto muoviti. »

Spengo il computer e inizio a sfilare il camice.

« Tu cosa stai facendo? » chiede rivolto a me, un'occhiata gelida all'insieme della mia persona.

« Mi preparo per venire con voi » ribatto con naturalezza.

« Te l'ho chiesto? »

Solo in quel momento capisco che non mi contemplava nell'invito. Scuoto il capo per negare.

« Appunto. E comunque che ti è successo? Da quando hai l'hobby della lotta nel fango? »

È vero, un'auto mi è passata davanti a tutta velocità e mi ha schizzata di fango e non è colpa mia se l'umidità increspa i capelli, del resto accade al 90% delle donne di razza caucasica.

« Ti sembrano cose da dire? »

« Sì. Sei impresentabile. »

« Voglio fare il medico legale, non la modella. Non m'importa del mio aspetto. »

« Ah, be'. Lo dicevo per te. Il mondo ci giudica per la nostra apparenza. »

« Non tutto il mondo, per fortuna. Ma di certo tu fai parte di quella fetta così superficiale. Non puoi impedirmi di assistere a un'udienza perché sono in disordine. Questo è mobbing! »

Ho parlato con grande concitazione e lui risponde con aria di sfida: « Io *ti* faccio quello che voglio. Se non ti sta bene, portami in tribunale e chiedimi i danni. Nardelli, ti aspetto tra cinque minuti esatti nella mia stanza. Se tardi, ti lascio a piedi ».

Mi chiedo se sia accaduto davvero, se ho sognato o se è stato un fantasma isterico a comparire nella mia stanza, assumendo le sembianze di Claudio.

« Sono senza parole... mi dispiace » mormora Lara, mentre avvolge al collo una sciarpa beige che ha lavorato a mano. Con un gesto noncurante, le dico di non preoccuparsi.

« Ascolta » aggiunge lei, « prima che me ne dimentichi, ieri, eri già andata via quando è passato di qui quello psichiatra squallido che collabora con Anceschi. »

« Chi, Laurenti? E cos'è successo? »

« Ci sono state grandi discussioni. Non ho mai sentito Anceschi così alterato. Se ho capito bene, qualcuno voleva confutare la perizia che hanno fatto su quello scrittore. »

« Lara, dovrebbero assumerti alla CIA. Adesso va', prima che quell'infame ti lasci qui. »

* * *

Poco dopo, sono già intenta a bussare alla porta di Anceschi per saperne qualcosa in maniera più o meno sottile.

« È così, Allevi. Siamo stati convocati per dei chiarimenti dal giudice che ci aveva conferito l'incarico perché il consulente di parte di Selina Azais ha scritto dei rilievi alla nostra perizia. Diciamo pure che l'ha sbrindellata, soprattutto la parte specialistica psichiatrica. »

« E il professor Paladino? »

«Tace, per il momento.»

«Prof, sa che a casa Norbedo sono convinti che Leone Azais abbia corrotto Laurenti?»

Anceschi, con aria dimessa, sospira lentamente. «Non so cosa pensare. Ho ritenuto valida e condivisibile la sua posizione. Mi sembrava intellettualmente onesta. In realtà il consulente della figlia ha fatto a pezzi tutti i test. Esiste il serio rischio che il giudice confuti la nostra perizia e ne commissioni un'altra sugli atti.»

«Prof... io l'ho detto tante volte che Azais non era da interdire.»

«Ho commesso un errore gravissimo. Questo lavoro non ammette deroghe, né distrazioni. Non avrei dovuto abbandonare le operazioni peritali, Allevi. E non per mancanza di fiducia, anzi, tu hai dimostrato di averci visto giusto, ma perché avrei dovuto svolgere il mio incarico di persona.»

«Ma sua suocera stava morendo...»

«Sì, ma poi non è morta.»

Il nostro buon Babbo Natale è molto amareggiato.

«Ma no... mi ha lasciata da sola perché sa che devo fare esperienza. È previsto dal mio contratto di specializzazione» dico, incapace di resistere alla tentazione di consolare.

Emette un altro sospiro che crea un vortice di tensione nella stanza. Non so cos'altro aggiungere e lui mi congeda con freddezza, ma senza che ci sia qualcosa di personale.

È spiacevole vedere un proprio docente ridotto così. Sento ribollire in me la rabbia contro quel Laurenti che andrebbe radiato dall'ordine a vita, ma che ovviamente la passerà liscia. Mi domando se è consapevole o no di tutti i guai che ha creato; gli auguro di comprenderlo presto e che tutto il peso della sua superficiale e corruttibile ignoranza gli ricada addosso.

* * *

Sono felice di sapere che Selina Azais si è ribellata ai fratelli e sono così riconciliata con l'umanità che accolgo con pacatezza la notizia che Alessandra mi dà durante il pranzo.

« Alice... non prendertela. Ho invitato Arthur al matrimonio. »

« Tanto non verrà. »

« L'ho chiamato per chiedergli dove spedire l'invito. Lui è stato favoloso, come al solito. Ha detto che farà di tutto per esserci, in realtà. »

« Sì, dice sempre così, ma non c'è da contarci. »

« Continuo a pensare che tu abbia commesso un errore madornale, Alice. Sei stata stupida, uno così non si trova facilmente sulla piazza, lasciatelo dire. Sei stata presuntuosa. »

« Grazie » commento seccamente.

« Ecco, l'ho detto. »

« Oh, non c'è dubbio che tu l'abbia detto. »

« Mi dispiace » mormora, stringendomi una mano con dita un po' gonfie per la ritenzione idrica. « È che a volte ho la sensazione che tu non riesca a camminare dritta sulla strada giusta. Se c'è una deviazione che può portarti un danno, si può esser certi che la prenderai. Mi preoccupo per te. »

* * *

Inutile negarlo, il pranzo con Alessandra è stato tragico e ancora intontita raggiungo la facoltà di Lettere presso Villa Mirafiori.

« Ha la malleveria? » domanda una signora con tono cordiale, dopo che le ho spiegato che no, non sono una studentessa di Lettere, ma di Medicina.

« Non ho idea di cosa sia » ribatto, pronta ad affrontare la nuova difficoltà. Di qui non me ne andrò senza quello che cerco.

« È una garanzia da parte di un docente per usufruire del prestito. »

« Ma non ho bisogno di un prestito. Se è possibile, ho bisogno di consultare questo testo qui » spiego mostrando il post-it su cui ho segnato il titolo.

La signora bibliotecaria sembra in gravi ambasce. « Tesoro mio, temo di non poterti aiutare... Però sei fortunata, c'è qui una ragazza che si è occupata a lungo proprio di questo autore, mi chiedeva sempre i suoi libri, forse per la tesi o qualcosa del genere. Aspetta un attimo » dice, e poi scompare dietro gli scaffali.

Mi guardo attorno e penso che non esista luogo più poetico di uno in cui le pareti quasi non si vedono perché sono coperte da file e file di libri.

« Lo prendo io il libro che ti serve, così puoi consultarlo. »

La voce appartiene a una ragazza dai capelli lunghi e ondulati, un po' crespi, che indossa un abito lungo fino al ginocchio e un cerchietto con un piccolo fiocco. Ha gli occhi chiari e grandi accentuati da abbondante rimmel. « Ciao. Mi chiamo Carlotta » aggiunge porgendomi la mano. « Ti aiuto volentieri, non ha senso rimanere incastrati nella burocrazia. » Io stavo già meditando di mettere in mezzo Yukino, ma se la sconosciuta Carlotta mi offre una soluzione pratica e immediata non ci penso neanche a rifiutare.

« Che libro ti serve, esattamente? »

Le mostro il biglietto su cui ho appuntato i riferimenti che mi servono.

« Però! Interessante. Olivier Volange è molto sottovalutato » esclama, con uno sguardo pieno di stupore. « E poi, se ho capito bene, sei di Medicina. Strano, davvero! Se posso aiutarti in qualche modo... Come ti diceva Patrizia, la bibliotecaria, conosco abbastanza bene l'opera di Volange. Me ne sono occupata per un lavoro che ho scritto assieme al mio relatore.»

«Ottimo! In effetti avrei delle domande...»

Gli occhi di Carlotta si spalancano per la meraviglia. «Davvero? Che bello! Allora vieni, sediamoci a quel tavolo in disparte.»

Visti di spalle i suoi capelli scuri sono come un poncho che la avvolgono. Prende posto al tavolo e vi poggia il bicchiere di plastica che contiene il suo cappuccino.

«Prego» mi esorta a cominciare.

«È vero che da un punto di vista tecnico i libri di Volange sono una brutta copia di quelli di Azais?»

Carlotta corruga la fronte e si lancia in una spiegazione esegetica che valica i limiti della mia pazienza. La sua conclusione è tuttavia degna di nota.

«Gli orientamenti critici più recenti hanno ribaltato la teoria per cui Volange sarebbe un autore minore che produceva all'ombra di Azais. I suoi romanzi sono stati rivalutati tutti e personalmente sono giunta alla conclusione che la sua produzione letteraria sia superiore a quella di Azais, che di buono ha scritto solo *La cupidigia di Desziderius Horvath*. Lo stile è indubbiamente simile, ma quello di Volange è più genuino e ha dei picchi di genialità che ad Azais mancano del tutto, in tutti i libri successivi a *La cupidigia*.»

«Ecco! È proprio la mia stessa opinione» ribatto gongolante. «La verità è che *La cupidigia di Desziderius Horvath* sembra scritto da Volange e non da Azais.»

«È verissimo!» ribatte Carlotta. «Anche il mio relatore ne è convinto. Mi ha raccontato che c'era una leggendina che circolava in certi ambienti, quando Azais era un autore alla moda. Si diceva che il vero autore di *La cupidigia* fosse proprio Volange. Quando la diceria giunse all'orecchio di

Azais – che era una testa calda – lui scrisse un pamphlet su una rivista letteraria molto nota, in cui mostrò di mancare del tutto di senso dell'umorismo. Se la prese moltissimo e questo alimentò le voci. Da parte sua Volange smentì, dicendo che scrivere un libro come quello è un miracolo e una maledizione al contempo. Poco dopo lui si suicidò e la storiella perse il suo fascino. Oggi si ritiene che fosse una leggenda piccante nata solo per creare scompiglio, e che in realtà *La cupidigia* sia stato scritto da Konrad Azais, che non è mai più riuscito a raggiungere le vette poetiche dell'esordio. Molti autori crescono, dopo il primo libro. Azais, al contrario, regredì. Capita.»

«Sai qualcosa anche della loro vita privata? Mi risulta che abbiano amato la stessa donna, che poi ha sposato Volange.»

Carlotta annuisce, sorseggiando il suo cappuccino ormai freddo. «Entrambi erano innamorati di una ballerina dell'Opéra. Azais, che aveva un temperamento travolgente, riuscì a conquistarla e la loro storia durò a lungo. Pare fosse un rapporto molto turbolento, venivano spesso alle mani e si dice – non fu mai confermato – che Azais le ruppe un polso durante una lite. La Rouvroy lo piantò e anni dopo sposò Volange, che era di indole pacifica, ma aveva una tremenda tendenza alla depressione e infatti finì suicida. Certamente la Rouvroy influenzò l'opera di entrambi: la *Trilogia di Margò* di Azais è ispirata a lei, non in maniera del tutto lusinghiera, peraltro. Volange le dedicò *Sorella, amante*, che è probabilmente il suo libro più pregevole.»

Dopo un altro scambio di battute di stampo letterario, ringrazio di cuore Carlotta, che ci tiene a lasciarmi i suoi recapiti *per ogni evenienza*.

Torno a casa nella pioggia, infreddolita, pigra e indolente. In altri termini, dello stesso umore di tutti i miei giorni da qualche tempo a questa parte.

I hurt myself today to see if I still feel

Mentre accarezzo il manto ispido di Ichi e sorseggio un tè all'ibiscus e alla rosa, la mia mente gira intorno agli eventi del giorno della morte di Azais. Se lo spunto di Beatrice è corretto, se davvero Konrad è rimasto vittima di un forte shock emotivo – ipotesi originale quanto suggestiva – questo trauma può essere stato provocato da una notizia datagli da qualcuno? E quella lettera lasciata sulla scrivania... È stato qualcuno intenzionato a confondere le cose? Oppure Konrad aveva deciso di farla finita? Oppure è stata una semplice aritmia, evento frequente in un individuo molto anziano e per di più cardiopatico?

Abbandono Ichi sul letto, che reagisce con un gemito di disappunto e inizia a grattarsi il collo, mentre io afferro il notebook e avvio una ricerca su Pubmed.

Stress induced cardiomyopathy related deaths.

Morti correlate a cardiomiopatia da stress.

Ne esco arricchita culturalmente, ma senza nulla di nuovo per quello che mi interessa: in assenza di dati circostanziali accertati, temo che un caso del genere sia impossibile da risolvere. L'unica a possedere tali dati è Clara e inizio a credere che la strada della tolleranza sia stata errata: prima o poi Clara dovrà dirmi quello che ha visto.

Oh, come vorrei avere una palla di vetro o doti da medium! Oppure, forse mi basterebbe solo essere più preparata e capace...

«Alice! È arrivato pachietto per te.» La mia piccola giapponesina tiene tra le mani una busta grande e sottile. « È scrittura di Arthur *kun*! » osserva, eccitata come se la destinataria fosse lei. « Apri, veloce! »

Sento il cuore battere fortissimo. La apro con delicatezza e trovo un libro illustrato, così sottile che sembra una brochure. È un libro per bambini, le illustrazioni sono deliziose.

The Usborne First Hundred Words in French. Le prime cento parole in francese. Lo sfoglio, mentre Yuki si avvicina e sbircia incuriosita. C'è allegato un bigliettino.

Una volta hai detto che non potresti trasferirti a Parigi perché non parli una parola di francese. Questo è per cominciare.

« Tu vai a Parigi? » esclama Yukino strabiliata.

« Non credo, Yuki ».

La lascio intenta a bere un milk shake, mentre continuo a osservare con attenzione le pagine. In ogni disegno è nascosta una paperetta gialla, mi ritrovo a cercarla e mi scappa un sorriso. Quanto è angosciante rendersi conto di un cambiamento che non si è in alcun modo voluto. Com'è difficile accettare i mutamenti, prendere una decisione, affrontare la realtà.

Immagino che significhi crescere e che all'età di ventisette anni per me sia infine giunto il momento.

« Gli hai risposto? » domanda Yuki dall'altra stanza.

« Non ancora. Non so se gli risponderò, non c'è niente da dire. »

« Ah, no? » esclama irrompendo nella mia stanza, furibonda. « Ringraziare, no? »

« La situazione è complicata. »

« Non situazione, *tu* complicata! » ribatte lei, con la sua consueta tendenza a semplificare le cose.

Bene, se nemmeno Yukino è dalla mia parte, vuol dire che sono proprio messa male.

* * *

Un nuovo dono nella mia cassetta di posta: una busta color avorio, una lettera vergata a mano in francese – e il regalo di Arthur non è sufficiente a tradurla – nella carta intestata di Catherine Rouvroy. Telefono a Beatrice, che propone di vederci per cena a casa sua.

«Così potremo parlare con calma» aggiunge e accetto senza pensarci due volte.

Indosso una giacca di velluto marrone e dei jeans, tormento con il phon la frangetta che oggi è più ribelle che mai e prendo la metro per raggiungere l'indirizzo di Beatrice.

Lei mi accoglie con un tubino nero e un paio di pantofole. Sulle spalle, uno scialle grigio. Indossa i suoi occhiali da vista dalla montatura blu e ha esagerato con la matita scura.

«Benvenuta!» esclama aprendo il portoncino. Il suo appartamento è molto piccolo, ma ha una terrazza sulla città spettacolare. «Ordiniamo una pizza? O, se ti piace, c'è un cinese qui vicino che fa cose gustosissime.»

«Il cinese è perfetto» rispondo, poggiando la borsa sul divano beige del salone e togliendo il cappotto.

«Bene, lo speravo! Involtini primavera e ravioli quattro stagioni?»

«Fa' tu» rispondo, distratta dai dettagli della sua casa, dalle foto che la ritraggono sorridente in ogni parte del mondo, come il nano da giardino di *Il favoloso mondo di Amélie*.

«Ho ordinato anche le nuvole di drago e il maiale bambù e funghi» le sento dire. Accende lo stereo e parte *1979* degli Smashing Pumpkins, canzone che ascoltavo durante l'ultimo anno di liceo e che mi riporta indietro nel tempo. Mi sento sfasata. «Allora, fuori questa lettera.»

«Ah, sì. Scusami» rispondo, riprendendomi dalla trance. Frugo in borsa ed estraggo la busta, che le porgo, curiosa.

Beatrice si mette comoda e inizia a leggere e a tradurre al volo.

Gentile Alice,

la sua lettera mi ha spiazzata e ho avuto bisogno di un po' di tempo per riprendermi dal turbamento. Per dare una risposta alla sua domanda dovrò raccontarle una storia che risale a molti anni fa.

Ero una ragazzina senza cervello quando conobbi Konrad e Olivier. Desideravo solo danzare e liberarmi della figura opprimente di mia madre, che mi privava della libertà di essere quello che volevo. Loro due avevano un rapporto così intimo che credevo ci fosse qualcosa di... particolare. E infatti, qualcosa di particolare c'era eccome, ma non nel senso che io avevo immaginato e che mi sembrava tanto scabroso. Erano uniti in maniera morbosa, si stimavano e si invidiavano, si sfidavano e lottavano, ma senza riuscire ad allontanarsi l'uno dall'altro. Dividevano un piccolo appartamento nel V arrondissement, pieno di muffa. Loro stessi puzzavano di chiuso e tutti i loro oggetti finivano con l'avere una patina verdastra. Anche le scarpe. Eppure non si decidevano a lasciare quella casa, in cui il pavimento non si riconosceva più perché coperto da fogli, pagine, volumi. L'ambiente mi attraeva, nonostante tutto. Avevano un grammofono vecchissimo, che era stato del padre di Olivier, e ascoltavano musica classica. La piccola casa era sempre piena di gente, tutti fumavano e l'odore di muffa si mischiava a quello di fumo. Non mancava mai da bere e non mancavano le mele. Olivier era ghiotto di mele e poi i soldi scarseggiavano e di certo non potevano permettersi bistecche. Però quello che avevano lo spendevano in libri e mele. Era molto tenero, Olivier. Troppo puro, la sua innocenza si sporcava con poco. Konrad era complesso. Era rabbioso e istintivo. Entrambi sognavano di diventare scrittori famosi e mi facevano leggere le loro creazioni. Copiavano altri modelli, non erano capaci di individuare la loro voce. Naturalmente nessuno dei due riusciva a trovare un editore, ma non perdevano la tenacia. Konrad, specialmente, era ambizioso in maniera selvaggia, non riusciva a pensare ad altro. Olivier era più pacato, viveva di sogni e speranze.

Mi accorsi presto che tra noi si era creato un vero e proprio triangolo. Io desideravo entrambi, forse per immaturità, forse per vanità. Avevo paura di Konrad, di quel suo sorriso affilato, ma Olivier non mi dava lo stesso brivido.

Molto tempo dopo la pigrizia di Olivier iniziò a stancarmi, mentre l'audacia di Konrad mi conquistava sempre più. Feci la mia scelta e non passa giorno che io non la rimpianga. Konrad continuava a scrivere, con una tenacia che aumentava in maniera proporzionale ai rifiuti che riceveva.

Nel frattempo i miei rapporti con Olivier si diradavano; lui diventava sempre più introverso, usciva di rado dalla sua stanza, lavorava sempre meno. Viveva dei soldi che gli passava il padre e dormiva di giorno per scrivere la notte.

Un giorno mi capitò di assistere a una lite tra i due di una tale violenza verbale che mi lasciò stravolta. Per la prima volta ebbi paura di Konrad e non sarebbe stata l'ultima. I suoi accessi d'ira erano incontrollabili, al punto che preferii troncare la nostra relazione. Pochi mesi dopo, il suo romanzo venne pubblicato, procurandogli un successo enorme. Lasciò la casa del V arrondissement e lasciò Olivier, che mi scrisse qualche anno dopo. Mi chiedeva se avevo amato La cupidigia di Deszíderius Horvath. *Mi sembrò una domanda stra-*

na, intempestiva, ma risposi con sincerità. Ancora ricordo le parole esatte: anche se lo ha scritto LUI, è un capolavoro.

Olivier mi chiese di incontrarci e da quel momento seguirono anni tristi. Anche lui riuscì a essere pubblicato, ma senza il successo di Konrad. Ne soffriva molto. Finii per sposarlo, naturalmente. Ho sempre scelto la persona sbagliata al momento sbagliato. Mi diede due figli meravigliosi e sono sopravvissuta a entrambi. E sono rimasta sola. Ma immagino che questo non le interessi. Penso che voglia sapere cosa so di quel libro.

Poco.

Olivier non ha mai detto nulla, ma qualcosa mi ha sempre spinta a credere che lui fosse il vero autore di La cupidigia. *Conoscevo entrambi. Molto bene Konrad, meglio ancora Olivier. E quel libro è suo, non di Konrad. La povera Amélie mi aveva raccontato che poco prima di morire Olivier lo aveva ammesso. Konrad gli aveva rubato il manoscritto e lui per debolezza non aveva mai rivendicato ciò che gli spettava. Aveva lasciato che il suo libro diventasse il successo di un altro uomo, del suo più grande rivale. Tipico di Olivier, non stento a crederlo.*

Questa è la risposta che posso darle e naturalmente, con la morte della mia Amélie, non ho nessuna prova. Dubito che esista davvero, una prova.

Cordialmente,

Catherine Rouvroy

Beatrice mi rivolge un'occhiata pregna di indifferenza.

« E ora che lo sappiamo? » domanda, come fosse delusa dalla lettura. Non riesce proprio a capire perché io sia galvanizzata.

« Ma non vedi? » le chiedo, illuminata. « Tra queste righe c'è un altro movente valido per uccidere Amélie Volange, oltre a quello economico. »

Beatrice corruga la fronte ampia. « È vero » ammette con voce incolore.

« In più, adesso è chiaro perché Konrad volesse pareggiare i conti, lasciandole tutto il denaro che è derivato da una carriera che ha preso il via grazie a suo padre e dà conferma del legame che esiste tra i due eventi. »

Il campanello che suona ci distoglie dalle chiacchiere. Beatrice insiste per offrire la cena, che trascorre in maniera molto piacevole tra una sua battuta e un'altra.

« Mi piaci, dottoressa Allevi. Sei una pazza furiosa, forse è per questo » confessa versando della birra nel suo bicchiere.

« Grazie » rispondo con un sorriso, addentando un raviolo.

« Voglio essere chiara con te. Io Conforti non te lo lascio. » Il raviolo mi va di traverso, sono costretta a bere abbondante acqua per frenare la tosse. Lei è serissima. Aspetta che io abbia recuperato contegno prima di proseguire. « È così evidente! Stravede per te. Non l'avevi capito? »

Mi è sempre difficile togliere il coperchio al mio personale vaso di Pandora. Ne esce un solo male e questo male è proprio Claudio. Mi è difficile farlo faccia a faccia con me stessa e con le mie amiche più care, figurarsi con Beatrice.

« Be' lui non è una *cosa* che si prende o si lascia. »

« Risposta banale, dottoressina! È facile pensare che sarà lui a scegliere. Ma non è così, sai benissimo che dipende tutto da me e da te. »

Non sa che non c'è proprio niente da scegliere ed è probabile che la colpa sia mia.

La mia vita non è mai stata tanto informe e conosco il motivo: stavolta tocca a me cambiare o non cambiare, e non sono capace di decidere. Scivolo nell'abulia e con me trascino Claudio e Arthur. Prima o poi molleranno la presa e resterò da sola e come tale sguazzerò nel nulla che io stessa ho creato.

Sfiorarti come a caso, con aria imbarazzata

«Ispettore? Vorrei parlarle» esordisco al telefono, con la speranza che Calligaris trovi il tempo di incontrarmi.

«Hai novità su Clara?» ribatte lui dall'altro lato, sbrigativo.

«Non proprio.»

«Allora dovrai aspettare almeno due giorni: sono in partenza per Matera e, a meno che tu non abbia qualcosa d'importantissimo da dirmi, non posso concederti udienza.»

Manco fosse il papa!

«Bene, allora andrò al sodo e sarà lei a valutare se vale la pena o no starmi a sentire.»

Gli sfugge una risata. «Sentiamo.»

«Ho capito perché Azais aveva nominato sua erede Amélie Volange, e ho individuato una valida ragione per cui qualcuno avrebbe voluto vederla morta.»

«Attenta, Alice. Non c'è certezza, ancora, che la Volange fosse la sua erede. Il testamento non è stato ancora aperto.»

«D'accordo. In ogni caso, sono convinta che in qualche modo le due morti siano connesse, anche se apparentemente naturale l'una e accidentale l'altra.»

«Ti aspetto alle otto, stasera. Non posso prima, davvero.»

Per me è già una piccola vittoria e impiego le ore mancanti a studiare in Istituto tutte le cause di morte improvvisa su base cardiaca con segni autoptici aspecifici. Ricordo, fra tutte, un'idea di Beatrice: la morte da inibizione, che avviene quando vengono stimolati dei recettori presenti sulla carotide che hanno effetto immediato sul cuore, con il potere di arrestarlo in pochi minuti. Alcuni individui sono così sensibili che avvertono disturbi anche per via di una semplice cravatta troppo stretta. Non è necessaria una pressione violenta: anzi, può non esserlo affatto.

Idea.

E se qualcuno avesse tentato di strozzare Konrad, ma fosse stata sufficiente la leggera pressione al collo per ucciderlo? Questo potrebbe giustificare l'assenza di lesioni.

Mi fiondo nella stanza di Claudio, che trovo aperta ma senza di lui seduto alla scrivania.

Aspetto davanti alla porta e lo vedo rientrare dal laboratorio di genetica, in camice candido, le mani piene di provette.

« Oh, Allevi. Vieni, entra. »

Poggia le provette sulla scrivania e controlla l'ora.

« Che ci fai ancora qui? Sono le quattro. In genere a quest'ora sei davanti alla tv che guardi *La vita in diretta*. »

« Devo parlarti di un'idea spettacolare. »

« C'è da aspettarsi il peggio quando esordisci così. »

« Morte da inibizione: oggi ho studiato la fisiopatologia e ho pensato che potrebbe essere stata la causa della morte di Azais. »

« Sono contento di sapere che oggi tu abbia scoperto qualcosa che, in realtà, avresti dovuto conoscere già dal quarto anno di Medicina » ribatte quietamente.

« Sii serio, una volta tanto! Non credi che potrei avere ragione? »

« Con Beatrice se n'era parlato. Ricordi? In ogni caso, spiegami meglio la tua teoria » aggiunge con inaspettata pazienza, estraendo una Brooklyn dalla tasca del camice.

« Qualcuno potrebbe aver tentato di strozzare o strangolare Azais, ma per via di una sua naturale ipersensibilità, lui potrebbe aver subito una morte da inibizione alla semplice pressione. E questo potrebbe spiegare l'assenza di lesioni al collo. » E, per quanto mi riguarda, potrebbe anche spiegare il qualcosa che Clara ha visto e che si rifiuta di rivelare.

« Alice, Konrad Azais è morto per un'aritmia. Non ho idea del perché ci fosse quella lettera del cazzo che mi ha fatto perdere ore e ore di sonno, ma non me ne frega più niente. Era uno stramaledetto vecchio cardiopatico. Perché vedi assassini ovunque? »

« Mi sarei accontentata di questa spiegazione se non fosse morta anche Amélie Volange. È una coincidenza inquietante. »

Claudio sospira meditabondo. « Non posso mettere un freno alla tua immaginazione, ormai l'ho capito. Mi domando perché non la utilizzi in altro modo. Fantasticando su di noi, per esempio. »

« Ti prego, per una volta, dammi retta. »

« Io retta te ne do tanta. Vorrei che tu ne dessi a me. » È una richiesta che ha in sé qualcosa di insolitamente tormentato. « Cosa c'è che non va in me, Alice? È vero, ho una personalità narcisista. Sono un donnaiolo, perché una botta non la nego a nessuna. A parte questo... sono un bel ragazzo di trentasei anni, brillante e in salute. »

Le parole sgorgano con voce propria senza che io le controlli.

« Sei pericoloso. Sei potenzialmente in grado di farmi male, molto male. Nonostante tutto, il mio buonsenso me lo suggerisce ed è per questo... che ti sto lontana. »

Si avvicina, un bacio sulla mia fronte, il suo profumo fortissimo di Declaration e mentine.

« Sono stanco di baciarti in questa stanza. Di nascosto, come un ladro. Vediamoci fuori. Non voglio farti alcun male. »

« Non è il momento » rispondo balbettando, incapace di negare a me stessa che al mio corpo lui piace più di quanto la mia mente non riconosca.

« E perché? Per Malcomess junior? »

« Per lui » mormoro con un filo di voce, annuendo con gli occhi bassi.

« Lui è lontano e per di più, come se già da sola non fosse una buona ragione per troncare di netto, tu provi qualcosa per me. Senti come batte? » domanda con la mano poggiata sul mio cuore, e io penso davvero che stia per esplodere.

« No, è che... con Arthur è finita » spiego con riluttanza.

Gli occhi verdi e perfidi di Claudio assumono un'espressione esultante. « Che disdetta. Mi sento l'eroe malvagio. Vi ho separati... che crudeltà. »

« Ti prendi una colpa che non hai. »

« Una colpa? Un merito, vorrai dire. »

« In ogni caso non c'entri o comunque... c'erano tanti altri problemi più importanti. »

« Capisco » ribatte sostenuto.

A lui è passata la voglia di scherzare, mentre a me è passata del tutto la voglia di parlare della morte di Konrad Azais. Mi avvicino alla porta della sua stanza con una tremenda sensazione di amarezza, perché mi accorgo che con lui sono come un insetto intrappolato in un bicchiere. Volo impazzita e urto contro il vetro.

« Alice » mi chiama, un istante prima che varchi la soglia.

« Sì? » chiedo senza voltarmi.

« Ricordi l'autopsia di Azais? » domanda con tono incolore.

« Certo. »

« Aveva le ipostasi paradosse: la pelle del collo era sfumata di una tonalità rosso-violacea. Se anche ci fosse stata una pressione idonea a lasciare un minimo segno, noi non l'avremmo visto. Avrebbe dovuto essere una pressione notevole, un vero e proprio tentativo di strozzamento o di strangolamento, per lasciare lesioni evidenti.»

«Cosa vuoi dirmi?»

«Che potresti avere ragione. Nella diagnosi differenziale ho tenuto conto di tutto e, come sai, io e Beatrice abbiamo scelto il meccanismo di morte più probabile. Ma nessuno può escludere che sia andata come dici tu. Dimostrarlo è tutt'altra cosa, soprattutto perché mancano i dati circostanziali che lascino pensare a una morte per omicidio. Non ricadere nel solito errore, piccola Alice. Attieniti ai fatti.»

«Lo hai scritto nella perizia?» domando.

«Te la invio per mail, così potrai leggere le conclusioni. Comunque la risposta è sì, ho scritto che è una diagnosi di possibilità e non di certezza, e che non potevo escludere altre cause di morte improvvisa di natura cardiaca. Tra cui la morte da emozione che all'inizio era tanto cara a Beatrice, nonché tutte le altre.»

Sollevata, annuisco con gli occhi bassi. «Bene. Allora aspetto la mail» gli dico, con l'abbozzo di un sorriso, cui lui risponde con un'espressione di impercettibile tristezza.

Il dono della sintesi

Calligaris non ha esagerato quando mi ha lasciato intendere che sarebbe stato a dir poco sbrigativo. È già con la mente a Matera, temo.

« Ispettore, mi sta ascoltando? »

« Be' Alice, non è che tu abbia proprio il dono della sintesi... »

Rassegnata, cerco di riassumere schematicamente i punti che possono interessargli.

« D'accordo, allora andrò al sodo. Cosa sappiamo? Primo, Azais aveva commesso un grave torto nei riguardi del padre di Amélie Volange: gli aveva rubato un manoscritto che è diventato il suo più grande successo e per questa ragione aveva indicato lei quale unica erede. E non mi dica che ancora non è certo, perché non ci crede nessuno. Secondo, Amélie era al corrente della faccenda ed è possibile che qualcuno avesse interesse a farla fuori. Terzo, ha letto la perizia del dottor Conforti? » Calligaris annuisce stancamente. « Allora avrà visto che non è possibile escludere meccanismi di morte particolari, come la morte da inibizione o la morte da emozione. »

Lo gratifico di una microlezione sulla morte da inibizione, condita dalla mia teoria sulla morte di Azais, e i suoi occhi si accendono di speranza. « E perché me lo dici solo adesso? »

« Perché solo oggi ho elaborato l'idea. Peraltro una dinamica del genere potrebbe spiegare cosa Clara ha dimenticato, o meglio, cosa non vuol dire. »

«Alice, sei un piccolo genio!» esclama ringalluzzito. «E Conforti, in tutto questo?»

«Come ha già scritto nella sua perizia, lo ritiene possibile. Naturalmente sono i dati ambientali a fare la differenza, quando gli aspetti anatomopatologici sono così incerti e aspecifici.»

«Ovvero, Clara è la soluzione di tutto. Alice, devi riuscire a farti dire quello che ha visto. Per conto mio ho qualche novità per te. Tanto per cominciare, ho scoperto che da circa un anno Amélie Volange veniva a Roma una volta al mese. E non per lavoro. Non t'insospettisce? In secondo luogo, ed ecco il motivo per cui la vicenda Azais è sempre più intricata, la perizia sulla lettera trovata nella sua stanza ha stabilito che era stata scritta da lui, è vero, ma in tempi non recenti. Non è possibile stabilire con esattezza quando, ma di certo non in un periodo di tempo vicino al giorno della sua morte. Resta da stabilire se lui stesso l'abbia recuperata chissà dove e l'abbia lasciata lì affinché qualcuno la trovasse o se al contrario qualcun altro, intenzionalmente, ce l'abbia fatta trovare solo per confonderci.»

«Perché Amélie frequentava Roma così assiduamente? Non c'è modo di saperlo?»

«Ci sto lavorando.»

«Una volta Selina Azais si è lasciata scappare la battuta che forse Amélie era figlia di Konrad, e per questo lui l'aveva nominata erede.»

«Pensi che la battuta nascondesse la verità?»

«Be', Azais non usciva mai da solo: era bloccato su una sedia a rotelle, quindi non avrebbero potuto vedersi fuori da casa Norbedo; peraltro Amélie ha avuto parole piene di rancore nei riguardi di Azais, quando ha fatto irruzione in Istituto» gli spiego e subito dopo gli racconto dell'episodio in cui l'ho conosciuta. « Ma non ha detto con chiarezza se lo conosceva o no. »

« Un motivo dev'esserci, e non escludo che sia strettamente collegato alla sua morte. O a quella di Azais. Rifletti in questi due giorni, mentre sarò a Matera. Anzi, tenta di nuovo di spronare Clara Norbedo. Continuo ad avere la sensazione che solo tu possa riuscirci. Ottieni la fiducia di Clara e avrai la chiave di questa storia. »

Pensa a me come una deviazione nell'autostrada della vita

Difficile poter esaudire il desiderio di Calligaris. Questo weekend ci sarà il W-day, altrimenti conosciuto come l'evento del secolo, o per lo meno è tale per due persone: mia madre e Alessandra.

I preparativi fervono da tempo e mia madre ha rischiato più volte lo scompenso, perché i nubendi hanno deciso di ospitare il rinfresco in un tendone riscaldato nel giardino di casa nostra e lei vuole che l'evento entri nella storia di Sacrofano.

Solo mia nonna Amalia conserva la sua imperturbabile calma sorridente.

Zompetto ipereccitata tra la mia stanza e il bagno. Guardo l'abito rosa confetto di taffetà che la sposa ha insistito comprassi per l'evento e mi sento venire meno. L'atmosfera a casa è esplosiva, temo più volte che mio padre strozzi mia madre e che Marco si dia alla fuga approfittando di un attimo di distrazione collettiva.

E invece, strizzata nell'abito rosa come una mortadella nel cellophane, lo trovo in mansarda, che fuma una sigaretta vicino alla finestra, già vestito e ben pettinato. Di spalle sembra quello stesso fotografo anticonvenzionale che era un tempo. Poi si gira di scatto e il completo grigio lo trasforma da soggetto quanto meno bizzarro a improbabile sposo e papà.

Mi osserva, con attenzione, incerto su cosa dirmi. Forse si domanda se sia meglio essere sincero o no.

« Alice, perché quest'abito? Non ti dona. » La sua natura metrosexual a volte emerge nonostante Alessandra l'abbia soppressa a fucilate.

« Lo ha scelto la tua futura sposa. »

« Avresti dovuto ribellarti. »

« Ci tiene che io e sua sorella rivestiamo il ruolo di damigelle d'onore, all'americana. E per questo ha scelto lo stesso modello in due colori differenti. Mi è toccato il rosa, e io non volevo contrariarla. »

« Be', allora grazie » risponde con tono pieno di comprensione.

« Sei contento? » gli chiedo, con sincera curiosità.

« È una forma particolare di gioia. È la felicità dei cambiamenti, delle scelte che ti portano a un punto di svolta della tua vita che desideravi profondamente. »

Gli sorrido, un po' commossa. La luce chiara di un pomeriggio di inizio marzo entra a piccoli passi nella stanza, accarezza il suo viso liscio e i suoi occhi blu sono due zaffiri di emozione. Lui è sempre stato così, puoi leggere tutto quel che prova in uno sguardo che non ha mai saputo mentire. La purezza è la sua dote più grande e mi ritrovo a pensare che Alessandra ha avuto una gran fortuna. « Arthur non verrà » afferma poi, spegnendo la sigaretta in un vecchio portacenere.

Non capisco se sono delusa o sollevata. O entrambe le cose, e in che misura l'una e l'altra. « Lo immaginavo » ribatto.

« Marco, è ora! Dobbiamo andare! »

La voce di nostra madre ci richiama all'ordine e scendiamo insieme le scale che portano all'ingresso di casa, dove lei e papà hanno un'aria distinta ma stranita, come se loro stessi non si rendessero ancora conto che il figlio prediletto sta per uscire dallo stato di famiglia Allevi.

«Andiamo?» chiede mia madre con un filo di voce, e quel filo è increspato dall'emozione.

E così saliamo a bordo della Volvo *âgée* di mio padre, con l'emozione che mi ricorda i tempi in cui partivamo per i viaggi in Italia che i miei amavano tanto. Io e mio fratello indossavamo lo stesso cappellino rosso con la visiera, i bermuda e la T-shirt, e ci scambiavano per gemellini. Erano giorni felici, quelli di un'infanzia spensierata, la stessa che auguro al bambino che nuota nella pancia di Alessandra. Sento che sto per piangere e mia madre se ne accorge.

«Ti prego, non cominciare, o non potrò più controllarmi!» dice con tono implorante e al contempo sorridendo, infine ridendo. Ride con quella gioia che confina con la malinconia, quella gioia che non sai cos'è, non sai nemmeno se è gioia. Il mio cuore palpita all'impazzata, sono così travolta dalla mia stessa emozione che non me ne frega più niente di sembrare un tacchino Amadori.

I testimoni devono sedere ai lati dell'altare e io prendo posto accanto alla sorella di Alessandra. Aspettiamo il suo arrivo e so già che non tarderà, perché ha sempre detto che trova ridicole le spose ritardatarie. Così, a dieci minuti esatti dall'ora fissata per l'inizio della cerimonia, Alessandra Morante fa il suo ultimo ingresso da nubile. All'uscita sarà Alessandra Allevi, la mia *sister in law*, come si dice in inglese, con maggior efficacia. Mi sento eccitata come se mia madre stesse partorendo una nuova sorella. È deliziosa con un abito dal taglio stile impero che camuffa il pancino gravido; rifletto soltanto adesso sul fatto che è molto romantico che il piccolo sia presente alla cerimonia. È lì con loro all'altare. Tutti dovrebbero sposarsi così!

Il bouquet è un dono di mio fratello e, come lui, è una perla di originalità: è realizzato interamente con origami di carta verde e lei lo porta con grande grazia. Gli archi suonano il *Canone* di Pachelbel e io mi sento pervasa da una gioia luminosa che mi dà i brividi. Per un attimo, e solo per un attimo, mi ritrovo a sognare di essere al posto di Alessandra, una festa tutta per me, un amore tutto mio. E in questo sogno a occhi aperti che dura il tempo di un flash, al mio fianco immagino Arthur.

* * *

« La mia testimone! » esclama Alessandra al termine della cerimonia, baciandomi sulla guancia ma pregandomi di non fare altrettanto per non rovinarle il trucco.

« La sposa! E che sposa » aggiungo ammirandola con lo sguardo. « Sei emozionata? »

« Dio, da morire. L'importante è che non si noti » aggiunge strizzandomi l'occhio.

« No, sembri molto controllata. »

« Tu stai benissimo. Ho fatto bene a insistere per farti comprare questo vestito. »

Stendiamo un velo pietoso sull'argomento. « Quel che importa è che tu sia contenta. »

Altri amici dei neosposi aspettano di salutarli e io mi faccio da parte.

Al mio fianco Silvia, di pessimo umore come sempre ai matrimoni, snocciola elaborati giudizi perfidi su tutte le invitate. Non se ne salva una. Mi chiede di potersi esprimere sul mio vestito, ma glielo impedisco.

« Guarda quella: sembra un papavero nano. »

« È mia cugina Anna » dico ridendo.

« Oh, cacchio » le sento sussurrare, ma non per la gaffe: figurarsi cosa gliene frega.

Le dita di Arthur si poggiano con leggerezza sulla mia spalla, dopo un bacio affettuoso.

È splendido e sarà l'atmosfera di euforia generale, saranno gli ormoni, sarà la sottile invidia che nutro nei riguardi degli sposi, ma mi sento incendiata dallo stupore. E, soprattutto, dal rimpianto di aver gettato via la nostra storia e il suo amore, come una Big Babol ormai insapore di cui mi ero stufata.

« Mi sono ricordata di aver lasciato una cosa in auto, scusatemi » spiega Silvia con tono credibile, ma so bene che lo fa solo per lasciarci da soli.

« Sei venuto, alla fine » osservo.

Lui annuisce. Mi rivolge uno sguardo un po' perplesso, prima di commentare con un sorriso: « *Elis, you look like Miss Piggy.* »

« Chi? »

« Hai presente il personaggio dei *Muppets*? » domanda strizzando un occhio.

« Non posso credere che tu lo abbia detto sul serio » rispondo, indecisa se essere offesa o se riderne.

« C'è la foto di gruppo » mi avvisa poi, un braccio sulle mie spalle troppo chiare e un largo sorriso. È buffo, veniamo immortalati insieme, come una coppia qualunque, quello che non siamo mai stati, quello che mai saremo.

I'm not zen

Il giorno dopo accompagno Arthur in aeroporto. Ho gli occhi gonfi come due cachi.

Lui ha dormito in un bed and breakfast vicino a casa mia e ho dovuto insistere per convincerlo che accompagnarlo non mi pesava affatto. Anzi, sono contenta di poterlo fare, almeno ho un pretesto per passare altro tempo con lui. Dall'aeroporto, tornerò a casa con l'auto di mio fratello – a lui non serve, partirà oggi per il viaggio di nozze – e mi aspetterà una domenica di noia e malinconia.

Durante il tragitto la radio suona *Lovers in Japan* dei Coldplay e mi sembra una beffa, perché associo questa canzone alla prima mattina in cui mi svegliai in casa sua, quando abitava in via Sistina e tra di noi tante cose erano diverse.

« Ricordi? » gli chiedo, pentendomene subito, perché è inopportuno richiamare alla memoria un momento così intimo.

« Dovrei? » risponde, ma non è scortese, solo curioso.

« No. Non è nulla di importante » dico, ma non potrebbe essere più falso. È importante eccome, ma lo è solo per me, perché questi ricordi, questi dettagli hanno il suono di un gigantesco rimpianto.

Il tempo trascorso in auto non è più di tanto imbarazzante. Parliamo del più e del meno come conoscenti, con tanta penosa neutralità. Come se tutti quegli adolescenziali proclami d'amore che ci si fa all'inizio di una storia non ci avessero mai riguardato, come se insieme avessimo visto un film e al nostro posto ci fossero degli attori. Giunti al terminal, dopo aver recuperato il suo piccolo bagaglio dal sedile posteriore, mi saluta come se ci fosse un tacito appuntamento a rivederci l'indomani. Lo ha sempre fatto, altrimenti la sua vita sarebbe una vita di addii.

In questa mattina anonima sembriamo due persone senza un passato comune, che si conoscono poco, che non hanno poi così tanta voglia di conoscersi meglio. E tutto questo ricopre ogni parte di me di un senso di disfatta che non potrò mai digerire.

* * *

Il rientro al lavoro è traumatico e le ore trascorse in Istituto mi pesano perché non riesco a concentrarmi su nulla. L'unico modo per darmi una scossa è tenere fede all'impegno preso con Calligaris e tornare a Tarquinia. Prendo accordi con Selina Azais e alle quattro sono già a casa loro.

Nell'atmosfera da casa di bambola della sua stanza, Clara è innervosita dalla mia presenza. Scortica le pellicine attorno alle unghie, mantiene lo sguardo basso, sbuffa e spegne con disappunto il computer, interrompendo *Half Jack* dei Dresden Dolls.

«Non so perché mia madre abbia accettato questa pagliacciata. Pensi di ottenere qualcosa tormentandomi?»

«Clara, io non voglio sfinirti. Se potessi risparmiarti questo strazio, lo farei. Ammiro la tua ostinazione, ma esiste un confine che la separa dall'ingiustizia. Voglio che tu sappia che stai varcando quel confine.»

Clara alza lo sguardo, sbigottita.

Ho fatto centro.

«Ti ho detto che non ricordo» inizia a ripetere, come

una vecchia poesia imparata alle scuole elementari, con la stessa orgogliosa tenacia.

« Clara. Quel giorno qualcuno ha tentato di uccidere il nonno. Non c'è riuscito? C'è riuscito? La medicina non sa dirlo. Solo tu puoi farlo. »

Mi sembra di poter udire i battiti del suo cuore, potenti come colpi di tamburo, eppure il suo viso sembra di granito, non tradisce incertezza. La sua pelle liscia, priva di qualunque ruga, mi ricorda che nonostante dimostri un ingegno superiore, Clara è poco più che una bambina.

La porta della stanza si apre sul più bello, come un colpo di scena.

Edoardo Norbedo sorride con quell'aria da simpatica canaglia che ho imparato a riconoscere.

« Buongiorno, dottoressa. Come sta la pupa di papà? » dice poi con tenerezza, scarmigliandole i capelli. Clara freme.

« Vai via, papà. Lasciaci finire. »

Edoardo assume un'espressione buffa. « Sono condannato a contare meno di zero in questa casa. Nemmeno la mia principessina mi vuole più bene. » Volge lo sguardo sorridente verso di me, con un rapido cenno del capo mima un finto inchino e mi saluta con uno scherzoso « Ossequi ».

Chiusa la porta alle sue spalle, Clara è crucciata. Emana un sospiro pieno di tristezza e mi rivolge un'occhiata implorante, che sembra dire *ora basta.*

Sto per congedarmi, lasciandola finalmente in pace, quando sento Edoardo e Selina discutere in toni concitati. Clara solleva lo sguardo, fissandolo sulla porta chiusa, come se desiderasse aprirla con la forza del pensiero.

« Cosa succede, Clara? I tuoi litigano? »

« No. Non litigano mai. È che è successa una cosa molto strana e ne stanno parlando. »

Non resisto alla curiosità e le chiedo cosa sia successo.

« Hai presente la piccola casa adiacente alla nostra? » domanda.

« Non esattamente. »

« Be', accanto a casa nostra ce n'è un'altra, che appartiene a mia madre ed è una sorta di dépendance. Fino a qualche anno fa ci abitava mio zio Enrico, che era sempre solo e depresso. Mia madre desiderava aiutarlo e così gli ha messo a disposizione la casetta. Poi lui se ne è andato e da allora noi la usiamo come un deposito, c'è un gran caos. Stanotte qualcuno è entrato nella casetta, forzando le persiane di una finestra. In un mobile della cucina c'era un cassetto, e lì erano custodite delle chiavi di tutti i tipi, chiavi che non aprono più, ma anche chiavi che funzionano ancora. Stamattina abbiamo trovato quel cassetto sul tavolo di casa e i miei non riescono a ricordare che chiavi ci fossero... Certamente quelle di casa nostra, visto che qualcuno è entrato senza forzare la porta. E noi non ci siamo accorti di nulla. Nemmeno i gatti. Niente, come se fossero entrati dei fantasmi. Che però hanno commesso una distrazione: lasciare il cassetto in bella vista. »

« Forse non è stata una distrazione: magari chi lo ha preso lo ha lasciato lì di proposito. »

« E per quale ragione? »

« Allarmarvi » è la prima risposta che mi viene in mente. « Indurvi a credere che sapeva che in quel cassetto c'erano delle chiavi che possono interessargli... o interessarle. »

« Il punto è che loro non ricordano quali chiavi ci fossero in quel cassetto. Secondo mia madre c'erano anche le chiavi della cassaforte del nonno, quella nascosta nella sua stanza. Però ha controllato, e non è stato preso nulla. »

« Ammesso che il ladro cercasse le chiavi della cassaforte del nonno, è possibile che non le abbia trovate. Per questo ha lasciato il cassetto sul tavolo: non gli interessava lasciare una traccia, perché tanto non ha preso nulla e sa che è inutile tornare.»

«Mia madre è terrorizzata all'idea che qualcuno sia entrato in casa e che lei non si sia accorta di nulla. Mio padre pensa che sia stato lo zio Enrico, ma lei lo difende. Per questo discutono. Va sempre così. Tra mio padre e i miei zii non c'è buon sangue, e in particolare con mio zio Enrico.»

«Perché?»

«C'è antipatia. Gelosia. Mio zio Enrico è ossessivo, era geloso di chi andava d'accordo con il nonno.»

«E tu pensi che possa essere stato tuo zio Enrico?»

«Lui sapeva delle chiavi, è vero. Forse tra tutti lui è la persona più facile da incolpare.»

«E non potrebbe essere stato un domestico, per esempio? Qualcuno di servizio, insomma, che pensava di fare il colpaccio?»

Clara fa spallucce. «Non lo so. Non ho idea di chi sia stato. Potrebbe essere stato chiunque, anch'io. Chi può dirlo.»

«Sei stata tu, Clara?»

Un'ombra di fatalismo si dipinge sui suoi occhi attraverso uno sguardo smaliziato. «Dico così, per dire. Per farti capire che tutto può essere il contrario di tutto.»

* * *

Raggiungo lo studio di Claudio con il cuore in gola, in ritardo di almeno mezz'ora rispetto all'ora fissata. Il ritardo – che lui, lo so già, riterrà inqualificabile – è dovuto a un fuori programma: ho dovuto passare da casa a prendere Ichi. Era da solo da troppo tempo, e Yukino ha paura che rosicchi tutto quello che può: ha già dato prova di essere capace di questo e altro.

Claudio apre la porta, subito pronto a sgridarmi per il ritardo, ma qualcosa di più grave attira la sua attenzione. Rivolge un'occhiata disorientata a Ichi che, per nulla intimidito, sostiene con caparbietà lo sguardo.

« Te lo sei portato dietro come difesa personale perché hai paura che ti stupri? »

« No, Claudio. Il mondo non ruota intorno a te. »

« Se piscia sulla moquette ti farò pulire con la lingua. »

« Non lo farà » assicuro, mentre lo seguo e strattono Ichi che sta annusando con fini sospetti una kentia.

Inserisce la mia pendrive nel suo Mac e apre il file. Tutto concentrato, lo corregge e mi tartassa di rimproveri. Mi ha appena chiesto se ho fatto le scuole elementari, quando Ichi manifesta il suo dissenso inciampando nel filo del telefono, che cade rovinosamente a terra.

« Scusa! » Lo rimetto al suo posto e rimprovero Ichi. Sostenitore della non violenza, lui alza la zampetta e scodinzola allegramente.

« Non hai nessuna autorità su questo cane » osserva lui, continuando a digitare correzioni sul file; al termine, chiude il computer e infila una giacca di velluto che gli modella le spalle e il torace in maniera considerevole. « Hai bisogno di un passaggio per tornare a casa? » domanda, pescando le chiavi da uno svuotatasche.

« C'è Ichi » gli ricordo in un impeto di onestà intellettuale.

Lui è combattuto. Per via del rapporto ossessivo-compulsivo che ha con l'igiene della sua auto (ha appena cambiato l'SLK con la X3 e ritengo che un SUV sia più adatto alla sua megalomania), l'idea di Ichi acciambellato sul sedile posteriore come minimo lo sta scompensando. Poi guarda la bestiola dritto negli occhi ed è il punto di non ritorno. Lo sguardo di Ichi ha il potere di ammansire il diavolo in persona. Io stessa, qualche giorno fa, mi sono ritrovata a chiedergli scusa per averlo rimproverato dopo averlo colto in flagranza di reato mentre rosicchiava un mio reggiseno La Perla. Scendiamo le scale – lo studio è al primo piano – e l'auto nuova è parcheggiata davanti al portone. Nonostante il tono esprima riluttanza, Claudio mi sorprende con un sintetico: « Salite ».

Durante il tragitto, chiacchieriamo di altri casi, il clima è disteso, alla radio si alternano gli Oasis e gli Explosion in the sky, Ichi è tranquillo e Claudio è amabile. Al momento di salutarci mi trattiene con forza per il polso. È un istante che dura a lungo. Non oso chiedergli spiegazioni. Poi però molla la presa e la sua mano torna sul volante.

« A domani » conclude, in maniera secca e frettolosa.

Riparte prima che io abbia inserito la chiave nella toppa del portone per via di una mano un po' troppo tremante, con Ichi che si spulcia accomodato ai miei piedi, come se avesse tutto il tempo del mondo.

Fatti coraggio: il colmo della sventura
non durerà a lungo
Eschilo

È mattina; fa freddo da morire. In Istituto la luce va e viene, la voglia di lavorare scarseggia. Gli assenti sono più dei presenti, il Supremo è in ferie e la Wally si accinge a iniziare l'autopsia di un povero barbone trovato morto in un parco, probabilmente assiderato.

Sono in ascensore in direzione seminterrato-ultimo piano in compagnia del cadavere, puzzolente oltre ogni dire, e di Claudio, il cui profumo è talmente forte che per qualche reazione chimica interagisce con l'olezzo e produce risultati vomitevoli.

Boccheggio.

Stretta per via della barella, spiaccicata alla parete dell'ascensore, trattengo il respiro e, per colpa del neon, allo specchio mi sembra di avere assunto una tonalità dell'incarnato tra il verde e il blu.

« Ho esagerato col dopobarba? » chiede Claudio, interrompendo il silenzio, una mano sulla guancia rasa.

« Direi. »

« Almeno copre questo fetore. »

« Temo lo esalti, in realtà. »

« Attenta, Allevi, non poggiarti sui pulsanti. Ci manca solo che rimaniamo ingabbiati in questa puzza. »

« Eh, lo so... scusami... è che sto stretta. Tira un po' la barella verso di te. »

Arrivati al terzo piano le porte si aprono. Una coppia sorridente di anziani fa per entrare, poi il sorriso si trasforma in una smorfia raccapricciata e i loro nasi assumono una forma anatomicamente impossibile. Svaniscono in un lampo.

E io non ce la faccio più: sto per scendere e liberarmi dalla tortura quando Claudio mi blocca trattenendomi per una manica del camice.

«Che intendi fare? Lasciarmi qui a ingoiare la puzza da solo? Dovrei portare *io* il cadavere alla Wally? Ma per chi mi hai preso, per il tuo schiavo?»

«Non resisto!»

«Non me ne frega niente! Vuoi fare il medico legale? Be', i morti puzzano. Abituati.»

Le porte stanno per richiudersi, ma io le blocco istintivamente con il piede. Lo rimetto dentro l'abitacolo, le porte si muovono, ma io sono fulminata da due orribili consapevolezze: la prima è che ho rotto il tacco della scarpa – di Roger Vivier, maledizione, scovate in un outlet in saldo – e la seconda è ancora peggio.

L'ascensore si è bloccato.

«Merda» mi lascio scappare.

«Lo sapevo» mormora Claudio poggiando la testa sullo specchio. «Non poteva non succedere, era ovvio. Questi ascensori sono l'ultimo ritrovato tecnologico, il direttore generale ha bandito un appalto da milioni di euro per rinnovarli in tutto l'ospedale. Non si bloccano mai. Tranne quando ci sali tu!» Gli viene quasi da ridere.

«Mi dispiace.»

A completare il quadro semitragico, se ne va via anche la luce.

«Che situazione eccitante» è la risposta di Claudio, che sfiora il display dell'iPhone per fare luce. «Ciononostante gradirei che suonassi l'allarme» aggiunge rivolgendo la luce verso i pulsanti.

Sono costretta a pigiarlo due volte prima di ottenere risposta. *Stiamo già provvedendo*, spiega una voce rassicurante. L'unico vantaggio è che dopo un quarto d'ora le narici si sono ormai anestetizzate. In compenso, il tempo trascorso ha agitato Claudio, la cui pazienza ha una capacità di saturazione molto ridotta.

«Allevi. Perché non chiedi l'indennità di accompagnamento? Hai tutti i requisiti previsti dalla legge.»

«Non scherzare sui disabili.»

«Non scherzo, infatti! Tu sei davvero incapace. Ci sono gli estremi per chiedere anche i benefici della legge 104 in stato di gravità. Questa piacevole permanenza mi costerà un centone in tintoria, perché la puzza è fatta da molecole, se non lo sai, che si attaccano ai vestiti come macchie invisibili. Tra l'altro uscito da qui avevo un appuntamento. Ti sembra elegante presentarsi emanando una scia di cadavere stantio?»

«Sono sicura che le piaci anche puzzone.»

«Non ti ho detto che avrei pranzato con una donna.»

«Come se non ti conoscessi.»

«La smetti di muovere questa barella?»

«Non la sto muovendo io.»

«Allora vuoi dirmi che *eau de tombe* è ancora vivo?»

«No, semplicemente la barella è instabile. Tienila dall'altro lato o il cadavere cadrà per terra!»

«Per quanto mi riguarda può sprofondare nelle viscere della terra. Vuoi premere l'allarme di nuovo, perdio?»

«Non posso, sto tenendo la barella per non farlo cadere.»

«Non puoi tenerla da sola, cadrà lo stesso, idiota!»

«E allora aiutami.»

«Quant'è vero che mi chiamo Claudio Conforti, non ti accompagnerò mai più in obitorio. Mai.»

«Questo è sicuro!»

«Alice, tienila più salda 'sta barella!»

« E tu posa quel cellulare, così potrai usare entrambe le mani. »

« Senza il cellulare siamo al buio. Vuoi stare ferma? Che cazzo! »

Ed è a quel punto che il suo iPhone finisce per terra. Il rumore dello schianto è seguito da una ruggente imprecazione, una delle sue, scurrile e fantasiosa.

È così che ci trovano i tecnici dell'ascensore. Due medici giovani e glamour che fanno a gara a chi rivolge all'altro l'insulto più ignobile mentre reggono la barella su cui giace la cosa più maleodorante che il loro naso possa concepire.

* * *

Non c'è modo di convincere la Wally, una volta liberi dalla prigionia e dalla puzza, che il ritardo non è dipeso da noi. Avvolta in un camice di ovatta azzurra, sembra una rana travestita da fata turchina.

« Ma che avete combinato! » esclama poi, scoprendo il cadavere. « Questo non è il barbone! »

Ed effettivamente è un putrefatto che conserviamo in frigo da tanto tempo perché non si sa chi sia e nessuno lo ha reclamato per il riconoscimento. Ecco il perché di quell'odore!

« Conforti, mi meraviglio di te! »

« Io? Che c'entro? Io non c'ero » replica lui con naturalezza, appoggiato vicino alle porte scorrevoli della sala autoptica.

Mi volto a fissarlo. « Come non c'eri? » gli chiedo.

« Sei andata da sola, in obitorio. »

« Ah, quindi quello che era insieme a me era il tuo ologramma? »

« Brava, Allevi. Adesso dà anche le colpe ai suoi superiori.

È sempre stata un'impertinente, ma bugiarda, pure! » esclama la Wally.

Claudio sorride con aria perfida. « Be', prof, in ogni caso la colpa non è di Alice, ma del tecnico. »

« Non difenderla! »

« L'accompagnerò davvero, stavolta, e verificherò personalmente che prenda il cadavere giusto » aggiunge lui, agitando le mani davanti alla cella che apre le porte scorrevoli. « Vieni, Allevi » dice poi.

« Preferisco andarci da sola » ribatto, piena di dignità.

« Ah no. Ho già perso abbastanza tempo. Occupatene tu, Claudio » ordina la rana con voce svenevole, gli occhi pieni di amore verso il suo magnifico pupillo.

* * *

« Sei un essere pessimo. »

« Ho soltanto fatto un rapido calcolo. Un danno in più o in meno non aggrava l'opinione che lei ha di te. Io invece... Io colleziono solo belle figure. »

« Vigliacco. »

Ed è ancora più vigliacco quando, tempo dopo, propone il mio nome alla consegna del premio della figura di merda del mese, vera istituzione con tanto di coppa che ogni mese viene assegnata dall'enclave dei dottori di ricerca a un fortunato tra gli specializzandi. Commissione di cui Claudio è presidente onorario, naturalmente. Si svolge persino una premiazione e il vincitore offre i supplì del bar accanto all'Istituto.

È il terzo mese di fila che vinco.

Something happens and I'm head over heels

Sto leggendo *La lunga attesa* di Konrad Azais. O, quanto meno, sto provando a farlo, perché è di una pesantezza apocalittica. È la storia di un uomo che vorrebbe superare il complesso d'inferiorità nei riguardi del padre. La situazione peggiora quando padre e figlio si innamorano della stessa donna, che pur amando il figlio sceglie il padre. Il tutto è raccontato con i soliti toni surreali e un po' aggressivi propri di Azais. Sto per riporlo sul comodino, agonizzante, quando nello sfogliare le ultime pagine mi accorgo di uno stralcio che attira la mia attenzione.

> *La prima volta in cui ho sognato di uccidere mio padre eravamo su una scala, in casa nostra. Lui mi precedeva di poco e mi sono detto: adesso, ora, basta una spinta e ruzzolerà. E se sarò fortunato batterà la testa e morirà sul colpo, senza nemmeno soffrire, senza accorgersi di nulla, senza sapere che suo figlio desiderava così ardentemente di ucciderlo.*
>
> *Avevo quindici anni.*

Di notte non riesco a dormire bene, mi addormento con difficoltà e per poco. Alle cinque, irritata accendo l'abat-jour e riprendo in mano il libro. Nella luce fioca della notte che cede il passo all'alba, riesco a concluderlo ed è poi sulla metro che un'idea vaga ma insistente prende forma nella mia mente.

Enrico Azais è un letterato con manie di grandezza ed è

possibile che il padre, feroce e scrupoloso con se stesso, figurarsi con gli altri, lo abbia stroncato. È possibile che il figlio frustrato abbia accumulato rabbia e invidia nei confronti del genitore ingombrante. E poi, ricordo con esattezza il racconto di Clara. Nel momento in cui si è alzata da tavola per portare la torta al nonno, era assente solo lo zio Enrico. Il che potrebbe rendere ragione del fatto che la ragazzina si sia chiusa a riccio e non intenda raccontare nulla di cosa è successo quel pomeriggio. Perché lo zio ha tentato di uccidere il nonno. E per puro caso, complice la compromissione cardiaca del vecchio Azais, c'è riuscito.

Sono pronta a illustrare le mie teorie all'ispettore Calligaris, di ritorno da Matera con il dito medio della mano destra ingessato.

« Non me ne parlare » ribatte pieno di rabbia impotente alla mia cordiale richiesta di notizie. « Ti dico solo che bisogna sempre stare attenti a come si chiudono le portiere delle macchine. Piuttosto, quali sono le novità? »

Gli spiego per sommi capi le mie conclusioni, che lui ascolta con interesse intervallato a smorfie di dolore.

« Interessante. Davvero, però, hai una ben scarsa opinione di me se credi che non avessi già pensato a una versione simile. Per quale ragione, secondo te, ti chiedo di vessare la piccola Norbedo? Perché la sua presunta amnesia è ovviamente un modo per coprire qualcuno o qualcosa. Hai idea di quali siano i rapporti tra Clara e lo zio? »

« Clara mi ha raccontato che Selina ed Enrico erano molto uniti. Forse Clara copre quanto accaduto per proteggere sua madre, sapendo quanto soffrirebbe nel vedere incolpato il fratello prediletto. Lui ha vissuto accanto a casa loro per un po' di tempo. Mi ha detto che è un tipo difficile, livoroso e inquieto. In ogni caso, se la natura di questa morte è quanto meno dubbia – come io ritengo –, qualcuno dei presenti a quel pranzo di compleanno ha un ruolo nella faccenda. Ho pensato a tutti ed Enrico mi sembrava il candidato ideale.»

«Senza ombra di dubbio Enrico Azais è il candidato più probabile, e la motivazione cui hai pensato mi sembra plausibile. Ma bisognerebbe attribuirgli una grossa dose di stupidità per immaginare una ricostruzione come la tua. Innanzitutto, dobbiamo dare per certo che lui si sia alzato da tavola e che, come dice Clara, fosse l'unico assente dalla sala in quel momento. Il che lo indicherebbe come unico possibile responsabile, proprio perché *apparentemente* era l'unico a possedere una valida ragione per desiderare la morte del padre. Ma perché lasciare quella lettera, evidentemente fuorviante? Era davvero così ingenuo da non pensare che prima o poi avremmo capito che si trattava di una messinscena?»

«Chi altri avrebbe potuto avere una valida ragione per volere la morte di Konrad? Di certo penso che sia da escludere il movente economico. Nessuno dei figli avrebbe tratto profitto dalla morte del padre, nell'incertezza dell'esito della causa di interdizione.»

Per dirla tutta, Leone Azais avrebbe invece potuto essere certo dell'interdizione del padre, perché ha mosso gli ingranaggi giusti con Niccolò Laurenti. Eppure, ho la sensazione che lui non c'entri; o meglio, non riesco a inquadrarlo come un parricida. È un uomo potente, che tiene alla sua posizione. Perché rischiare di compromettere tutto? Per ottenere prima del denaro di cui non mi sembra proprio abbia bisogno? Chi invece pare ne avesse gran bisogno era Oscar. Il figlio più affine, l'unico ad avere il privilegio di essere ricevuto dal tirannico genitore.

«Vuoi conoscere la mia idea, dottoressina?»

«Certo!»

«*Qualcuno* ha pensato di inscenare un suicidio. Qualcuno che conosceva l'esistenza di quella lettera e l'ha recuperata chissà dove, e l'ha lasciata sulla scrivania pronta per essere trovata. Quale fosse il modo scelto per simularlo non mi è dato saperlo. Certo è che si avvicina ad Azais ed è pronto a farlo fuori. Ed ecco il colpo di scena: Azais schiatta per l'aritmia che lo stesso dottor Conforti ha diagnosticato come causa di morte. Il *qualcuno* è talmente turbato dall'evento che lascia la stanza in preda al panico, dimenticando la lettera sulla scrivania. Ma Clara ha visto e sentito tutto o parte di tutto. »

« Azais avrebbe urlato e Clara avrebbe impedito a chiunque di fare del male al nonno. Non sarebbe rimasta lì imbambolata. »

« Ecco, Clara potrebbe aver visto solo la parte conclusiva della scena, senza poter intervenire. E la casa dei Norbedo è grande, i rumori potrebbero essere stati attutiti. »

« D'accordo, ma un urlo? »

« Nessuno ha sentito urlare, infatti. Azais potrebbe non aver avuto motivo di urlare, o potrebbe non aver avuto il tempo di farlo. »

« Credo che Clara avrebbe l'interesse di coprire solo due persone » dico a me stessa più che a lui, mentre un'idea prende forma nella mia mente. Un'idea che mi intristisce e mi esalta al contempo. Perché capisco all'istante di aver ragione. « I suoi genitori. »

« Esattamente. Questo è il momento di parlarti della novità. » Sento i battiti del mio cuore accelerare, mentre Calligaris estrae dalla cartelletta AZAIS un foglio protocollo che ha tutto l'aspetto di un documento ufficiale. « Hai le mani pulite? » domanda prima di porgermelo.

« Ma certo! » esclamo quasi con scortesia, tentata di strappargliela dalle sue.

Do una rapida occhiata per farmi un'idea d'insieme, ma è un po' complicato.

« È il testamento olografo di Konrad Azais, depositato presso lo studio del notaio De Laudi alla presenza di due testimoni. E poiché la sua interdizione appare ormai abbastanza improbabile, immagino che questo testamento sarà considerato valido. »

« Oh, se conferma quello che immagino, di certo Leone Azais e i suoi fratelli lo impugneranno, se non altro per la quota di legittimità. »

« Questo è certo. »

« Hai letto i nomi dei due testimoni? »

Sono Edoardo e Selina Norbedo.

« Ragiona. Convinti di tenerlo buono, avallano ogni suo desiderio. »

« No, Selina non è il tipo. »

« E invece è proprio così. De Laudi me lo ha confermato. Azais è stato condotto presso il suo studio dalla figlia. Forse, sperava in un trattamento di riguardo nel testamento. »

« No, ispettore. È fuori strada » mi lascio scappare. « E poi io sono convinta che la morte di Azais e quella di Amélie Volange siano connesse. Anche se c'è il movente del denaro, non riesco proprio a immaginarli come due assassini... »

Leggo con cura il testamento, cercando di fissare nella memoria ogni parola.

A eccezione di tutti i gioielli di mia moglie Maia e della villa di Udine, che desidero donare a mia nipote Clara, mia erede universale è Amélie Volange, figlia di Olivier Volange e Catherine Rouvroy.

La ragione è chiara: tutto quello che ho proviene dall'unico libro da me pubblicato che abbia avuto grazia presso critica e lettori. La cupidigia di Desziderius Horvath *è un capolavoro assoluto ed effettivo. Ma non l'ho scritto io, non del tutto almeno. È giusto che quello che rimane torni a chi lo ha creato, con le mie scuse per tutto il male fatto, che in sé è inescusabile, ma confido nella capacità di comprendere che un artista è un pazzo vanesio, vittima della sua stessa smania.*

L'Azais che ero allora, violento e ambizioso, voleva due cose sopra ogni altra: Catherine e il successo.

Non potevo accettare che Olivier avesse entrambi. Avremmo potuto spartircele, se solo fossi stato più ragionevole. Catherine a me, il successo a lui, ma io ho mescolato le carte. E alla fine gli ho lasciato Catherine, ma ho preso per me La cupidigia, *in ogni senso, letterale e figurato. Quel manoscritto che lui riteneva mediocre e che stava per gettare nel fuoco, io l'ho preso, l'ho corretto, l'ho potenziato, ne ho fatto un capolavoro.*

E questa è la verità.

Leone, Enrico, Oscar e Selina.

Perdonatemi.

Vi aspettavate una piccola fortuna, ma non la meritavo io e di conseguenza non la meritate neanche voi. Sarete in grado di capire, spero, che un'eredità può consistere in beni immateriali e io vi lascio in eredità il coraggio di rimediare agli errori fatti, anche se significa ammettere di essere un traditore e un ladro. Non impugnate questo testamento, non ostacolate la mia volontà. Ognuno di voi ha avuto molto di quella ricchezza rubata, non pretendete più di quello che vi è già stato dato.

Leone, sei un uomo di vigore. Sono orgoglioso di te, qualunque cosa accada, per quanto pazzo tu possa ritenermi.

Enrico, la tua sensibilità mi ricorda quella piena di incanto di tua madre. Utilizzala per comprendere gli altri e non per ottenere qualcosa a tuo esclusivo beneficio. Abban-

dona certi sogni che non fanno per te e che rischiano solo di renderti infelice.

Oscar, trova la tua strada. In te la genetica ha operato un miscuglio da cui è uscito un campionario di talenti, che stai sprecando uno a uno. Riprendi a dipingere, coltiva la tua creatività con energia e tenacia, smetti di mischiarti a quel pattume cui non appartieni.

Selina, dolce bambina mia, a te nulla ho da dire, nessun monito, nessuna raccomandazione. Voglio solo dirti che non avrei potuto desiderare figlia più mirabile.

E infine, per te Edoardo, che mi sei caro quanto e più di un figlio, con il tuo buonumore e la tua allegria. Non perderli mai.

« Ho intenzione di fare una visita ai Norbedo, domani pomeriggio. Puoi venire con me. »

E chi se lo fa ripetere due volte?

* * *

Lo sgomento dipinto sul volto di Selina Azais mi fa capire che stavolta la visita non era preannunciata.

È cordiale come sempre, offre la fetta di torta che a casa Norbedo non manca mai e ci spiega che Clara è a pranzo a casa di un'amica e che tornerà a breve.

« In realtà questa volta non desidero parlare con Clara » annuncia Calligaris, con tono elegante e composto. Quest'uomo è un trasformista.

« Ah, no? » ribatte Selina, con un tenue rossore sulle guance.

« No, mi è sufficiente rivolgere a lei e a suo marito qualche semplice domanda. »

« Ah, bene. Chiamo Edoardo, è nel suo studio. »

« Grazie » ribatte l'ispettore. « E complimenti per la torta, è deliziosa. »

Selina sorride aggraziata e torna poco dopo in compagnia del marito, che è gioviale come sempre.

« Avete provato la crostata *à la normande* di mia moglie? Che meraviglia, vero? » esordisce, stringendo la mia mano con energia. « Bene, in cosa possiamo aiutarvi? »

« Come accennavo a sua moglie, solo qualche semplice domanda. »

« Prego » rispondono i due coniugi all'unisono e poi ridacchiano.

« Siete a conoscenza del fatto che Konrad Azais ha depositato un testamento olografo presso un notaio del vostro comune di appartenenza? »

Selina annuisce, e lei e il marito iniziano a parlare di nuovo in contemporanea.

Dei due alla fine ha la meglio Selina. « Certo che ne eravamo a conoscenza. Quando mio padre ha manifestato questo desiderio gli abbiamo proposto di accompagnarlo. Noi siamo del parere, come immagino saprete, che mio padre non fosse pazzo e che avesse diritto alle sue ultime volontà. »

« Perché non ne avete mai fatto menzione, prima? Cosa aspettavate? »

« Preferivamo che la notizia non giungesse ai miei fratelli. Non prima che il giudice si fosse pronunciato sulla causa di interdizione. Non credevamo che fosse rilevante, in ogni caso. Noi l'abbiamo solo accompagnato, ma il testamento non l'abbiamo letto. »

« Cosa pensate che abbia scritto? » prosegue Calligaris, tenendo stretta nella sinistra la mano destra offesa.

« Immagino che abbia confermato quel che già aveva preannunciato in quella lettera scoperta da mio fratello Leone. »

« E lei davvero accetta che suo padre abbia lasciato tutto il suo patrimonio a una sconosciuta e nulla a lei e ai suoi fratelli? »

« Avrà avuto le sue buone ragioni, e poi io non ho bisogno di nulla. Non ho mai contato sul denaro di mio padre. Tra l'altro, mio padre è stato generoso con noi: questa casa è un suo regalo. »

« Ma davvero trova giusto questo lascito? » insiste Calligaris.

« Ispettore » interviene Edoardo, « se vuole farci dire che ne siamo felici, la risposta è no. Un po' di soldi in più sono sempre graditi. Forse con l'eredità di mia moglie avremmo messo in cantiere un viaggio nel Borneo, che sogniamo da anni! Ma siamo felici che i desideri di mio suocero siano stati rispettati. Questo è quanto » conclude Edoardo, come se si parlasse di spiccioli e non di grosse somme.

Mentre parla, il rumore del portoncino di casa che viene chiuso con poca cura ci distoglie dalla conversazione. Con le cuffiette dell'iPod alle orecchie, i lunghi capelli chiari sciolti sulle sue spalle esili, le Converse rosa ai piedi e lo zainetto Eastpack pieno di scritte, Clara attraversa il salotto per raggiungere la scala che conduce al piano di sopra e quindi alla sua stanza.

Nel vederci attorno al tavolo, resta pietrificata dal terrore.

« No, no, no! » si lamenta disperata.

Sono tentata di scusarmi, perché so che è me che è stufa di vedere. Teme che sia qui per interrogarla, di nuovo. Clara cerca conforto negli occhi dei genitori, che sembrano sgomenti per la reazione della figlia.

« Clara, tesoro, non essere inospitale » la corregge la madre. « Tutto bene a scuola? »

Gli occhi di Clara sono pieni di lacrime, che iniziano a

sbavare tutto il suo trucco nero. È una reazione comprensibile solo fino a un certo punto.

Ed è allora che intuisco.

Teme che abbiamo capito tutto.

Teme che Calligaris sia qui per eseguire un arresto.

Clara, la verità è scritta nei tuoi occhi, con il colore della tua paura, e colerà fuori come lava.

Calligaris mi rivolge un'occhiata subdola, piena di compiacimento. Per lui Clara è lo strumento per risolvere un caso come tanti. Per me è una ragazzina spezzata.

« Cosa c'è, Clara? » le domanda con tono mellifluo, pronto a innescare l'esplosione. « Cos'è che ti sconvolge fino a questo punto? »

« Forse teme di essere interrogata di nuovo. La verità è che ne ha abbastanza. È vero, piccola? » le chiede il padre, porgendole la mano che Clara rifiuta, scrutandola come fosse una cesoia pronta a ferirla.

« Non vogliono interrogarti. Non preoccuparti. Sono venuti per noi » le spiega la madre, e così peggiora ulteriormente la situazione.

« Per voi? » esclama, la mano alle labbra di quel rosa bello e naturale che appartiene solo ai bambini.

« È tutto a posto, piccola » aggiunge il padre, con un largo e rasserenante sorriso, come se non comprendesse fino in fondo la ragione di tanto sconcerto.

« In realtà, avrei bisogno di rivolgere una domanda anche a Clara » rilancia Calligaris, che scruto allibita. Non dirà sul serio?

A questo punto, Selina e Edoardo si scambiano un'occhiata preoccupata. Difficile capire se l'allarme che ogni poro della loro pelle emana come uno specifico odore è dovuto al timore per qualcosa che non so o per lo stato nervoso della figlia.

Clara scuote il capo con amarezza. Ha capito.

Sfila le cuffiette dalle orecchie e le ripone nella tasca del giubbotto.

Edoardo cerca la complicità nello sguardo della figlia, ma lei lo abbassa, incapace di reggerlo.

Io sento il cuore esplodermi nel torace. So che se Calligaris affronterà Clara le estorcerà la verità. Lei è allo stremo delle forze ed è solo una ragazzina.

Un diamante è per sempre, un segreto no.

Esiste un limite alla tenacia con cui ciascuno di noi può custodire un segreto e temo che Clara abbia raggiunto il suo.

Se cedesse ora, ci condurrebbe alla verità.

Scopriremmo se è vero e in che modo e chi dei due ha tentato di uccidere Azais. E soprattutto, cosa che mi interessa di più, forse scopriremmo perché. Non riesco a immaginare una ragione plausibile per nessuno dei due.

La risposta è a un passo.

Eppure non voglio.

Non voglio che l'euritmia di questa famiglia sia spezzata, che l'atmosfera idillica di questa casa si dissipi in un *puff*. Non voglio distruggere la serenità di Clara, non voglio che senta il peso di aver tradito i genitori.

« Andiamo, Alice » mi esorta Calligaris, in piedi davanti al tavolo.

Seguo l'ispettore e Clara con la morte nel cuore.

Io mi so dar ottimi consigli, però seguirli mai non so

Alice nel paese delle meraviglie

Clara siede al tavolo rotondo nella cucina in legno bianco, che sembra essere stata scelta da Nonna Papera in persona. Riavvia le ciocche di capelli dietro le orecchie e accarezza con la punta di un dito il bordo di un bicchiere pieno di latte.

Calligaris tossisce, con insospettabile imbarazzo. L'aura magica di Clara lo mette a disagio, perché se la complessa intensità di questa ragazzina avesse una consistenza sarebbe di velluto e, anche se immateriale, riesce lo stesso ad avvolgere completamente il suo interlocutore.

« Clara, quando sei salita al piano di sopra per portare la torta al nonno, la porta della sua stanza era chiusa o aperta? »

« Me lo ha già chiesto » ribatte la ragazzina, altezzosa.

« Dimmelo di nuovo. »

« Era chiusa. »

« Era chiusa » ripete Calligaris con decisione. « Bene, e se era chiusa, com'è possibile che la torta che ti è caduta a terra non abbia lasciato tracce nella stanza di tuo nonno? »

« Non capisco. »

« Ti è caduta quando la porta era ancora chiusa, hai detto. Ma allora tu non avevi ancora visto il nonno privo di sensi. E allora perché ti è caduta? Cosa hai visto? O sentito? »

Caspita. Io questa cosa non l'avevo proprio notata.

Clara sospira. Sbatte con pesantezza le palpebre sulle iridi verdi, posa lo sguardo sulle assi di legno del pavimento.

« La porta era aperta, Clara, e tu hai visto qualcuno. È così, vero?» incalza Calligaris. «Chi c'era nella stanza con il nonno?»

La ragazzina mi fissa a lungo con un'espressione imperscrutabile, di possibile sfida, prima di dire, con freddezza: «C'era mio zio Enrico».

Calligaris è un fascio di nervi. «Enrico Azais?» ripete, convinto di aver sentito male.

Si aspettava che le labbra di Clara sillabassero *mio padre* o *mia madre*, e per un lungo istante l'ho temuto anch'io. Bizzarro, temerlo! Avrei dovuto sperarlo. In genere si sta dalla parte dei buoni. Ma chi sono i cattivi, in questa storia? L'ispettore raccoglie la delusione con una smorfia di artefatta freddezza ed è deciso a vendere cara la pelle. Ignora – perché non la conosce a sufficienza, a dispetto della sua convinzione di aver capito tutto da qualche semplice addizione di fattori congruenti – che Clara è pronta a fare altrettanto, con la tenacia che crea scintille nel suo sguardo da angelo caduto.

«L'avevo detto, d'altra parte, che mio zio Enrico era l'unico a non essere a tavola quando mi sono alzata per salire nella stanza del nonno» richiama alla nostra memoria con un guizzo di furbizia negli occhi e nelle fossette che si accennano sulle sue guance.

«Certo, certo» ribatte Calligaris, mostrando di crederle. «E cosa ricordi di ciò che è avvenuto tra tuo zio e il nonno?»

Clara si prende tutto il tempo che desidera per rispondere. Tempo sufficiente a bere un sorso di latte e a intrecciare, com'è sua abitudine, una lunga treccia che ricade sulla sua schiena sottile.

Non sporcarti, Clara. Tuo nonno non avrebbe mai voluto vederti diventare una persona bugiarda come lui. Nemmeno se le tue intenzioni sono nobili.

Cerco di parlarle attraverso uno sguardo, ma sono limitata dall'ingombrante presenza di Calligaris.

« Qualcosa è successo, ma non ricordo cosa. Chiedetelo a mio zio. »

È troppo fredda nel rilanciare. Sembra davvero una scafata giocatrice di poker, che finge di avere una scala reale e invece ha sì e no una coppia.

« Suvvia, Clara. Non pretenderai di poterci ancora prendere in giro! Sai benissimo di aver visto qualcosa di grave, che non vuoi dirci perché ti ostini a difendere qualcuno. Vuoi davvero difendere tuo zio Enrico? E perché, soprattutto? Sei affezionata a lui al punto di impedire che sia fatta giustizia per tuo nonno? »

« Mio nonno ormai è morto. Cosa se ne farebbe di sapere mio zio in carcere? Mio zio è vivo, la giustizia di cui lei parla potrebbe distruggerlo. E non sono convinta che questo sia giusto. In questa situazione la giustizia mi sembra *inutile*. In ogni caso, non ricordo. »

« Ragazzina, hai una visione a dir poco distorta dei valori della vita » commenta con tono acido e spazientito l'ispettore, che vorrebbe prenderla a ceffoni, ne sono sicura. « Parlerò con tuo zio Enrico. Gli dirò che l'hai visto nella stanza di tuo nonno. Starò a sentire la sua versione. Se nel frattempo ricordi qualcosa, ti prego di chiamarmi. »

« Be', un'altra cosa ci sarebbe » aggiunge Clara, gli occhi vividi, il tono di voce basso. « Mio zio Enrico ha rubato un manoscritto dalla cassaforte di mio nonno. »

Questa sì che è una rivelazione.

Clara racconta a Calligaris la storia delle chiavi e del cassetto, la stessa che io già conosco, ma con un finale diverso.

« È l'ultimo romanzo del nonno. Ne esisteva solo una copia, era scritto a mano e dopo la morte del nonno mia madre lo aveva messo lì. Nessuno di noi lo ha letto. Avrei iniziato a trascriverlo al computer la settimana dopo il mio compleanno. »

Non posso obiettare che nella prima versione del racconto mi aveva detto che la cassaforte era indenne: significherebbe ammettere che già sapevo tutto e non ne avevo parlato con l'ispettore. Per la stessa ragione non posso chiederle perché sia improvvisamente sicura che suo zio Enrico sia responsabile del furto. Ma è Calligaris a chiederglielo, dopo aver preso qualche appunto sulla sua agendina. E lei risponde con attendibile acume.

« Perché nessun altro della famiglia sapeva che quelle chiavi erano nella casetta e solo mio zio Enrico potrebbe nutrire degli interessi per quel manoscritto. »

« E perché avrebbe rubato solo il manoscritto? C'era dell'altro? »

« Sì, c'erano i gioielli di mia nonna. Ma lui non ha preso altro, solo il manoscritto, non so perché. »

« E tuo zio come sapeva del manoscritto? Tuo nonno non voleva più incontrarlo. Chi glielo ha detto, allora? »

« Mia madre, credo. Si sentono tutti i giorni, mio zio dipende da lei e la chiama ogni giorno alle otto del mattino e alle otto di sera. »

La mimica dell'ispettore non tradisce alcun pensiero.

« Clara, te lo chiedo per l'ultima volta. Cos'è successo tra tuo zio e tuo nonno, quel pomeriggio? Anche se non ricordi tutto, qualunque dettaglio per noi può fare la differenza. »

Lei inumidisce le labbra con la punta della lingua e assume l'espressione di chi rimugina. Più che sforzarsi di ricordare, mi sembra si stia sforzando di inventare.

« Mio zio... lui... era vicino al nonno. Molto vicino. Le sue mani lo toccavano... qui » indica mettendo le mani accanto alle clavicole. « Ma non è successo nulla. Non stavano litigando, anzi... il nonno gli stava dicendo che... sì, che lo perdonava per l'interdizione e che avrebbe potuto fargli visita quando voleva. Poi... io non ricordo nient'altro. »

Calligaris adotta un contegno paterno. « Clara... e perché tutto questo non ce lo hai detto prima? »

« Avevo paura che fraintendeste. Mio zio non ha fatto niente, posso giurarlo. »

« Hai appena detto che non ricordi! » la corregge Calligaris, solo un filo indispettito.

« Lo giuro, lo giuro! Non gli ha fatto del male. Nessuno gli ha fatto del male. »

« D'accordo. Ho capito. Ma non escludo che sarà necessario parlarti di nuovo. »

Lei annuisce, con un'espressione che è pura rassegnazione.

Prima di andar via, Calligaris chiede conferma a Selina Azais delle teorie di Clara a proposito del furto del manoscritto. Lei ripete le stesse parole della figlia; Calligaris le trascrive sulla Moleskine.

Sulla strada verso Roma, l'ispettore programma la convocazione di Enrico Azais.

« Voglio parlargli senza accusarlo di alcunché. Voglio chiarire la sua posizione. »

« Lei crede che le cose siano andate come dice Clara? »

« No. Non mi fido di quella ragazzina. È piena di fuoco e ha una concezione tutta sua di quel che è giusto e di quello che non lo è. È capace di mentire per le ragioni che ritiene valide... e in questa fase non la ritengo del tutto attendibile. »

Desidero disperatamente assistere all'incontro con Enrico Azais. Calligaris lo sa e mi propone di affiancarlo. Non riesco a credere a tanta buona sorte e non vedo l'ora che arrivi il giorno dell'incontro.

Every teardrop is a waterfall

È l'undici marzo 2011. È un giorno che cambierà molte vite.

Indirettamente, anche la mia.

È Lara a chiedermi se ho saputo del terremoto in Giappone. Chiamo subito Yuki, che non risponde al cellulare, e subito dopo cerco notizie su Internet. È una catastrofe senza precedenti.

Esco un po' prima dal lavoro, torno a casa e trovo Yukino sul divano.

Sta parlando al cellulare in giapponese. Osserva le immagini alla tv in una sorta di catatonia, e quando chiude la conversazione mi guarda piena di angoscia.

«Io sono molto triste» esordisce, con tono fermo.

«Lo immagino. A casa tutti bene?»

«Sì, noi a Kyoto nessun problema. Io voglio tornare lì, cercherò domani volo disponibile.»

«Yu, pensi sia prudente?»

«Non è importante. Io avevo deciso già di tornare a casa. Questo è segno che devo tornare presto.»

«O forse è il segno di tutto il contrario!» esclamo, senza ponderare la portata della frase. Yukino, tuttavia, non appare turbata dal mio suggerimento. Ha deciso, tutto qui.

«Domani avviserò professori in università. Mi aiuterai a preparare i bagagli?»

Vorrei risponderle *no*. Per egoismo, naturalmente. Non sono pronta a dirle arrivederci. Perché è ovvio che non è un addio: non può esserlo negli anni Duemila, con Internet,

Skype e tutto il resto. Non sarò melodrammatica, non è il momento, non è il caso.

Ma è altrettanto vero che Kyoto non è dietro l'angolo, e non so quanto sarà facile rivederla, trascorrere di nuovo domeniche serene con lei. Chiamarla per un consiglio. Avere una trasfusione di gioia al semplice starle vicino. Non sarà così semplice trovare qualcuno con cui stare così bene: una convivenza ben riuscita è un piccolo miracolo.

« Certo » rispondo infine. Lei abbandona il divano e cerca un abbraccio, stringendomi forte.

« È cosa talmente brutta che io non trovo parole. Non posso guardare da qui. Non ho più motivo di stare qui, tu sai, io già detto tempo fa. Voglio la mia casa, il mio letto, la mia mamma, Sosuke, mio nonno, le mie sorelle, il mio cane Pero, mio papà, i miei giardini, voglio andare a rivedere Kinkakuji, voglio pregare in un tempio, voglio passeggiare a Higashiyama, voglio bere succo di pomodoro comprato in un Family Mart, voglio sentire persone che parlano con l'accento del Kansai. Voglio vedere animali liberi a Miyajima. Voglio il mio *Nihon*, perché è prezioso e fragile, oggi terra dimostrato che può cancellarlo in un momento e io perso due anni di mio paese *Nihon*. »

Parla senza interruzioni, solo con qualche singhiozzo. Stringo a me il suo corpo esile e sottile che profuma di borotalco, sfioro i suoi capelli lucidi – c'è il trucco, fa impacchi di aceto.

È un giorno senza sollievo, senza speranza.

* * *

Il giorno dopo, al lavoro, per via del mio broncio e di un paio di occhiaie che tradiscono una nottataccia trascorsa abbracciata a Ichi, piena di inquietudine e cattivi pensieri, Lara comprende che qualcosa non va. Le spiego che l'imminente partenza di Yukino mi destabilizza e mi commuove la sua affettuosa proposta di trasferirmi da lei per un po'. È probabile che come scelta sarebbe logica oltre che sensata: Lara abita a due passi dall'Istituto ed è un tipo affidabile, maturo e concreto. Ovvero, tutto l'opposto di Cordelia, con cui una convivenza promette scintille.

Ancora, attraverso Cordelia il mio legame con Arthur si mantiene vivo ed è da stabilire se questo sia un bene o un male. Forse nessuno andrebbe a convivere con la propria ex cognata, ma la baby Malcomess è talmente anomala che si colloca in una dimensione quasi astratta. Trascorrere anche solo qualche ora con lei è una prova di pazienza e di buon senso, quindi non potrò che trarne giovamento. E poi Cordelia ha bisogno di me. Sta emergendo con enormi difficoltà dalla cacca in cui schiumazzava; chiede aiuto sporgendo una mano, non posso far finta di non vederla. E così la chiamo intorno alle undici, e lei accoglie la notizia con l'entusiasmo sgargiante che la contraddistingue.

« Non ci speravo più! Inizio a liberarti la stanza, allora » esordisce, per poi elencare tutti i beni di consumo con cui intende rendere più allettante e confortevole il suo piccolo appartamento di viale Giulio Cesare al numero 151.

« Non c'è fretta, Cordelia, davvero. Non verrò domani » spiego con calma.

« Fa' presto, detesto stare da sola. Mia cugina Lavinia deve tornare a Milano e stavo quasi per cercare una coinquilina. »

« Non ci sono problemi se porto con me il cane, vero? »

Cordelia tace solo un istante. « Tanto, se sporca, pulisci tu. »

L'ingombrante figura di Anceschi si materializza davanti alla mia scrivania, obbligandomi a troncare con rapidità la conversazione. Sotto il camice bianco indossa una polo verde fosforescente che lo fa somigliare a un pistacchio deambulante.

« Allevi, ho delle novità sull'interdizione di Azais. » Il fatto che sia venuto a raccontarmele di persona ha un grande significato. « Vuoi accompagnarmi al bar? »

Durante il tragitto, ascolto quello che ha da dirmi con grande interesse.

« Il magistrato ha chiesto la ripetizione della perizia, affidandola a un altro consulente. C'era da aspettarselo, eppure mi ha messo in crisi. Sono entrato in un loop di rimorsi. È la prima volta che mi capita in trent'anni di attività. »

« È colpa di Laurenti. »

« Sai già come la penso. Conosci il detto *chi vuole fa, chi non vuole manda*? Ecco, ho reso l'idea. In ogni caso a Laurenti non le ho mandate a dire. Ma non cambierà nulla: continueranno a nominarlo perito, nonostante sia ben lontano dal possedere le qualità morali richieste dalla legge e dal codice deontologico. In sé è un caso paradigmatico, che mi ha insegnato molto. Vorrei tenere un seminario a tutti voi specializzandi, per condividere quest'esperienza e far sì che non vi capiti. Mai. So già che a te non accadrà, perché tu sei *diversa*. »

Adoro il tono con cui ha detto *diversa*. Esprime la mia posizione nei confronti della vita.

« Sa già chi sarà il consulente? »

« Sì. È una nemesi, un castigo del buon Dio. »

« Conforti? »

« Peggio. »

Una sola può essere la nemesi. Colei che ha fatto della Medicina legale uno strumento privato di *escalation* socio-professionale. La donna più acida del reame, il terrore di ogni tribunale, il feticcio di ogni avvocato, l'incubo di ogni magistrato, l'inferno di ogni studente: la professoressa Valeria Boschi *aka* la Wally.

Il buon Anceschi annuisce con aria fatalista.

« Mi ha già detto che desidera farti alcune domande su Azais. Tieniti pronta. »

La storia sta assumendo contorni che sfiorano il paradosso: il *tieniti pronta* di Anceschi si rivela profetico e alle dodici sono convocata in quel Regno del Terrore che è la stanza della Wally. La trovo intenta a esaminare il fascicolo contenente gli atti sul caso Azais, con gli occhialoni che le alterano la fisionomia, il collo pieno di piccoli fibromi penduli, i capelli grigi dalla stessa perfetta convessità di un casco da motociclista.

« Si sieda » dice senza guardarmi, leccando la punta dell'indice per sfogliare le carte, pessima abitudine che ha sempre avuto. « Giorgio mi ha detto che lei ha partecipato alle operazioni peritali del caso Azais. »

« È così. Quel giorno c'è stato un imprevisto e il dottor Anceschi ha dovuto assentarsi... e ha lasciato me al suo posto. »

Ed eccomi di fronte a una violenta dicotomia: raccontandole senza censure la mia versione dei fatti rischio di mettere in cattiva luce il dottor Anceschi e lui non lo merita. Ma non posso certo omettere la verità.

Però è comunque vero che la destituzione dall'incarico è già un biglietto da visita abbastanza negativo, inutile tentare di attutire il colpo. Così le spiego tutto, incentrando le mie critiche su Niccolò Laurenti e la sua prestazione parziale, tenendo fuori il buon dottore.

« E su cosa basa la sua convinzione che Azais fosse lucido e orientato? »

« Su tutto: il suo linguaggio, il suo modo di relazionarsi, le sue opinioni. »

« Ha notato qualcosa di illegittimo da parte di Paladino? Per esempio degli armeggi strani tra lui e Laurenti. »

« Nulla di particolare. Laurenti era molto deferente, ai limiti del ruffiano. »

« Mi meraviglio che non l'abbiano mai sottoposto a una TAC » commenta lei, quasi tra sé e sé.

« Be', Azais si rifiutava di uscire da casa della figlia. »

« Qui ci sono vari reperti, di vecchi esami risalenti ai primi anni Duemila. Tutte visite cardiologiche, per lo più. »

« Sì, pare che fosse malandato. »

« Già. »

« Ma niente indica un decadimento cognitivo » insisto, nemmeno fossi il consulente di parte di Azais in persona.

« Ho capito. È possibile che lei abbia ragione. Ha saputo del testamento che è stato aperto? » domanda con tono imperscrutabile. Con la Wally è come essere sempre sotto esame, anche quando ti chiede qualcosa di scontato tipo: « La macchinetta del caffè funziona? »

« Sì. »

« Azais ha confessato di aver rubato il suo primo romanzo. »

« E le sembra il gesto di un folle? A me sembra un atto di estrema lucidità. »

« E sa già della lettera che Azais ha scritto ad Amélie Volange, che era la sua erede universale? »

No che non lo so! Perfido di un Calligaris, non mi ha detto nulla!

« Eccola » prosegue, porgendomi la copia di una lettera scritta in francese, e subito dopo la traduzione scritta al computer su un foglio sgualcito.

L'occhiata che do alla lettera di Konrad è superficiale, direi una visione d'insieme. È scritta con una versione più disciplinata di quella sua grafia spigolosa, piena di archetti gotici.

Ha un effetto suggestivo e malinconico insieme scorrere

una lettera indirizzata a una persona che non ha potuto leggerla. Sai che quelle parole sono finite nel vento, polverizzate come sabbia. Provo pena per quelle parole, morte come chi le ha scritte, come chi avrebbe dovuto leggerle.

Tarquinia, 16 ottobre 2010

Se hai ereditato l'arroganza di tua madre e lo scarso senso pratico di tuo padre, di ricevere dei soldi da me non t'importa nulla. A te interessa il perché, interessano le scuse, che arriveranno, non temere. La cupidigia di Desziderius Horvath *è stato scritto da tuo padre. L'idea, i personaggi, il significato allegorico. Tutto suo. Era un libro che però non valeva nulla. Mancava di quel qualcosa d'intangibile che rende un libro geniale. Tuo padre mancava dell'ambizione necessaria per farne un capolavoro. Era pigro, era di quelle persone che rinunciano a un progetto prima ancora di aver compreso se sono all'altezza di affrontarlo oppure no.*

Quel potenziale io l'ho capito. Ho avuto l'ambizione e ho affrontato l'impresa. E ho vinto.

Ho corretto le debolezze, ho esaltato il suo stile, ho rivoluzionato il finale. Quel che ho fatto io, oggi lo realizzerebbe un editor dotato di sufficiente talento. Io da solo non avrei creato quel capolavoro, ma nemmeno lui. Tuttavia, rubandoglielo – è così, userò la parola giusta – gli ho sottratto anche qualunque possibilità di sbocciare come autore, ho fratturato le sue caviglie: da quel momento non ha più camminato, ha zoppicato. Se non si fosse impiccato gli chiederei perdono. Avrei dovuto farlo prima, perché la vita è così, offre un numero limitato di possibilità.

Chiedo perdono a te, Amélie, per tutto ciò che ti ho tolto e ciò che non ti ho dato. E lascio a te il denaro maledetto nato da quel libro infelice. Usalo per andare via, per viag-

giare e conoscere il mondo. È quello che consiglierei ai miei figli. E, al riguardo, il consiglio di un padre: non perdere il tuo tempo, le tue energie con loro. Non conoscono la dedizione. Ignorano il concetto di sacrificio. Sono crudeli, mi assomigliano.

K.

« Non è la lettera di un pazzo » commenta asciutta la Wally.

« No » confermo, con tono deciso, ma è come se fossi da sola in questa stanza. Ragiono sui giudizi di Konrad a proposito dei suoi figli. Mi domando a cosa alluda, in particolare. Perché incoraggia Amélie a non perdere tempo ed energie con loro?

« Voglio che lei sappia che apprezzo la condotta che ha tenuto in questa circostanza, dottoressa. È stata tenace ed equilibrata. Il suo metodo, tuttavia, continua a essere carente: si basa più sull'istinto che sulla scienza. Per esempio, mi sarei aspettata che lei valutasse il reperto istologico autoptico dell'encefalo di Azais. Non ci sono segni particolari indicativi di demenza multinfartuale, né di Alzheimer, né di alcun altro tipo di sindrome demenziale più comune. È chiaro che questo non è un fattore assoluto di esclusione, ma è un elemento in più per il giudizio. Sono certa, però, che potrà migliorare. »

Le rivolgo uno sguardo colmo di meraviglia.

Ho sentito bene o per sbaglio ho inalato degli allucinogeni in laboratorio (cosa che peraltro mi è già successa)?

Un complimento dalla Wally è sempre stato il mio sogno proibito. Perché, alla fine, è sempre così: desideriamo conquistare chi non ci apprezza. Trasformare il loro giudizio e condurlo a nostro favore, indurli a ritenere che sbagliano, sottostimano, fraintendono.

Tu possiedi un ricordo prezioso, che io non ho più.
Il ricordo di com'ero si è incastrato nella tua memoria
perché non hai visto cosa sono diventato

Konrad Azais, *La cupidigia di Desziderius Horvath*

È un pomeriggio noioso e irritante. Sarà per la vista delle valigie di Yukino che ingombrano il nostro salotto.

A salvarmi dai tormenti ci pensa Calligaris che, con una delle sue chiamate improvvise come un guasto in casa, mi convoca d'urgenza nel suo ufficio: sta per incontrare Enrico Azais.

L'ispettore mi dà spesso l'impressione di ricordarsi di me all'ultimo minuto, il che è legittimo: d'altra parte non ha alcun obbligo nei miei riguardi. Di fatto, la sua telefonata mi costringe ad abbandonare l'amato divano, a raccogliere la frangetta ingestibile in un ciuffo tenuto fermo da un ferretto, a salutare Ichi implorandolo di non distruggere la casa – o, se proprio deve, di contenere i danni e, per l'amor di Dio, di non rosicchiare le gambe del tavolo – e a indossare di corsa il cappotto, per poi riversarmi in strada come una pioggia estiva.

Raggiungo il suo ufficio col fiatone e sono fortunata: scorgo la figura dinoccolata di Enrico Azais che attende con compostezza di essere ricevuto. Ha sempre quell'aria tragica da tisico d'altri tempi, gli occhi dalle sclere giallognole, le guance scavate, i capelli radi sulla fronte, le dita come rametti di un'azalea secca.

« Salve » saluta in maniera sciapa, con la spossatezza di un impiegato delle poste alla fine del turno di lavoro.

Gli porgo la mano, che lui stringe con scarso vigore.

Stretto in un cappottino di scadente manifattura sembra infreddolito e ansioso di essere già altrove. Posso capirlo.

Calligaris si affaccia alla porta, con la solita camicia azzurra stinta e lo sguardo guizzante.

« Prego, accomodatevi. »

Azais emette un lungo sospiro da condannato e mi precede, dimenticando la galanteria. Prende posto davanti alla scrivania dell'ispettore, accavalla le lunghe gambe, espone le caviglie rivestite da calze a righe e le scarpe appuntite come due modellini in legno di antichi velieri.

L'ispettore gli offre le caramelline agli agrumi che tiene sulla scrivania e intreccia sinistramente le dita, pronto a entrare in azione.

« Ricorda, Azais, il pranzo di compleanno di sua nipote Clara? »

« E come potrei dimenticarlo? Mi prende in giro? »

« Per carità. Mi racconta, con esattezza, la dinamica di quel pranzo? »

Una lieve, genuina perplessità si dipinge sul viso di Enrico Azais, che dopo aver arricciato le labbra in un'espressione di incertezza, comincia a raccontare: « Mio padre si è rifiutato di partecipare al pranzo ed è rimasto nella sua stanza: una ripicca contro noi figli maschi. Contro me e Leone, in particolare. Oscar è sempre stato il preferito, gli avrebbe perdonato qualunque cosa. Era convinto che in realtà lui non c'entrasse. Falso, la firma su quelle carte l'ha messa anche lui, eccome ».

Il tono è stizzoso, poi riprende con maggiore cautela. « Mio padre ha sempre avuto grandi difficoltà a perdonare e la storia dell'interdizione l'aveva ferito nel profondo. Non era la prima volta che rifiutava di sedersi a tavola con noi. Fino al taglio della torta, però, sembrava tutto regolare. Un banale pranzo di compleanno. Mia sorella aveva dato il meglio di sé con un menu strepitoso. Mio cognato si esibiva nelle sue consuete pantomime da giullare di corte. Oscar e Leone erano abbastanza annoiati. Mia nipote ha spento le candeline, ha tagliato la torta e Selina le ha detto di portarne una fetta a mio padre. Poco dopo abbiamo sentito il rumore di qualcosa che si frantumava.»

«Poco dopo, quanto?»

«Non saprei. Cinque minuti, forse meno.»

«Lei è rimasto a tavola in quei cinque minuti?»

«Certo che ero a tavola. Da lì ho sentito il rumore.»

«E poco prima che Clara si recasse dal nonno?»

«Cosa?»

«Si è alzato da tavola?»

«No. Mi sono alzato poche volte, solo per aiutare mia sorella. Nessuno si prendeva la briga di farlo. Mia cognata Marcella rimaneva seduta, così il sedere poteva diventarle ancora più piatto. E i miei fratelli, non ne parliamo. Mia zia Elisabetta è una donna anziana e mio cognato... lasciamo perdere.»

«E dopo aver sentito quel rumore cos'avete fatto?»

«Selina ha chiamato Clara. Le ha chiesto se fosse tutto a posto.»

«Sua nipote ha urlato?»

«No.»

«E poi?»

«Clara non ha risposto. Selina si è allarmata ed è salita. È stata lei a chiamarci dicendoci che mio padre era come morto. Mia nipote ha smesso di parlare. Qualunque cosa le venisse chiesto... o taceva o rispondeva: 'Non lo so'.»

«Chi mancava da tavola quando Clara si è recata al piano di sopra?»

«Non ricordo, davvero. Lì per lì non ho dato importanza alla cosa.»

« Si sforzi » incalza Calligaris, un trattore su un prato.

« Non ho prestato attenzione. Mi dispiace. »

« Sono sicuro che con un po' di concentrazione ci riuscirà. È importante, Enrico. Pensi, c'è chi ricorda che *lei* si era alzato da tavola in quel momento » butta lì Calligaris, con fare vago.

« Io? » trasecola Azais, come se l'affermazione fosse assurda.

« Proprio lei. Vede perché le dico che bisogna concentrarsi sui particolari? »

Enrico è costernato.

« Be', io non commetterò errori. Non ho prestato attenzione, questo è quanto. »

« Procediamo inversamente. Ricorda con certezza chi c'era? »

Enrico annuisce. « Selina, questo è certo. Edoardo stava raccontando una barzelletta di pessimo gusto e Selina lo esortava a farla finita. E se non sbaglio... anche Leone era a tavola. Era in imbarazzo per nostro cognato e ci siamo guardati negli occhi, per complicità. Sono sicuro che lui potrà confermarvelo. Io e i miei fratelli abbiamo un codice di sguardi privato, quando si tratta di mio cognato. Nessuno di noi si capacita di come mia sorella abbia potuto sposarlo. »

« Perché? » domanda l'ispettore.

« Perché è un uomo molto mediocre. Uno stupido come tanti. Mia sorella meritava di più. E poi era un ruffiano: lui ha convinto Selina a non firmare la causa per l'interdizione... e sa perché? Perché voleva tenersi buono mio padre. »

« E per quale ragione, secondo lei? »

« Perché Edoardo è un vile ed è sempre stato molto sottomesso nei riguardi di mio padre. Servile, direi. »

« E suo padre? Che opinione aveva del genero? »

« Pessima, come noi. Negli ultimi anni, però, i rapporti

erano più distesi per via di Clara. Mio padre stravedeva per quella ragazzina.»

L'ispettore trascrive qualche appunto sul suo taccuino e giocherella con la penna, pensieroso.

«Lei ha vissuto per qualche tempo nella dépendance della casa di sua sorella, giusto?»

Azais annuisce, resettandosi in maniera rapida sul nuovo argomento.

«Per quanto tempo esattamente? E quando?»

«Per un anno circa. È successo quattro anni fa.»

«Perché?»

«Per comodità. Era una fase poco serena della mia vita e avevo bisogno di compagnia. Io e Selina siamo sempre stati molto complici, almeno fino a quando quella biscia di suo marito non ha iniziato a mettere zizzania.»

«Si spieghi meglio.»

«Mio cognato non ha mai capito il legame tra me e Selina e ne era geloso. Gli dava fastidio la mia presenza così ravvicinata. Vede, io non ho un lavoro. Per mia scelta. Non ho mai trovato nulla di adatto a me. Quindi ho molto tempo libero.»

«E di cosa vive?» chiede l'ispettore, come fosse più una curiosità personale anziché un dato necessario all'indagine.

«Possiedo due appartamenti che mio padre mi ha intestato. Vivo degli affitti che rendono e impiego il mio tempo scrivendo.»

«E suo cognato non gradiva la sua vicinanza?»

«No. E lo diceva con chiarezza, perché tra l'altro è anche un cafone.»

«Ascolti, Enrico. È sicuro di non aver incontrato suo padre, quel giorno?»

«Certo che ne sono sicuro. Solo Oscar aveva il privilegio di essere ricevuto da lui. Io e Leone siamo stati condannati in contumacia per lesa maestà. Non parlavo con mio padre da molto tempo. Nessuno di noi ha potuto salutarlo. Le ultime parole che ci siamo rivolti sono state molto spiacevoli. »

« È a conoscenza del fatto che la dépendance in cui lei ha vissuto è stata forzata di recente? »

« No » ribatte asciutto. Il silenzio invade la stanza, come l'onda di una mareggiata.

« E la cassaforte di suo padre è stata aperta, e qualcosa è stato sottratto? »

« Mio padre aveva una cassaforte? E c'era qualcosa dentro? »

« Ho capito » replica Calligaris, con sottile sarcasmo. Congeda Azais pigramente, sopraffatto dalla delusione.

« Ha notato come ogni fratello accusi l'altro di essere stato il preferito del padre? » osservo.

« Già. Avevano tutti una serie di complessi irrisolti. Mi domando se tanto lavoro abbia senso » afferma accendendo una Pall Mall. Recupera il taccuino e fa un rapido punto della situazione, di cui beneficio con gioia.

« Selina Azais sostiene che subito dopo il taglio della torta – è il range temporale che considero topico, perché è in quel momento che Clara ha visto qualcosa, e quindi da tavola doveva mancare qualcuno oltre a lei – ecco, dicevo, secondo Selina da tavola mancava solo suo fratello Leone. Leone Azais, a sua volta, ha detto che no, falso, lui era seduto accanto a Enrico e ha udito i rumori che provenivano dal piano di sopra. Oscar Azais sostiene che da tavola mancava la zia Elisabetta, la quale, per conto suo, ha dichiarato che da tavola mancava Marcella, la moglie di Leone. Il quale, nemmeno a dirlo, dice di non ricordare che in quel momento ci fosse Oscar. E com'è ovvio attendersi, secondo Edoardo Norbedo, da tavola non poteva mancare che Enrico. Non se ne viene a capo. Per quanto riguarda il manoscritto rubato in cassaforte, come sai, non è una bugia: Selina Azais ha confermato, dicendo però di non voler sporgere denuncia, perché è sicura che sia stato Enrico a prenderlo.»

«Perché avrebbe dovuto prenderlo?»

«E chi può dirlo? Enrico Azais è un tipo di difficile comprensione. Forse, dopotutto, Clara dice la verità: lui era insieme al padre e non è successo nulla di sospetto tra loro. Se non fosse per la storia della Volange...» Calligaris si interrompe con stizza.

«In che senso?» gli domando.

«Ci sono delle novità interessanti, che potrebbero confermare alcune nostre idee sulla connessione tra le due morti.»

«E cioè?» domando, pendendo dalle sue labbra.

«Una testimone oculare ha rilasciato una dichiarazione che ho verificato come attendibile. Si tratta di una vicina di casa dell'amica presso cui risiedeva Amélie Volange. La notte dell'incidente, alle undici, questa donna ha visto un uomo uscire dall'appartamento di quest'amica, che però non era in casa. La testimone ha dichiarato che Amélie usufruiva dell'appartamento una volta al mese, più o meno. Spesso capitava che quella donna fosse fuori città per ragioni di lavoro, e Amélie aveva casa tutta per sé.»

«L'amica di Amélie non le ha detto la ragione di queste visite così ricorrenti?»

«Amélie le aveva confidato di aver conosciuto un uomo che incontrava appena possibile. L'amica ignora ulteriori dettagli. La testimone, dicevo, ha visto quest'uomo uscire dal portone, salire su un'auto e rimanere in sosta per un po', un quarto d'ora, forse. Successivamente, la testimone si è stancata di osservare – diciamo la verità, di spiare più che di osservare, è un'impicciona con la I maiuscola – e si è ritirata in casa. Un'ora dopo ha sentito una frenata e ha lasciato il suo consueto appuntamento notturno con Marzullo per prendere posto sul balcone, dove si è appollaiata con la speranza di un piacevole diversivo. L'auto era sparita, ma qualche istante dopo l'ha rivista percorrere la strada sotto il suo balcone ad altissima velocità. Quell'auto avrebbe potuto investire Amélie sulla strada parallela alla via in cui risiedeva, dove di fatto è stata prelevata dall'ambulanza. La testimone non è una lettrice di *Quattroruote* ed è riuscita ad appuntare solo una parte del numero della targa. Alla fine, però, siamo riusciti a farle identificare il modello: si tratta di una Audi A3 Sportback nera.»

«Auto da uomo. Costosetta» commento. Lo ammetto, ho un debole per le auto. Io, che ho a malapena la patente.

«Con una ricerca che ha richiesto molto tempo e altrettanta energia, siamo riusciti a collegare il numero parzialmente trascritto all'auto riconosciuta dalla testimone. L'auto è registrata a nome di una tale Vittoria Galli, classe 1967, nubile, esperta d'arte.» Aggiunge poi, sbirciando il suo taccuino: «È la proprietaria della Ergi, una galleria molto in auge in certi ambienti».

«Mi sfugge il collegamento con gli Azais.»

«Perché non te l'ho ancora detto. Vittoria Galli è stata per molti anni la fidanzata di Leone Azais. Molto tempo prima che lui sposasse l'attuale consorte; erano entrambi poco più che ventenni.»

«Non è una coincidenza!» esclamo, tutta un tumulto.

Calligaris stropiccia gli occhi miopi e stanchi con le dita delle due mani, come un bambino dopo una lunga giornata all'asilo. «Anche secondo me.»

«Ispettore... e se noi ci fossimo concentrati sulle persone sbagliate? Enrico e i Norbedo potrebbero non avere niente a che vedere con la morte di Azais. Se invece fosse Leone Azais a nascondere qualcosa?»

« Non spiegherebbe l'atteggiamento di Clara. E poi quale sarebbe il movente? »

« Ispettore, io continuo a non vedere i Norbedo come assassini... »

« Alice, resteresti sorpresa nel sapere quante volte, agli inizi della mia carriera, mi sono convinto che un sospettato non potesse essere un assassino. E poi lo era, naturalmente! »

* * *

Uscita dall'ufficio dell'ispettore, chiamo mio fratello, a modo suo un artista, anche se da quando ha messo su famiglia ha deciso di trovare un lavoro vero e adesso è in servizio presso uno studio fotografico che lo paga una miseria, ma come dice lui: « Sempre più di quanto guadagnavo prima ».

Risponde al terzo tentativo e mi spiega che era uscito per comprare dei gamberetti thai ad Alessandra, terrorizzata dall'idea che il pargolo nascesse con una voglia a forma di invertebrato.

« Conosci la Ergi? » gli domando.

« La galleria d'arte? »

« Esatto. »

« Certo » ribatte lui, aggiungendo qualcosa che non sento per via di furiosi colpi di clacson che coprono la sua voce.

« Hai mai esposto lì? » gli chiedo, ansiosa di arrivare al sodo perché mi sta finendo il credito del cellulare.

« Ma figurati! Ci vuole il pedigree per esporre alla Ergi. »

« E la proprietaria? La conosci? »

« Di vista. Si chiama Vittoria Galli, è una papera ignorante che per un po' ha lavorato come ricercatrice nella facoltà di Storia dell'arte. Poi ha lasciato e ha aperto la galleria. »

« Altre informazioni? »

« Nessuna, *sister*. Perché non vieni a cena da noi stasera? Alessandra ne sarebbe felice. »

Rifiuto con una scusa. Preferisco la quiete di una serata di noodles con Yuki e Ichi, prima che diventino vecchi ricordi. Com'è successo con i giorni di Arthur, che sono diventati passato prima che avessi il tempo e la consapevolezza necessari a intuirlo.

La nostalgia è rendersi conto che le cose non erano insopportabili come sembravano allora

Legge di Grimes

Fumo una Merit affacciata alla finestra che dà sul pozzo luce per guardare qualcosa e qualcuno in movimento che non siano immagini alla tv. Yukino ha finalmente trovato un Roma-Osaka che giovedì prossimo la riporterà a casa e adesso è al computer intenta a terminare dei lavori da lasciare ai suoi professori d'italiano.

« Alice! » chiama, con il giusto tempismo visto che ormai la cenere ha raggiunto il filtro.

Quando entro nella sua stanzetta, si volta e mi sorride.

« Arthur *kun* mi ha scritto. Vuoi leggere? »

C'era da aspettarsi che l'avrebbe fatto. A dispetto delle apparenze, Arthur è una persona che sa essere premurosa. Le chiede come sta e se il terremoto le ha causato danni. Le dice che sta per partire per la Libia per dare il cambio a un collega, ma che prima trascorrerà a Roma il weekend, ospite di Riccardo.

« Forse lui può venire a nostra festa d'addio. »

Madonnina, se lo rivedrò il mio scompenso potrà solo peggiorare.

« Fa piacere se lui viene, se tu dici che posso io lo invito. »

« Non penso ci sia alternativa. Cordelia ci sarà e non sarebbe cortese ignorarlo. Penserebbe che lo stiamo evitando e non è corretto. »

Strano che quella bagascia della baby Malcomess non mi abbia avvisato. Ci manca poco che mi dia notizie anche sul suo transito intestinale e poi mi nasconde una chicca simile.

« Pafetto! Allora rispondo e invito » chiosa Yuki.

Mentre scrive la mail, le correggo un paio di sviste – ammetto che Yuki è molto migliorata – ma lei si rifiuta di ascoltare i suggerimenti. « Tu stupida, se lettera è scritta bene poi lui capisce che tu mi hai aiutata. »

« Hai ragione. »

Così la mail parte per l'etere con i suoi errori e con tutta la nostra voglia di rivederlo.

* * *

Abbiamo svaligiato il supermercato, non hanno più Pringles, le ha comprate tutte Yukino. Lo stereo è pronto, con un cd pieno di mp3. Non so dove metteremo tutta la gente che lei ha invitato, anche perché Ichi ha proditoriamente occupato mezzo divano. Cinque minuti prima dell'orario previsto per l'arrivo degli ospiti siamo ancora in bagno e Yuki sta aggiustando con le forbici la mia frangia che ormai parte quasi dal vertice del capo. Quando Yuki non ci sarà più, sarò costretta ad affidarmi a un parrucchiere vero, ma sono sicura che il confronto sarà sempre a vantaggio di Yukino. Abbondo con il rimmel e mi sento tachicardica. È ovvio che la mia esagitazione è da imputare alla conferma che Arthur verrà.

A ogni trillo del campanello il cuore ha un sobbalzo e finisce dritto in gola. E continua a succedere sino alle dieci, più o meno, ora in cui Arthur si presenta con sorella al seguito.

Un amico di Yukino ha appena caricato un cd con i successi dei Doors e *Light my fire* rimbomba in tutta la casa.

Cordelia porta due larghi bracciali di ottone intagliato ai polsi, per nascondere in maniera glamour le ferite da poco rimarginate. I capelli lunghi sono trattenuti da un cerchio attorno alla fronte, i piccoli occhi azzurri sono esaltati dall'ombretto indaco. Sembra appena uscita da un musical tipo

Hair e, nonostante il suo umore sia sotto il perenne effetto stabilizzante del litio, è frizzante in maniera serena e non molesta.

Al suo fianco, Arthur ha un'aria affaticata; ha qualche piccola ruga in più, o forse è semplicemente più evidente per via della stanchezza; il biondo dei capelli è stato esaltato dal sole africano e sono poco più corti del solito. Nel complesso ha un bell'aspetto, ricco di fascino.

Mi sembra che fumi meno del consueto; in compenso si abbandona alle tartine con voluttà. Lo avvicino con prudenza, senza l'intenzione di imporgli la mia compagnia. Di fatto, finiamo con il trascorrere insieme il resto della festa.

Parliamo della Libia e mi sembra stranamente poco entusiasta dell'imminente partenza. Starà a Bengasi; mi spiega che è la città tradizionalmente meno fedele al dittatore, dove c'è un grande fermento, soprattutto dei giovani. Gente della mia stessa generazione, anche minore, che si ribella mentre io vivo nell'agio di un'Italia paludosa e ipocrita, e mi sta anche bene. Il confronto con Arthur ha sempre lo spiacevole effetto di farmi sentire in debito con qualcuno o qualcosa che lui conosce a menadito, ma che per me ha contorni sfumati e confusi. Pur non essendo nelle sue intenzioni elevarsi a maestro di storia e attualità, Arthur vive di realtà, di informazioni che mi sfuggono a tutti i livelli, e per questo riesce a farmi sentire mediocre. E forse lo sono davvero. Non si può non esserlo quando si nuota nell'ignoranza.

L'argomento è presto esaurito, lui mi dà l'impressione di essere fluttuante come note su un pentagramma, inquieto come sempre, malinconico appena un po', rassegnato, di fondo, sentimento nuovo che in lui non credevo avrei mai riconosciuto.

Quanto sei stanco di questa vita, Arthur?

Come hai potuto lasciare Roma, che amavi così tanto?

Cosa provi, quando sei sballottato da una sponda a un'altra? Eri convinto che avresti deciso tu dove andare e cosa raccontare. Ti accorgi invece che sei mosso come una pedina sulla scacchiera non meno di prima. E però, forse, prima ti divertivi di più, ma non lo ammetteresti mai.

In verticale come un bipede, Ichi reclama le attenzioni di Arthur. Lo conosce appena, ma non l'ha mai dimenticato; è fatto così, il nostro cagnolino iperemotivo. Vive di fascinazioni, si innamora di chi gli regala una carezza anche se poi gliele lesinerà per tutta la vita.

Quanto gli somiglio.

Arthur gli parla in inglese, gli accarezza la pappagorgia – Yuki lo sta trasformando in una salsiccia ambulante – e io mi ritrovo a pensare che questo cane ha uno sguardo capace di trasmettere tanta inaspettata tenerezza.

« Le sue orecchie sembrano due cotolette » commenta Arthur, senza riuscire a smettere di toccargliele. Un sorriso morbido e contagioso gli addolcisce le labbra.

Oggi è qui, con me, con il mio cane, nella mia casa, beve il mio prosecco, sfiora distrattamente i miei capelli. Dopodomani potrebbe saltare su una mina, per quel che ne so. È l'emblema dell'instabilità. Sapevo già che da quest'incontro sarei uscita a pezzi. Non immaginavo fino a questo punto.

* * *

È notte fonda quando ci salutiamo. Gli ultimi ad andarsene sono proprio lui e Cordelia.

Gli dico: « Buon viaggio, scrivimi ». Lui risponde: « Certo » con distrazione. Cordelia si lascia andare a progetti di vita comune e Yukino, in un italiano quasi perfetto, le raccomanda di prendersi cura di me. Ma mentre lo fa è Arthur che guarda dritto negli occhi.

Le cose che svaniscono sono uguali a quelle che non sono mai esistite?

Chica Umino

L'indomani mattina, ancora stordita, raggiungo l'Istituto con lentezza e indolenza. Ho messo piede nella mia stanza da poco più di mezz'ora e sto già sgranocchiando una barretta dietetica insapore quando ricevo una chiamata dall'ispettore Calligaris, che con tono asettico mi annuncia: « Clara Norbedo è sparita ».

« Come, sparita? »

« Non si trova. È uscita ieri pomeriggio per la consueta lezione di violoncello e non è più tornata a casa. I Norbedo hanno denunciato la scomparsa questa notte. »

Sono sopraffatta da un'ondata di apprensione. Ho un flash dei suoi capelli chiari, del suo rossetto scuro, degli occhi ombreggiati di grigio, dei guanti di pizzo che lasciano scoperte le dita esili. La paura che possa esserle successo qualcosa mi atterrisce. Mi rifiuto di contemplare anche *questa* tra tutte le brutture di cui potrei essere testimone.

« Mi dia più dettagli » gli chiedo.

« Brancoliamo nel buio, sembra essersi dissolta. Il suo cellulare è staccato e ancora non siamo riusciti a individuare a quale cella sia agganciato. In realtà, ti ho chiamata nella speranza di qualche indizio da parte tua. »

« Io? » ribatto, irritata al pensiero di aver sfiorato un segnale importante senza averlo riconosciuto come tale.

« Be', negli ultimi tempi hai trascorso molto tempo con la piccola Norbedo. Qualunque cosa tu abbia notato... può rivelarsi utile. »

« Non mi viene in mente nulla. »

« Sto per raggiungere Tarquinia. Ti va di accompagnarmi? »

La schermata con la ricerca che stavo svolgendo prima della sua telefonata è un richiamo alla realtà dei miei doveri. Ho tuttavia un'ampia esperienza su come ignorarli, non mi serve di certo un'occasione tanto importante per lasciarmeli alle spalle. Tre ore dopo siamo già a Tarquinia, di fronte al cancello di casa Norbedo, sospesi nel silenzio.

Al nostro arrivo, Selina si alza di scatto dal divano come se sotto il sedere avesse una molla. Edoardo Norbedo è pallido; entrambi hanno l'aria nervosa e spaventata.

« Ancora nessuna notizia? » domanda il padre di Clara.

Calligaris scuote il capo. Toglie dalla tasca della giacca il taccuino e scova una pagina libera in mezzo al disordine.

« Ho bisogno di conoscere qualunque dettaglio, anche il più insignificante, sulla giornata di ieri. »

Edoardo Norbedo prende la parola dopo un lieve colpo di tosse.

« Ieri Clara è andata a scuola, come ogni giorno. Abbiamo pranzato intorno alle due, come ogni giorno – tranne, naturalmente, quando io ho il rientro pomeridiano. In quel caso, per due volte alla settimana, Clara e mia moglie pranzano da sole. »

« Aveva l'aria strana? »

« No » si affretta a rispondere Selina.

« No » aggiunge Edoardo, dopo una lieve esitazione.

« Ne è sicuro? »

Un sospiro indeciso precede la risposta di Edoardo. « Mia figlia era triste da molto tempo. La morte di mio suocero l'ha molto turbata. »

« Oltre alla perdita del nonno, siete a conoscenza di altri eventi che potrebbero averla... turbata? »

« Non che io sappia » replica Norbedo, incrociando gli occhi della moglie, due vasche colme di acquosa angoscia.

« Vi ha parlato di qualcuno che volesse farle del male? Inimicizie a scuola? Problemi con i coetanei? » insiste Calligaris, una goccia di sudore sulla fronte. I riscaldamenti, in questa casa, consentirebbero di circolare in canottiera.

« Clara ha un carattere schivo ed esigente. Non ha molti amici. È molto intelligente. Troppo, forse. Alla sua età è un ostacolo, più che un vantaggio » conclude con amarezza.

Le parole di Edoardo non mi sorprendono: immaginavo già Clara come una solitaria per vocazione.

« L'ho interrotta. Era arrivato al pranzo. Cos'è successo dopo? » prosegue l'ispettore.

Selina ha come un singhiozzo. Sembra sull'orlo di dire qualcosa, ma finisce col tacere.

« Cos'è successo? » incalza Calligaris, che poggia sul divano il taccuino e sfila il cardigan di lana acrilica pieno di pallini consunti, che indossa ogni volta che lo vedo.

« Era silenziosa, forse un po' più del solito » risponde Norbedo, con gli occhi bassi.

Selina lo corregge: « Non sono d'accordo. Era semplicemente tranquilla ».

Calligaris li osserva per un lungo istante. « D'accordo. Poi? »

« Alla fine del pranzo è volata in camera sua, di gran corsa. Ha detto che aveva molto da studiare. Noi siamo rimasti in salotto, abbiamo preso il caffè e abbiamo parlato del più e del meno. Anche di lei, in realtà » prosegue Norbedo.

« E cosa vi siete detti? » domanda Calligaris, senza sollevare gli occhi piccoli dal taccuino, su cui prende appunti con una grafia incomprensibile.

« Pensavamo a una vacanza, un breve viaggio, o un'attività... qualcosa per distrarla. Sono stati mesi pesanti, per lei» spiega Selina.

«Avete detto qualcosa che possa averla offesa o sconvolta? È possibile che lei vi abbia ascoltati, anche se voi non ve ne siete accorti?»

«Niente di tutto questo» ribatte Edoardo con fermezza.

«Alle quattro, Clara è uscita. La lezione è alle quattro e mezzo, ma lei esce sempre un po' prima. Si ferma in libreria, è un suo piccolo rituale» prosegue Selina. «La lezione dura due ore, e in genere intorno alle sette meno un quarto è di ritorno.»

«Sappiamo già che Clara non si è presentata alla lezione. Verificherò personalmente se è stata vista alla libreria. Quando avete iniziato a chiamarla al telefono?»

«Alle sette e qualcosa... Non ricordo, in realtà. A un certo punto mi sono accorta che non era rientrata.»

«Prenda il suo cellulare. In genere è possibile rintracciare l'orario delle ultime chiamate effettuate.»

Selina punta i suoi occhi in quelli del marito, che per tutta risposta prende personalmente il telefono della moglie, inerte su un tavolino bianco davanti al divano.

«Prego» aggiunge porgendolo a Calligaris, che controlla subito il registro delle chiamate.

«L'ha chiamata alle otto e trenta. Un po' tardino...» commenta, restituendo il cellulare.

«Be', sì, gliel'ho detto... ero assorta in altre faccende e non ho controllato l'ora. Poi mio marito... Sì, lui, mi ha chiesto dove fosse.»

«Abbiamo chiamato di continuo fino alle nove. Il suo cellulare risultava staccato. Ho chiamato l'insegnante di Clara, che mi ha detto che non si era vista. Sono andato di persona alla scuola di musica, in auto. Non c'era nessuno, nemmeno nei paraggi. Vi abbiamo chiamati immediatamente.»

« Le dispiace se do un'occhiata alla stanza di sua figlia? » domanda Calligaris, già in piedi, senza attendere il permesso.

« Certamente » risponde Edoardo. « Vi accompagno. »

La mia presenza è talmente inutile che io stessa – in genere maestra d'improvvisazione – non so come giustificarla. Ascolto e osservo, fremo e rimugino. Entrare nella stanza di Clara senza il suo permesso mi sembra un gesto di una violenza estrema, ma so che l'ispettore non può non farlo. Resto sul ciglio della porta, trattenuta da una strana forza che mi impone di non violare il suo territorio.

« Forza, Alice. Che aspetti? Entra. »

E cosa potrei fare?

Entro.

Forse perché parte dal cuore e non dagli occhi, la percezione ci ferisce più di un'oggettiva osservazione

Olivier Volange, *Inverno*

L'ispettore controlla con attenzione gli oggetti sulla scrivania di Clara.

Un libro di grammatica greca, una matita ridotta ai minimi termini e una gomma di Diddl annerita. Una foto che la ritrae da bambina sulle ginocchia della mamma. Un netbook piccolo, bianco. Calligaris lo apre, è ancora in standby, ma nessuna pagina di Internet Explorer è aperta. Lui controlla la cronologia, ma non risulta nulla di utile, solo YouTube e il sito dei fan di un telefilm americano. Sul letto una felpa grigia, che profuma di shampoo alla mela.

« Manca qualcosa, dagli armadi e dai cassetti? » domanda Calligaris a Selina, che è dietro di noi e ci fissa come imbambolata, una mano sulle labbra.

« Oh. Non saprei. Aspetti » ribatte con aria sempre più confusa.

Fruga tra gli abiti e la biancheria di Clara. È un armadio a due ante di legno bianco, dipinto a mano con fiori rosa. È tenuto ben in ordine. Sorprendente, considerata l'età della ragazzina.

« Non mi sembra che manchi nulla » bisbiglia.

Sul fondo dell'armadio ci sono dei quaderni. Li indico a Calligaris, che mi rivolge uno sguardo grato.

« Le dispiace, signora? » chiede, già chino con le ginocchia sul pavimento.

« Cosa... Ah, i diari. Prego, faccia pure. Anzi, avrei dovuto mostrarglieli io stessa, forse. »

Calligaris prende i quaderni. Sono tre, hanno la copertina rigida e decorata. L'ispettore me ne porge uno e inizio a sfogliarlo.

La grafia di Clara, come l'ordine della sua stanza, le conferisce un'età apparentemente maggiore. I suoi pensieri, tuttavia, sono quelli di un'adolescente. Le stesse inquietudini per fatti che tra qualche anno le sembreranno sciocchi e banali. L'abilità al violoncello che non la soddisfa. Un compagno di classe che le piace, ma che preferisce un'altra.

Non riuscire a identificare un luogo o un modo di essere in cui sentirsi a proprio agio.

Percepire la bellezza del mondo e delle cose, ma sentirsene esclusa.

I giorni simili l'uno all'altro, la compagnia del nonno. I libri che legge, la musica che ascolta e che suona.

«A che data si ferma il tuo?» domanda l'ispettore, impaziente.

Controllo l'ultima pagina. «Al 13 novembre» rispondo. «Il giorno prima della morte di Azais.»

«Dammelo.»

Selina Azais ci guarda come se stessimo maneggiando qualcosa che brucia o che sporca.

Mi avvicino all'ispettore e leggiamo il racconto di sabato 13 novembre.

Nei prossimi giorni inizierò a trascrivere il nuovo romanzo del nonno. Sono curiosa, ma la sua calligrafia è talmente irregolare che mi farà impazzire.

In casa si respira un'aria strana. Papà è giù di corda, la mamma sembra assente. Sono tristi e non capisco perché. Ho paura che abbiano di nuovo gravi problemi economici; spero solo di non dover interrompere le lezioni di musica come due anni fa.

Se non fosse per il nonno, respirare l'aria di questa casa sarebbe insopportabile.

Domani compirò quindici anni. Mi sento indietro. Come se il resto del mondo suonasse a un certo ritmo e io non riuscissi a seguirlo. Come se fossi fuori frequenza. Quando ne parlo con il nonno, lui dice che è normale, che alla mia età provava la stessa tristezza, ma in più lui era tormentato dalla rabbia.

Il nonno è una persona rabbiosa, forse è il suo peggior difetto. Qualche giorno fa ha fatto una sfuriata alla mamma per una stupidaggine. Con papà non osa, è l'unico con cui vada d'accordo, ma ho paura che sia così perché di fondo lo considera poco intelligente e gli fa un po' pena. Anche gli zii non hanno mai ritenuto mio papà alla loro altezza. È una cosa che mi dispiace.

Non ha più scritto niente, dopo la morte del nonno. «Forse per non lasciare tracce di qualcosa che non vuole si sappia» mormoro a bassa voce.

Calligaris si guarda attorno con circospezione. «Sttt», mi dice. Adesso Selina è affacciata alla finestra, raccolta in se stessa e assente, un tuorlo sbiadito dentro il guscio di un uovo crepato.

«Signora Norbedo, qualche giorno prima della morte di suo padre aveva litigato con lui?»

Selina si volta, gli occhi sgranati. «Come... Ah, ho capito. L'ha appena letto sul diario di mia figlia.»

«Esatto.»

«Sì, avevamo litigato. Mio padre aveva un carattere molto capriccioso. Aveva preparato un rebus e pretendeva che capissi quello che voleva dirmi attraverso il gioco. Ero nervosa e gli ho detto che ero stufa di quel suo modo di comunicare e l'ho strappato. Lui me ne ha dette di tutti i colori. Ma ha davvero importanza? Non dovreste usare le vostre energie e il vostro acume per trovare mia figlia?»

« Certo, certo » ribatte l'ispettore. « Dovrò prelevare i diari. »

« Faccia pure. »

Calligaris me li porge e annota qualcosa sul suo taccuino. Selina ci lascia da soli.

« Ispettore... cosa crede sia successo a Clara? » gli chiedo a bassa voce. Il profumo di shampoo alle mele mi accarezza le narici, trasportato da un soffio che viene dalla finestra lasciata aperta.

« Potrebbe esserle accaduto di tutto. Potrebbe essere stata rapita, violentata e uccisa. Potrebbe essere scappata di casa, o potrebbe aver avuto un incidente e trovarsi in ospedale. Qualunque cosa. Procederemo un passo alla volta. »

« Ma ci sarà un'ipotesi più probabile delle altre! »

« Hai l'abitudine di voler tutto e subito. Chi lavora a casi come questo deve toglierselo dalla testa, il tutto e subito. »

« I genitori sono strani, non le sembra? »

« La madre, non tanto il padre. Sì, d'accordo, è un po' svampita ma oggi sembra davvero equivoca. »

« Forse stiamo malignando. Magari è solo sotto shock. »

« A pensar male si fa peccato, ma spesso ci s'indovina. Chi lo diceva? »

« Andreotti, mi pare. Ispettore, sono preoccupata. E se fosse morta? »

« Bisogna essere pronti a tutto, quando sparisce un minorenne. Per esperienza però posso dirti che il più delle volte si tratta di allontanamenti volontari. »

« Clara le sembra il tipo? »

« Be', si porta dentro un segreto. È inquieta e ombrosa. Sì, lo credo possibile. »

Come a conferma delle sue ultime parole, voci concitate dal piano di sotto attirano la nostra attenzione.

Clara è tornata a casa.

Once upon a time somebody ran... Somebody ran away saying... as fast as I can... I got to go

« Sei impazzita? » sta esclamando Selina Azais.

Clara è statica e inespressiva. La madre, per prima cosa, l'ha abbracciata. Edoardo Norbedo ha ancora il suo braccio sulle spalle della figlia e le sta accarezzando i capelli. Hanno entrambi le lacrime agli occhi.

Clara è struccata e, come sempre, quando non abusa di eyeliner e rimmel sembra ancora più piccola, per non dire minuscola, una goccia d'acqua chiara in una pozzanghera di fango.

Ma dopo il sollievo iniziale, Selina sembra indiavolata. Strattona Clara per un polso, le dita smaltate di nero volano come mosche.

« Sono rimasta a dormire da un'amica » mormora la ragazzina, con voce talmente atona da sembrare un ripetitore automatico.

« Quale amica? E senza avvisarci? Hai perso la testa! »

« Calmati, Selina. Ci spiegherà tutto. Non è da lei comportarsi in modo irresponsabile. Dev'esserci una spiegazione. Non è così, Claretta? »

Clara rivolge al padre un'occhiata così dura da pietrificarlo.

« Ah, no, no! Non va proprio bene, Edoardo. La difendi, pure? Di questo passo cosa combinerà la prossima volta? »

Clara è pallida. Sembra reduce da una notte insonne. Sfila via il giubbotto nero, un modello molto simile al mio, e lo abbandona con gesto stanco sull'appendiabiti. Ha indosso solo un maglione nero di lana sottile con una spilla colorata di pannolenci. La descrizione dell'abbigliamento corrisponde ai dati forniti da Selina a Calligaris.

Non si è ancora accorta di noi e quando poggia i suoi occhi penetranti su di me riesce a rimpicciolirmi.

« *Loro* che ci fanno qui? » chiede al padre.

« Credevi che non avremmo chiamato la polizia? » le chiede Selina, le braccia conserte, uno stato di totale costernazione.

« Mi dispiace di avervi fatto preoccupare. Volevo starmene per conto mio. »

« Clara, cosa ti è successo? » le chiede suo padre, la voce cupa e preoccupata. Clara mantiene gli occhi bassi, evita di rispondere. « Qualcuno ti ha fatto del male? Vuoi parlarne con l'ispettore? O con la dottoressa? »

Mi sento come quando a scuola ero distratta e venivo interpellata improvvisamente.

« Non ho niente da dire. Sono un'adolescente. Sono inquieta. Faccio solo quello che ci si aspetta da me. O pretendete di avere una figlia adolescente che non dia preoccupazioni? »

Mi giocherei Ichi che Clara nasconde qualcosa.

« Dottoressa, crede sia il caso di portarla al Pronto soccorso? » chiede Selina.

Clara le rivolge uno sguardo basito. « Assolutamente no! » esclama.

« In effetti, signora Norbedo, non avrebbe molto senso. Clara sta bene, apparentemente, e non può essere sottoposta a nessun tipo di visita contro la sua volontà, soprattutto perché non lamenta nessun disturbo » spiego.

« Voglio solo essere lasciata in pace. In pace. » Un fremito la scuote. Gli occhi si riempiono di lacrime e lei li abbassa. « Vi prego, andate via » domanda, ma in realtà implora.

« Non lo farò più, lo prometto. Non fuggirò più » aggiunge, rivolta ai genitori.

È il verbo che ha scelto a farmi riflettere.

Fuggire.

* * *

« Perché voleva fuggire? » chiedo a Calligaris, ma non confido davvero che lui conosca la risposta.

« Chi può dirlo, con i minorenni. »

« Clara non è una minorenne qualsiasi. Ha assistito a qualcosa di terribile, nella peggiore delle ipotesi all'omicidio del nonno. »

« È possibile che abbia avuto un cedimento, proprio per lo stress cui è sottoposta. Mi è dispiaciuto doverle restituire i diari. Ho avuto la sensazione che potessero rivelare dettagli inaspettati. Per un attimo ho avuto la tentazione di fingere di essermene dimenticato. L'onestà, però, ha preso il sopravvento. »

« Che dettagli? »

Abbassa il volume della radio mentre trasmette una vecchia canzone degli Smiths. Il riscaldamento rantola e mi strofino le mani per il freddo, poi le infilo nelle tasche foderate del giubbotto.

« Qualcosa che, a naso, mi era sembrato stimolante. Alcune riflessioni su Azais e sui suoi figli. Non ho potuto leggere con attenzione. Sono soltanto impressioni. »

« Più precisamente? »

« Sul fatto che Oscar Azais fosse l'unico ammesso in visita dal padre. Enrico Azais l'aveva saputo e aveva fatto una sceneggiata a Selina. »

« Cosa c'entra Selina? » domando.

« Enrico la incolpava di influenzare positivamente il padre nei confronti di Oscar e di inasprire, al contrario, i rapporti tra lui e Azais. »

« Be', Enrico Azais è notoriamente paranoico. »

« Temo di averlo dato per scontato. Fin troppo » afferma, una smorfia sulle labbra che esprime incertezza. « Ho sempre pensato che Enrico Azais fosse tra tutti il più facile da incolpare. Per questo, ritenevo che fosse il colpevole meno probabile. Deformazione professionale, sai. Diffido dell'ovvio » aggiunge dandosi un tono. « Eppure... a volte l'ovvio è la strada giusta. Forse questo caso è più semplice di quanto sembra. »

Mentre rifletto sulle considerazioni di Calligaris, le mie mani nel giubbotto trovano qualcosa che non dovrebbe essere lì.

Tiro fuori un foglio tutto spiegazzato, lo apro e lo osservo.

« Ispettore... » inizio, e non so bene come proseguire. Mi ucciderà, lo so.

« Dimmi. »

« Dobbiamo tornare indietro, a casa di Selina. Ho preso il giubbotto sbagliato, credo che questo sia di Clara. »

Calligaris accosta e si volta a fissarmi, con sguardo tra l'esasperato e il divertito.

« Ringrazia il cielo che siamo appena partiti e non ho ancora preso l'autostrada. »

Arrossisco e, per una volta, taccio.

* * *

Dopo aver restituito il maltolto nelle mani di una Selina dagli occhi arrossati e l'aria sempre più persa nel vuoto, e aver recuperato il mio giubbotto, io e Calligaris riprendiamo la via del ritorno.

Quando l'auto imbocca l'autostrada, ho un'improvvisa illuminazione.

« Ispettore, ho trovato una cosa strana nel giubbotto di Clara. »

« Ah, sì? Cosa? »

« Era un foglio stampato, un po' stropicciato. Credo che lei sia stata a Roma, questa notte. »

Calligaris corruga la fronte, lo sguardo dritto sulla strada di fronte a lui. « Forse l'amica cui si riferiva abitava a Roma. Forse si è vista con un ragazzo. È l'età in cui si commettono le pazzie di cui poi si ride quando si diventa grandi. »

« Era la stampata di una schermata di Google Maps, con il puntatore su un indirizzo preciso. L'ho memorizzato. Potrebbe controllare per scoprire a chi appartiene? »

Calligaris è imperscrutabile, ma accetta l'idea.

Appena giunti nel suo ufficio, mette in moto i suoi potenti mezzi e dopo venti minuti, forse qualcosa in meno, apprendiamo che in via Ciancaleoni, al numero civico 5, abita Oscar Azais.

Well, I feel like they're talking in a language that I don't speak

Il minore dei figli di Azais ha aperto il portone di casa con indosso una camicia bianca e un paio di jeans. C'è della musica chillout in sottofondo, e lui tiene tra le dita un flûte da aperitivo. Ha addosso litri di colonia e in breve ci accorgiamo che non è solo.

« Prego? » domanda, un po' scocciato.

Calligaris spiega la sua posizione, per poi aggiungere: « Abbiamo bisogno di rivolgerle poche e semplici domande ».

Con una smorfia di insofferenza, Oscar abbassa il tono della voce nello spiegarci che preferirebbe non farsi vedere in compagnia della polizia dalla donna che è di là in un'altra stanza.

« Comprendo perfettamente. Dovrà pazientare, tuttavia. »

Azais si irrigidisce. Ci lascia in tralice sul ciglio della porta senza alcuna spiegazione. Lo sentiamo dire alla sua ospite che ha bisogno di qualche minuto di privacy per un grattacapo da liquidare. Io e Calligaris ci scambiamo un'occhiata di soddisfazione; lui è sempre entusiasta all'idea di essere un grattacapo per qualcun altro.

Oscar si ripresenta al nostro cospetto con le chiavi di casa tra le mani e un giubbotto sul braccio.

« C'è un bar, qui vicino. Vi chiedo la massima rapidità. »

Lo seguiamo e prendiamo posto al tavolino più nascosto del bar. Azais rifiuta di ordinare; l'ispettore invece si concede il Cynar delle grandi occasioni.

« Ha ricevuto una visita, ieri? » domanda in maniera vaga.

Oscar sgrana gli occhi, così simili a quelli del padre. « È successo qualcosa a Clara? »

« No. È tornata a casa stamattina, illesa. Vedo che ha colto subito il punto. E visto che è di fretta, può spiegarci la ragione della visita di sua nipote? »

Oscar non guarda l'ispettore negli occhi. Ordina del Ballantine's, raccomandando al cameriere una parca quantità.

« È stata lei a dirvelo? »

« Risponda prima alla mia domanda, Azais » rilancia Calligaris, placidamente.

« È arrivata ieri sera, senza nemmeno avvisarmi prima. Avrebbe potuto non trovarmi. Quando gliel'ho fatto notare, ha risposto che mi avrebbe aspettato dietro la porta anche per tutta la notte. Quant'è strana quella ragazzina. »

« Cosa voleva da lei? »

« Mi ha detto di essere scappata di casa dopo aver litigato con i suoi genitori. »

« Perché si è rifugiata proprio da lei, Oscar? » chiede Calligaris, con evidente scetticismo.

« Sapete come sono gli adolescenti. Chi può dirlo. Aveva bisogno di un volto amico. Di un adulto di cui fidarsi. E ha pensato a me. Forse perché tra gli zii preferisce me. »

Azais si sforza di ostentare naturalezza, ma secondo me sta recitando una parte, e anche male.

« Non è che per caso voleva parlarle di qualcosa di segreto... che ha a che vedere con la morte di suo padre? » intervengo.

Lo ammetto, ho parlato senza riflettere e Calligaris ora mi fissa con un'espressione che mi ricorda quando ero piccola e dopo che avevo fatto una marachella mia madre mi diceva: « Poi facciamo i conti ».

« Certo che no. Ci sono segreti sulla morte di mio padre? »

« No » ribatte seccamente Calligaris, dopo avermi fulminato con un'occhiataccia. « La mia collaboratrice intendeva dire... » Non sa nemmeno lui cosa inventarsi. « Sua nipote è sotto shock. Credo che ci sia qualche dettaglio che ha omesso di raccontarci, a proposito del ritrovamento del cadavere di suo nonno. Lei cosa ne pensa? »

Oscar fa spallucce. « Francamente, non ho idea di cosa stiate parlando. Mia nipote ha pur sempre i nostri geni, anche se mitigati da quelli di mio cognato. Di conseguenza è particolare. Insondabile, direi. Si è fermata a dormire qui e stamattina le ho pagato il biglietto del treno per tornare a Tarquinia. »

« Non ha pensato nemmeno per un attimo di avvisare sua sorella? Non immaginava quanto sarebbe stata in apprensione? »

Oscar abbassa lo sguardo. È ovvio, che l'ha pensato. Tutto sta nel capire perché non lo ha fatto. Altro che fuga per una banale lite con i suoi genitori.

Clara ha parlato con suo zio della morte di Konrad.

Suo zio adesso conosce la verità, qualunque essa sia.

Ma quest'individuo seduto qui davanti a noi, che sorseggia il suo Ballantine's e non vede l'ora di tornare dalla sua ospite, non si lascerà scappare niente.

Come una fune, ho teso l'anima sul precipizio e vi ho fatto l'equilibrista, giocoliere di parole

Vladimir Majakovskij

In Istituto l'aria è immota, sembra di essere persi nel Sahara.

Il Supremo è fuori per un congresso, Anceschi si è messo in malattia – e immagino che tutto sommato non menta: il caso Azais lo ha devastato. La Wally è indifferente agli specializzandi, ci saluta a stento e se ci rivolge la parola è per vessarci.

Claudio ha una nuova fan, una studentessa del quinto anno che ha fatto domanda di internato. È stata chiara nel raccontarci che lui è il motivo per cui lei ha smosso mari e monti per fare un tirocinio nel nostro Istituto e ci manca solo che si dipinga sulla fronte un cubitale AFFITTASI. Non potrebbe essere più esplicita; lui e la sua vanità gozzovigliano al banchetto di tutti i sorrisi, gli sguardi e le allusioni che la piccola Francesca gli rivolge. Farà di certo carriera, è già scritto negli astri.

Sto scrivendo una scaletta di tutti gli impegni in vista del trasloco a casa di Cordelia, quando una telefonata mi avvisa che sono richiesta con urgenza dalla Wally.

La trovo intenta a sorseggiare un succo d'ananas, le gambe così tozze che non riescono a toccare il pavimento, senza camice e con una camicia fucsia che la fa sembrare un Chupa chups gusto fragola di proporzioni cubitali.

« Si sieda, Allevi. Ho scritto le conclusioni della perizia su Azais, ho pensato che le interessasse conoscerle. »

« Certo prof » replico, prendendo posto davanti a lei.

Comincia a leggere con la sua voce incatramata, un colpo

di catarro nel momento cruciale, quello in cui si esprime con parere negativo all'interdizione.

« Dovrei prendere un antibiotico » commenta a bassa voce. « C'è una farmacia qui vicino, ma ho tanto da fare... »

Ecco lo spartiacque. La linea di confine.

Se mi offro dicendole: « Non c'è problema prof, vado io », le sorti della mia carriera riceveranno una spinta in avanti.

Perché lei è fatta così, è pigra e sola, e chiedere favori è un modo per sentirne meno il peso. Si narra che Ambra porti regolarmente il suo chihuahua a fare la toelettatura e che per anni Claudio l'abbia accompagnata dal dentista una volta al mese. Per tacere del fatto che Lara le prepara le marmellate di cui lei è ghiotta, con frutta fresca di stagione. Le piace l'adulazione: la riconosce, non manca dell'intelligenza sufficiente a discriminare le attenzioni genuine da quelle subdole, eppure le piace e non riesce a farne a meno. È forse l'unica, grande e triste debolezza della Wally.

« Se vuole, posso andarci io » mi sento dire quasi senza accorgermene. Forse è perché in fondo ammiro la posizione che ha assunto nei riguardi di Konrad Azais. Come se mi avesse reso un favore personale.

« Non dica sciocchezze. Non sfrutto gli specializzandi! Sareste pronti a denunciarmi a *Striscia la notizia*. Stavo solo parlando tra me e me. Mi faccia finire di leggere. »

La perizia è grandiosa, non si può negare. La Wally è un mostriciattolo pieno di talento. È incisiva e ferale, come io posso solo sognare di diventare. Vorrei dirle che l'ammiro, ma non lo capirebbe.

« Ho parlato con Claudio della causa della morte, che non è stata definita con certezza » aggiunge poi, fissandomi con gli occhi scuri che, senza l'effetto deformante degli occhiali da ipermetrope, hanno un aspetto porcino. « Mi ha detto che lei è stata molto attiva, che ha studiato con profondità, in maniera trasversale. Ne sono felice. »

« Grazie, prof. »

« Ho detto a Claudio la mia opinione. Sono quasi sicura che si sia trattato di una morte per inibizione. »

« Lo credo anch'io! » esclamo soddisfatta, e ci manca poco che faccia la ruota come un pavone. Dovrei imparare a controllare i miei moti di entusiasmo, divento imbarazzante.

« Sì, lo so. Claudio me l'ha detto » afferma con noncuranza. « Su che base, poi, si sia innescato il meccanismo dell'inibizione, io non saprei proprio dirlo. »

« Nessuno sa dirlo, prof. La verità è che c'è un testimone oculare, ma si rifiuta di raccontare cosa sia successo veramente. »

« Be', parlerà prima o poi. Adesso veda di tornare al lavoro, dottoressa » tronca infine, brusca.

Così, rimessa al mio posto di specializzanda, e cioè al grado più basso della catena alimentare, mi rialzo in silenzio e mi avvicino alla porta.

Ed è proprio quando sono sulla soglia che mi sento richiamare dalla sua voce da cornacchia.

« Andrebbe davvero in farmacia? » domanda, lo sguardo ottimista di chi si è detto che tutto sommato non avrei mai il coraggio di denunciarla a *Striscia la notizia*.

* * *

Con una confezione di Klacid 500 in borsa, faccio rotta verso l'Istituto, dopo aver comprato al volo in un'edicola dimenticata da Dio un romanzo ingiallito di Agatha Christie.

Durante tutto il tragitto non ho fatto altro che ripensare alla morte di Konrad, all'autorevole conferma della Wally e al fatto che – ne sono certa – l'inibizione dev'essersi verificata quando qualcuno ha tentato di strozzarlo. Una parte di me sa che ci sono altri meccanismi che possono condurre all'arresto cardiaco per inibizione vagale. Sono tutti meccanismi non violenti, e tutti potrebbero essersi verificati, ma l'anomalia della situazione è tutta concentrata nella figura chiave di Clara, in quel suo evidente sapere e nell'ostinato negare.

Però quell'accenno alle mani dello zio accanto al collo del nonno quadra come il giusto tassello di un puzzle e io ho deciso di chiudere questa faccenda. A modo mio.

Chiamo l'ispettore Calligaris e gli propongo un'ultima visita a casa Norbedo. Stavolta deve essere decisiva.

« Credi sia il caso? » ribatte lui, perplesso.

« Ho un'idea. Magari non porterà a nulla, ma forse stavolta Clara non riuscirà a continuare a fingere. »

« Mi sembrava che tu preferissi così » replica in maniera secca, una constatazione attraversata da un filo di rimprovero.

Ci diamo appuntamento alle tre sotto casa mia e alle quattro e mezzo, grazie alla sprintosa guida dell'ispettore, siamo a Tarquinia. Ci fermiamo nel centro storico a prendere un tè in un piccolo caffè letterario in via Carducci; Calligaris ne approfitta per farsi un tramezzino e per comprare un libro illustrato per i suoi bambini. Recuperiamo poi l'auto, parcheggiata poco fuori le mura, e raggiungiamo casa Norbedo.

La sorpresa con cui Selina ci accoglie si trasforma presto in rassegnazione.

Calligaris non chiede mai scusa per il disturbo, eppure sarebbe giusto farlo, visto che Selina stava per uscire. Ai piedi indossa gli stivali e al braccio porta un cappotto marrone. Lo conferma lei stessa, senza smarrire mai il sorriso né la cortesia.

« Naturalmente posso tardare, non c'è problema » aggiunge con semplicità, poggiando il cappotto sul divano bianco di cotone grezzo.

Ci invita a sederci, ci offre dei biscotti alla farina di mais preparati da lei e ci guarda con aria interrogativa. È probabile che dentro di sé stia sperando in una visita molto celere. Le corde del violoncello di Clara vibrano in una stanza al piano di sopra, segno che il piccolo genio è in casa e si sta esercitando.

«Abbiamo bisogno di sua figlia» esordisce l'ispettore, col tono dell'uomo che non deve chiedere mai.

Selina cambia espressione. Diventa protettiva e una sottile irritazione attraversa la sua voce da ragazzina.

«Ispettore, credo davvero che stiate esagerando con Clara. È ancora una bimba, è sotto stress, non fate che girare attorno a quel pomeriggio... sperando che cosa? Che ricordi improvvisamente?»

«Signora Norbedo, ho seri motivi per ritenere che sua figlia ricordi esattamente cosa è stato fatto a suo nonno. Perché, intendiamoci, qualcosa *è* successo.»

Selina si irrigidisce. «Posso impedirvi di parlare con lei? Forse è il caso che contatti il mio avvocato.»

«Lei è libera di fare quello che vuole, signora, ma non ce n'è motivo. Può assistere, lo sa.»

«Non ho assistito, in precedenza, per rispetto nei riguardi di Clara. Per lasciarla libera di esprimersi sentendosi il più possibile a proprio agio.»

«Una saggia decisione» ribatte Calligaris condiscendente.

Selina emette un lungo sospiro pieno di angoscia.

«Clara!» chiama, un'inflessione triste e stanca.

Clara scende lentamente le scale, ci osserva e ci ignora. Ma la madre la richiama e allora lei mi trapassa con occhi colmi di rancore.

« Ancora? » domanda, prendendo un biscottino dal piatto di porcellana bianca servito dalla madre.

« È l'ultima volta » rispondo e Calligaris non sembra felice di questa mia uscita.

« Vi lascio qui » aggiunge Selina, allontanandosi verso un'altra stanza. « Clara, amore, stai tranquilla. »

Clara annuisce e si siede accanto a me. Solleva il viso lentigginoso e mi punta addosso gli occhi verdi sottolineati da abbondante kajal.

« Avanti, Alice » mi esorta Calligaris, pronto a godersi la scena come se fosse nel salotto di casa sua intento a guardare in tv un episodio della *Signora in giallo*.

Deglutisco con fatica, mi accorgo di avere mal di gola. La piccola è impaziente, le sue unghie smaltate di nero tra le ciocche bionde sembrano scorrere sui tasti di un flauto.

« Sai, Clara, che finalmente i risultati dell'autopsia sono chiari? »

Lei corruga la fronte piana e chiara. Calligaris accavalla le gambe e poggia una mano sotto il mento.

« Ah, sì? »

« Sappiamo cosa è successo quel pomeriggio. Abbiamo pensato che spiegandotelo forse riuscirai a ricordare meglio tutti i dettagli. »

« Non credo » ribatte lei, le guance colorate da un tenue rossore.

« Lo sai, invece. Le mani... le hai viste accanto al collo di tuo nonno. Quelle mani lo hanno ucciso. Di chi erano quelle mani, Clara? »

« L'ho già detto. »

« Bene. Allora... è stato tuo zio Enrico? È un momento cruciale, Clara. Rifletti bene. Stai per mandare tuo zio Enrico in galera fino alla fine dei suoi giorni » le dice Calligaris, e a me vengono i brividi.

Lei non risponde.

« Clara. Abbiamo smesso di giocare. Oggi si fa sul serio. Dalle tue affermazioni scaturiranno delle conseguenze. »

Clara sgrana gli occhi, nelle iridi di acquamarina sguazzano il rimorso di aver ostacolato fino in fondo la verità e il rimpianto di non essere riuscita a raggiungere il suo scopo.

Silenzio.

Ancora silenzio.

Ha dei valori solidi, in fondo. È cresciuta nella dolcezza, con un'educazione di stampo mitteleuropeo, nella purezza. Annuisce tenendo gli occhi bassi, le labbra screpolate sono serrate. Le mani da adolescente sono adagiate in grembo, si confortano a vicenda.

« Noi sappiamo chi è stato. Non puoi più proteggerlo » insiste Calligaris, capace di barare come un vecchio bucaniere. Affonda il coltello senza pietà, tocca il suo cuore e Clara scoppia a piangere, i singhiozzi così forti che Selina si precipita nella stanza, i piedi schiaffeggiano il legno dei gradini.

Abbraccia la figlia, che si aggrappa alle sue spalle come se stesse per precipitare da un dirupo.

« Perdonami mamma » biascica e Selina le accarezza i capelli, la rasserena, le dice: « Non devo perdonarti nulla ».

« Io... non posso più... »

« È stato tuo padre? » le domando con un filo di voce.

Clara china il capo e annuisce.

Sono sicura di non aver provato mai nulla di simile. Ho raggiunto un risultato su cui Calligaris lavorava da mesi. L'ho raggiunto io, con tenacia, scienza e volontà.

Eppure mi sento di merda.

Mi sento come se avessi frantumato uno splendido cristallo. Adesso i pezzi giacciono ai miei piedi e mi sembra di aver distrutto un po' della già scarsa bellezza di questo mondo.

A nulla vale ripetermi che è stato Edoardo Norbedo a spezzare tutto. Il senso di responsabilità che prima era sottile adesso mi investe e mi travolge. Mi sento fuori posto, colpevole.

Clara si abbandona al pianto e mi domando quante altre volte si sia sentita così angosciata dal giorno del suo quindicesimo compleanno.

Quante volte ha avvertito il peso della scelta? Perché è così, scegliere è la prova più difficile cui un essere umano può essere sottoposto.

Selina la lascia a malincuore e si siede al tavolo di legno, proprio di fronte a me.

« Cosa succederà adesso? » domanda, in apprensione. Clara poggia la testa sulla sua spalla e si asciuga il nasino con un kleenex che le porgo, preso dalla mia borsa.

Ammutolita, lascio che sia l'ispettore a rispondere.

« Innanzitutto, signora, è necessario che Clara chiarisca cos'ha visto con esattezza. Dovremo rivolgere delle domande anche a lei e poi dovrò interrogare suo marito... E naturalmente immagina ciò che accadrà, non è una sciocca. » Il risultato della delicatezza malriuscita di Calligaris, con cui vorrebbe evitare di dire a Clara che suo padre verrà indagato per tentato omicidio – se non per omicidio volontario –, è quanto meno discutibile, se non del tutto insufficiente.

« Te la senti, Clara? Dobbiamo essere forti. Vedrai che tutto si risolverà, papà tornerà presto. »

Clara annuisce, e capisco che, per paradosso, in fondo si sente più leggera, liberata.

« Mi sono accorta che il nonno era morto poco prima di pranzo e non quando gli ho portato la torta. »

Io allibisco e a Calligaris sfugge il sorriso sarcastico della volpe giocata dal topo. Selina appare stravolta, ascolta la figlia con gli occhi lucidi.

« Poco dopo aver apparecchiato la tavola insieme a Terézia avevamo portato il vassoio con gli antipasti. Il nonno adorava gli involtini di rucola e ho pensato di portargliene un paio. E di pregarlo per l'ennesima volta di scendere giù, a tavola con tutti noi.

« La porta della stanza era chiusa, ho bussato, ma lui non ha risposto. Credevo stesse dormendo, così ho lasciato gli involtini sul mobile accanto alla porta, dicendomi: 'Glieli darò più tardi'. Poi ho sentito un rumore strano, che non saprei spiegare. Ho aperto la porta e ho visto mio padre accanto alla sedia a rotelle del nonno e... aveva... aveva le mani vicine al suo collo, e il nonno era già svenuto. O morto. O non lo so. »

Selina comincia a piangere in silenzio.

Clara prosegue, la voce ridotta ai minimi termini dall'emozione, roca per il pianto.

« Mio padre non si è accorto di me. Ho capito che stava facendo qualcosa di brutto. Mi sono nascosta nella mia stanza e dopo poco l'ho visto andare in bagno. Piangeva. Si è sciacquato la faccia e mi ha visto. Non ci siamo detti nulla. Io non ho fatto domande e nemmeno lui. »

Selina mette le mani agli occhi, le sfugge un singhiozzo soffocato.

« Sono rientrata nella stanza del nonno. L'ho scosso un po'. Ma era morto, mortissimo. Non aveva segni al collo, non poteva essere stato strozzato. Però qualcuno avrebbe capito che era stato ucciso. Voglio dire... non so come. Ma i medici legali capiscono sempre come sono andate le cose, altrimenti a cosa serve l'autopsia? E poi ho pensato che forse papà non lo aveva strozzato, ma aveva fatto qualcos'altro. Forse lo aveva avvelenato... Allora ho guardato il nonno e gli ho chiesto scusa da parte di papà. Ho preso quella lettera, la conoscevo bene. Era vecchissima, voleva utilizzarla per un racconto. L'ho lasciata sulla scrivania, sperando che tutti pensassero a un suicidio. »

Eccola, tutta l'immaturità di Clara. Non ha pensato nemmeno per un istante a una morte naturale. Ha dato per scontato che qualcosa di anomalo sarebbe stato trovato e che per tutelare suo padre avrebbe dovuto inscenare un suicidio. Se non fosse una situazione orribile, forse sarei intenerita.

« Ho fatto finta di portare da mangiare al nonno durante tutto il pranzo. Riportavo indietro i piatti dicendo a mia madre che non ne voleva. Mio padre era talmente agitato che non si è accorto di nulla e si sforzava di sembrare lo stesso di sempre. Alla fine del pranzo, dopo aver tagliato la torta, ho memorizzato la posizione di tutti quanti. Mio padre era seduto a tavola e stava raccontando una storiella da ridere. Era l'occasione giusta. Ho finto di averlo trovato morto in quel momento, così nessuno avrebbe potuto incolpare mio padre. »

Clara fa una pausa, sembra sfinita.

« Io... ho fatto tutto il possibile per difenderlo ma... non ne potevo più. Quando sono scappata, sono andata dallo zio Oscar perché era l'unico che avrebbe potuto capirmi. Lui mi ha ascoltata. Lui... è come il nonno. »

Quindi, Oscar Azais era al corrente di tutta la verità, proprio come io avevo immaginato. Ha taciuto per tutelare la nipote e la famiglia della sorella o per semplice inerzia?

Intanto, il racconto di Clara ha creato un vuoto lunare, le parole sono ridotte in polvere. Anche Calligaris, che ha appuntato la deposizione della ragazzina sul taccuino, appare scosso. Clara tiene gli occhi bassi, ha fatto scempio delle unghie nere.

Lei, che ha fatto di tutto per difendere il padre, non si accorge di averlo incastrato con le sue stesse mani. Con i suoi silenzi, con il goffo tentativo di esibire una vecchia lettera per depistare le indagini. Spero per lei che capisca la portata dei suoi errori il più tardi possibile, quando avrà la maturità sufficiente per perdonarsi.

Il vino, la cena e in tasca un porta fortuna...
ma niente, che roccia!

Gli eventi sono precipitati.

Abbiamo aspettato l'arrivo di un legale di fiducia dei Norbedo e Calligaris ha raccolto una deposizione ufficiale di Clara e di Selina.

Il problema è il movente. Sono emerse notizie frammentarie, ipotesi conflittuali, le amarezze di una moglie ferita che ignorava la verità, ma chissà che non l'avesse sospettata, chi può dirlo? Tra l'altro, ci deve essere una connessione tra la morte di Konrad e quella di Amélie, e io non riesco proprio a immaginare in che modo e perché Edoardo abbia ucciso la Volange.

Edoardo Norbedo stava giocando a tennis in un campo poco distante, e una pattuglia è andata a recuperarlo per portarlo a Roma. Calligaris mi ha rispedita a casa come la ricevuta di una raccomandata. « Per oggi è tutto, cara. Ti darò notizie. Hai fatto un ottimo lavoro. »

Sulla strada del rientro invio un messaggio a Claudio per sondare il suo umore e capire se è il caso di raccontargli il mio ruolo nella recente svolta. Potrebbe prenderla male, conosco bene la suscettibilità del supereroe dell'Istituto.

Qualcosa si smuove, perché al mio secondo messaggio fintamente innocuo lui risponde con una chiamata.

« Quando il diavolo ti accarezza vuole l'anima » esordisce. « Come fai a sapere che il magistrato che si occupa del caso Azais mi ha convocato con urgenza? »

« Addirittura con urgenza? »

« Ho trovato i carabinieri sotto casa, cazzo. Come facevi a saperlo? »

« È una lunga storia. »

« Ci sei dentro fino al collo. Lo sapevo. »

« Quando finirai di parlare con il PM, passa da casa mia. »

« Uh-uh! »

« Ti spiegherò cos'è successo e, soprattutto, mi racconterai la tua deposizione. »

Trascorro l'ora successiva tentando di rassettare casa ascoltando un cd di John Mayer. Yukino è stata invitata a una cena di commiato con i suoi docenti e colleghi e non può darmi una mano. Peraltro è talmente presa dai suoi problemi che ha abbandonato la cura della casa, che ricade sulle mie spalle e che affronto come posso, ovvero male. Sono molto disordinata, è una delle ragioni per cui sono felice di non vivere più con mia madre, che tiene la casa in ordine come se si aspettasse da un momento all'altro il blitz di un fotografo di *Elle Decor*.

Ho appena gettato nel cestino un paio di carte appallottolate di Bounty sfuggite al primo raid, quando Claudio suona alla porta. Mi saluta con una carezza noncurante sulla guancia, si sfila il Fay lasciandolo cadere con disinvoltura su una poltroncina, va in cucina e si versa dell'acqua.

Si appoggia al top bianco della cucina e si guarda attorno, l'aria mezza schifata. Ichi gli si avvicina scodinzolando in maniera prudente, senza troppe smancerie.

« Ciao, cane. Guai a te se ti avvicini. Gradisco rapporti cordiali, ma non affettuosi. »

Ichi replica con uno sguardo che sembra voler dire: *Sei tu a perderci* e si allontana sculettando con signorilità. Sale con un balzo sul divano e si adagia come la Paolina Borghese di Canova.

« E, di grazia, adesso dove dovremmo sederci? » mi interroga lui, gli occhi fissi su Ichi che risponde allo sguardo come a dirgli: *Io da qui non mi muovo.*

Indico gli sgabelli accostati al tavolo.

Lui prende posto, scuotendo il capo. Ha fatto crescere un po' i capelli ed emana superbia come il sole che irraggia a mezzogiorno in agosto.

Controlla l'ora e chiede: « Prima io o prima tu? »

« Tu, ovvio. »

« Hai del Martini? Qualche oliva? »

« Non è un bar. Dai, sbrigati. Sto morendo di curiosità. »

Claudio sbottona il colletto della camicia, si massaggia il collo con energia, un'istintiva smorfia di sofferenza che tradisce una certa stanchezza. Prendo dal frigo un Bacardi Breezer all'ananas, è l'unico alcolico che posso offrirgli. Lo stappo, sto per versarlo in un bicchiere, ma lui mi pizzica il sedere.

« Ahia! »

« Dammelo » dice allungando la mano, senza voltare lo sguardo. « Il Bacardi, intendo. Non è un succo di frutta che stai versando a un bambino. »

Tra un sorso e un altro mi spiega quel che immaginavo. Il PM gli ha chiesto la compatibilità tra la dinamica ricostruita da Calligaris attraverso la testimonianza di Clara e i reperti autoptici di Azais, così ambigui e aspecifici. Lui ha risposto che la compatibilità è assoluta e in presenza di dati circostanziali è un meccanismo altamente probabile. Fine.

« E poi? »

« E poi cosa, Alice? Poi sono venuto qui. Ora dimmi che ruolo hai tu in questa faccenda. »

Glielo spiego a grandi linee, selezionando gli elementi che mi danno maggior lustro. Sono stufa di fare la figura di quella che non capisce niente, con la testa tra le nuvole.

Quella che lui considera inetta, superficiale, non tagliata per la professione in cui lui eccelle. Mi ascolta con un'espressione venata di sarcasmo, perché è fatto così, non è mai serio, non con me almeno.

« E così tu, con il tuo cervellino da detective, hai risolto il caso Azais. Brava, Alice » conclude schernendomi con un applauso.

« Non ci credi? »

« Certo che ti credo, perché non dovrei? »

« Perché continui a non stimarmi, professionalmente. Guarda che lo so. »

« Ancora con questa storia. »

« È perché m'importa. »

Lui solleva lo sguardo, un po' sorpreso.

È possibile che gli abbia risposto con un'intensità che è sfuggita al mio controllo e questo l'ha confuso ma anche incoraggiato.

Finisce il Bacardi.

Si alza dallo sgabello e mi accarezza il collo per un lungo istante. Io resto in silenzio, chiudo gli occhi. Lui poggia la testa sulla mia spalla, in un abbraccio scomodo e strambo.

« Non so come prenderti » sussurra con candore.

Rispondo al suo abbraccio, lo assecondo. Sfioro il suo collo con le mie labbra, con la punta delle dita i capelli duri per il gel. Lui si abbandona e come un flusso liberatorio che da lui passa a me e mi contagia, dimentico chi è lui, chi sono io, e perdo di nuovo il controllo.

Oh, misericordia. Finirà male. Lo so già. E stavolta non ho scuse, non sono ubriaca.

È splendido. Resistergli è come interrompere a metà una cremosa cioccolata calda. Le sue mani poggiate alla parete incorniciano il mio viso che, se è del colore della mia anima, come minimo è paonazzo.

Vorrei essere capace di smettere di pensare. Andrebbero bene anche solo cinque minuti di vuoto.

Abbandonati, Alice.

Lo scanso di colpo. Lui scuote il capo, deluso e incredulo allo stesso tempo.

« Problemi? »

« Non voglio. »

Lui sgrana gli occhi, il lieve strabismo divergente dell'occhio sinistro, accentuato dalla voluttà, viene sgombrato del tutto dalla rabbia montante.

« Alice. Tutte queste storie per una scopata! Non hai quindici anni e io ne ho abbastanza. »

Epico come sempre quando gli eventi prendono una piega che lo contraria, recupera il suo giubbotto e se ne va via in un silenzio solenne.

Poco dopo gli scrivo un messaggio per dirgli che mi dispiace. Che non voglio prendermi gioco di lui. Naturalmente, non risponde.

Baromságok!

L'indomani mi ritrovo in una tale astinenza da luce che gioisco della tenacia con cui il sole si apre un varco tra nuvole color topo. Prendo la metro per raggiungere l'ufficio di Calligaris, dove trovo l'ispettore su di giri.

Ha gli occhi cerchiati che tuttavia brillano di entusiasmo. È una delle doti che più apprezzo in lui: nonostante il suo lavoro lo metta faccia a faccia con lo squallore umano, lui non ha perso la capacità di provare una genuina fiducia verso l'umanità. È gioviale, affettuoso ed è un entusiasta. Tutte qualità che adoro trovare nel mio prossimo.

« Buongiorno Alice » esordisce con tono quieto, ma la sua voce è attraversata da un fremito. « Ti faccio portare un cappuccino. Te lo meriti tutto. »

« Grazie, ispettore. »

« Me lo sento. Insieme faremo grandi cose. »

La sua sguattera – immagino sia l'equivalente di noi schiavizzandi nel corpo della polizia – mi porta il cappuccino. Riscaldata, sono pronta ad ascoltare il suo racconto, ma ho paura che contenga verità in grado di turbarmi.

Lui congeda la schiavizzanda ingiungendole di non disturbarlo se non per motivi di gravità incontenibile. Non c'è niente da fare, in ogni ambiente si ripropongono le medesime dinamiche: un soggetto tipo la Wally, sopra; uno tipo me, invariabilmente sotto.

Intreccia le dita e assume il contegno del grande narratore modello Lucarelli dei tempi di *Blu Notte*; bisogna tuttavia riconoscergli un discreto talento immaginifico: ci manca solo che chiuda gli occhi e mi sembra di vedere Edoardo Norbedo ventenne, che sogna di diventare un celebrato scrittore.

* * *

Edoardo è un giovane bohémien appartenente a una ricca famiglia di parvenu della provincia marchigiana. Sogna l'evasione dal borgo e così, conseguita la maturità classica con il massimo dei voti, si trasferisce a Roma per studiare letteratura italiana. Il suo sogno è di diventare uno scrittore.

Nonostante gli sforzi profusi, tuttavia, il giovane Norbedo non centra l'obiettivo, pur essendosi inserito in un ambiente di fervore culturale molto stimolante, condito dalle giuste conoscenze. A una cena organizzata dalla moglie di un editore di cui è diventato l'amante, Edoardo conosce Konrad Azais, mito della sua giovinezza. Lo scrittore attraversa ormai la parabola discendente della sua carriera; le due frustrazioni, a modo loro, si incontrano e a metà strada si consolano. Edoardo incensa Konrad, la cui vanità è seconda solo all'ambizione forsennata; Konrad snocciola di quando in quando delle perle di incoraggiamento nei riguardi dell'aspirante autore.

Norbedo è un arrivista. A suo giudizio i rapporti interpersonali costituiscono un mezzo indispensabile per la riuscita. Arpiona Azais e non lo molla. Dal bizzarro rapporto scaturisce una sorta di abitudine: i due si incontrano, prevalentemente a casa di Konrad, e parlano di libri, quelli di Azais, com' è ovvio. Il titano ha dato un'occhiata ai manoscritti di Norbedo e li ha bollati come banali. Smette di incoraggiarlo: comincia, al contrario, a indicargli una strada diversa che nulla abbia a che vedere con la letteratura.

Edoardo inghiotte il rospo, ringrazia, ma non smette di scrivere e continua a promuovere la sua attività negli ambienti adatti. Un pomeriggio d'estate, a casa Azais, conosce Selina: un anno dopo sono già convolati a giuste nozze.

Selina Azais ha visto un fratello rovinato dall'ossessione di diventare scrittore, di emulare il padre, convinto di avere qualcosa da dire. Secondo lei, per scrivere un libro non basta avere un messaggio o una storia da condividere; è necessario prima di tutto che l'aspirante autore possieda la giusta autocritica per comprendere se esiste al mondo qualcuno interessato ad ascoltare. Racconta a Edoardo di Enrico, che ha tentato il suicidio già una volta – e non sarebbe stata l'ultima – e di Oscar, personalità multiforme ed eclettica. Entrambi mantenuti dal padre. Entrambi infelici.

Delusione dopo delusione, Edoardo dedica sempre meno tempo alla scrittura. Trova un buon lavoro con prospettive di carriera, adora davvero Selina, e otto anni dopo le nozze diventa padre di una bambina che è il suo tesoro. Il sogno di pubblicare continua ad abitare alcune stanze chiuse della sua mente, ma lui non sfiora nemmeno la serratura. Sono stanze intasate dalla malinconia, quella dei desideri infranti, quella malinconia che genera sensi di colpa, perché in fondo va tutto bene, la vita sorride, eppure quel qualcosa che manca sussurra parole di scontento che come crepe rovinano l'intonaco di un'esistenza serena.

Azais regala a Selina la casa di Tarquinia. La figlia la corteggia da anni, e il vecchio comincia a distribuire tra i figli la propria ricchezza. Selina si dedica alla ristrutturazione e la sua laurea in architettura del tutto inespressa trova infine uno sfogo. Clara cresce e supera la fase edipica che tanto compiace Edoardo. Le prospettive di carriera per lui si rivelano mediocri, la noia lo afferra segretamente ogni santo giorno.

E, alla fine, cede.

Edoardo apre quelle stanze, la malinconia rompe gli argini. Ricomincia a scrivere, demolisce, rilegge, riscrive. Lo sente: questa è la volta buona. È cresciuto, ha acquisito la maturità che gli mancava, un piglio nuovo, un'originalità assoluta.

Nel frattempo, Leone Azais scopre la lettera del padre, quella in cui devolve tutte le proprie ricchezze a una sconosciuta, e avvia il processo di interdizione. A quel punto Konrad, ormai gravemente invalido, chiede di lasciare la casa del figlio. Selina lo accoglie a braccia aperte e così anche Edoardo, che vede in quel trasloco un segno del destino. Stavolta il suocero non potrà non vedere il suo talento. Lo spronerà a riprendere i suoi tentativi di pubblicazione.

È cosa certa.

Edoardo Norbedo avvicina il suocero con prudenza. Lo conosce bene, sa che è un uomo difficile, irascibile e impaziente. Non vuole sentirsi dire: *Hai ricominciato, Edoardo?* La stima del suocero è il suo desiderio più recondito, quell'urgenza senza la cui realizzazione si sente incompleto. Cesella il suo nuovo romanzo con quella serena metodicità di chi sa che il risultato è certo. Vuole presentargli il bambino con l'aspetto migliore, non ha fretta.

La convivenza però si rivela più difficile del previsto: Azais diventa sempre più brusco e intollerante. Accetta e desidera l'esclusiva compagnia della nipotina. Liquida le visite di Edoardo con parole spicce, come se avesse un gran da fare. Cosa, poi?

Ed è Clara che, con ingenuità, svela l'arcano: il nonno sta scrivendo il suo ultimo romanzo e desidera trascorrere molto tempo da solo. Alla sua età, il tempo è prezioso, non è detto che ne abbia molto.

Edoardo accoglie la notizia con diffidenza e sarcasmo: ritiene che il vecchio abbia finito le cartucce. Nel frattempo il suo manoscritto è completo: l'impresa è stata faraonica, settecentocinquanta pagine di polpettone storico ambientato nella Roma dei Borgia, il nuovo pilastro della casa editrice che avrà la fortuna di acquistarlo. È un bestseller, è così evidente! Fosse nato in America, dove hanno fiuto per queste cose, Edoardo sarebbe destinato alla ricchezza. Immagina se stesso a Hollywood, alla *première* del film tratto dal suo libro e interpretato da Russell Crowe.

Ma l'insicurezza seminata tanti anni prima da Konrad torna a morderlo.

Per qualche giorno si scopre in crisi: vale sul serio la pena chiedere il parere del suocero? È un libro che forse Azais non capirebbe. Quell'uomo appartiene a un'altra epoca, il suo gusto letterario non è contemporaneo. Poi però Edoardo si convince che i grandi narratori non hanno età, non subiscono l'influenza delle mode, e che non deve rinunciare al sogno di conquistare il suo più ostinato detrattore. Stampa il manoscritto con il corpo quindici, per rendere più agevole la lettura agli anziani occhi del suocero. Il numero di pagine raddoppia e lui è fiero come il padre di un neonato possente. Ha preparato perfino una copertina di cui ha curato la grafica, lo ha fatto rilegare, e un giorno lo consegna al suocero come un libro fatto e finito.

Konrad scoppia a ridere non appena lo riceve dalle sue mani. « E la coccarda non l'hai messa? » gli chiede con la sua voce da vecchio corvo, scuote il capo, sfoglia le pagine con aria superiore e annoiata. « Dammi il tempo di leggerlo » gli dice. « Millecinquecento pagine scritte da te mi richiederanno almeno due anni. È probabile che muoia prima. Ah, ah, ah. »

Edoardo non si avvicina alla sua stanza per almeno dieci giorni. Teme di influenzare il suo giudizio, se sotto pressione il suocero diventa ancora più scostante. Vuole del tempo? Lo avrà.

Poi però arriva. Il giorno del giudizio.

Clara gli riferisce che il nonno ha chiesto di lui. Addirittura! Edoardo si dà malato al lavoro per avere tutto il tempo di confrontarsi con il suocero.

Il suocero lo accoglie sul suo misero trono a rotelle, il re destituito convinto di governare ancora incontrastato il regno della letteratura. Ci manca solo che gli porga il dorso della mano da baciare.

E il verdetto non tarda ad arrivare, racchiuso in una sola parola, pronunciata di scatto, rapida come uno schiocco di frusta.

Baromságok!

Stupidaggini.

Così etichetta il suo lavoro.

Ma non basta. Lo smonta con un'analisi così puntuale che Edoardo non può rimproverargli di aver letto il manoscritto con superficialità. Konrad non trova un pregio che sia uno. Edoardo si sente come Anna Magnani in *Bellissima*. Il bambino è stato disprezzato con la cinica cattiveria di chi passa come uno schiacciasassi sul lavoro altrui, convinto che non esista nulla, a questo mondo, di intoccabile.

Il libro è pieno di errori marchiani, oltretutto. E Konrad li addita uno a uno, soffermandosi con acrimonia. È un supplizio che fa sentire Edoardo ignorante oltre che incapace. Le delusioni si riversano su di lui come una valanga di aghi appuntiti, dapprima irritano, poi, accumulandosi, feriscono a morte.

L'incontro si protrae per tutto il giorno. Pranzano insieme come ai vecchi tempi, parlando di libri e di prosa. Edoardo dissimula lo scorno, è abile a farlo, ha accumulato una discreta esperienza. Azais è un fiume in piena. L'aterosclerosi ha fatto polpette del suo lobo frontale, è del tutto disinibito. Edoardo giunge alla conclusione che forse i cognati, e Leone in primis, che si è sciroppato le bizze di Azais per anni, non hanno tutti i torti a volerlo interdire.

Poi però accade l'inatteso, la rivelazione.

Durante quel giorno di fuoco, il suocero fa *coming out* e gli racconta del plagio. Di come il suo capolavoro non sia affatto *suo*. Edoardo è investito dalla notizia come da una raffica di vento. Sente la polvere negli occhi. Konrad gli spiega che questa è la ragione del testamento incompreso dai figli, e dopo l'ultimo bicchiere di vino – ha proprio esagerato – gli raccomanda di non farne parola con nessuno, nemmeno con Selina. Soprattutto con Selina, che lo stima con un rispetto prossimo alla venerazione. Finché in vita, non ha il coraggio di affrontare lo sdegno dei figli. Vuol raccontare la verità, vuol fare giustizia, ma non vuole pagarne le conseguenze. Non ha la forza né le energie necessarie a tollerare gli effetti del suo gesto.

È sera, il vecchio si appisola sulla poltrona. La testa pende di lato, i muscoli hanno lievi sussulti, quelli del sonno incombente. Edoardo è stravolto, gli sembra di aver vissuto una settimana in un giorno. Sta per lasciare la stanza. Sulla scrivania intravede il nuovo manoscritto con la fitta scrittura del suocero. Dapprima lo sfiora con la punta delle dita, leggiucchia qualche riga. L'incipit non dà scampo, bastano le prime pagine a intrappolare il lettore.

L'invidia inizia a corroderlo.

Clara entra senza bussare, come è solita fare. Lui ritrae le mani come un ladro. La figlia assume le sembianze di un punto interrogativo, gli occhi lo accusano già dell'idea che in lui è solo in germe. « Che fai? » gli chiede. « Ho trascorso una giornata meravigliosa con il nonno. Ma ora lasciamolo riposare. »

Cinge le spalle della figlia ed escono insieme. A cena, Edoardo è insolitamente silenzioso, lui, il giullare di casa che strapperebbe un sorriso a un morto. Selina gli domanda cos'ha, lui inventa per la seconda volta un mal di testa.

Trascorre la notte insonne.

Nei giorni successivi morde le nuove pagine di Azais nei ritagli di tempo, con visite di finta cortesia. Il suocero lo accoglie di buon grado, lui approfitta dei pisolini dell'età.

Fino all'ultima pagina, che però non è l'ultima: manca il finale. Per giorni e giorni Edoardo lo aspetta, l'ultima pagina resta sempre la stessa. L'impazienza diventa assillante.

Azais scrive il finale durante un sabato in cui rifiuta la visita del genero. Sveglio all'alba, accetta solo che Terézia gli cambi il pannolone. Non vuole nemmeno pranzare, sorbisce solo mezza tazza di zuppa di pesce, uno dei suoi piatti preferiti.

E quando il finale è scritto, è un tocco da maestro. Edoardo rimette sul legno della scrivania l'ultimo foglio con la rabbia di chi vede negli altri la semplicità nel riuscire. Il libro è il vero testamento di Azais, la poetica è perfino superiore a quella inarrivabile della *Cupidigia*. A ottant'anni passati, Azais ha partorito il suo personale riscatto, ha chiuso i conti con la sua arte. Ma lo merita davvero? Uno che ha fregato il suo amico più caro? Ha sulla coscienza un suicidio. Esordire con un libro come *La cupidigia* fa la differenza. Consacrerebbe chiunque, anche un cane analfabeta. Azais ha davvero bisogno di questo nuovo libro?

O si merita piuttosto una bella applicazione della legge del taglione?

Per Edoardo farebbe una gran differenza. Basterebbe qualche sapiente ritaglio qui e lì, una minima personalizzazione al fine di gettare le basi per la produzione futura. Certo, qualcuno dirà che dopo un romanzo così intimo e maturo, l'autore ha fatto una virata verso una narrativa molto diversa, ma chi se ne importa.

Una settimana dopo, Clara racconta a pranzo che il nonno ha chiamato il suo editore, parlandogli del nuovo progetto. Il nonno le ha chiesto di batterlo al computer: « L'epoca delle penne è superata da un pezzo » gli ha detto il suo editore ridendo.

« E tu hai già cominciato? » le domanda Edoardo con un filo di apprensione. No che non ha iniziato. « E l'hai letto? » No, nemmeno una riga. Il nonno vuole che lo legga per intero. E poi è periodo di interrogazioni, c'è il compito di greco, gli ho chiesto se posso iniziare la prossima settimana.

Edoardo comprende che bisogna agire di gran corsa. Il manoscritto non può uscire con il nome di Azais.

Trascorre ore febbrili studiando il modo per liberarsi del suocero facendola apparire come una morte naturale. Farmaci e veleni sono la prima idea che gli balza alla mente. Ma ha paura degli esami tossicologici a cui il suocero potrebbe essere sottoposto. Accantona l'ipotesi riservandosi di riprenderla in considerazione in mancanza di idee migliori. L'idea arriva e gli sembra geniale. Ricorda che qualche anno prima, Konrad ha avuto una sincope mentre annodava la cravatta. Leone, terrorizzato, lo aveva fatto sottoporre a esami di tutti i tipi, ma il vecchio era sano, considerata l'età. Una cardiopatia aritmica non allarmante, aveva detto il medico, che aveva poi parlato di una predisposizione personale all'ipertono simpatico. *Cosa?*

In quel momento nessuno della famiglia ci aveva dato tanto peso: Konrad stava tutto sommato bene, e la cosa si era chiusa così.

Ma adesso Edoardo ci ripensa. Fa qualche ricerca, trova su Internet una spiegazione in termini più accessibili di cosa sia questo misterioso ipertono. Scopre che tutti possediamo delle celluline sulla carotide, che se pressate rallentano il battito cardiaco. Possono arrestare il cuore, se il soggetto è più sensibile di altri. Non è frequente, ma nemmeno tanto raro.

Il piano è presto elaborato. Sembrerà una morte improvvisa, un infarto o roba simile. Il vecchio ha ottanta e passa anni, in fondo. Chi mai andrà a pensare a un omicidio?

E arriva il giorno giusto. È il compleanno di sua figlia, la nipote prediletta di Konrad.

In un momento di confusione, Edoardo approfitta della distrazione generale e varca la soglia della stanza del suocero. Azais è affaticato, il respiro è un po' affannoso. « Papà, stai male? » domanda il genero affettuoso. Konrad nega con tenacia. A sentir lui non sta mai male. Il cuore martella nel petto di Norbedo, che si dice: *No, non posso farcela. Che stai facendo, Edoardo. Non sei un assassino.* L'occasione però è ghiotta, quel manoscritto deve essere suo. È simile al suocero più di quanto non creda, chissà se Konrad ha provato lo stesso sussulto.

La gloria. I giornali, l'estero. Attraversare lo spartiacque che separa gli autori dagli aspiranti tali, guardare ai dilettanti con la compiacenza magnanima di chi ce l'ha fatta.

La morte di Konrad è vicina. La sto solo anticipando, si dice mentre si avvicina al re sul trono, pronto a togliergli la corona e a posarla sul proprio capo.

Avvicina le mani al suo collo.

« Che fai? » domanda Azais, stupito. Non ipotizza nemmeno lontanamente il male, è solo curioso.

« Voglio sbottonarti il colletto della camicia. È troppo stretto. »

Azais lo lascia fare. Il bottoncino trasparente attraversa l'asola. Konrad ha chiuso gli occhi. Il suo volto rugoso è privo di espressione.

Ora, Edoardo. Ora.

Tra il pollice e l'indice di ciascuna mano tiene i margini del colletto.

Stringi. Stringi, cazzo.

Suda, è ebbro di adrenalina, sente che se non lo uccide presto sarà lui a morire di paura. Azais apre gli occhi, legge il panico sul viso del genero e forse non solo quello. Forse anche le sue intenzioni.

« Vattene, Edoardo » dice.

Ma Edoardo non si sposta.

Avvicina le dita, grinze di pelle flaccida e sottile sporgono dal colletto rigido e stretto, sempre più stretto.

Azais sgrana gli occhi. Forse è in quel momento esatto che capisce tutto.

La morte giunge in maniera improvvisa e silenziosa.

Edoardo ne è sorpreso e sollevato. *Non è stato così difficile.*

Non ci sono segni sul collo, un rossore modesto e nulla più. Gli occhi sono aperti, paralizzati in un'espressione di orribile sgomento. Edoardo fa scivolare le palpebre sulle iridi da cane lupo.

In bagno, piange. Non sa nemmeno perché. Forse, è per la paura che ha provato. I suoi surreni devono essere ridotti a due pezze malandate.

Il resto è storia.

Ah, sarebbe stato tutto perfetto se Clara non avesse tirato fuori quella lettera. Clara, tanto intelligente e protettiva, come ha potuto commettere un errore così grossolano? È quella lettera a indurre il magistrato a ordinare l'autopsia. Senza il sospetto del suicidio, avrebbero pensato tutti a una morte naturale, come lui aveva studiato.

Selina decide di conservare in cassaforte le sostanze del padre, incluso il manoscritto, in attesa di decidere cosa farne.

Edoardo inscena il furto, gli sembra trascorso il tempo sufficiente a calmare le acque.

Al momento dell'interrogatorio, confessa di averne trascritto già metà.

Ma tutto questo Alice non lo sa

Sono costretta a vivere nella nostra casa senza Yukino. Per fortuna, è solo per pochi giorni, poi trasloco da Cordelia.

Io e lei ci vediamo su Skype e mi sembra serena. Nostalgica, forse, ma non poi così tanto. Tutti vogliono tornare a casa, prima o poi. Chissà se è una sensazione che sfiorerà mai Arthur. E in ogni caso, mi chiedo quale luogo ritenga casa sua. Una volta, in un attacco di rara sensibilità, Silvia ha detto che la casa non è un posto, è l'insieme degli affetti.

A casa di Cordelia c'è una foto che ritrae lei e Arthur da adolescenti. Lei lo abbraccia, o meglio, è aggrappata a lui. Un'immagine profetica, direi. Lui è un ragazzino magro, così carino da sembrare una femminuccia. Cordelia mi ha confidato che quando aveva dieci, forse undici anni, aveva una specie di cotta per il fratello. Ha provato a baciarlo, non le sembrava una cosa grave. Poi si sono sentiti in colpa, si sono ricordati di essere fratellastri e non è mai più successo. Il racconto mi ha a dir poco stravolta. Mi veniva da vomitare.

« Se non la smetti di mangiarti con gli occhi le foto di mio fratello, ti racconterò di nuovo di quando abbiamo pomiciato. »

Cordelia si affaccia alla porta della mia nuova stanza. Le pareti sono pitturate di grigio, l'arredo è di stile gustaviano. Una pianta d'orchidee è disposta sul cassettone; sul comodino un abat-jour di cristallo che somiglia a un candelabro.

Trovo il gusto di Cordelia delizioso e le suggerisco di dedicarsi al design d'interni.

« Oh, quante cose dovrei fare! Se dovessi coltivare tutti i miei talenti, non mi basterebbe una vita. » Le braccia sono conserte sotto il piccolo seno; indossa una larga camicia azzurra da uomo, i capelli sottili ricadono in graziose onde sulle sue spalle strette. Ai polsi due fasce elastiche blu. La stanza possiede anche un piccolo balcone. Non ero più abituata ad averne uno. Apro gli infissi e mi ritrovo in un piccolo terrazzino ricoperto di finto prato verde; ci sono dei vasi con alcune piante, uno stendino e, soprattutto, una lavatrice. Accesa, per giunta!

« Cordelia! »

« Che c'è? »

« Ma tieni la lavatrice in balcone? »

« E dove vuoi che la tenga? In casa rovina l'arredamento. »

« E se piove? »

« La copro » ribatte, interdetta dall'ovvietà della mia domanda.

Ichi osserva la lavatrice con il mio stesso sgomento. In compenso, sembra gradire il nuovo materasso, su cui si stende come un pascià. Allunga le zampette, rotola ed esibisce il pancino pezzato con l'ingenua sfrontatezza dei puri di cuore.

Siamo rimasti io e te, piccolo Ichi. Bisogna ricominciare da capo.

* * *

Pochi giorni dopo, in Istituto, sto scrivendo una perizia con in sottofondo una playlist di Ella Fitzgerald. *Bewitched* mi ispira e così invio una mail ad Arthur. Sobria e cordiale, spero non rasenti il nostalgico. Sono solo curiosa di sapere come si trovi in Libia. La sua permanenza lì mi ha resa più sensibile alle notizie al telegiornale, e ogni volta che ascolto i servizi da Bengasi provo una sensazione a metà tra l'orgoglio e il terrore. Adesso Arthur è dotato di un iPhone e il salto di qualità si nota subito: risponde nel giro di cinque minuti. Mi tranquillizza, dice che va tutto bene, che non ho nulla da temere. Mi chiede come procede la convivenza con Cordelia, chiede chi dei due sopravvivera all'altro: Ichi o la bizzarra sorellastra?

Sto per rispondergli quando Claudio entra nella stanza senza bussare e si siede al posto di Ambra.

« Smettila di cazzeggiare. Ho una notizia ghiotta. »

« Non stavo cazzeggiando » mi difendo, chiudendo con rapidità la schermata di Hotmail. « Dov'è Ambra? Manca da una settimana. »

« Dovrei saperlo? » risponde.

« Potresti saperlo, tutto qui. Claudio, perché l'hai mollata? L'hai trasformata in un calamaro. È pallida, parla poco, anche le tette sembrano più flosce. »

Lui si lascia andare a un sospiro, con un'espressione di greve ineluttabilità. « Ambra è diversa da come sembra. Quella patina sgargiante è solo apparenza. Non è gentile nei suoi confronti parlarti di qualcosa che riguarda solo noi. E poi, ti ho accennato che ho una notizia ghiotta. Non è da te glissare. »

Adesso sono io il calamaro: lo fisso allibita. « Dammi questa notizia, allora. È evidente che muori dalla voglia di farlo. »

« Oh, sì che muoio » replica con tono volutamente lascivo. « Ho l'esame istologico degli organi di Amélie Volange e ci sono un paio di sorprese: la prima è che era incinta. Di pochi giorni, per questo ci è sfuggito all'esame macroscopico. Con ogni probabilità, lei per prima non ne sapeva nulla. Seconda novità: Amélie aveva bevuto molto, troppo. Il che potrebbe far ipotizzare che non fosse affatto lucida quando è stata centrata in pieno dall'auto pirata che l'ha uccisa. Non che questo sia rilevante, poiché l'omicidio colposo e l'omissione di soccorso al conducente – qualora venisse identificato – non li leverebbe nessuno, ma penso che possa rendere meno probabile l'omicidio volontario. I valori di alcol erano tali per cui Amélie doveva avere difficoltà enormi anche solo a reggersi in piedi, potrebbe essersi gettata lei stessa sotto l'auto. Intendo dire, in fin dei conti, che con i dati in nostro possesso l'ipotesi dell'incidente mi sembra la più sensata. Tra l'altro, se ben ricordi, l'Ispettore ha parlato dei segni di una frenata sull'asfalto, il che in genere lascerebbe ipotizzare un fatto colposo più che doloso.»

Non posso dargli torto. Eppure, il fatto che l'auto fosse di proprietà di Vittoria Galli mi sembra una coincidenza troppo densa di significato.

«E dello stato di gravidanza cos'altro sai?»

«Be', nulla. Conosco la datazione orientativa, fornitami da Beatrice. Naturalmente non ho idea di chi sia il padre. Ci vorrebbero indagini genetiche che, detto con franchezza, in questo momento sono del tutto inutili. Se l'ipotesi accidentale è confermata dai dati circostanziali, è bene che la paternità del nascituro resti un fatto privato della povera Amélie.»

«In realtà, Claudio, l'ispettore Calligaris mi ha spiegato di aver identificato l'auto che ha investito Amélie. Appartiene a una ex fidanzata di Leone Azais, uno dei figli di Konrad. Credi ancora che si tratti di un fatto accidentale?»

«Ti riferisci al testamento?»

«E a che altro?»

Lui scrolla le spalle con quell'aria fatale tutta sua. Si vede che è arrivata la primavera: ha iniziato a farsi le lampade.

«Questo complica le cose, ma non a me. Io devo fare una

diagnosi di morte e descrivere quello che ho riscontrato: lesioni politraumatiche, stato iniziale di gravidanza – esattamente una settimana – alcol a volontà.»

«Claudio, tu dici sempre che dovremmo limitarci a far questo. Che la medicina legale *è* descrizione, è rappresentazione, ma io credo sia qualcosa di più.»

«Sì, certo, tutto quello che vuoi. Purché tu ti muova nell'assoluta liceità con solide basi etiche. Cosa in cui mi sembri un po' carente, ma prendila come un'opinione personale. Senza offesa.»

Abbasso il capo sul computer. Un segnale sonoro attira la mia attenzione: Arthur ha inviato un'altra mail.

«Claudio, scusami. Devo rispondere a una mail importante.»

«Oggi finirò di scrivere la perizia sulla morte di Amélie Volange per consegnarla in Procura domani; te la passo via mail, ok?»

«Grazie» replico con una distrazione che lo irrita in maniera abbastanza evidente. Un ultimo sguardo del colore di un bosco che proviene dai suoi occhi pieni di malcelato astio e poi la porta si chiude alle sue spalle.

* * *

Nel pomeriggio incontro Calligaris in un caffè vicino al suo ufficio. Lui prende una coppetta di gelato al gusto di banana, con abbondante panna. Ha finalmente tolto l'ingessatura al dito e in generale appare rilassato. Il cielo sembra perlaceo, alto e lontano, e io mi sento inquieta come se avessi delle pendenze irrisolte, una bolletta scaduta e non pagata, una chiamata importante cui non ho risposto.

«Ha interrogato Vittoria Galli?» gli domando mentre lui

liscia i baffetti da otaria con cui ha impreziosito il suo nuovo look.

« Certo, mia cara. Credi forse che in polizia incartiamo torroni? Facciamo il nostro lavoro, noi. »

« E allora? »

« Oh, be'. Gli elementi che ho ricavato mi sembrano davvero sorprendenti. Non posso parlartene, però. »

Sono risentita. L'ispettore è davvero un gran manipolatore: quando gli servo spiffera tutto, eccome. Adesso invece fa il prezioso.

« Domani il dottor Conforti depositerà in Procura la perizia inerente la morte di Amélie Volange. Anch'io sono in possesso di elementi che definirei *sorprendenti* » rilancio, dopo un sorso di succo d'albicocca.

« Che serpetta! » esclama Calligaris. « Fai leva sulla mia impazienza. »

« A ognuno le proprie armi, non crede? »

« Hai ragione. Ma non posso darti questo vantaggio. Signorinella, la vita è una continua guerra psicologica, non posso perdere con te. Aspetterò di leggere la perizia. »

« Oh, avanti, un'anticipazione penso di meritarla, no? »

« E va bene. Ecco l'anticipazione che posso darti. Gli Azais sono dentro questa storia fino al collo. »

« Questo l'avevo già capito » ribatto, vibrando di curiosità.

« E io te ne sto dando conferma. Non è cosa da poco. »

« Chi degli Azais? Leone? »

« Buona, Alice. Sono in una fase delicatissima. Dammi tempo. »

« Uno di loro l'ha investita di proposito, è vero? Per via del testamento? O c'è dell'altro? »

Calligaris lascia una banconota da cinque euro nella ciotolina di finto argento che contiene lo scontrino della nostra merenda.

« Quando sarà il momento ti dirò tutto. Nel frattempo fa' la brava. Non lanciarti in indagini private. Ricordati che io vedo tutto e so tutto. E se ti becco a scavare nel torbido degli Azais non ti farò mai più mettere piede nel mio ufficio. Siamo intesi? »

« Ispettore, questo è un supplizio di Tantalo. »

« No. Questo è il modo di insegnarti che senza pazienza e discrezione non si arriva da nessuna parte, nel mio lavoro. Chissà che un domani non diventi in parte anche il tuo. Voglio educarti. Ora, signorinella, dopo questa piacevolissima parentesi, torniamo alle nostre attività. »

Non siate ingordi di avventure se non sapete affrontare le sventure

Proverbio cinese

Sono sempre stata così. Quando mia madre mi diceva di non mangiare troppe caramelle al rabarbaro cinese, io per ripicca ne facevo indigestione, nonostante mi disgustassero.

In compagnia di Silvia e su un paio di scarpe con tacchi a spillo neri e suola viola – che pazzia comprarle – apro l'enorme porta di cristallo della Ergi, il tempio dell'arte contemporanea e del design. Silvia ignora le finalità reali che ci hanno condotte in questo luogo in cui l'acquisto dell'oggetto più economico mi richiederebbe cinque mesi di lavoro. Un ragazzo che come minimo è un modello si aggira per la galleria offrendo del *finger food* dal sapore incomprensibile – sembra il succo di *Alice nel paese delle meraviglie*, che sa di marmellata, crema, ananas e pollo arrosto. Le stanze sono ampie e minimaliste. L'affluenza è modesta, l'atmosfera è artefatta.

« Posso aiutarvi? » domanda un'acciuga con fattezze umane, avvolta in un tubino nero, le unghie laccate di blu, i capelli biondi raccolti in uno chignon molto signorina Rottenmeier.

« Grazie, volevamo soltanto dare un'occhiata » ribatto per togliermela di dosso.

« Alice, non siamo da Max&Co. Non si entra in un posto del genere per *dare un'occhiata*. A proposito, non l'ho mica capito che ci facciamo noi qui » fa presente sottovoce Silvia.

La verità è che me la sono portata dietro per osservare Vittoria Galli nel suo humus. Prima di aver elaborato cosa dire e come fare, avevo già poggiato la mano su una V di acciaio cromato talmente stilizzata da aver perso il suo fine originario, quello di esprimere un suono. Adesso è una scultura megalomane che funge da maniglia.

« La signora Galli è qui? » domando poi all'Acciuga, lontana dalle orecchie indiscrete di Silvia.

« È impegnata nell'allestimento di una mostra al piano di sopra. Desidera essere annunciata? » domanda con aria diffidente, come se stesse pensando: *Figurarsi se Vittoria ha tempo per te.*

« Non è necessario, grazie » ribatto delusa. « Il piano di sopra è agibile? »

« Sì, certo. Accanto al padiglione occupato dalla mostra che le accennavo c'è un'area dedicata all'esposizione degli acquerelli di un artista iraniano. »

« Meraviglioso! Con permesso, allora. »

Approfitto dell'attenzione che Silvia rivolge ad alcuni mobili di design per salire le scale bianche che conducono al primo piano. Sbircio i due padiglioni e mi avvicino a quello dove immagino di trovare Vittoria.

La proprietaria della Ergi sta dando ordini ad alcuni operai su come montare una scenografia. È lei, non c'è dubbio. Ha un tono perentorio e tutti gli status symbol della donna di classe. Indossa un paio di occhiali in tartaruga, un abito rosso che sarebbe eccessivo su chiunque altro, e i capelli color miele sono fonati in modo così inappuntabile da sfidare le leggi dell'aerodinamica.

« Prego? » domanda socchiudendo gli occhi a fessura. Ha una vista molto acuta: sono mezza nascosta, eppure mi ha individuata.

« Io... stavo cercando gli acquerelli iraniani. »

Vittoria Galli congeda con freddo garbo gli operai e si avvicina, sovrastandomi. È molto alta, e indossa delle scarpe di vernice rossa che la fanno sembrare ancora più imponente. Di corporatura è asciutta e tonica. Un'abbronzatura un po' innaturale completa il quadro.

« Venga, la accompagno » dice con gentilezza, indicando la direzione con un gesto aggraziato.

È molto brava nel raccontarmi vita, morte e miracoli dell'artista e gli acquerelli sono incantevoli. Peccato che non mi passi nemmeno lontanamente per la testa di spendere qualcosa come tremilaottocento euro a soggetto.

Gli occhi di Vittoria sono quelli di una predatrice sulla via della pensione che ritrova a fatica l'antico smalto. C'è una patina sul suo volto che rende le rughe inequivocabili stigmate di un'ansia stanca. Il chirurgo non ha fatto un ottimo lavoro con le sue labbra, che hanno l'aspetto tumefatto di un muso di tinca.

« E cosa c'è in quell'altra stanza? » chiedo, indicando un ambiente separato dalla sala con un arco a sesto acuto.

« Lì ci sono alcuni dipinti di cui mi voglio liberare. »

« Posso vederli? »

« Si capisce » ribatte con la grazia ammaestrata dei grandi venditori.

La stanza è piccola, le luci spente. Vittoria le accende e un sospiro accompagna l'operazione. Alle pareti alcuni oli su tela, quadri astratti d'incredibile impatto visivo. L'uso del colore è magistrale, in particolare il più grande tra i dipinti offre un verde smeraldo violento e magnetico – se la cromoterapia funziona davvero, non so quali effetti possa avere.

« Le piace? »

La domanda giunge inattesa. Vittoria è appoggiata alla parete, accanto a due quadri posti l'uno sotto l'altro. Il rosso in entrambi è esplosivo e combina un naturale pendant con il suo abito.

« Molto. »

« Lo svendo. Faccia lei il prezzo. »

Sono intontita. Non ho mai acquistato un quadro in vita mia, se si eccettua un poster di Monet che tenevo nella mia vecchia stanza, quando abitavo con Yukino.

« Proprio non saprei. Non vorrei fare una figuraccia. »

« Non si preoccupi. C'è sempre tempo per imparare. Non la giudicherò. »

Faccio qualche conto sul saldo di questo mese, per capire quanto posso offrire. Sarei felice di regalarlo a Cordelia: non vuole che le paghi un affitto, mi sembra un modo carino di sdebitarmi.

Mentre elaboro una strategia per uscire senza ammaccature da una situazione imbarazzante, è Vittoria a togliermi dalle ambasce, impietosita dal mio evidente disagio.

« Vede, dipendesse da me lo regalerei pur di non trovarmelo più davanti. Ma non posso permettere che si sparga in giro la voce che sono impazzita, anche se sarebbe un *rumor* del tutto fondato. Mille euro ed è suo. Le dico che è un affare superlativo, ma mi rendo conto che non ha gli strumenti per credermi. »

« Quel che importa è che mi piace. Ho sempre pensato che il giusto prezzo di un oggetto è quello che siamo disposti a spendere. Non m'interessa se a dipingerlo è stato il nuovo Kandisky. »

« Oh, be'. Non è affatto il nuovo Kandisky. »

« Dicevo per dire. »

« Sì, l'ho capito. Lo faccio incartare? »

Annuisco, euforica come tutte le volte in cui mi abbandono all'iperattività della mia dopamina e mi consento acquisti sconsiderati. Silvia ci raggiunge e osserva le scene successive con curiosità.

« Hai comprato quel coso? » mi sussurra all'orecchio.

« È bellissimo. »

«Ah. Alice, hai un problema con lo shopping. Guarda che è una malattia che esiste, dovresti saperlo meglio di me. C'è pure quel libro della Kinsella che ne parla.»

«Non ho nessun problema. Be', certo, non sono un tipo parsimonioso, ma è tutto sotto controllo. È un regalo per Cordelia.»

«Alla faccia! E per me, questo Natale, te ne sei uscita con un perizoma di Tezenis.»

«Ma con Cordelia devo sdebitarmi, non le pago l'affitto. Non credo mi tratterrò a lungo a casa sua, ma non voglio sentirmi una scroccona.»

«Dovrebbe essere lei a pagarti perché le fai da badante.»

Vittoria Galli, senza essere spazientita, mi rivolge un sorriso pieno di amarezza. «Scendiamo giù, per il pagamento.»

La seguo; la discesa delle scale evidenzia dei glutei tonici e dei polpacci scolpiti. Ha il corpo di una ventenne, anche se credo che abbia più di quarant'anni.

L'Acciuga – che evidentemente non avrebbe scommesso un cent su un mio acquisto – si fa da parte con aria stupita. Vittoria prepara una garanzia e accetta la mia carta di credito con modi gentili. È una donna trapassata dalla solitudine, ogni fibra del suo essere ricorda l'impalpabile sabbia di una spiaggia deserta.

Ci accordiamo affinché lo consegnino a domicilio. Le chiedo di inserire un piccolo biglietto di carta bianca, così che Cordelia lo riceva con un mio messaggio, qualora io non sia in casa al momento della consegna.

Bene. Dovrò vivere di pastina fino al prossimo stipendio ma mi sento felice. Quel quadro che per Vittoria conteneva spettri per me è splendido e sarà un magnifico dono per Cordelia. Non ho scoperto nulla su di lei, ma qualcosa l'ho intuita: attraverso il suo sguardo si precipita dritti in una voragine nera.

* * *

Torno a casa poco prima delle otto. Cordelia non è ancora rientrata, da Vuitton finisce alle 19.30 e in genere – se non ha altri impegni – è a casa tre quarti d'ora dopo. Ho tolto una scarpa ma ho ancora l'altra quando lo scampanellio della porta mi costringe a saltellare con grave rischio di rovinosa caduta, sperando che sia soltanto Cordelia che, come al solito, ha dimenticato le chiavi. O comunque che non sia uno sconosciuto.

Apro la porta, inciampo nello zerbino e il fattorino della Ergi pare non scomporsi affatto quando per una generosa manciata di secondi gli rimango appesa al collo come un koala per non rovinare del tutto a terra. Ichi gli rivolge un'accoglienza impetuosa che ho difficoltà a placare. Firmo la ricevuta e adesso il grande quadro incartato è poggiato a una parete del piccolo ingresso.

Lo sposto nella stanza di Cordelia, dove desidero che lo trovi. È una stanza molto luminosa, di giorno il sole sconfina sulle pareti e si riversa sul suo letto. Le tende di lino bianco, con un unico ricamo eseguito a mano da una sua trisavola monaca di clausura, sono accostate e coprono le imposte di legno laccato. Il suo pc portatile fucsia è abbandonato sul letto non rifatto, le lenzuola sgualcite che ancora odorano della notte precedente. Una foto in bianco e nero scattata mentre era sul palcoscenico durante l'interpretazione di una commedia in costume fa da capezzale. Poggio il quadro accanto alla porta, che reca una targa che ha comprato in un negozietto di souvenir vicino al Pantheon con su scritto LA PRINCIPESSINA DORME QUI.

Comincio a darmi da fare tra i fornelli: Alessandra mi sta sottoponendo a lezioni di cucina private, ma per via della gravidanza gli ingredienti subiscono limitazioni sostanziali e così conto di perfezionarmi quando mia nipote sarà nata.

Sì, è una femmina.

Il rumore di chiavi inserite nella serratura mi avvisa del ritorno di Cordelia. Ha l'aria un po' amareggiata.

« Tutto okay? » le domando, e mi sento un po' mia madre mentre le chiedo come sta brandendo un minipimer, spada del potere casalingo.

« No, o meglio, sì. Questo pomeriggio, Lars mi ha tempestato di messaggi. La verità è che sono ancora innamorata di lui. Da pazzi. Nonostante tutto » conclude sfiorandosi i polsi sfregiati coperti dalle maniche slabbrate di un pullover. « Ho paura che lo perdonerò. Sono meno infelice con lui che senza di lui. »

« *Meno infelice?* Perché non provi a essere *felice* indipendentemente da lui? » le chiedo, ma la domanda suona stucchevole alle mie stesse orecchie.

« Felice? » trasecola lei, semisconvolta. « Esiste la felicità, in questo mondo? No, non per me. Non con l'altro sesso, quanto meno. Dal mio primo amore in poi sono sempre stata sfortunata. Sempre. »

« Be', considerato che il tuo primo amore era tuo fratello, ovvio che l'esito sia stato sfavorevole. » Lei si lascia scappare un sorriso intenerito. « Riccardo era adatto a te, ma l'hai rifiutato. »

« Oh, non me ne pento » replica con prontezza, senza il minimo rimpianto. Raccoglie i capelli biondi, lunghi come quelli delle cingalesi, in una coda. Entra nella sua stanza e io aspetto i suoi gridolini di entusiasmo: impiegano pochi istanti a raggiungere i miei timpani.

« Alice, ma cos'hai combinato! »

« Io? Nulla. Hai letto il messaggio, no? È un regalo da parte di Ichi. » La raggiungo nella sua stanza e la trovo intenta a scartare la perfetta confezione. Ichi ci segue, lei sfiora la sua testolina. « Oh, grazie Ichi. Dopotutto non è così grave che tu abbia scambiato il mio divano per la tua cuccia. È magnifico, davvero! » esclama. Fugge verso il salotto e comincia a studiare dove appendere il quadro.

« Di chi è? » chiede poi.

« Tuo! »

Pausa condita da uno sguardo perplesso.

« Alice, questo l'ho capito. Intendevo, chi è che l'ha dipinto? »

Arrossisco e mi dico che soltanto io potevo pagare mille euro per un quadro di cui ignoro l'autore.

« Non ricordo. Dev'esserci scritto nella garanzia, te la do subito. »

« La sigla in basso sembra una A » aggiunge lei, pensosa.

Frugo in borsa: la busta della Ergi contenente la garanzia sembra sparita.

Oh, merda. L'ho persa in metro, è sicuro. Glielo spiego, ma lei mi esorta a non preoccuparmi.

Domani mi toccherà chiamare in galleria... Ma almeno ho un ottimo pretesto per far di nuovo visita a Vittoria.

Rifletti bene Alice, perché se bevi da bottiglie, che non sai cosa contengono, prima o poi ne pagherai le conseguenze

Alice nel paese delle meraviglie

Dalla mia stanza in Istituto provo a chiamare la Ergi. Non risponde nessuno e controllo l'ora. Forse apre dopo le dieci. Ah, beati loro. Io sono qui dalle otto e mezzo e ho a che fare con i morti e con la Wally.

Quando finalmente qualcuno risponde, riconosco nella voce da borghese della ragazza all'altro capo del telefono l'Acciuga in tubino. Le spiego cosa è successo, lei ride, ma sembra più che altro squittire.

« Se desidera conoscere il nome dell'autore basta controllare sul retro della tela: c'è la garanzia di autenticità. A ogni modo, se desidera un altro certificato, chiederò a Vittoria di prepararlo e potrà ritirarlo quando preferisce. »

« La signora Galli è in galleria, oggi? »

« No » ribatte l'altra seccamente, ansiosa di congedarmi.

« Domani? » incalzo.

« Sì, domani sì. »

« Allora a domani » annuncio prima di riattaccare.

Tornata a casa dedico il pomeriggio all'ozio. Aprile incendia Roma con un sole inedito degno dei Caraibi. In una giornata così Yuki avrebbe spremuto i raggi del sole fino all'ultima ora utile, mentre io mi sento fiacca: chiudo perfino le tende per arginare la valanga di luce.

Al rientro di Cordelia ordiniamo una pizza che mangiamo sul divano davanti alla tv.

« Hai visto come sta bene il tuo regalo? » osserva.

« Ah, dimenticavo. Ho chiamato quelli della galleria e mi

hanno detto che puoi leggere il nome dell'autore dietro la tela. In ogni caso prenderò la garanzia domani. »

Cordelia annuisce con stanchezza. « Tra due giorni partirò per Oslo » annuncia poi, senza guardarmi negli occhi. Cambia canale e il nostro silenzio è riempito dal banale dialogo di una ancor più banale commedia americana che ho già visto sei o sette volte.

« Ne prendo atto » dico infine, con prudenza, per non urtare la sua suscettibilità. « Sei sicura sia la scelta giusta? »

« Non sono mai sicura di nulla. Non è questo il punto. In ogni caso non credo sia giusto. Non credo proprio. Però ho deciso così. »

« Arthur lo sa? »

« Arthur non è il mio tutore. E comunque negli ultimi tempi non gliene frega più niente di me. È preso dalla sua vita, che va a rotoli quanto la mia. »

Non rispondo; c'è sempre un tono di filiforme accusa quando le parole entrano in quella città fatta soltanto di vicoli ciechi che è la storia mia e di Arthur.

« Della moglie e dei due gemelli di Lars che ne è? » le domando, a mero titolo informativo.

« Continuano a esistere in una dimensione che a me non interessa. Per il momento va così. Forse un giorno le cose cambieranno – io lo spero – o forse no. Mi arrabatto con quel che offre la vita. »

« Cambia canale, questo film è odioso. »

Lei spegne la tv e si alza dal sofà. Ichi inclina la testa, con lo sguardo le dice: *Torna qui!*

« Diamo un'occhiata al retro del quadro. Sono curiosa di sapere chi è l'autore di questa meraviglia ». La sua proposta mi sembra un tentativo di scacciare la tensione. Lascio il cuscino che tenevo tra le braccia alla stregua di un bimbo placido. I capelli, come un velo da sposa, accompagnano i movimenti ampi delle sue braccia mentre sfila la cornice dal chiodo fissato alla parete.

« Leggi tu il nome » mi chiede. È pronta a rimetterlo presto al suo posto.

La sorpresa è la stessa di quando si vince un premio modesto con i tappi o le etichette della Coca-Cola. Ti sembra una piccola grazia inutile ma poi la accogli di buon grado, è bello di quando in quando non sentirsi dire: *Ritenta, sarai più fortunato*.

« Alice, dall'espressione del tuo viso devo aspettarmi roba grossa. Posso rimetterlo a posto, hai finito? »

Annuisco perché non riesco a sillabare un sì.

« Allora? » chiede, le mani sui fianchi avvolti da una T-shirt XXL di New York.

« L'autore del quadro è Oscar Azais. »

« Con tutto il rispetto, Alice, il quadro è bellissimo, ma lui chi cavolo è? Non l'ho mai sentito nominare prima. Perché tutta 'sta solennità? »

« È il figlio di Konrad Azais. »

« Lo scrittore? »

« Già. »

« Okay. Ora lo sappiamo. Ti va un gin col *Noilly* Prat? »

Cordelia non è la persona adatta con cui condividere la preziosità della scoperta.

Rimugino.

Vittoria Galli che vuole liberarsi dei quadri di Oscar Azais. C'è un nesso con la morte di Amélie?

Elaboro teorie l'una più fantasiosa dell'altra, prima di sprofondare nel nulla, avvinta da quell'insistente voluttà di quando si ha uno schiacciante debito con il sonno.

Bel garbuglio!

Alice nel paese delle meraviglie

Uscita dall'Istituto attraverso Roma in metro per raggiungere la Ergi. L'atmosfera che si vive all'interno della galleria sembra straniera, o forse è semplicemente per via dell'acid jazz che vibra con la filodiffusione.

L'Acciuga mi chiede con finta gentilezza se ho scovato il nome del pittore. Mi porge la busta con la garanzia riscritta da Vittoria, ma non mi basta e le chiedo della direttrice.

« Sa, è impegnata » spiega lei con fare da precisina, o forse sta solo tentando di svolgere al meglio il suo lavoro.

« Immagino, ma mi farebbe piacere salutarla » insisto a denti stretti.

« Dovrà aspettare » replica, con la speranza di dissuadermi. Ah! Non mi conosce.

Ne approfitto per ripassare l'esposizione.

Sto facendo il terzo giro quando Vittoria mi raggiunge, stretta in un indiscreto abito blu elettrico. Il sorriso è di facciata, sono certa che si stia chiedendo: *Ma che diavolo vuole ancora?*

Mi porge la mano, il polso funge da supporto a una serie di bracciali di legno colorato.

« Chi ha ricevuto il quadro lo ha adorato » le spiego.

Le guance di Vittoria si tingono di una rosea meraviglia. « Le avevo detto che non era un errore acquistarlo. »

« Pensi che mi ha convinta al punto che non le avevo chiesto nemmeno chi fosse l'autore. »

« Convincere è il mio lavoro. »

« Non è un autore molto noto » insinuo, e le parole mi sembrano sfuggenti come anguille.

Gli occhi di Vittoria si sgranano. « Le assicuro che è un autore piuttosto quotato. Non come meriterebbe, ma in certi ambienti il suo nome è molto apprezzato. »

« Perché allora lo ha svenduto? » le domando, dritta al sodo. Male che vada mi liquiderà.

« Per ragioni personali, indipendenti dal valore dell'artista. È stato un momento di pazzia. A volte i mercanti d'arte sono più pazzi degli artisti » conclude con una risatina nervosa.

« Ha detto che li aveva messi da parte proprio per liberarsene... Questo indica qualcosa di più duraturo di un momento di pazzia » azzardo.

« Lei è molto curiosa » ribatte Vittoria, con un tono che mi rimette al mio posto, ma io non mollo e insisto.

« Certo che Oscar Azais si è guadagnato la sua esasperazione. »

Il suo sguardo si fa sospettoso.

C'è un momento di silenzio pieno di tensione, poi di colpo lei sgrana gli occhi, il viso viene trasfigurato dalla rabbia e mi punta addosso l'indice dall'unghia fresca di manicure.

« Sei una delle sue sgualdrinelle, vero? Vieni qui a sondare il terreno, mi credi stupida? Ti manda lui? »

Mi sento trapassata da una scarica di adrenalina. Tra tutte le mie pazzie manca ancora quella di fingermi qualcun altro. L'idea mi sembra interessante.

« No, non mi manda lui. Sono qui di mia spontanea volontà. »

« Vuoi vedere la carcassa della vecchia amante? Mi hai anche elemosinato mille euro per un quadro che avresti potuto avere gratis. Sì, certe pazzie le fa commettere soltanto lui. »

« Be', io... »

« Ti dico solo una cosa: stai attenta. Al mio posto, tra qualche tempo potresti esserci tu. »

« Ma io... »

« Fuori di qui! »

* * *

Temo che non potrò più mettere piede alla Ergi. Faccio fruttare la figuraccia con una telefonata a Calligaris.

« Sì, Alice? »

« Vittoria Galli aveva una relazione con Oscar Azais. Burrascosa, direi. Lo sapeva? »

« Vieni nel mio ufficio » è la risposta.

Quaranta minuti dopo, sono seduta davanti alla sua scrivania.

« I nostri incontri stanno diventando sempre più frequenti. Chi l'avrebbe mai detto, un tempo, quando ti scambiavo per una mitomane! »

« Le ho dato modo di ricredersi. »

« Come diavolo hai saputo della storia tra la Galli e Azais? »

« Mi è costato mille euro » replico con un sorriso.

« Ne hai di soldi da buttare! » esclama l'ispettore.

« È stato un affare. Ho comprato un quadro di Oscar Azais senza nemmeno saperlo. Non sto a dirle come, ma da questo è nata una scenata immane della Galli, che mi ha scambiato per l'ultima amante del fedifrago. »

« Con me ha negato. Di fronte all'evidenza di un contatto telefonico tra i due, lei ha insistito sul fatto che si trattava solo di un rapporto professionale. »

« Non mi è sembrata molto stabile. Ha l'aria di una che ha sbroccato. »

« Grazie per il termine tecnico ben preciso, Alice. »

« È stata Vittoria a investire Amélie Volange? » gli chiedo.

« Ha un alibi inconfutabile. Quindi direi che no, non è stata lei. Non personalmente, almeno. »

« E cosa dice della sua auto? »

« Avevo dimenticato di dirtelo. Ha denunciato il furto dell'auto il giorno dopo la morte di Amélie Volange. Ha detto di averla utilizzata fino alla sera prima, e poi di non averla più trovata dove l'aveva parcheggiata. »

« E voi l'avete trovata, l'auto? »

« No, purtroppo. Sarebbe stata molto utile. »

« Che alibi aveva? »

« Quella sera c'è stata una mostra presso la sua galleria, dove si è trattenuta fino alle due di notte. A quell'ora Amélie era già al Pronto soccorso e stava per essere trasferita in Neurochirurgia. E poi la nostra testimone era stata chiara: ha visto un uomo. »

« Lei pensa a uno degli Azais, vero? »

« Il cerchio si stringe attorno a loro, senza dubbio. »

« Per via del testamento? »

« Certo. Ci ho messo un po' a capire il meccanismo, ma adesso te lo spiego. Morendo, Amélie ha trasmesso alla madre il diritto di accettare l'eredità, e lei ha semplicemente rifiutato. Gli Azais però avrebbero potuto sapere che la Rouvroy avrebbe rinunciato ai soldi. Quindi, con la morte di Amélie, sarebbero tornati in possesso della loro preziosissima eredità. »

« Saperlo? E come? »

« Ah, è solo una sensazione. Ma posso dirti che, in tal senso, Leone Azais si è tradito. »

« In che modo? »

« L'ho convocato con una scusa. Gli ho chiesto notizie sulle pratiche della successione ed è stato lui a dirmi che la Rouvroy ha rinunciato all'eredità di Azais. Ma non sembrava sorpreso, anzi, aveva l'aria di chi sapesse che le cose erano andate proprio come dovevano andare. Ho sondato un po' il terreno e, difatti, avevo ragione. Ha ammesso che, per l'idea che si era fatto di Catherine, riteneva improbabile che avrebbe accettato il lascito del padre.»

Calligaris sfoglia l'immancabile Moleskine e poi legge sui suoi appunti le parole di Leone Azais: «Catherine Rouvroy non avrebbe mai accettato il denaro: è una donna molto orgogliosa. I rapporti con mio padre erano molto deteriorati, si sarebbe sentita sporcata dalla sua eredità».

L'ispettore chiude il taccuino e sospira. «Ma le prove... Eh, le prove... Quelle dove sono?»

Non ho una risposta, e al momento nemmeno lui.

Le congetture legali di Calligaris m'inseguono durante l'intero tragitto fino a casa. Si affacciano nella mia mente durante la doccia, mentre preparo un risotto – sto diventando una cuoca provetta –, mentre ceno da sola perché Cordelia è fuori.

Alla fine, chiamo Claudio.

«A quest'ora?» ribatte. Attorno a lui un raro silenzio.

«Devo chiederti una cosa.»

Gli spiego la mia idea e in cosa consista la proposta.

«Non se ne parla nemmeno» è la sua prima risposta.

«Dai... non rischiamo nulla. Non lo saprà mai nessuno.»

«Tu non hai idea di cosa sia l'etica» commenta, ridacchiando. Sembra divertito dalla mia assurdità.

«Posso farlo anche da sola» aggiungo, per fargli capire che lui, dopotutto, non è così fondamentale.

«Ah sì? Allora fallo.»

«Non sfidarmi, Claudio Conforti.»

«Sono proprio curioso di vedere se ne sarai capace. Innanzitutto se troverai i reperti. Se saprai svilupparli e se poi saprai effettuare l'interpretazione. Ah, come me la rido.»

Però se tu non rischierai, nulla mai rosicchierai
La spada nella roccia

Aspetto che siano le tre e che l'Istituto si svuoti. Claudio stamattina non c'era, era in un tribunale di provincia, e non si è fatto vivo in nessun modo. Me la sbrigherò da sola.

Cerco nel congelatore i reperti che mi servono. Non è facile: le dita si raffreddano al punto che temo un'ischemia. Non so in quale angolo del grande frigo frugare, e così lo richiudo, mi riscaldo le dita e poi ricomincio la ricerca. L'intera operazione mi richiede almeno un'ora, senza risultato.

« Buongiorno, Allevi. Cercavi questo? »

Claudio si affaccia in laboratorio proprio quando io, sconfitta, sto raccogliendo le mie cose per tornare a casa.

Nel minuscolo campione, il DNA del prodotto del concepimento di Amélie Volange.

« Il campione era da Beatrice. A proposito, ti saluta. »

« Grazie. »

« Vedi, alla fine riesci sempre a farmi fare quello che vuoi. »

« È un potere. Modesto, ma è pur sempre un potere. Dovrei sfruttarlo meglio. »

« Lo credo anch'io ». Si spoglia e indossa il camice che conserva in laboratorio. « All'opera. »

« Serve un campione di Azais. »

« Non hai trovato nemmeno quello? Ah ah! »

Mentre cerca in frigo e trova subito quello che io non avrei mai trovato, avvio sul mio pc una playlist di Sade, che sembra incontrare il suo gradimento.

In un modo o in un altro lui c'è sempre.

È bello lavorare con Claudio. È instancabile, preciso. Ed è un grande didatta.

Osserva che sono migliorata, e sono contenta di sentirglielo dire.

Anche a proposito di una pazzia come questa: verificare se il figlio di Amélie Volange sia nipote di Azais – in quanto figlio di Leone o di Oscar. O – e qui si sfiora la fantascienza – di Enrico.

È tardi, lasciamo le indagini a un punto di stabilità e mi riaccompagna a casa. Lo ringrazio per avermi aiutata, e lui risponde solo: «A domani».

* * *

Il pomeriggio seguente bissa il precedente. Lavoro ininterrotto, musica, una sosta per dividerci un pacco di Oreo. Intorno alle sei il lavoro è finito.

Abbiamo il risultato.

Ma è così inatteso che fatico a credere di aver interpretato bene. Ho bisogno di una sua conferma.

«Il DNA del feto era il prodotto di un'unione tra consanguinei» è il verdetto di Claudio.

«Lo dicevo io!» esclamo.

«Allevi, recupera nel congelatore un campione qualunque appartenente ad Amélie Volange.»

«Ehm...»

«Ho capito. Faccio io. Tu fai qualcosa di utile, tanto per cambiare.»

«Cioè?»

«Vai in bagno. È da mezz'ora che la stai trattenendo e mi sta venendo il mal di mare a vederti dimenare su quei tacchi come il *Titanic* sul punto di affondare.»

***

È pazzesco, ma il DNA non mente.

Amélie Volange era figlia di Konrad Azais.

Leone Azais aveva ragione dunque, e mi chiedo a questo punto se scherzasse o no.

Quindi, il figlio di Amélie era frutto di un incesto.

A incuriosirmi, soprattutto, è la cronologia degli eventi. Da quanto andava avanti la relazione tra lei e uno dei fratelli? È iniziata prima o dopo quella lettera con l'acrostico?

E quale dei figli di Azais era il padre?

Leone... Lui ipotizzava che l'erede misteriosa potesse essere sua sorella. Non devo dimenticare che l'auto che ha ucciso Amélie apparteneva alla sua ex fidanzata, Vittoria, anche se la storia risale a vent'anni fa. Il nesso mi sembra tangenziale, sfumato, eppure innegabile.

Enrico... Però non esiste alcun collegamento tra lui e Amélie, non apparentemente, almeno.

Oscar, invece... Oscar... Non so quale collegamento esistesse tra lui e Amélie. Ma so che Oscar aveva una storia con Vittoria, la cui auto ha ucciso Amélie.

I risultati andrebbero condivisi con Calligaris, ma come posso fare? Gli esami svolti da me e da Claudio sono illeciti.

Lui ripone il camice sull'attaccapanni e sbadiglia. Le piccole rughe attorno ai suoi occhi sembrano più evidenti.

« Ora che abbiamo tra le mani una notizia così, che facciamo? » domando.

Lui scrolla le spalle. « Ah, non ne ho la più pallida idea. Nulla, direi. Non è che poi fossimo autorizzati a farli, questi esami. Mi sono prestato solo perché ero curioso. »

Forse è così, ma a me piace pensare che lo abbia fatto per aiutarmi. Per accontentarmi. Del resto, nella dimensione parallela delle cose che mi creo in mente, tutto è possibile.

Anche che Claudio sia un uomo perbene.

* * *

La lettera che ho scritto per Catherine Rouvroy finisce nella spazzatura. Stavo meditando di farmela tradurre in francese da Beatrice, ma ci ho ripensato. Non ho il coraggio di chiedere a una donna di quell'età se Amélie ignorasse chi era il suo vero padre. Non posso osare tanto.

Però posso provare a chiedere qualcosa a Selina.

Ho un groppo in gola quando raggiungo Tarquinia per l'ennesima volta e suono il campanello di questa casa su cui si è abbattuta la malasorte.

Selina apre la porta e sembra uno spettro che indossa il suo volto. Emana odore di armadi chiusi.

« Clara non c'è » spiega con tono scialbo. È abituata al fatto che io chieda di sua figlia. « Ho pensato di farle trascorrere un anno all'estero, sa? In Gran Bretagna, credo. Sarà un'esperienza formativa importante e lei ha bisogno di mettere tanti chilometri tra sé e quello che è successo. »

« Mi sembra un'ottima idea. Clara è d'accordo? »

« Sì. Sta andando a lezione di inglese, è per questo che ora è fuori. »

« Lei come sta, Selina? »

« Non sono mai stata peggio. »

La casa è buia. Non c'è il profumo di torta appena sfornata. I gatti sono nascosti.

« Ascolti, ho bisogno di rivolgerle alcune domande. »

« Dottoressa, come dire... la prego. Ecco, la prego. Davvero, io non sono in condizioni di rispondere nemmeno alle domande più semplici. E poi, cos'altro c'è che non è chiaro?

Edoardo ha confessato tutto. Forse anche quello che non gli conveniva e poteva ben tenere per sé» conclude, uno scialle di angoscia sulle spalle curve.

«Non riguarda suo marito. Stia tranquilla.»

Lo sguardo di Selina sembra ravvivato o, quanto meno, incuriosito. «Chi, allora?»

«Suo padre.»

«Ah.»

«Ascolti, Selina. Una volta lei mi ha detto che secondo Leone l'erede – Amélie Volange – era in realtà figlia di suo padre Konrad.»

«Scherzava. Mio fratello lo diceva tanto per dire, non si spiegava perché l'avesse dichiarata erede universale. Era l'idea più banale; certo Leone non poteva immaginare che papà volesse risarcirla per aver rubato quel manoscritto. Dio che vergogna. Che delusione. Il mio mondo è crollato nel giro di pochi mesi, io mi sento a pezzi.»

«Selina...» mormoro in imbarazzo come quando si è sfiorati dal dolore altrui e si è obbligati a scansarlo. «In realtà, pare che l'idea non fosse così assurda. Ci sono dati che potrebbero confermarla» spiego mantenendomi vaga il più possibile.

Mi guarda sbigottita. «Anche questo, ora» sbotta.

«Selina, rifletta. È importante. Qualcuno dei suoi fratelli aveva contatti con Amélie?»

«Non che io sappia. Non so se Leone avesse provato a mettersi in contatto con lei, dopo l'apertura del testamento. È possibile. Anzi, probabile. Chiedetelo a lui, io non so niente.»

«E Oscar?»

«Nella causa per l'interdizione era stato coinvolto da Leone. In realtà era molto più vicino alla mia opinione che a quella dei miei fratelli, nonostante non gli convenisse affatto.»

«Che vuol dire?»

«Che dal punto di vista economico è quello messo peggio. E quindi l'eredità di papà gli serviva eccome.»

«Perché è messo male?»

«Oscar è un giocatore. Mio padre gli aveva intestato dei beni, ma lui ora non ha più nulla, ha perso tutto. Non ha un vero e proprio lavoro; dipinge, ma non ha mai avuto vera fortuna. Peccato, perché ha del talento notevole.»

«E crede possibile che si fosse messo in contatto con Amélie?»

«Con Oscar tutto è possibile, ma davvero non riesco a immaginare la ragione.»

«E Leone, che motivo avrebbe avuto?»

«Leone è diverso. È uno che prende di petto la vita. Non aspetta, non ha pazienza. Se voleva capire qualcosa del legame tra mio padre e la Volange, di certo si è mosso per farlo. Oscar, invece, è un indifferente. Non per debolezza, o per viltà. È che proprio gli altri non gli interessano. Gli importa soltanto trovare i mezzi per giocare e per godersi la vita. È il suo impulso quotidiano primario. Nient'altro.»

«La ringrazio, Selina» dico, pronta a congedarmi. Mi accompagna alla porta, un sospiro a ogni passo. Rischia di inciampare su un tappeto e penso che questa non è la fine che meritava. Ho già varcato la soglia e lei sta per chiudere l'uscio, quando si porta una mano alla fronte.

«Stavo pensando... Se davvero mio padre avesse saputo una cosa del genere, non crede che l'avrebbe detto chiaramente? Ha confessato di aver rubato il romanzo che lo ha reso uno scrittore celebre, pensa che si sarebbe tirato indietro davanti alla semplice ammissione di una paternità illegittima? No, non lo credo possibile.»

La sua osservazione è giusta. Anch'io ho la sensazione che Konrad ignorasse di essere il padre di Amélie. Credo che questo sia un segreto tutto di Catherine, e che la stessa Amélie non ne avesse idea. Ma è anche vero che forse Konrad preferiva tacere per pudore. Ha rubato a Olivier Volange il successo. Avrebbe davvero ammesso di avergli rubato anche la moglie e una figlia? Mi tornano in mente anche le parole di Konrad nella lettera destinata ad Amélie: la dissuadeva dal frequentare i suoi figli. Era a conoscenza, forse, del suo legame con uno dei tre?

« E poi, se può esserle utile... Ricorda quando mi ha raccontato di quel trucchetto enigmistico nella lettera di papà? Quello che rivelava il nome di Amélie Volange? »

« Certo » rispondo con curiosità.

« Be'... forse, tra tutti noi, Oscar sarebbe stato l'unico in grado di capire il gioco di nostro padre. Lui avrebbe pensato a cercare qualcosa tra le righe e di certo aveva gli strumenti per farlo: è un bravo enigmista, anche più di papà. »

La ringrazio, convinta che abbia ragione. Oscar Azais potrebbe aver scovato l'acrostico, e aver capito che la Volange era la famosa erede. E in un modo che non è ancora noto, potrebbe averla contattata direttamente.

Ma a che scopo?

In treno finisco di leggere un libro di Marcela Serrano e smetto di pensare agli intrighi della famiglia Azais. In verità non ne posso più. L'unica considerazione che mi concedo è che dovrei parlare con Calligaris al più presto.

Al ritorno di Cordelia da Oslo – soggiorno piuttosto breve, in realtà – ho già parlato con l'ispettore e ho vuotato il sacco sulle mie malefatte.

Lui è colpito ma non sorpreso. Evito, naturalmente, di menzionare in alcun modo Claudio.

« Non preoccuparti per le indagini, Alice. I soggetti erano deceduti entrambi e nel caso in cui i risultati si rendano necessari come ufficiali chiederò l'autorizzazione al PM. Insomma, hai fatto di peggio e lo sappiamo bene! Fortuna che la strigliata dell'Ordine dei medici doveva darti una lezione. Ah! » Faccio un sorriso tirato al ricordo di una situazione davvero spinosa che risale a un anno fa. « Okay. Facciamo un punto della situazione, che ne dici? »

« Volentieri » rispondo.

« In queste settimane ho interrogato i tre Azais in maniera oppressiva. Non ho dato scampo a nessuno di loro. Enrico non pare aver nulla a che vedere con Amélie Volange. Quanto a Leone e Oscar, la storia si ingarbuglia. Nessuno dei due ha un alibi attendibile per la notte della morte di Amélie. Leone ha detto di essere rimasto a casa con la moglie. Ma ho la sensazione che la moglie lo coprirebbe, ed è per questo che non darei per scontata la sua innocenza. Oscar ha detto di aver dipinto tutta la sera nel suo atelier. Ha ammesso una relazione con Vittoria Galli e ha negato di conoscere Amélie Volange. Leone ha ammesso, invece, di aver conosciuto

Amélie Volange in maniera molto superficiale. Eppure, non si scappa. Uno dei due l'ha ingravidata.»

Che termine orrendo! Solo Calligaris potrebbe usarlo.

«Peraltro, c'è una stranezza. Dai tabulati telefonici dei contatti di Amélie emergeva un numero di telefono italiano. Ho rintracciato l'identità dell'intestatario... e guarda un po'! È Vittoria Galli.»

«E la Galli come lo giustifica?»

«È parsa perplessa. Dice di non avere idea di questo contratto telefonico intestato a suo nome.»

«Ho capito. E Leone le ha detto come conosceva Amélie?»

«Sì. Sostiene che quando era ancora un ragazzo, ha accompagnato il padre a Parigi. Lì, lui ha incontrato Amélie e la madre.»

«Aspetti, aspetti! È importantissimo!»

«Be'... addirittura importantissimo! È inaspettato, ecco. Non guardarmi così!»

«Così come?»

«Sembri una bambina cui hanno negato la Barbie nuova. Non si dica che ti ho fatto un torto. Vuoi conoscere i dettagli dell'adolescenza di Leone Azais?»

E me lo chiede! Annuisco, gli occhi incollati sulle mani di Calligaris, intrecciate sulla sua scrivania di betulla, il suo Swatch che ormai è antiquariato, la peluria liscia e scura sulla pelle pallida.

«Aveva sedici anni, più o meno, quando il padre l'ha portato a Parigi, dove doveva promuovere un libro. Azais aveva scelto lui perché era il maggiore. Gli disse che a turno, prima o poi, avrebbe portato anche gli altri fratelli. Raggiunsero una libreria, lì c'era molta gente. Tra gli altri, anche una certa Catherine con sua figlia, di nome Amélie. La donna si avvicinò a Konrad e lo abbracciò a lungo. La bambina, lì accanto, osservava la scena con curiosità. Andarono a cena insieme in un ristorante... Pensa, ricordava anche quale! Lo *Chez l'Ami Louis*. Mangiarono pollo arrosto. Konrad Azais tentava un dialogo con la bambina, in francese. Lei non riusciva a rispondere, era timida e silenziosa. La madre la spronava, lei si chiudeva sempre più in se stessa. Leone non ricorda nient'altro.»

«Be', è già molto.»

«Lo credo anch'io.»

«Sa che anch'io ci sono stata, in quel ristorante? Pensi che coincidenze.» Mi ci ha portata Arthur. Il pollo lì è leggendario, ma lui non l'ha mangiato perché è vegetariano, e mi guardava con aria sofferente.

Quel pollo era felice prima che qualcuno lo uccidesse per fartelo mangiare.

Dubito che fosse felice. Inconsapevole, al limite. La sua morte ha dato un senso alla sua vita: essere cucinati in questo modo è arte pura.

Arthur, maledizione, vai via dai miei ricordi!

«E non l'ha più rivista?»

«Sembra di no» replica con aria possibilista.

«Non è strano? Catherine Rouvroy ha sempre indicato in Azais l'uomo che ha rovinato Olivier Volange... non ha mai usato parole benevole nei suoi riguardi. Incontrarsi a Parigi, con tanta affettuosità... e quando Volange era ancora vivo, per di più!»

«Ah, chi ci capisce niente! Però non credo che tutto questo sia importante. Chi se ne frega di Catherine Rouvroy e dei suoi intrallazzi con Azais. Questa è un'altra storia.»

Vorrei dirgli che non esiste un'altra storia. Che il tutto è talmente collegato da escludere coincidenze e fatalità.

«Che idea si è fatto, allora?»

« Che potrebbero essere stati entrambi, in ugual misura. Tanto Leone quanto Oscar. »

« Be', io propendo per Oscar. Lui aveva più possibilità di conoscere le abitudini di Vittoria e potrebbe averle sottratto l'auto. »

« Giusto. Chiedo al magistrato l'autorizzazione all'esame genetico su Oscar Azais, così lo incastriamo. »

« Ma è possibile che non vi risulti alcun contatto tra lui e Amélie? Voglio dire telefonico, testimoniale? »

« Telefonico, no. Per il controllo delle mail ci vuole molto più tempo, magari emergerà qualcosa. »

« Nel 2011 perché negare qualcosa che prima o poi verrà scoperto ugualmente? »

« Chi lo sa. La gente nega per istinto, non per calcolo. »

* * *

L'incarico del PM di prelievo del DNA di Oscar Azais e compatibilità con il feto non tarda ad arrivare. Claudio lo accoglie con serena consapevolezza.

« È scontato chiederti se vuoi assistere » dice con voce così bassa che quasi sembra mormorare. « Convocherò Oscar Azais per domani » annuncia.

« È perfetto. »

« È diventato utile collaborare. Mi fai anticipare il lavoro. Il profilo del feto è già ricostruito. »

« Chi l'avrebbe detto che avresti avuto una concezione positiva del lavorare insieme? »

Sembra che voglia rispondere, ma alla fine tace. È sempre più spesso la conclusione delle nostre conversazioni. Mi sto quasi abituando.

* * *

Oscar Azais si aggira con aria vigile in Istituto. Lo riconosco, nulla è cambiato dal giorno dell'omicidio di Konrad, quando l'ho visto per la prima volta. Mi stringe la mano con gentilezza e chiede del bagno. In generale ha l'aria tesa che ci si può aspettare. Resto sola con Calligaris, che freme dalla voglia di fumare. Gli indico un balcone, dove accende la Merit che gli offro.

« Sai che lo ha ammesso? L'esame ormai va fatto, ma è pressoché inutile. Davanti all'evidenza ha riconosciuto la realtà dei fatti. Lui e Amélie avevano una relazione da qualche mese; naturalmente non era a conoscenza della gravidanza di lei. E quel numero di telefono, ricordi... quello di Vittoria Galli? Ha ammesso che lui utilizzava una scheda che la Galli nemmeno ricordava di avere, una di quelle che danno in omaggio quando acquisti un cellulare. »

« Gli ha detto che Amélie era sua sorella? »

« No, per il momento no. Non mi sembrava opportuno. E poi, è davvero importante? »

« No, in realtà no. Le ha spiegato come si sono incontrati? »

« Sì. È stato lui a mettersi in contatto con lei dopo aver capito l'acrostico del padre. Ha detto che era curioso di conoscere la futura erede della fortuna di famiglia. »

« C'è una cosa che mi sfugge. Se Konrad voleva proteggere Amélie, perché lasciare quel trucchetto nella lettera? »

« Sai che gliel'ho chiesto anch'io? Pensavo che Oscar fosse l'unico in grado a fornire una risposta attendibile, ma lui ha fornito una sua versione molto romanzesca. »

« Cioè? »

« Secondo Oscar, il nome di Amélie era un messaggio per lui. Konrad sapeva che tra i suoi figli soltanto lui sarebbe stato capace di trovare quel trucchetto da niente nascosto tra le righe. Desiderava che lui la raggiungesse, e infatti, quando Oscar gli aveva raccontato di averlo fatto, Konrad ne era stato contento. Aveva individuato in lui l'unico adatto ad avere rapporti con l'erede e l'aveva implorato di non fare nulla che potesse nuocerle, anzi, di difenderla da Leone. Sarebbe stato più comodo parlargliene chiaramente! »

« Azais ha usato questi stratagemmi per tutta la vita, pare. Si è sempre espresso per enigmi, faceva impazzire tutti. O almeno, così mi hanno raccontato. E poi non dimentichi che la lettera doveva essere allegata al testamento, e che Leone l'ha scovata, sottratta e utilizzata. Mi sembra più probabile, ora che ci penso, che Konrad non volesse affatto farlo sapere prima. Questa storia che Oscar le ha raccontato puzza di balla da morire! »

Calligaris è confuso. « In ogni caso, una volta scoperto il nome di Amélie, Oscar ha cominciato a cercare informazioni. È riuscito a ottenere il suo indirizzo, così le ha scritto una lettera. »

« E poi? »

« All'inizio lei era molto diffidente. Lo trattava con scortesia. Ignorava di avere un ruolo nel testamento, è stato Oscar a rivelarglielo. »

« È stato imprudente, nel farlo. »

« Be', gli Azais non sono tipi dotati di buon senso. »

« E Amélie come digeriva che Oscar si fosse accordato con i fratelli per far interdire il padre e privarla, così, della sua eredità? »

« Non lo digeriva, infatti. Ma lui le ha giurato di essersi trovato in mezzo, di aver seguito i fratelli senza spirito critico. Dopotutto, gli dispiaceva perdere il denaro su cui contava. »

« Amélie mi ha creduto, anche se non subito » aggiunge la voce di Oscar, che a passi silenziosi ha messo piede sul balcone. « Potreste offrirmi una sigaretta, per favore? » chiede, con nobiltà di modi. Calligaris non sembra imbarazzato dall'essere stato colto in flagrante. Porgo ad Azais il pacchetto di sigarette e lui ne estrae una che accende con un prezioso accendino. Oscar Azais sembra un principe dell'Est, decaduto ma sempre altero. « Era decisa a entrare in possesso di quanto le spettava: è stata lei a raccontarmi del plagio di mio padre. Dapprima non lo credevo possibile, ma dopo mi sono detto che non poteva esserci altra spiegazione alla scelta di mio padre di nominarla erede universale. Il rapporto fra me e lei è nato così, tra liti e attrazione. Amélie aveva un pessimo carattere e un atteggiamento rancoroso; eppure io ho cominciato a provare per lei una forma di tenerezza, una voglia di proteggerla – purtroppo non è servita a salvarla. »

La spiegazione di Calligaris non mi ha soddisfatta. Voglio sentire con le mie orecchie la sua versione dei fatti, anche se temo che l'ispettore mi fustigherà a sangue.

« Azais... perché suo padre ha inserito quell'enigma nella lettera? Diceva di voler proteggere Amélie, ma ha lasciato un modo per scoprire il suo nome. Perché, secondo lei? »

Oscar si abbandona a un sospiro così profondo che il torace si gonfia come fosse una pettorina. « Dimentica che mio padre era matto... matto da legare! Chi può dire cosa gli passasse per la mente. Potrebbe averlo fatto per divertirsi, per lanciarci una sfida. Ha sempre scelto l'enigmistica come via di comunicazione con noi figli. Ricordo che quando eravamo piccoli, ogni domenica c'era un premio che lui aveva acquistato durante la settimana. Un libro, oppure un giocattolo, o caramelle, o semplicemente denaro. Ci proponeva un enigma – rebus, per lo più, ma anche gli anagrammi erano una sua passione – e chi lo risolveva vinceva il premio. »

« Vi aveva addestrati bene » commenta Calligaris, con tono incolore.

« L'enigmistica è arguzia ed esercizio in parti uguali. In ogni caso, io vincevo quasi ogni domenica. »

« Dunque, secondo lei, è stato soltanto un gioco? »

Azais scuote il capo. La brezza scompiglia appena i suoi capelli scuri attraversati da qualche linea d'argento.

« Be', non so. Quando ho avuto tra le mani la lettera ho cercato subito un gioco. In realtà non si è nemmeno sprecato troppo: sapeva fare di meglio, molto di meglio. Ho scoperto il nome di Amélie alla prima lettura. Io ho voluto credere che quel messaggio fosse destinato a me. »

« Un messaggio per lei? E perché? »

« Perché tra i miei fratelli ero l'unico di cui si fidasse davvero. Ma ha voluto lasciare un varco aperto al destino. Papà sapeva che Leone venderebbe Marcella e i bambini al migliore offerente, figurarsi la sua erede. Per non parlare di quel malato di mente di mio fratello Enrico. Ha lasciato che capissi quel nome da me, senza forzare la sorte. »

« Azais... posso chiederle se anche la madre di Amélie era a conoscenza dell'eredità? »

« Perché me lo domanda? »

« Secondo lei? Via, Azais! Crede che io sia curioso? Se glielo domando è perché mi serve saperlo. »

« Sì. Lo sapeva. Quando Amélie glielo ha raccontato, la madre è stata molto dura. Una reazione strana, direi. Le ha proibito di accettare l'eredità, perché erano soldi maledetti. »

Gli occhi di Calligaris si illuminano come quelli di un bambino che ha trovato una sorpresa di suo gusto nell'ovetto Kinder.

« Quindi per lei non è stata una sorpresa quando la Rouvroy ha rifiutato l'eredità di Amélie? »

« No. Non dopo il racconto di Amélie. Quella donna è stata onesta. I nostri soldi tornano a noi. »

« Andiamo, Azais. È tardi » lo esorta Calligaris, con tono gentile.

Mentre Claudio esegue il prelievo, mi rivolgo sottovoce all'ispettore.

« Crede che Oscar abbia ucciso Amélie? »

« Aveva un'ottima ragione per farlo. Sapeva che Catherine avrebbe rispedito al mittente l'eredità, e quindi togliendo di mezzo Amélie se ne sarebbe riappropriato. Certo è che l'auto che l'ha uccisa apparteneva all'amante appena scaricata. Il che porterebbe a credere più probabile un ruolo attivo da parte della Galli. Ma è inutile battere questa pista, Vittoria Galli ha un alibi. »

« Oscar ha ammesso di averla incontrata, quella sera? »

« Nega, e non so cosa pensare. Nel pomeriggio farò vedere una foto di Oscar Azais alla testimone oculare che ha identificato l'auto della Galli. Chissà che non lo riconosca. »

Il più giovane dei fratelli Azais si sottopone all'esame del DNA con aria assente.

Il risultato lo otteniamo l'indomani e nessuno di noi è sorpreso. Ci sono geni di Azais al cento per cento, una compatibilità così non l'avevo mai vista. E, del resto, non mi auguro di riconoscere altri figli di un incesto.

Un segreto non è per sempre. Arriva prima o poi qualcuno che è capace di svelarlo

Konrad Azais, *La cupidigia di Desziderius Horvath*

Lara entra nella nostra stanza con aria burrascosa.

« Che ti prende? » le domando.

Perfino Ambra, finora chiusa nel silenzio più ostinato, sembra interessata. Lei risponde con la voce di chi annuncia un terremoto dai danni inestimabili. E di fatto, la notizia che sta per darmi merita questo tono se non peggio.

« Il Boss andrà in pensione tra quattro mesi. »

« Merda! » esclamo. « Gli succederà la Wally! »

Misericordia!

L'Istituto senza il Supremo. La fine di un'epoca, il passaggio diretto dal Re Sole al Terrore di Robespierre saltando Maria Antonietta. La mia voglia di lavorare oggi era già pari allo zero. Cercavo con Google immagini di atolli persi nell'oceano alla fine di ogni paragrafo scritto. L'avvento al potere della Wally sovrasta ogni mia capacità di compensazione.

Anche Ambra esprime il suo dissenso con un mugolio. Ambra, o sarebbe meglio dire quel che resta di lei. Non ho più il coraggio di chiamarla l'Ape Regina, mi sembrerebbe vilipendio di cadavere. Ecco come Claudio può ridurre una donna: *never forget*. Come disse Vittoria Galli: « Attenta, al mio posto tra qualche tempo potresti esserci tu ».

La povera Negri della Valle è caduta in una depressione mondiale; capita che la trovi chiusa in bagno a piangere. Gira con il copriocchiaie in tasca, per correggere subito i cerchi neri che le si formano sotto gli occhi ogni giorno intorno alle undici. Gli alti vertici hanno colto il cambiamento, le hanno chiesto spiegazioni, lei reagisce con indifferenza. Temo il giorno in cui Ambra si risolleverà dallo scompenso. Non sono così cattiva da non augurarglielo, ma quel giorno sarà terribile per tutti noi. Dovrà riprendersi da mesi di frustrazioni e scontento, e tornerà agguerrita, feroce come un dingo, pronta a mangiarsi le nostre carcasse.

* * *

La sera stessa, durante la cena, chiedo a Cordelia se sa qualcosa della scelta del padre.

« Oh, e tu gli credi? Da quando ho memoria dice di voler andare in pensione ogni volta che lo incontro. Poi non lo fa mai. »

« Stavolta sembra che sia tutto vero. »

« Be', buon per lui, così potrà godersi la vita. Mio padre è stanco. »

« Ci lascia nella merda. »

« E chi non lo è » commenta lei, intingendo un gamberetto nella salsa rosa che ho preparato. « Alice, stai diventando una cuoca cazzuta. »

« Tutto merito di Alessandra. »

« Almeno l'essere diventata un pallone aerostatico ha avuto il vantaggio di lasciarle il tempo libero per insegnarti qualcosa. Peccato che il mio fratellone non possa trarne vantaggio. »

« Chi può dirlo, Cordelia » rispondo con un tono che subito dopo mi sembra eccessivamente fatalista. Del resto, la vita decide fino a un certo punto. Il resto lo facciamo noi.

« Io lo spero. »

Non lo ammetterei mai, ma una parte di me lo spera molto più di lei.

* * *

« Ha detto la verità, alla fine » mi spiega Calligaris mentre il cameriere del bar dove ci troviamo gli porge il Cynar che ha ordinato. « Sei sicura di non volere altro? » chiede, gli occhi puntati sul mio caffè.

Scuoto il capo e aspetto che prosegua.

« La testimone lo ha riconosciuto e lui ha ammesso di aver incontrato Amélie la notte della sua morte. Quell'uomo non è attendibile. Ammette le cose solo dopo essere stato messo con le spalle al muro. Non credo che confesserebbe mai la verità, in caso sia stato davvero lui a investirla. Bisogna trovare le prove. »

« È un bugiardo cronico. Ricorda anche com'è stato capace di mentire quando Clara Norbedo era scappata da casa? »

« Eh, sì. Quella poi è stata una brutta faccenda. La nipote gli rivela che il cognato ha ucciso il padre e lui fa finta di niente. È proprio gente strana. »

Il consiglio di un padre: non perdere il tuo tempo, le tue energie con loro. Non conoscono la dedizione. Ignorano il concetto di sacrificio. Sono crudeli, mi assomigliano.

Konrad è stato così esplicito, maledizione!

« Per l'esattezza, cosa le ha raccontato? » insisto.

« Che ha preso in prestito l'auto di Vittoria Galli e ha incontrato Amélie. Ha detto di averla trovata ubriaca fradicia, il che è vero, date le risultanze dell'esame di Conforti. »

« Gli è sembrato strano, o Amélie aveva il vizio di bere? »

Calligaris si massaggia il mento. « No, tutt'altro. Secondo Azais, Amélie era pressoché astemia. In realtà sostiene di averla trovata non solo ubriaca, ma anche disperata per aver scoperto che lui vedeva ancora la Galli. E Oscar, nella migliore delle tradizioni... »

« Ha negato » lo interrompo. « Di certo non le ha spiegato che usava ancora l'auto di Vittoria. »

« Non credo proprio! »

« A proposito dell'auto, la Galli non ha ammesso di averla prestata a Oscar? »

« No. Continua a dire che le è stata rubata la sera della mostra, quando era parcheggiata davanti alla Ergi. Per tornare alle bugie di Oscar Azais, Amélie aveva le prove. »

« Che prove? » domando, incuriosita.

« Vittoria Galli l'ha contattata e hanno litigato violentemente. »

« Be', ma le parole di Vittoria non provavano nulla, prese come tali. »

« Sembra che le abbia mostrato dei messaggi tra lei e Oscar. Un classico squallido triangolo, nulla di più » taglia corto Calligaris, ritenendo la vicenda indegna di approfondimento. « Azais riferisce di aver lasciato casa di Amélie intorno alle undici. Lei si era addormentata. »

« E perché non è rimasto con lei? Dopotutto era in pessime condizioni. Una persona affezionata non l'avrebbe lasciata sola. »

« Questo non lo so. Azais è andato alla Ergi, dove ha lasciato la macchina che Vittoria gli aveva prestato – lui si è giocato anche la BMW. Poi è entrato, ha affrontato la Galli e hanno avuto una discussione, in una piccola stanza nei locali della galleria. »

« Perché hanno litigato? »

« Azais le ha rinfacciato di aver aggredito Amélie e le ha ingiunto di lasciarla in pace. L'ha lasciata per la Volange, in poche parole. Dice di aver preso un taxi subito dopo e di essere tornato a casa. Adesso sto portando avanti un'operazione complessa: Azais sostiene di conoscere il tassista. Ha indicato con discreta precisione modello dell'auto, nome

– senza il cognome – del conducente, persino che programma stava seguendo alla radio. Ebbene, sto cercando di rintracciare quel tassista: se confermasse la sua versione e i tempi coincidessero, Oscar sarebbe del tutto scagionato.»

«E allora chi è stato a uccidere Amélie?»

«Mia cara, è ovvio! Vittoria Galli. Sto cercando di smontare il suo alibi, che le è stato fornito da una collaboratrice della galleria. Il fatto è che all'ora indicata dalla testimone l'esposizione era già finita. Secondo questa ragazza, lei e Vittoria sono rimaste insieme fino alle due e uscendo dalla galleria si sono accorte del furto dell'auto.»

«Mostrerebbe una devozione notevole, mentendo per lei. E poi... la sua testimone, l'inquilina del palazzo ha visto Azais, però...»

«In realtà» mi interrompe l'ispettore, «quando ha visto l'auto per la seconda volta, mentre si allontanava a gran velocità, non ha identificato il guidatore.»

«Quindi il finale è aperto» commento, un po' sorpresa.

«Il finale è aperto» ripete Calligaris.

Finisce il Cynar, mi dà una carezza sulle spalle e fa presente che deve tornare in ufficio.

«Ci aggiorniamo» gli dico, mentre il vento mi scompiglia la frangia.

Lui saluta con un cenno della mano e si allontana, smilzo, le mani in tasca, la modestia di una professione condotta con molto più scrupolo di quanto non gli venga riconosciuto.

E il mio maestro m'insegnò quant'è difficile trovare l'alba dentro l'imbrunire

La vicenda ha un aggiornamento qualche giorno dopo, mentre sto guardando un film su Sky con Ichi e Cordelia. Lei ha il pomeriggio libero e poiché c'è un tempaccio scoraggiante, abbiamo preferito rimanere in casa a vegetare.

Per Calligaris, tuttavia, il maltempo non è un deterrente. « Signorinella, non posso parlare per telefono. Se sei curiosa, prendi la metropolitana o quel che vuoi e raggiungimi qui in ufficio. »

Sento una lotta intestina tra la pigrizia e l'interesse. La pigrizia ha due feroci sostenitori, che protestano al mio sollevare le chiappe dal divano.

Ma quello slancio insistente che spesso mi ha creato tanti guai ha la meglio anche stavolta.

Infilo delle galosce fucsia che si attirano un'occhiata malevola da parte di Cordelia, ma sono un regalo di Yukino e indossarle me la ricorda. La radio dentro la stazione della metro trasmette *In the Hall of the Mountain King* di Grieg per pubblicizzare un film e il motivetto mi perseguita come una colonna sonora finché non raggiungo l'ufficio di Calligaris, che per fortuna è deserto e così non mi tocca aspettare.

« L'ho trovato, alla fine. »

« Cosa? »

« Come, cosa? *Chi*, vorrai dire. Il tassista di Oscar Azais. 'Come no? L'artista! So' vent'anni che lo conosco.' Ho ricostruito l'intera cronologia del suo turno di notte e di fatto la versione di Oscar Azais è credibile: il tassista l'ha prelevato davanti alla Ergi intorno alle undici e tre quarti. A quell'ora, la frenata non era stata udita dalla testimone oculare, quindi la Volange non era ancora stata investita. L'incidente è avvenuto a mezzanotte e mezzo, ora in cui Azais era ancora sul taxi, che lo ha accompagnato in un bar, lo ha aspettato e poi lo ha riportato a casa. Il tassista tiene un registro di debitori... Clienti abituali che vivono al di sopra delle loro possibilità: Azais non aveva i soldi per pagarlo subito, e si sono incontrati il giorno seguente per il saldo. In questo registro sono scritti a chiare lettere: data, ora, nominativo. Un tassista molto preciso, e questa precisione ha salvato Oscar Azais dalla galera.»

«Cacchio» mi ritrovo a dire, la faccia di un pesce rosso nella boccia. «E quindi, bisogna ritenere che sia stata Vittoria Galli... Non vedo chi altri possa essere stato.»

«Infatti. Eppure la storia non quadra, perché all'ora X la Galli continua ad avere quell'alibi di ferro, non meno attendibile di quello di Azais.»

«Ah... E quindi non c'è nulla da fare?»

«Alice, tu mi sottovaluti» dice Calligaris con un'aria sornione che mi ricorda Poirot. «Sto lavorando con finezza, con *estrema* finezza» aggiunge, con tono sibillino.

«Cioè?»

«Ho un sospetto di cui preferisco non anticiparti nulla, finché non avrò condotto le necessarie verifiche.» Nonostante la curiosità, stavolta preferisco non insistere: è buono e caro, ma se dice no è no.

E così torno a casa, dove Cordelia e Ichi mi accolgono in festa; non credevano che avrei trascorso fuori così poco tempo. Per cena ci raggiunge Silvia, curiosa di vedere la mia nuova sistemazione. Sono ore piacevoli, eppure io sento quella prurigine anomala, quell'alone di inquietudine immotivata, quell'attrazione verso l'oscuro che di quando in quando si affaccia dai meandri di me stessa – lo *yugen*, direbbe Yukino, il fascino delle cose che sono in penombra, che non sono quello che sembrano, che stanno per finire.

Però assai curiosa son, e mi piacciono avventure e novità
Alice nel paese delle meraviglie

Sto consultando online un quotidiano del Lazio per avere alcuni dettagli di cronaca su una morte che mi interessa perché domani la Wally farà l'autopsia, quando noto un articolo che mi colpisce e clicco sul titolo senza pensarci due volte. Lo divoro e prendo nota sull'agendina. Telefono ai coniugi Allevi junior per una proposta che è proprio nelle loro corde e che non rifiuteranno di certo.

Sabato sera, infatti, siamo accomodati sulle poltroncine di plastica incolonnate come nella platea di un teatro in piazza delle Erbe a Tarquinia. Alessandra ha esigenze di tutti i tipi che mio fratello soddisfa stoicamente, la pancia è sempre più convessa e lui è sempre più in odore di santità. La piazza comincia a riempirsi, noi abbiamo trovato posto in prima fila e io mi guardo attorno con tanta insistenza che Alessandra non può fare a meno di notarlo.

« Chi cerchi, Alice? Non è che hai un nuovo amorazzo? »

Nego distrattamente, la mia attenzione è rivolta alla gente che prende posto in una serena atmosfera da saggio scolastico.

Ed eccola, Selina Azais.

Cammina piano, come se reggesse con fatica un grosso peso. È opaca, come vecchio argento impolverato e brunito che nessuno si premura di lucidare.

Le vado incontro e lei mi rivolge uno sguardo miope.

« Buonasera » la saluto con tono amichevole.

« Oh » è la sua risposta, come se avesse inghiottito le parole. Sembra confusa.

« Ho letto sul giornale del saggio di musica, ho visto che ci sarebbe stata anche Clara e ho pensato di assistere. »

« Grazie... »

« Le va di sedersi accanto a me? »

« Sì, certo » replica, ma come se le fosse indifferente essere in un luogo o altrove.

Clara sale sul palco, il violoncello sulla spalla, un rossetto scuro sulle labbra, quella evanescenza tutta sua. Sfila un cappottino primaverile multicolore che mi sembra di aver visto da Desigual e i capelli, lievi onde di un piccolo mare di lucide sterpaglie, si trasformano in uno chignon. Siede su uno sgabello e con cura estrae lo strumento dalla custodia. Non si guarda attorno, non guarda la platea. È come annoiata, e sembra aspettare di cominciare questo saggio con ineluttabilità.

« Clara partirà, alla fine? » chiedo a Selina.

« Sì, a metà giugno. È un'ottima opportunità per lei e non le nascondo che, dopo quello che è successo, Clara è diventata molto difficile da gestire. Io non ho più le forze per controllare il suo umore. Suo padre mancherà per molto tempo, e... e io non so più se posso ancora dirmi una madre. Non ci riesco. »

È in questo momento che capisco. Non ne avrò mai le prove, ma questo spiega tutto. Spiega perché Clara si sia sentita così sola. Spiega perché quando non ce l'ha fatta più a tenere dentro di sé la verità, non si sia rivolta a Selina ma sia invece scappata a Roma, da suo zio.

Selina *sapeva*.

Sapeva che era stato suo marito a uccidere Konrad. Selina idolatrava il padre, per lei dev'essere stato terribile scoprire che il genio che ammirava tanto in realtà nasceva dal furto.

E quando Edoardo le ha confessato il suo crimine, Selina ha fatto la sua scelta. Ha scelto il marito. Ecco perché ora non riesce nemmeno più a essere una madre per Clara.

« Ho chiesto a mio fratello Enrico di trasferirsi da me per un po' di tempo » prosegue Selina. « Siamo entrambi malati di solitudine, forse potremo aiutarci a vicenda. »

« E di Oscar cosa ne è stato? » domando in maniera vaga.

« Ah, Oscar. L'hanno messo in mezzo in quella storia della morte di Amélie Volange. Era ovvio che Oscar avrebbe capito il trucchetto di papà in quella lettera prima di tutti noi, e che avrebbe cominciato una sua ricerca privata. Per molti aspetti, Oscar somiglia a mio padre più di me, Leone ed Enrico messi insieme. »

« Perché crede che Oscar abbia cercato Amélie? Per curiosità? »

« Oh, no. Altro che curiosità. L'ha cercata per conoscere il nemico. Studiarla e, se possibile, fregarle tutto il denaro. »

La sua visione dei fatti mi sorprende e penso che se non fosse in questo stato di nervi così precario non avrebbe mai usato delle parole così dure; o, di certo, non ne avrebbe parlato con me.

« Ha davvero un'opinione così terribile di suo fratello? »

« Noi Azais siamo una razza crudele. Chi altri, se non mio padre, avrebbe lasciato quell'esca per Oscar? Voleva proteggere la Volange, diceva, ma al contempo ha lasciato al più rapace dei suoi figli lo strumento per raggiungerla. Doveva immaginare che lui l'avrebbe cercata. Ma non è stato Oscar a ucciderla, questo è sicuro. L'avvocato di mio fratello mi ha spiegato che è fuori pericolo. È stata la sua vecchia amante, per questioni di gelosia. Vittoria era la ragazza di mio fratello Leone, un tempo. Era molto possessiva, già all'epoca. »

« Lei la conosceva? »

«Frequentava casa nostra con assiduità. Era molto invadente. Sperava che Leone la sposasse e credo che alla fine si siano lasciati proprio per questo motivo.»

«Sapeva che recentemente Vittoria aveva iniziato a frequentare suo fratello Oscar?»

«No. Lui non ha mai condiviso la sua vita sentimentale con nessuno di noi. Ma secondo me la frequentava per interesse. E forse, per lei, Oscar era il rimpiazzo di Leone, il primo amore mai dimenticato. Chissà! Io non ne capisco nulla di questi intrighi, di queste passioni così febbrili... Ho amato un solo uomo. E quest'uomo mi ha deluso.»

«Selina... lei ha mai accompagnato suo padre a Parigi, quando era ancora in attività?»

«Sicuro. Ognuno di noi lo accompagnava durante i viaggi promozionali, era una precisa volontà di mia madre, che poi ci interrogava su chi avessimo visto e cosa avessimo fatto.»

«E perché non viaggiava con vostro padre?»

«Perché mia madre era agorafobica. Non usciva mai di casa, ma era gelosissima e voleva controllarlo.»

«E... a Parigi, suo padre le presentò qualcuno... in particolare?»

«Non ricordo bene, ero piccola. Infatti, ogni volta mio padre chiamava un'amica di lì che veniva con sua figlia per farmi compagnia. Ma erano energie sprecate, la bambina era muta.»

«Come si chiamava la bambina?» la esorto, mentre lei contempla un punto fisso nel vuoto e non si chiede nemmeno per un istante perché le stia rivolgendo queste domande.

«Ma che ne so, non ricordo. Era una noia mortale! La madre parlava con papà e ci abbandonavano a noi stesse. E la bambina stava sempre zitta, gliel'ho detto, era muta.»

«Non l'ha mai più rivista?»

«No.»

In questa piazza della loro città, attraversate dalla leggera frescura di una serata di primavera, Clara e sua madre mi sembrano due rami spezzati. Clara suona il suo violoncello con indifferenza, lo sguardo fisso sulle corde. Un motivo allegro, quasi da festa di paese, ed è un suono che stride con l'espressione torva dei suoi occhi. *Concerto in A per chitarra, violino, viola e violoncello* di Antonio Vivaldi, recita il programma stampato artigianalmente che è stato distribuito da un giovane allievo della scuola di musica di Clara.

Il resto del concerto è piacevole; non oso distrarre Selina, che tuttavia non sembra poi troppo concentrata sull'esibizione della figlia. Al termine della serata, in un tripudio di applausi entusiasti provenienti dai parenti dei concertisti, Selina batte appena le mani.

Clara si avvicina alla madre; Alessandra e Marco le fanno i complimenti, che lei accoglie con freddezza. Risponde a monosillabi anche a me, ma non perché voglia essere scortese: è solo che non ha voglia di smancerie. È ruvida, in quel modo di chi se ne frega di piacere agli altri perché in primo luogo va bene a se stessa – o tutto il contrario.

Vorrei dirle che mi dispiace, ma è talmente banale che glielo risparmio. Tutte le parole muoiono nella mia gola mentre la guardo andare via nella notte, la madre a un passo da lei, sulla pelle una patina aderente di indifferenza e tristezza che non dimenticherò mai.

E tutti quei momenti andranno perduti nel tempo, come lacrime nella pioggia

Blade Runner

Dunque le cose stanno così. Vittoria Galli, alla guida della sua automobile, ha investito Amélie Volange, che aveva svegliato e attirato in strada con un trucco, una chiamata per parlarle di qualcosa di grave e importante. Poi ha denunciato il furto dell'auto, che in effetti non è ancora stata ritrovata.

Com'è ovvio, Vittoria Galli nega con tutta la forza che ha in corpo. Ha incaricato i migliori avvocati sulla piazza di difenderla e l'Acciuga nerovestita è andata anche a *Quarto Grado* per dire che la sua datrice di lavoro, il suo idolo assoluto, non c'entra niente con la morte della Volange, lei lo giura: all'ora indicata, lei e Vittoria erano insieme alla Ergi.

L'intestazione di una quota della galleria? Solo un premio per la lunga gavetta, un modo per spartire gli oneri, una fatale coincidenza che la decisione sia stata presa qualche giorno dopo la morte di Amélie Volange.

Ecco qual era la «pista delicata» di Calligaris.

Ogni volta che poggio lo sguardo sul quadro di Oscar Azais, smisurato e potente, appeso alla parete del piccolo salotto di Cordelia di cui è diventato protagonista, penso ad Amélie, alla bambina silenziosa di cui Leone ha parlato a Calligaris. Non è la prima volta che sono testimone diretto della gelosia di una donna e delle sue tragiche conseguenze, eppure questa volta sento un pizzicore alle narici, qualcosa di angosciante e di critico che non so spiegarmi.

La nuova normalità si è assestata dopo le scosse perché la vita trova sempre il modo di andare avanti e di calpestare l'erba morta. Il web è pieno di articoli sull'omicidio Volange, sulla connessione con la morte di Konrad Azais. La critica letteraria ha rispolverato l'opera omnia di Olivier Volange, che è in corso di riedizione da parte di una delle case editrici più importanti d'Italia. Anche Oscar Azais e la sua opera vivono una fase di lustro. Ho visto una foto del principe della cronaca rosa romana, l'uomo sexy e senza un soldo che ammalia le donne con giochi, arte e poesia, su *Diva e donna* mentre ero in coda dall'estetista per aggiustare le sopracciglia – anche se su *Vogue* ho visto che adesso vanno di moda molto folte.

A questo punto mi aspetto che anche i patetici libri di Enrico Azais trovino un editore e nuova luce, sull'onda di un chiacchiericcio riflesso che tocchi anche lui e la sua opera incompresa.

Lo cerco e infatti vedo che ha partorito un nuovo libro: *Loin*.

Mi incuriosisce che il titolo sia in francese: verifico e il testo è invece in italiano. Stavolta non si è autofinanziato: ha pubblicato con una casa editrice piccola ma raffinata. Controllo la scaletta delle presentazioni in città. Martedì prossimo ce ne sarà una accanto a casa mia.

Sono masochista, lo so. Già la prima è stata tragica, sottopormi a un'altra è puro gusto per la sofferenza. Di certo non potrò portarmi dietro Silvia, che piuttosto donerebbe il sangue, gesto verso il quale ho sempre cercato di sensibilizzarla e che ha sempre rifiutato con scuse risibili.

Lo faccio per pena, forse. Almeno venderà una copia.

* * *

La vittima sacrificale, stavolta, è Cordelia.

Circolava per casa con i bigodini della Remington in testa, il cotone tra le dita dei piedi e una vestaglia di seta color cachi dal gusto molto vintage, in preda alla frenesia di far qualcosa senza avere la minima idea di cosa.

« Vieni con me, ti porto alla presentazione di un libro. »

« Per l'amor di Dio. »

« Guarda che in queste circostanze si incontrano persone interessanti. »

« Intellettuali? No, grazie. Ho deciso di pescare il mio prossimo amore dal popolo. Lo voglio brutale e peloso. »

Alla fine però la convinco. Ma della presentazione non ascolta una parola: si alza dalla sua postazione dopo circa tre minuti di monologo di Enrico Azais e inizia a sbirciare gli scaffali con noia, lasciandomi sola.

Il presentatore chiede a Enrico Azais perché abbia ambientato il suo romanzo a Parigi.

« Parigi ha sempre esercitato su di me un fascino fumoso e magnetico. La prima volta avevo dodici anni, tanta bellezza mi aveva sgomentato. Credo che sia l'ambientazione perfetta per un romanzo ed è il luogo in cui sogno di vivere, un giorno. »

« È anche il luogo in cui suo padre ha vissuto per molti anni... » azzarda il presentatore, sfumando sul finale perché Enrico Azais gli ha appena rivolto un'occhiata in grado di polverizzare.

« Preferirei non parlare di mio padre. Non siamo qui per lui, mi sembra. »

« No, no, certo. Ci racconti da dov'è nata l'idea di questo romanzo. »

« Volevo raccontare la storia di una lontananza. È anche la ragione per cui ho chiesto al mio editore di conservare il titolo che ho scelto. Nella distanza è la chiave di tutto. I miei protagonisti non riescono a superarla... ma non è una distanza fisica, badi bene. È un fatto mentale, una diversità insuperabile. Vincent è un uomo schiavo della rabbia che non sa controllare, che ha compromesso il rapporto con la donna che ha sempre amato. »

« Lily è la donna amata da Vincent nella Parigi degli anni Cinquanta. Un personaggio splendido, Azais, molto originale. È una giovane ballerina che venderebbe l'anima al diavolo per un ruolo di primo piano. Lei e Vincent sono due facce della stessa medaglia. »

Dal pubblico, una mano alzata chiede la parola. « Lily è una ballerina come Margot, l'eroina di suo padre. Anche se non desidera che si parli di lui, ci dica almeno la ragione di questa scelta. È un omaggio, un tributo? »

Enrico Azais corruga la fronte. Le sclere giallognole dei suoi occhi accerchiano due iridi chiare e inespugnabili.

« No, è soltanto una storia vera, lontana – appunto. Una storia che qualcuno mi ha raccontato, molto tempo fa. »

Il presentatore prende la parola come un rapace. « Ah, bene, interessante! Che storia? E lei come l'ha rielaborata? E perché raccontarla, soprattutto? »

« Perché era una storia affascinante. Una storia che ho sentito sulla mia pelle, su di me... In qualche modo, la storia della mia vita, o più precisamente la storia che ha *cambiato* la mia vita. »

« Possiamo dire, allora, che è un'autobiografia? »

« No, non mia. Di qualcuno che ho conosciuto, che sarebbe felice, oggi, di vedere la sua storia in un libro. Gli eventi creati dagli altri, però, condizionano la nostra vita: la influenzano, la stravolgono, anche se noi non abbiamo alcun ruolo e ci limitiamo a subire. »

È la storia di Konrad e Catherine. È talmente evidente! Com'è che nessuno se n'è accorto?

« Le piacerebbe, Azais, leggerne un brano? A sua scelta. »

Azais, come già in quell'altra presentazione che ho seguito, non se lo fa ripetere. Prende una copia – la copertina stavolta è suggestiva, un acquerello di una Parigi remota, la qualità del cartoncino è superba. Il salto di qualità mi allieta per lui. Fa piacere che ogni tanto, a qualcuno, le cose vadano bene.

Pranzarono in un ristorante in cui ai tempi della guerra mangiavano i soldati americani e poi andarono in un hotel.

Lui lasciò il figlio nella hall, a guardare i soffitti barocchi con la bambina muta.

Vincent e Lily fingevano di ignorarsi. Presero due ascensori diversi. Nonostante l'età, lei non aveva perso la sua grazia, portava ai piedi gli stivali ma si muoveva come se indossasse quelle scarpe con la punta di gesso che feriscono le unghie dei piedi. Erano confusi tra uomini d'affari e gente in viaggio, in transito, si mischiavano come il nero e il bianco in uno dei suoi quadri.

In un pomeriggio furono di nuovo lui e lei, come se l'intermezzo di una mezza vita non fosse trascorso, e quei figli fossero di qualcun altro.

Questo è il racconto di Leone Azais a Calligaris! Ne sono certa, non ho dubbi. È la stessa scena ripresa da un'altra telecamera. Delle due è l'una: Azais portava a Parigi anche Enrico e insieme hanno incontrato Catherine e Amélie, oppure Leone ha raccontato di quell'esperienza al fratello. Tutto questo mi fa pensare che Konrad e Catherine abbiano avuto una lunga, lunghissima storia, che ha attraversato anni, famiglie, rancori e figli. Konrad sapeva di Amélie, non può essere diversamente.

Al termine della presentazione, mi avvicino a Enrico Azais per chiedere una dedica.

« È lo *Chez l'Ami Louis*? » gli chiedo. « È famoso perché lì mangiavano i soldati americani. »

È stato Arthur a raccontarmelo.

« Cosa? » mormora lui con aria confusa.

« Il ristorante in cui pranzano Vincent e Lily con i loro figli. »

« Non ho mai scritto che pranzano con i figli » risponde Azais, che non sembra avermi riconosciuta, il che si giustifica ammettendo o il totale anonimato del mio aspetto fisico o il suo stato assente.

« Ha ragione. È quello il ristorante? » chiedo di nuovo.

« Potrebbe. Ce ne sono tante, a Parigi, di osterie dove mangiavano i soldati americani. »

« Sono davvero incuriosita dal suo romanzo, signor Azais. Lo divorerò. »

Enrico sorride trionfante, dopo un colpo di tosse. Come se tutta la sua vita fosse stata tesa alla soddisfazione di una parola di apprezzamento da parte dei lettori.

« Mi ricorda una storia, in effetti. Quella di Catherine Rouvroy. » Il sorriso di Azais si incupisce, ma non scompare dal suo volto ossuto. « Adoro quando realtà e fantasia si confondono. È stata davvero un'idea eccellente. »

Azais si china sul suo libro, tra le dita una penna da collezione di gran valore. « A chi lo dedico? »

« Ad Alice, grazie. »

La mano di Enrico è malferma. Scrive male il mio nome, omette la *i* e mi ritrovo con un libro dedicato ad Alce.

Ma anche con uno spunto molto interessante.

La bambina faceva del silenzio la sua religione

Enrico Azais, *Loin*

« Enrico Azais le ha mai detto di conoscere Amélie Volange? » chiedo a Calligaris per telefono, nascosta nel bagno dell'Istituto.

« No. A specifica domanda ha sempre risposto di non avere idea di chi fosse. »

« Mi aspetti, questo pomeriggio. »

Colpi insistenti alla porta mi costringono a interrompere precipitosamente la conversazione.

Apro la porta e trovo Ambra.

« Il bagno è di tutti. »

Acida come non mai, abbrutita dalle delusioni, Ambra non ha rinnovato i colpi di sole. Ha un centimetro di crescita. « E non mi guardare i capelli! » sbraita, la mano portata istintivamente alla nuca.

Le sorrido con perfidia. Quel detto è quanto mai attuale. *Siediti sulla sponda del fiume e attendi che passi il cadavere del tuo nemico.*

* * *

Nel pomeriggio non torno a casa e con il volume *Loin* in borsa faccio visita a Calligaris.

Gli indico tutti i punti che ieri ho sottolineato con una matita che mi ha regalato Cordelia.

La bambina non gli somigliava. Lei insisteva, è tua figlia.

Ma lui vedeva in lei gli occhi di Armande. Occhi vili e ladri.

E poi:

La moglie voleva che Vincent portasse con sé i figli, che ancora adolescenti avevano già girato mezza Europa.

Nascevano liti quando c'era da scegliere chi lo avrebbe seguito a Parigi, ma Vincent era furbo, portava ogni volta uno diverso e così tutti loro videro Lily una volta sola, senza sapere chi fosse.

Ancora:

Le aveva rotto il polso, una volta, durante una lite. Ecco perché Lily lo lasciò.

Adesso rischiava di fratturarglielo di nuovo, mentre la strattonava e le diceva sei una puttana.

Vincent non accettava la realtà. Le disse che stava sbagliando tutto, che Armande era un fallito e stava scegliendo il peggio. Siete due mediocri, maledizione, due mediocri.

« Hai ragione. È il racconto di una storia che già conosciamo. »

« Enrico Azais ha mentito. Lui conosceva Amélie e sapeva che era la figlia illegittima di Konrad. »

« O, più semplicemente, lo ha saputo da Leone. »

« Ha mentito ugualmente. Ha omesso di dirle del legame tra Leone e la Volange. Ispettore, non ha mai pensato che l'alibi di Vittoria Galli sia vero, in realtà? E che Leone, per esempio, possa nascondere qualcosa? »

« Tutto sembra indicare in Vittoria Galli la responsabile della morte di Amélie. Movente, testimonianze. Ma se ricominciamo tutto da capo... Vediamo, che motivo avrebbe avuto Leone Azais di uccidere la sorellastra?»

«Rabbia? Invidia?»

«Già, ma non solo. Anche denaro.»

«Ma... alla morte di Amélie tutto sarebbe andato alla madre, a Catherine, no?»

«Come già sai, Catherine Rouvroy ha rifiutato l'eredità. Tutto il denaro passerà agli eredi Azais.»

«Ma questo Leone Azais non poteva saperlo» obietto.

«Giusta osservazione. Però, rifletti. Io per capirci qualcosa ho dovuto consultare un notaio di fiducia. E perfino lui solo dopo qualche ricerca mi ha detto che in effetti il diritto di accettare l'eredità sarebbe passato a Catherine. Sulle prime, anzi, era stato tentato di dirmi che, morta Amélie, l'eredità sarebbe finita direttamente nelle mani dei legittimi eredi.»

«Uhm. Quindi?»

«Quindi è possibile che gli Azais non conoscessero questo cavillo. E che dessero per scontato che bastasse togliere di mezzo la Volange per riavere i soldi.»

«Ispettore, non credo che uno degli Azais abbia commesso un omicidio senza prima verificare questo aspetto. Se è stato uno di loro, come io credo, forse il denaro non c'entra.»

«In ogni caso, non dimentichiamo Vittoria Galli.»

«Lei però ha denunciato il furto dell'auto» gli ricordo.

«Sì, ma *dopo* il fattaccio!»

«Non ci sono prove che lei fosse alla guida. Solo elementi orientativi. E se Vittoria Galli fosse stata usata come copertura?»

Calligaris mi fissa e non capisco se è spazientito per la mia insistenza o se invece sta considerando seriamente le mie ipotesi.

«Parlerò con Leone Azais, d'accordo. Ma solo per puro

scrupolo, Alice. Mi conosci, non voglio trascurare nessun elemento, anche banale o futile » replica con contegno autocelebrativo.

Si alza dalla sedia, chiama l'appuntato Calonero al cellulare e gli intima di farsi trovare pronto in dieci minuti.

« *Come on*, dottoressina. »

« Dove si va? »

« Al quartier generale di Leone Azais, il suo ufficio. Un blitz, né più né meno. »

Se hai paura di un segreto, lascialo libero e smetterà di terrorizzarti

Konrad Azais, *L'inquietudine di Margò*

L'ufficio è una stanza ampia e anonima. Sulla scrivania, come ogni professionista alto borghese che si rispetti, una foto di Marcella Azais e della progenie.

Leone chiede alla sua segretaria di rinviare gli appuntamenti. Si mostra cortese e disponibile, si lascia interrogare con grazia e pazienza.

L'ispettore gli domanda di nuovo notizie sulla sera della morte di Amélie, lui non sembra né preoccupato né irritato.

« Quella sera ero in casa con mia moglie. Abbiamo visto un po' di tv... un film con Johnny Depp. Non ricordo nemmeno quale, perché in realtà ero assorto nella lettura. »

« Che libro stava leggendo? »

« Mi mette alla prova, eh? *Giro di vite*, di Henry James. »

« È rimasto in casa tutta la sera? »

« No. Intorno alle undici sono uscito per andare a prendere mio figlio, il piccolo, che era a una festa di compleanno. Siamo rincasati insieme. »

« A che ora? »

« Undici e tre quarti... più o meno. »

« E dopo? »

« Io e mia moglie siamo andati a letto e abbiamo dormito tutta la notte. Un sonno pulito, senza incubi. »

« Ha mai raccontato a suo fratello Enrico di quell'incontro a Parigi con la piccola Amélie Volange? »

Leone Azais allibisce appena, come se per un attimo avesse dimenticato di averlo già raccontato all'ispettore. « A Enrico? È possibile. Ma non di recente, questo è sicuro. Forse ne abbiamo parlato quando eravamo ragazzi.»

«Suo padre portava anche Enrico a Parigi?»

«Chiedetelo a lui! Non posso ricordarlo. Partivamo un po' tutti, a turno. Io sono stato a Parigi, ma anche a Vienna, a Stoccolma... in Messico... Mio fratello Oscar invece lo ha accompagnato un anno in un tour della Spagna. Tornarono con una spada da torero e in quel periodo mio padre attraversò una fase hemingwayana. Scrisse una brutta copia di *Fiesta* che finì nel camino durante uno dei suoi tanti accessi d'ira.»

«Crede che Oscar ed Enrico conoscessero Amélie?»

Per la prima volta, Leone appare stizzito. «Ma si può sapere perché lo chiede a me? I miei fratelli sono vivi, vegeti e ben contenti di collaborare con la giustizia. Lo chieda a loro se conoscevano Amélie!»

«Lei è sicuro di averla incontrata solo in quelle circostanze lontane... quando era un ragazzo?»

«No. L'ho vista anche un'altra volta. Molto tempo dopo. Venne a trovare mio padre a casa mia, insieme alla madre» ammette come se gli costasse un sacrificio.

Calligaris si irrigidisce. «Potrebbe essere più preciso?»

«I miei figli erano ancora dei bambini. Mio padre non camminava già più, ma era ancora lucido. Credo intrattenesse una fitta corrispondenza con quella donna. Lui riceveva molte lettere, quando viveva da me. Un giorno – era estate – suonarono alla porta queste due sconosciute. La madre si ricordava di me, mi disse: 'Sei cresciuto, altroché!' Allora io ricollegai le cose, ho sempre avuto una buona memoria. Siamo dotati, in famiglia.»

«Poi?»

«Con lei c'era la figlia, Amélie. Era taciturna. Entrarono nella stanza di mio padre e... Sì, ho origliato.»

« Ebbene? »

« Litigarono, di brutto. Parlavano in francese, non ho capito nulla. Ma da quel momento, non tornarono più. »

« Lei sapeva che Amélie Volange era figlia di suo padre? »

« Non lo sapevo con certezza, ma lo sospettavo, sì. »

« E crede che Amélie lo sapesse? »

« Non ne ho idea. »

« Perché lo ha taciuto? Non si rende conto che quante più sono le omissioni, tanto più si diviene sospetti? »

Leone mette le mani alla fronte. « So come vanno queste cose. Ma... io non c'entro nulla, davvero. E non ho nascosto nient'altro. »

* * *

In auto, Calligaris si abbandona a un sospiro. « Bisognerà contattare Catherine Rouvroy. »

« Cosa vuole chiederle? »

« Se Konrad e i suoi figli sapevano di Amélie. »

« Ispettore, Oscar lo ignorava di certo. Sarà anche un fannullone e un opportunista, ma un incesto... »

« Già, lui lo ignorava » mi interrompe. « Ma gli altri due? Ah, che disdetta avere un'etica professionale. So per certo che è stata la Galli, ma non posso fare a meno di avere degli scrupoli. »

« Che fortuna, ispettore, che ci sia ancora chi ha un'etica professionale! »

Quando a mio padre si fermò il cuore
non ho provato dolore

Calligaris non ha perso tempo e Catherine Rouvroy è tornata a Roma per l'ennesima volta, sola, asciutta e vetusta.

Il volto è solcato da rughe profonde e gli occhi sono cerchiati da due borse tumefatte e rossastre. Il suo abbigliamento è di nuovo un'accozzaglia di indumenti fuori stagione e di colori inabbinabili che solo lei può portare con stile. Calligaris la incontra nella sua stanza d'albergo al Le Clarisse al Pantheon, dove lei troneggia su una poltrona di velluto beige.

I capelli di cenere sono raccolti in un'elaborata acconciatura che proviene dritta da un'altra epoca. Tra i fili sottili, un monile di argento brunito di foggia antiquata ma fascinosa, di quei pezzi da rigattiere che potrebbero venire con uguali chance da un luogo lontano dell'Est Europa o da una fabbrica cinese.

Ha l'aria inossidabile di quelle donne che sopravvivono a tutto e a tutti. Accanto a lei, un'interprete di lingua francese che lavora per la polizia, che mi fa rimpiangere Beatrice. Lei aveva ben altra sensibilità nel tradurre i pensieri di Catherine, il suo modo di essere remoto, la sua sorniona consapevolezza di essere, nel suo genere, una specie di leggenda vivente.

« Signora Rouvroy, come le ho già anticipato, ho bisogno di tutto il suo aiuto per le indagini sulla morte di sua figlia. Ho ragione di credere che non sia stato un evento accidentale e per chiarire alcuni punti sono costretto a rivolgerle delle domande che potranno sembrarle indiscrete. Ma è il mio lavoro » conclude Calligaris passando da un'aria cordiale a un tono molto più categorico.

Catherine si stringe nelle sue spalle toniche ed esprime la sua disponibilità. Ha la voce cristallina di chi non ha mai inalato fumo.

« Quali erano i suoi rapporti con Konrad Azais? » esordisce l'ispettore.

Cosa ha a che vedere Konrad con la morte di mia figlia? Non è stata quella pazza, a investirla? ribatte lei, e la sua disponibilità sembra già dissolta in una bolla di rabbia. I lineamenti sono una maschera di quel livore che si prova quando il solo sentir nominare qualcuno o qualcosa fa perdere il controllo.

« Vede, signora Rouvroy, quella pazza, come la definisce lei, aveva stretti rapporti con la famiglia Azais. »

Certo. Aveva una relazione con Oscar. E Oscar aveva sedotto e illuso la mia Amélie. Quella donna l'ha uccisa per gelosia. È tutto così squallido e banale.

« Ma Amélie era sorella di Oscar » sillaba Calligaris e il silenzio scende su di noi come una colata di nebbia accecante.

Le sopracciglia di Catherine si inarcano in un'espressione di rimpianto.

Sì.

« Amélie lo sapeva? »

Certo che no. Amélie ha sempre creduto di essere figlia di Olivier. Lo ignoravano tutti... tranne me.

« E Konrad? »

Non potevo tacerglielo. Konrad desiderava porre rimedio a tutti i torti che ha commesso contro Olivier. Gli ha rubato tutto quello che poteva rubargli, senza essere mai attraversato dall'ombra di un rimorso. Fino a qualche anno fa credeva ancora che le cose fossero andate esattamente com'era giusto, perché Olivier non meritava ciò che non era in grado di curare e ama-

re. E in un certo senso aveva ragione. Mio marito era un uomo depresso, incapace di confrontarsi con gli altri e con me in particolare. Io credo che lui stesso sia stato la causa del suo insuccesso perché non ha mai avuto la tenacia necessaria ad affermarsi, in nessun campo. Io ho sempre amato Konrad. Non lo avevo mai dimenticato, nonostante gli anni di matrimonio con Olivier e nonostante avessi avuto già il mio primo figlio, Sebastian. Konrad mi ha cercata quando era già trascorso molto tempo dall'ultimo giorno in cui ci eravamo rivolti la parola. Un giorno terribile in cui lui mi picchiò con tanta rabbia che finii in ospedale per quasi un mese. Ha chiesto il mio perdono e le cose sono riprese esattamente com'erano nel momento in cui si erano interrotte.

Quando rimasi incinta lui capì immediatamente di essere il padre, ma non ebbe mai pretese sulla bambina né su di me. Non avrebbe mai lasciato Maia e i loro figli ed era giusto così... E anch'io tacqui, perché credevo che se glielʼavessi detto, Olivier non avrebbe retto il colpo. Ma mi sbagliavo, solo anni dopo ha compiuto quello che temevo e di certo non perché sospettasse lontanamente di essere stato tradito. La verità è che il suicidio era inevitabile per uno come lui, ci sarebbe arrivato comunque, per una ragione o un'altra. Almeno, però, non ho il rimpianto di averlo causato io, non potevo cambiare la sua anima, quella era guasta e io non la potevo aggiustare.

Solo negli ultimi tempi Konrad aveva capito la portata dei suoi errori. Lui non aveva mai ammesso, nemmeno con me, di aver rubato il manoscritto. Quando gliel'ho chiesto, lui ha trattenuto a stento la mano con la quale stava per darmi uno schiaffo dei suoi. So che con il suo testamento voleva mettere a posto le cose e so che ha lasciato una lettera in cui confessa il male che ha fatto. Sono stata felice per lui, perché forse alla fine dei suoi giorni ha trovato la pace.

«Signora Rouvroy, lei sapeva della storia tra Amélie e Oscar?»

Certo che no! Crede forse che avrei permesso a mia figlia un incesto? Amélie aveva il carattere di suo padre. E cioè un pessimo carattere. Non esisteva confidenza tra noi perché già in precedenza avevo disapprovato le sue scelte. Si guardava bene dal dirmi che frequentava quell'uomo.

«Abbiamo saputo da Leone Azais che lei e Amélie avete fatto visita a Konrad, anni fa. Quale motivazione aveva dato a sua figlia?»

Le ho chiesto di accompagnarmi. Le ho raccontato una parte della verità... Che lo avevo amato molto e che non era malvagio come lei credeva. Amélie ha accettato, ma aveva un secondo fine: voleva riversargli addosso tutto l'odio che provava. Olivier le aveva raccontato del furto del manoscritto e Amélie desiderava vendicarsi. Quel giorno lei gli ha quasi fatto venire un infarto. Due temperamenti come i loro, messi faccia a faccia... Per poco non facevano crollare la casa.

«Amélie ha mai avuto rapporti con i fratelli? Oltre alla relazione con Oscar, intendo.»

Da bambina li ha conosciuti tutti. Konrad veniva a Parigi con la scusa di promuovere i suoi libri e portava ognuno di loro, di volta in volta, perché Maia lo obbligava a farlo.

«Anche Oscar?»

Sicuro. Oscar era il più bello e interessante tra i figli di Konrad. Ma lei non poteva ricordarlo, era troppo piccola. Sono sicura che lui invece ricordava. Oscar ha fatto i suoi calcoli, con lei. Ha capito tutto. Scommetterei qualunque cifra. Oscar sapeva che Amélie era la bambina che incontrava a Parigi con suo padre. E deve aver capito che era figlia di Azais tanto quanto lui. Perché Konrad le avrebbe lasciato tutto quel denaro, altrimenti? Togliendolo a loro, per di più! Solo per pareggiare i conti del manoscritto? Oh, no. Oscar Azais sapeva tutto.

È andato a letto con sua sorella, pur di riprendersi quel denaro. Ispettore, vuole la mia verità? Sarà anche stata Vittoria Galli, a uccidere mia figlia. Voi dite per gelosia. Ma non avete mai pensato che possa averlo fatto per compiacere Oscar? Perché lui glielo ha chiesto?

« E Leone? Amélie conosceva anche lui? In età adulta, intendo » ribatte Calligaris, ignorando volutamente l'input di Catherine.

L'ha incontrato in occasione di quella visita di cui le ho appena detto. Dubito che ci siano stati altri rapporti, tra loro.

« Ed Enrico e Selina? »

Quella smorfiosetta della figlia di Konrad... la ricordo, la ricordo bene. Aveva la stessa età di Amélie. Non credo si conoscessero. Quanto a Enrico... credo non abbia mai più rivisto neanche lui.

« Ascolti, Catherine. Amélie... da chi aveva saputo di essere l'erede di Konrad? »

A me ha detto di averlo saputo da un notaio. Solo dopo ho scoperto che era una bugia. Il testamento non era stato nemmeno aperto quando Amélie è morta. Quindi ritengo che sia stato Oscar a dirglielo. Non credete che Oscar avesse ottimi motivi per volerla morta?

« Come tutti gli Azais. Ma nessuno di loro poteva sapere che lei, Catherine, avrebbe rinunciato all'eredità e che tutti quei soldi, alla fine, sarebbero tornati a loro. »

È vero, non potevano saperlo. Ma avrebbero potuto credere che, morta lei, avrebbero ereditato tutto loro. Sono ignoranti, conoscono solo il linguaggio del denaro e dei vizi. State pur certi che dietro questa storia c'è uno dei fratelli e se davvero avete le prove contro Vittoria Galli, allora vuol dire che dietro di lei c'era Oscar.

In auto, Calligaris ha l'aria della cuoca cui è riuscita male la maionese.

Sono certa che lui non avesse contemplato l'idea di una combutta tra Vittoria e Oscar; non oso chiederglielo per non irritarlo, ma questa sua aria pensosa vale più di ogni conferma.

All'improvviso, mentre la radio trasmette *Me & Mr. Jones* di Amy Winehouse, lui batte il palmo sul volante.

« Se Catherine Rouvroy ha ragione... e bada bene, potrebbe averla, eccome!... io non ho altra strada da percorrere che mettere sotto pressione Vittoria Galli e cercare di farla parlare. »

« Vittoria lo avrebbe già ammesso. Davanti alla prospettiva di trent'anni di galera cederebbe chiunque. E poi, crede davvero che sia una donna così facilmente manovrabile? No, ispettore. Secondo me, no. Credo che se ha ucciso, e sottolineo il *se*, Vittoria lo ha fatto scientemente, non perché Oscar l'ha spinta a farlo. »

« Tu credi che sia stato Oscar, di' la verità. »

« Sono incline a pensarlo, lo ammetto. Di certo, comunque, è una faccenda di famiglia. »

« Anche io credo che sia stato uno degli Azais, per questioni legate all'eredità. Solo loro erano a conoscenza del fatto che lei era indicata nel testamento come erede universale. Dovevano far presto, prima di aprire le pratiche della successione. Erano convinti che senza Amélie avrebbero riavuto il maltolto, senza pensare che l'eredità sarebbe finita a Catherine e, in ogni caso, non potevano sapere che lei avrebbe rifiutato quel denaro. Dei tre, uno sapeva di poter utilizzare Vittoria come scudo e uscirne pulito. Vittoria e il movente della gelosia. Vittoria e la sua imprudenza, l'aver chiamato Amélie, l'averla minacciata. Chi se non Oscar? Tuttavia, Oscar è inattaccabile. È un bugiardo, è subdolo e infame, ma ha un alibi.»

«Allora pensi a Leone. Leone Azais conosce Vittoria. Sa che è possessiva e che è accecata dalla gelosia. Potrebbe aver architettato lui il tutto. Potrebbe essere uscito di casa dopo aver riaccompagnato il figlio, mentre la moglie dormiva. Potrebbe aver rubato l'auto di Vittoria e ucciso Amélie sapendo che la colpa sarebbe ricaduta su di lei o su suo fratello Oscar. Leone era l'unico ad avere la quasi certezza che Amélie era sua sorella. Deve aver capito subito che la destinataria della lettera doveva essere lei. Può aver assunto un investigatore privato, o può averla spiata, e così può aver scoperto che aveva una storia con Oscar.»

Calligaris non risponde. Quando è di quest'umore è meglio lasciarlo perdere. È meglio che le idee decantino in lui, aspettando che la Divina Provvidenza gli mandi un'illuminazione degna di questo nome.

* * *

Il libro di Enrico Azais non è male, tutto sommato meritava la pubblicazione.

Mostra molta sensibilità nel raccontare la storia di Konrad e Catherine; quando leggo la descrizione dei loro pensieri, provo sempre una forma di suggestione che credo derivi dall'aver conosciuto entrambi. Mi manca l'ultimo capitolo, dopo che Vincent e Lily sono andati a vivere insieme con la bambina, ma se ho intuito qualcosa della propensione al dramma dell'autore, sta per accadere qualcosa di terribile. Di certo Enrico Azais non è tipo da regalare un lieto fine a suo padre. Dubito lo regalerebbe mai a qualcuno. È piuttosto il tipo che utilizza i propri personaggi per fare del male alla gente contro cui non riesce a ribellarsi nella vita reale.

Ne è prova il pessimo servizio che Enrico ha reso a Oscar descrivendo il figlio minore di Vincent come un ragazzo vuoto, insensibile e opportunista, ma la verità è che non so come dargli torto. Lo porto a termine e lo ripongo sul mio comodino.

Il pranzo delle meraviglie

È domenica e ho appena aperto gli occhi quando la suoneria isterica del mio cellulare mi avvisa dell'urgenza con cui l'ispettore Calligaris vuole parlarmi.

« Non ho dormito tutta la notte! » esordisce, il tono compiaciuto come se stesse annunciando tutto il contrario.

« E ne è contento? »

« Certamente! Perché l'insonnia mi ha portato uno spunto preziosissimo. »

« Mi dica di più » gli chiedo mentre mi metto a sedere sul letto, con Ichi in atteggiamento contemplativo; tra due minuti passerà all'azione uggiolando per ottenere i croccantini della mattina.

« Puoi venire a pranzo a casa mia, così avremo modo di discuterne meglio. Mia moglie vorrebbe conoscerti. Ci sono anche i gemelli... »

Accetto, incuriosita dalla donna che ha sposato Calligaris e la sua iperidrosi.

Mi dà l'indirizzo e io mi presento puntuale all'ora indicata. Porto con me un tiramisù che ho preparato questa mattina – ricetta di Alessandra – e mi presento alla porta, che viene aperta da un ragazzino più largo che alto, una specie di panino del McDonald dotato di vita autonoma.

« Ciao. » A quanto sento, il panino è capace anche di parlare.

« Ciao » rispondo, porgendogli la teglia.

« Cos'è? »

« Tiramisù. »

« Non ne posso mangiare. La mamma ci vieta di mangiare dolci con il caffè. »

Vorrei dirgli che non è poi un gran male. Gli sorrido e penso di essere davvero Alice nel paese delle meraviglie, visto che qui davanti ho Pinco Panco e Panco Pinco. L'altro gemello fa la sua comparsa con ai piedi due pantofole De Fonseca della Banda Bassotti, accompagnato dalla madre.

Eccola, la signora Calligaris. Ossuta quanto il marito, alta la metà, dolce come una pavlova.

Ha un viso regolare e gradevole e Calligaris ne è innamorato come un liceale. Durante il pranzo non fa che celebrarne le doti come cuoca e come educatrice, per non parlare del fatto che la guarda come io non sono mai stata guardata. Da nessuno.

In questa casa, abitata dai due genitori mignon e dai gemelli XXL, si respira la pace domestica, che non si interrompe nemmeno nel momento in cui i coniugi si accorgono che, per una ragione che non comprendo, il mio tiramisù è disgustoso e che i gemelli ne sono segretamente contenti.

Al termine del pranzo, i ragazzini si ritirano nella loro stanza; la signora Calligaris lava i piatti, mentre io e l'ispettore ci appartiamo nel piccolo salotto, sulle poltrone tappezzate con una pessima imitazione di Laura Ashley; ma tutto brilla e nell'angolo, attaccato alla presa elettrica, c'è un diffusore alla lavanda ormai ridotto ai minimi termini.

L'ispettore si versa un sorso di Punch Abruzzo e me ne offre un po', commosso dall'intensità dell'aroma e dall'esistenza di una distilleria tanto pregiata.

« Finalmente abbiamo l'opportunità di parlare con calma. Adesso inizio a sentirmi un po' affaticato... Dopotutto, l'insonnia non è salutare, nemmeno quando comporta colpi di genio. »

Fa una pausa, ben lieto di tenermi in sospeso, ma io non abbocco e aspetto che riprenda a parlare.

« Ho riflettuto a lungo su un dettaglio. Poco fuori dal portone dell'edificio in cui risiedeva Amélie Volange quando era a Roma sono stati trovati vari reperti. Tra di essi uno che lì per lì mi è sembrato privo di importanza. Premetto che si tratta di una zona residenziale e che i marciapiedi sono molto puliti. Non una cacca di cane, non una cicca di sigaretta. Sembra di essere in Austria. Si tratta di uno scontrino fiscale emesso il giorno della morte di Amélie da un negozio di fine cancelleria. Sai di quelli che vendono taccuini a prezzi esorbitanti, carta di rara qualità importata dalla Cina e penne stilografiche? Ecco, una cosa così. Sono stato lì e ho interrogato chi di dovere. Ho mostrato le foto di Oscar, Amélie, e di tutti gli inquilini dell'edificio – poca gente in realtà. Nessuno ha riconosciuto Oscar e poi non sono così sicuro, dati i prezzi, che il nostro artista potesse permettersi compere in un posto simile. Poi, stanotte ho pensato alle tue parole. Ho pensato che uno dei tre Azais potesse avere motivi ancor più validi di quelli di Vittoria Galli per volere morta Amélie Volange. E ho pensato che forse non ho fatto vedere agli impiegati del negozio i volti giusti. Ho studiato i fascicoli e ho scoperto che il figlio di Leone Azais studia al liceo artistico. Leone avrebbe potuto fare degli acquisti per il figlio in un negozio del genere... I soldi non gli mancano. Se venisse riconosciuto sarebbe un punto di partenza molto interessante, e potrebbe far quadrare tanti dettagli che apparentemente non hanno nulla a che vedere l'uno con l'altro. »

« Pensa a quelle mie teorie su Leone Azais? »

« Sì. C'è del ragionevole in quello che dici e non voglio lasciare nulla d'intentato. Non posso dimenticare che Vittoria Galli è l'unica indagata nonostante l'alibi che le è stato fornito dalla sua socia. Dopotutto, l'alibi di Leone Azais è molto più fragile.»

«Andrà domani in quel negozio?»

«Naturalmente. Domani pomeriggio.»

«Vorrei accompagnarla!»

«Ormai siamo una squadra. Un po' sopra le righe e senza nessuna ufficialità, ma... lavoriamo bene insieme. Se a te fa piacere... sappi che anche per me è così.»

L'ispettore sembra attraversato da un filo di emozione e di timidezza. È quasi arrossito.

* * *

Nel negozio, in filodiffusione, c'è *J'attendrai* di Rina Ketty. Ho appuntamento con l'ispettore e, mentre lo aspetto, sfioro i taccuini in soffice pelle color avorio, annuso la carta, provo le penne a disposizione per essere testate. Osservo i ritratti in carboncino, in bianco e nero, i manichini in legno che gli studenti d'arte usano per imparare a disegnare la dinamica del corpo umano.

L'impiegata del negozio saluta Calligaris con cordialità e lo invita ad accomodarsi in un ufficio nel retrobottega. Li seguo e, dopo qualche chiacchiera immeritevole di essere riportata, lui mostra alla ragazza una foto di Leone Azais che invero non gli rende giustizia.

La commessa sembra perplessa e attende un po' di tempo prima di rispondere.

«Sa, sono trascorsi mesi...»

«Lo so, cara, lo so. Ma non lo riconosce come un cliente abituale?»

Lei increspa le labbra, mordicchia quello inferiore per l'incertezza. «Devo ammettere che è un viso molto familiare. Ma non sono convinta!»

« Perché? Se le è familiare... »

« Le spiego. È come se io avessi visto la brutta copia di quest'uomo. In questa foto sembra un tipo serio e facoltoso, con questo abito grigio e la cravatta di Marinella... Io ho visto un uomo molto simile a lui, ma più vecchio. »

Cerco lo sguardo di Calligaris, ma lui è concentrato e non molla la ragazza. « Cos'altro può dirmi su quest'uomo? »

« Si fa vedere di tanto in tanto, non regolarmente. Se ricordo bene, paga in contanti e compra piccoli quaderni da tasca. »

« E del suo aspetto? »

« Gliel'ho detto... potrebbe essere l'uomo della foto, ma non ne sono sicura. Questo nella foto è più gradevole, ma non escludo che possa essere la stessa persona. Mi dispiace tanto. »

Calligaris ha una luce fiera negli occhi. Le sfiora la spalla con dolcezza, mentre le dice: « Non deve essere dispiaciuta proprio per niente! Non può nemmeno immaginare l'aiuto che ci ha fornito! »

Usciti dal negozio, Calligaris mi apre lo sportello della Punto guidata dall'appuntato Calonero.

« Sali » mi dice senza troppe smancerie. « Via Nievo 13 » ordina poi all'appuntato, che parte sgommando in un'atmosfera concitata da film poliziesco all'italiana degli anni Settanta.

« Dove stiamo andando? »

« A casa di Enrico Azais, ovviamente! »

Erano più che nemici, erano fratelli

L'appartamento è in un tale stato di sporcizia che non ho sentito un odore così nauseante nemmeno in uno di quei sopralluoghi in cui si trova un cadavere morto in casa dopo tre mesi. Enrico indossa una vestaglia blu; sotto, un pantalone da pigiama grigio. Si muove con lentezza, apre le tende che lasciano filtrare un minimo di luce, offre un caffè che non accetterei nemmeno dietro minaccia fisica, si siede su una sedia imbottita con velluto porpora e ci guarda come in attesa di qualcosa che anche lui ignora.

Calligaris si siede di fronte a lui, gli rivolge un sorriso tiepido.

« Enrico, lei conosceva Amélie Volange? »

« No. »

« Caspita! Risponde con molta sicurezza! »

« Non c'è da essere incerti. Se non la conosco, non la conosco. »

L'ispettore toglie il soprabito, facendo attenzione a poggiarlo nel luogo meno impolverato – altrimenti poi sua moglie chi la sente!

« Fa mai acquisti presso quella cartoleria... quel negozio per belle arti che c'è in largo di Torre Argentina? »

Enrico Azais inarca un sopracciglio. « Sì. Sono un cliente abituale » afferma con tono vagamente fiero.

« Cosa compra, in genere? »

« Quaderni. Sono uno scrittore. »

« Getta mai gli scontrini per terra, dopo aver fatto acquisti? »

Enrico è sbalordito. « Mi accusate di questo? Non sapevo che la polizia italiana si mobilitasse per così poco! »

Calligaris replica con un sorriso molto freddo. « Ce ne occupiamo quando questi scontrini diventano indizi. »

« E di cosa? »

« Del fatto che lei si trovasse nei pressi della residenza romana di Amélie Volange il giorno della sua morte. »

« Guardi, io non so nemmeno chi sia, Amélie Volange. O meglio, ho saputo di recente che mio fratello era coinvolto nella sua morte... e che quella donna conosceva mio padre. »

« Non sa che era la sua erede universale? »

« I miei fratelli non mi informano mai di nulla. Non conto niente nella mia famiglia. »

« Enrico, la smetta di prendermi in giro. Lei sa benissimo chi era Amélie Volange. Ne ha anche parlato nel suo libro, dipingendola come la bambina silenziosa. Devo essere proprio io a ricordarglielo? »

« Lieto che abbia letto così attentamente il mio libro. Mi dispiace deluderla, ma è un'opera di fantasia. La bambina silenziosa non esiste. »

« Ma Vincent e Lily esistevano. Lo ha detto lei stesso, durante una presentazione. È la storia che qualcuno le ha raccontato. »

« Sono più famoso di quel che credo! » esclama Enrico, genuinamente felice. « Sa come si dice? Gli scrittori sono dei ladri. Rubano qui e lì le storie degli altri. I loro volti, le loro frasi, e ne fanno quello che vogliono. Io non sono diverso dagli altri. »

« Azais, che ci faceva a casa dell'amica di Amélie Volange? »

« Non so di cosa parla. »

« Bene, allora glielo dico io. Lei sapeva che Amélie era la

sua sorellastra. Perché lei è dotato di una sensibilità straordinaria e di grande spirito di osservazione, e quando è stato a Parigi con suo padre ha capito tutta la verità. Quando Leone ha trovato quella lettera, lei non ha avuto dubbi. La destinataria era quella bambina che si era fissata tanto dettagliatamente nella sua memoria, al punto da descriverla così bene nel suo libro. Lei ha molto tempo libero, mi ha detto una volta. Negli ultimi tempi sapeva bene come impiegarlo. Quella denuncia di suo fratello Oscar, che si lamentava di essere seguito... e, guarda caso, dopo la morte di Amélie non è più stato pedinato. Spiava Amélie e i suoi fratelli, non è vero? Non ha impiegato molto tempo per scoprire che Oscar e Amélie avevano una relazione. Ha capito che l'occasione era imperdibile. Attraverso gli intrighi di Oscar e Vittoria poteva ricavarsi l'opportunità di togliere di mezzo Amélie e di far ricadere tutta la colpa su Oscar, che lei odiava e odia, probabilmente con tutte le sue forze. Dove ha fatto sparire l'auto di Vittoria Galli, eh, Azais? »

Enrico, pieno di orgoglio, lascia la sua sedia e prende un vecchio cellulare, poggiato sul tavolo della cucina lercia.

« Posso telefonare al mio avvocato? » domanda con tono cristallino.

« Ci dica almeno se ha fatto tutto questo per denaro » mormora Calligaris, impercettibilmente soddisfatto.

« Denaro? Certo che no. Io non sono come Oscar, che avrebbe venduto anche la buonanima di nostra madre. L'ho fatto perché Amélie Volange era una donna stupida e inutile che avrebbe distrutto tutto quello che mio padre aveva costruito in cinquant'anni. Quella storia del plagio... è falsa. Sì, forse mio padre ha copiato qualche spunto, ma Olivier Volange non avrebbe mai saputo scrivere un libro come quel capolavoro. »

« Lei sapeva del plagio? E da quando? » lo interrompe

Calligaris, intento a elaborare qualche calcolo sulla congruità cronologica degli eventi.

« Era stata Amélie a dirmelo. È vero, ho detto che non la conoscevo... ma ormai che senso ha negarlo? »

« Sia più preciso » chiede l'ispettore, con scetticismo.

« Ho visto per la prima volta Amélie quando era una bambina. Tutti noi accompagnavamo mio padre a Parigi, fino a quando ha avuto successo, ma negli ultimi tempi... negli ultimi anni, portava soltanto me. Perché io sapevo rimanere in silenzio e a lui premeva che mia madre non sospettasse nulla. Oscar e Selina erano troppo piccoli e chiacchieroni. Leone era troppo attaccato a mia madre e finiva per vuotare il sacco. Per questo, mio padre sceglieva me. Non l'ho più vista, però, negli anni successivi, quando la carriera di mio padre è franata. Poi, Amélie ha accompagnato la madre al funerale. Sono rimaste in disparte, non hanno rivolto la parola a nessuno di noi, ma io le ho riconosciute. »

La notizia è quanto meno strana, perché Leone non ha mai riferito della loro presenza alla cerimonia funebre. E dire che lui le aveva viste più di recente. Ha mentito o non se ne è accorto?

« Mi sono avvicinato e le ho ringraziate di essere venute. Amélie mi ha rivolto un'occhiataccia piena di ostilità e mi ha detto in francese che avevo valide ragioni per essere grato, perché quel ladro di mio padre si meritava di tutto tranne che loro fossero presenti al funerale. Poi Catherine l'ha interrotta e sono andate via. »

« Vada avanti. »

« Ho pensato e ripensato all'aggettivo usato da Amélie. *Ladro*. Anni fa, in certi ambienti, circolava questa malignità sul libro di mio padre. Ho capito subito che alludeva a quella storia. Non ci avrei creduto se poi mio padre non l'avesse nominata erede e non avesse parlato di coscienza, in quella lettera trovata da mio fratello Leone. Non subito, ma dopo qualche tempo, l'ho cercata. Ho finto di non aver capito nulla e le ho chiesto su che base avesse dato del ladro a mio padre. Amélie mi ha spiegato che prima di suicidarsi Volange le aveva raccontato tutta la verità. Lei sapeva già di essere l'erede unica di mio padre; credo che Oscar le avesse detto tutto. Naturalmente era convinta che lui l'avesse nominata erede per la storia del plagio.»

«Amélie era sua sorella. Non finga di non saperlo.»

«Io ho una sola sorella. È Selina. Come fidarsi di una come Catherine? Catherine è Margò. Non lo sapete? Mio padre ha scritto una trilogia per raccontare... Lasciamo perdere. Per quanto mi riguarda, potrebbe essere figlia di chiunque, e io non la riconosco come sorella. Mio padre stesso non ne era certo. Altrimenti, lo avrebbe affermato chiaramente nel momento stesso in cui la dichiarava erede per il manoscritto di Volange.»

«Ma allora perché Amélie...»

«Mi ha detto che avrebbe reso pubblica la verità. Ho trascorso la mia vita sentendomi schiacciato da mio padre, ma non c'era persona che io amassi di più al mondo. Lo invidiavo perché aveva tutto quello che io non sono riuscito a costruire. Era un autore di culto. La sua stessa vita era più intensa di un romanzo. Di tutta questa ricchezza io non ho visto che l'ombra.»

Enrico appare indebolito, come se non avesse più voce, ma prosegue nel suo racconto. «Io non accetto che tutto quello in cui ho creduto fosse un'illusione. Non accetto che fosse un ladro. Amélie avrebbe preteso giustizia per quel suo padre così mediocre e il mio non avrebbe più potuto difendersi. Era forse giusto? Avrei davvero potuto permetterlo? Ho fatto solo quello che andava fatto... niente di meno.»

The only moment we were alone

È il 27 settembre 2011.

Aeroporto di Fiumicino, ore tredici e trenta circa. Check-in già fatto. Sulla strada verso il mio gate ascolto dalle cuffiette *Alone in Kyoto* degli Air per entrare nel giusto mood del viaggio, la Lonely Planet fa capolino dalla mia borsa.

Davanti alla boutique di Gucci, confuso tra tanta gente in transito, lo vedo.

Dapprima ho qualche perplessità.

Del resto non mi è nuovo vederlo un po' ovunque. Lavorare con suo padre e vivere con sua sorella non è di grande aiuto a cancellarlo dalla memoria.

Ma non c'è dubbio, è lui.

È al telefono e ridacchia come se stesse flirtando; provo una fitta di gelosia tagliente come una lama. Arthur non mi ha vista e mi presento al suo cospetto ieratica come un monolite dell'isola di Pasqua. La differenza in centimetri tra noi è tanta, lui abbassa lo sguardo e liquida l'interlocutrice – sono sicura che fosse una donna, lo si capisce da quell'aria colpevole che assume poco dopo.

« *Elis!* »

« Le persone comuni si incontrano per caso in città. Io potrei incontrarti per caso solo in un aeroporto ».

« È giusto » risponde con un sorriso gioioso. « Dove stai andando? Sei sola? » domanda, guardandosi attorno.

« Sto andando a Kyoto. Da Yukino. Tu? »

« Parto per Abidjan. Torno in Costa d'Avorio » precisa, davanti alla mia espressione perplessa.

« Sei felice della tua nuova vita? » Eccola, la domanda che salterellava sulla mia lingua da un'eternità. Una sfida, più che una genuina curiosità: uno come lui non sarà mai appagato, la soddisfazione non appartiene alla sua natura.

« E tu sei felice di Conforti? » risponde di scatto.

Rimango sbigottita e la mia espressione evidentemente lo induce a pietà.

« Lascia stare. Non vorrei saperlo, comunque. Perché mi chiedi se sono felice della mia vita? »

« Per capire se il prezzo che paghi vale davvero la pena. »

Mi rivolge uno sguardo aspro. « Per ciò che davvero vogliamo paghiamo un prezzo che è sempre troppo alto. Ma ci sta bene così. *Don't you think?* »

« Non hai risposto alla mia domanda. »

« *I'm quite satisfied but... sometimes I feel a little lonely.* »

Arthur usa la sua lingua madre solo quando apre le porte al lato più privato di sé.

« Credevo fossi immune alla solitudine. Che rientrassi in quella frangia ristretta e miracolata che non ne soffre. »

« Nessuno è immune. Hai pranzato? Mangiamo insieme? »

« Mi fa piacere pranzare con te » gli dico e così ci avviamo verso un finto ristorantino siciliano. Lui prende un arancino e io un piatto di pasta; poi ci dividiamo una piccola cassata, come due innamorati. Per un istante attraversa la mia memoria il ricordo di quando ero in Sicilia e ho pensato che avrei voluto tornarci con lui. E subito penso a quello che è successo in Sicilia con Claudio.

Il rimpianto mi avvolge come una coperta di lana.

Per me è tardi, devo avviarmi all'imbarco. Lui lo capisce, si affretta a pagare.

Mi accompagna per un tratto, poi è il momento di salutarci. Non so cosa mi prende, gli occhi si riempiono di lacrime in maniera irrazionale.

Frignona che non sei altra, smettila!

Che figura di merda. Mi sforzo di non piangere, e in effetti la volontà ha la meglio, ma le lacrime che si sono affacciate sulle congiuntive debordano e me le ritrovo sulle guance, calde, scottanti.

« *Elis* » pronuncia sbigottito, a disagio. « *Tears? Why?* »

Mi rifiuto di dare voce a pensieri privi di senso e di logica. Anche perché sfocerei nel melodrammatico dicendogli che piango davanti alla bara di un sentimento morto bambino.

« Perché sono stupida » gli rispondo.

Mi posa un braccio sulle spalle e mi costringe ad avvicinarmi. Finisco con il viso sul suo torace per un tempo indefinito, non so se grande o piccolo.

Mi dice: « Buon viaggio ». La sua voce è bassa, incolore.

« Anche a te » rispondo.

Cerca le mie labbra, che tocca con la punta delle dita e infine bacia, ma è un soffio che si è pentito di voler diventare qualcosa di più.

Kyoto è un luogo pieno d'incanto, fatto di pura grazia, dove l'armonia ammanta come neve gli alberi e le strade, le case e i tetti dei templi.

Nel santuario di Shimogamo-Jinja prendo un *omikuji*: sono delle predizioni casuali che si pescano in una scatola di legno con una piccola offerta. Yuki mi spiega che se la divinazione non è gradita posso annodarlo a un ramo di pino, così non si avvererà. Al contrario, se mi piace, dovrò conservarlo. È un foglio così sottile da sembrare carta velina. Lo traduce per me.

« È *sue-kyo*! Una quasi maledizione. »

« Ah, be'. Proprio quello di cui ho bisogno... Cosa dice esattamente? » le chiedo.

« Desiderio: impiegherai molto tempo, ma alla fine lo realizzerai. Se aspetti una visita: verrà, ma tardi. Affari: è tempo di comprare. Studio: studia molto, o perderai. Amore: non esitare a esprimere i tuoi sentimenti. Viaggio: prenditi il tuo tempo. »

« Non è poi così male » commento. « Esprime più o meno la media della mia vita. »

« Sì, infatti è solo *quasi* maledizione. Poteva capitarti *grande* maledizione. »

« Tu cos'hai pescato? »

« Io *sho-kichi*. Piccola benedizione. Va bene così. »

« Meglio che leghi la mia *quasi maledizione* al ramo di pino » commento, ricevendolo indietro dalle sue manine.

« Sì, meglio per te, anch'io farei. »

In autobus percorriamo un lungo tragitto e raggiungiamo Higashiyama. Il tramonto accarezza Kyoto avvolgendola di rosso, e da qui la vista sulla città diventa magnifica, una simmetria nitida e rappacificante.

È un viaggio anomalo.

Una malinconia felice, si può essere più assurdi?

* * *

Dopo una cena a base di sashimi preparato dal papà di Yukino e una sera trascorsa con lei come ai vecchi tempi – in una location più suggestiva di quel buco che condividevamo – mi ritiro nella stanza preparata per me. Appartiene a Kaoru, la sorella minore di Yu, c'è tutta la sua roba in giro e io mi sento un'usurpatrice. Mi stendo sul letto, l'abat-jour sul comodino proietta sulle pareti sagome di fiori, la luce è tenue.

Leggo poche pagine di *Dance dance dance* di Murakami Haruki per scivolare poi piano nelle nebbie del sonno. È in quel momento in cui i nostri muscoli hanno piccoli tremori involontari e inconsapevoli, in cui il passaggio non è definitivo ma solo incipiente, che vengo tirata fuori a forza dalla dolce incoscienza in cui stavo cadendo.

È il rumore del mio cellulare, una mail di Lara nella posta in arrivo.

Quando torni, Alice?
È successa una cosa molto grave. Ambra... è sparita.

Ringraziamenti

Uno scrittore è un ladro. Quanto è vero!

Per questo romanzo sono in debito con molte persone.

In particolare, ringrazio il professor Claudio Crinò che ha avuto l'idea di una storia che iniziasse da un testamento, e la mia amica Amalia Piscopo, che è presente in tanti piccoli grandi particolari di questa storia e che ha suggerito un passaggio della fine che mi è apparso geniale.

Ringrazio la mia casa editrice, che ha cura di me come di una piccola principessa. Ho la grande fortuna di lavorare con veri signori. Giuseppe, Fabrizio – mio geniale, saggio e paziente editor –, Valentina, Tommaso, Alessia, Guglielmo, Viviana, Elena, Francesca e naturalmente Stefano e Cristina: troppo facile dire che fate semplicemente il vostro lavoro. Non è così, fate molto di più, con una passione e una professionalità che ammiro di cuore.

Ringrazio mio marito Stefano, che illumina la mia vita.

Mamma, nonnini, zietti, Chiara e Francesco. Vi voglio bene.

Un sentito grazie va alla mia famiglia acquisita in ogni suo componente, per tutta la pazienza e l'affetto che non mi fa mai mancare.

Grazie a tutti gli amici e ai colleghi specializzandi e specialisti cui ho rubato qualcosa, davvero troppi per poterli citare tutti – e ognuno di voi sa a cosa mi riferisco!

Naturalmente ringrazio la mia cara e insostituibile agente

Rita Vivian e le Case Editrici straniere che mi hanno fatto l'onore di pubblicarmi.

Ringrazio i colleghi specializzandi dell'Istituto di medicina legale di Bari, che mi hanno fornito aneddoti che ho inadeguatamente rappresentato: i loro racconti erano di gran lunga più divertenti.

Per il prezioso aiuto a districarmi nei meandri delle successioni ereditarie ringrazio Amalia Macrì Pellizzeri.

L'Istituto di medicina legale di Messina ha studiato per anni la morte da emozione, la morte da stress e la morte da inibizione e mi sento in debito per quanto ho imparato da pubblicazioni che restano insostituibili. Mi sento in debito per quanto ho imparato da pubblicazioni ancora attualissime, così come lo sono nei confronti di tutte le altre pubblicazioni scientifiche sull'argomento che ho consultato per la trama di questo romanzo, una delle quali è stata anche citata con il suo titolo originale e per questo ringrazio l'Istituto di Medicina Legale di Foggia.

In ogni caso, resta inteso che eventuali errori sono da attribuire esclusivamente a me e preciso che la condotta non sempre eticamente corretta di Alice ha il solo scopo di creare storie divertenti.

Sono riconoscente per le parole che ho rubato a tutti gli artisti che mi hanno fatto da colonna sonora durante la stesura di questo romanzo: gli immancabili Coldplay, i Led Zeppelin, Fabrizio De André, i CCCP, Franco Battiato, i Franz Ferdinand, gli Smiths, gli Smashing Pumpkins, Johnny Cash, Morgan, Daniele Silvestri e Francesco De Gregori.

Un grazie va a chiunque abbia speso tempo e parole per aiutare il mio libro: librai, blogger, giornalisti, e a tutta la macchina di produzione e promozione che lavora dietro le quinte del mondo dei libri.

La mia devozione va infine a tutti coloro che mi hanno scritto (su Facebook o via mail o direttamente alla casa editrice Longanesi) per condividere pensieri ed entusiasmo sull'*Allieva*. Non potete immaginare quanto siete stati importanti per me nel supportare il mio piccolo percorso di autrice insicura e confusa. Vi ringrazio di cuore per ogni parola che è stata fonte costante di gioia. Vi prego di scrivermi ancora.

A.G., 2 gennaio 2012

Nota alla presente edizione

Fino a oggi ho scritto quattro romanzi della serie di Alice Allevi, tre già noti e uno in corso d'opera.

Un segreto non è per sempre resta il mio favorito, anche se forse un autore non dovrebbe mai dirlo, perché un libro è come un figlio e non si dovrebbero fare preferenze.

Avevo tre spunti fondamentali: l'atmosfera parigina retrò, il personaggio di uno scrittore tormentato e il suo rapporto con la nipotina Clara, che doveva essere una specie di genietto emo e poi è diventata qualcosa di più. Tutto il resto è venuto in corso d'opera e mi sono ritrovata inghiottita in questo vortice di veleni familiari che è la storia degli Azais.

Non so ancora perché ami così tanto questo libro.

Forse perché è stato interamente scritto in un cottage di campagna di poco più di trenta metri quadrati, nella solitudine di un inverno freddissimo, con la compagnia di un cagnolino molto simile a Ichi e di alberi scossi da venti molto forti. Insomma, una condizione ispiratrice molto potente, a ben pensarci.

Oppure perché al termine, dopo averlo riletto, mi sono chiesta: l'ho veramente scritto io?

O forse perché ci sono Parigi e un po' di malinconia.

Adoro Parigi, è una città piena di incanto e di realtà; ho cercato di ritrarla con discrezione e di inserire qui e là ciò che più ho amato, luoghi che ho visto davvero, sensazioni che ho provato percorrendo le sue strade.

I personaggi di *Un segreto non è per sempre* continuano a

vivere nel mio cuore di autrice. Sogno di scrivere una storia interamente dedicata a Clara, per risarcirla di quello che le ho fatto passare in questo libro e per regalarle un finale felice.

Per essere arrivato alla fine di questa storia a me così tanto cara, grazie infinite caro lettore.

Il tuo tempo è prezioso e io spero di averne fatto buon uso.

Messina, 18 marzo 2013

A.G.

Alessia Gazzola
Una piccola formalità

Rachele sa bene che cosa va di moda e che cosa no, ed è da sempre una grande esperta dei trend del momento al punto che l'ha reso il proprio lavoro: nella Milano più divertente, lei scrive di lifestyle sulla notissima rivista *Chic&Glam*. Quindi se di eredità, atti notarili e faccende giuridiche connesse non ne sa nulla è ampiamente giustificata. Per esempio: perché mai dovrebbe fare come vuole suo padre e rinunciare a scatola chiusa all'insolita proprietà che suo zio le ha lasciato? Le sembra una follia e, in più, il suo intuito da giornalista le suggerisce che in quel lascito c'è qualcosa di interessante. Forse si sta lasciando suggestionare, ma sarà che lo zio lei non se lo ricorda nemmeno, visto che era la pecora nera della famiglia; sarà che suo padre si rifiuta persino di fare il suo nome; sarà che le circostanze della sua morte non sembrano chiarissime... ma tutta questa storia la intriga. Rachele rispolvera allora un vecchio contatto della sua rubrica, un compagno del liceo che per una curiosa coincidenza del destino è diventato notaio. Al nome di Manfredi Malacarne risponde un trentenne affascinante e tremendamente disponibile... Proprio quando la storia con Alessio, il fidanzato storico, è giunta a una svolta davvero sorprendente. Nel tentativo di svelare il mistero relativo all'eredità e a certi segreti di famiglia, Rachele si ritroverà a capire che le cose che non sa sul mondo (e, soprattutto, su di lei) in realtà sono molte di più e che sarà piuttosto entusiasmante scoprirle tutte...

LONGANESI

Alessia Gazzola
Le ossa della principessa

Benvenuti nel grande Santuario delle Umiliazioni. Ossia l'istituto di medicina legale dove Alice Allevi fa di tutto per rovinare la propria carriera di specializzanda. Sembrava quasi che la sua tormentata esistenza in Istituto le avesse concesso una tregua, quanto bastava per provare a mettere ordine nella sua sempre più disastrata vita amorosa, ma ovviamente non era così. Ambra Negri della Valle, la bellissima, brillante, insopportabile e perfetta Ape Regina, è scomparsa. Difficile immaginare una collega più carogna di lei, sempre pronta a mettere Alice in cattiva luce con i superiori, come se non ci pensasse lei stessa a infilarsi nei guai. Per non parlare della storia di Ambra con Claudio Conforti, medico legale affermato e tanto splendido quanto perfido, il sogno proibito di ogni specializzanda... E forse anche di Alice. Ma per quanto detesti Ambra, Alice non arriverebbe mai ad augurarle la morte. Così, quando dalla procura chiamano lei e Claudio chiedendo di andare a identificare un cadavere appena ritrovato in un campo, Alice teme il peggio...

TEA

Alessia Gazzola
Una lunga estate crudele

Alice Allevi, giovane specializzanda in medicina legale, ha ormai imparato a resistere a tutto. O quasi a tutto. Da brava allieva, resiste alle pressioni dei superiori, che le hanno affidato la supervisione di una specializzanda... proprio a lei, che fatica a supervisionare se stessa! E lo dimostra anche la sua tortuosa vita sentimentale. Alice, infatti, soffre ancora della sindrome da cuore in sospeso che la tiene in bilico tra due uomini tanto affascinanti quanto agli opposti: Arthur, diventato l'Innominabile dopo troppe sofferenze, e Claudio, il medico legale più rampante dell'istituto, bello e incorreggibile, autentico diavolo tentatore. E infine, Alice resiste, o ci prova, all'istinto di lanciarsi in fantasiose teorie investigative ogni volta che, in segreto, collabora alle indagini del commissario Calligaris. Il quale invece dimostra di nutrire in lei una grande fiducia. Ma è difficile far fronte a tutto questo insieme quando, nell'estate più rovente da quando vive a Roma, Alice incappa in un caso che minaccia di coinvolgerla fin troppo...

TEA

Alessia Gazzola
Un po' di follia in primavera

Quella di Ruggero Armento non è una morte qualunque. Perché è stato ritrovato assassinato nel proprio ufficio, e anche perché Ruggero D'Armento non è un uomo qualunque. Psichiatra molto in vista, studioso e luminare dalla fulgida carriera accademica, personalità carismatica e affascinante. . Alice Allevi se lo ricorda bene, dagli anni di studio ma anche per la recente consulenza del professore su un caso di suicidio di cui Alice si è occupata. In una primavera romana che sembra portare piccole ventate di follia, la morte violenta di Ruggero D'Armento crea sensazione. Pochi e ingannevoli indizi, quasi nessuna traccia da seguire. L'indagine è impervia, per Alice, ma per fortuna non lo è più la sua vita sentimentale.

TEA

Alessia Gazzola
Arabesque

Tutto è cambiato, per Alice Allevi: è un mondo nuovo quello che la attende fuori dall'Istituto di Medicina Legale in cui ha trascorso anni complicati ma, a loro modo, felici. Alice non è più una specializzanda, ma è a pieno titolo una Specialista in Medicina Legale. E la luminosa (forse) e accidentata (quasi sicuramente) avventura della libera professione la attende. Ma la libertà tanto desiderata ha un sapore dolce-amaro: di nuovo single dopo una lunga storia d'amore, Alice teme di perdere i suoi punti di riferimento. Tutti tranne uno: l'affascinante e intrattabile Claudio Conforti, CC, medico legale di comprovata professionalità e rinomata spietatezza. Difficile contare su di lui, ma impossibile farne a meno... Il suo primo incarico di consulenza per un magistrato vede un'ex étoile della Scala deceduta, in apparenza, per cause naturali. Eppure, Alice ha i suoi sospetti e per quanto vorrebbe che le cose, per una volta almeno, fossero semplici, la realtà è sempre pronta a disattenderla...

TEA

Alessia Gazzola
Il ladro gentiluomo

Alice Allevi, finalmente Specialista in Medicina Legale, ha dovuto affrontare scelte difficili sia sul piano professionale che su quello sentimentale. Dopo un lungo e burrascoso corteggiamento, sembrava che tra lei e Claudio Conforti, l'affascinante medico legale con il quale ha condiviso ogni disavventura dai tempi della specializzazione, fosse nato qualcosa. Per un attimo, Alice ha creduto finalmente di aver raggiunto la serenità, almeno al di fuori dell'Istituto di Medicina Legale. Ma in un momento di smarrimento sentimentale chiede un trasferimento. E lo ottiene: a Domodossola.
Per sua fortuna, o suo malgrado, Alice non avrà molto tempo per indugiare sul proprio destino, perché subito un nuovo caso la travolge. Durante quella che credeva essere un'autopsia di routine, Alice ritrova un diamante nello stomaco del cadavere. Una pietra di notevole caratura e valore, ma anche una prova materiale importante per il caso. Per questo, Alice si premura di convocare un ufficiale giudiziario a cui consegnarlo in custodia. L'ufficiale che si presenta da lei è un uomo distinto ed elegante, dai modi cortesi e impeccabili, e Alice non esita ad affidargli il diamante. Ed è a quel punto che il fantomatico ufficiale sparisce nel nulla e i guai per Alice iniziano a farsi enormi...

TEA

Fotocomposizione Editype s.r.l.
Agrate Brianza (Milano)

Finito di stampare
nel mese di maggio 2024
per conto della TEA S.r.l.
da Rotolito S.p.A. – Seggiano di Pioltello (MI)
Printed in Italy

FSC
www.fsc.org
MISTO
Carta
da fonti gestite in
maniera responsabile
FSC® C005461